BASTEI
LÜBBE
Paperback

MARGARET WEIS & TRACY HICKMAN

DIE VERGESSENEN REICHE

DAS SIEBTE TOR

Fantasy-Roman

Ins Deutsche übertragen
von Eva Bauche-Eppers

BASTEI
LÜBBE
Paperback

BASTEI-LÜBBE-PAPERBACK
Band 28 227

Erste Auflage
September 1995

Deutsche Lizenzausgabe 1995
Bastei-Verlag Gustav H. Lübbe
GmbH & Co., Bergisch Gladbach
Originaltitel: The Seventh Gate
Lektorat: Martina Sahler /
Stefan Bauer
Titelbild: Stephen Youll
Umschlaggestaltung:
Quadro Grafik, Bensberg
Satz: KCS GmbH,
Buchholz/Hamburg
Druck und Verarbeitung:
Clausen & Bosse, Leck
Printed in Germany

ISBN 3-404-28227-2

Für
Dr. ›JAY‹ SELDARA,
Lake Geneva, Wisconsin
und
DR. JOHN HANSON JR.,
Milwaukee, Wisconsin
für ihren Beitrag: Hoffnung

Margaret Weis

Für
LYNN ALLEY, BARRY BOUNOUS, ROB MUIR
und HARRY NILES RISING III.
Irgendwie haben wir überlebt,
um von den Taten
zu berichten

Tracy Hickman

Und durch jenes Tor sollen sie eingehen,
und in jenem Haus sollen sie wohnen,
wo keine Wolke ist noch Sonne,
keine Dunkelheit und kein Gleißen,
sondern ein gleiches Licht;
kein Lärm, keine Stille,
sondern eine gleiche Musik;
keine Furcht noch Hoffnung,
sondern eine gleiche Gestimmtheit;
keine Feinde noch Freunde,
sondern eine gleiche Gemeinschaft;
kein Ende und kein Anfang,
sondern eine gleiche Ewigkeit.

John Donne, Predigten XXVI

Kapitel 1

Abri, im Labyrinth

Die Stadttore schlossen sich mit einem dumpfen Hall. Vasu stand schweigend, in Gedanken versunken, auf den Zinnen der Mauer und schaute über die Ebene. Ein neuer Morgen brach an, im Labyrinth nicht mehr als eine langsame Graufärbung des nachtschwarzen Himmels. Dieser Morgen jedoch war anders als die anderen, herrlicher und zugleich schrecklicher – überglänzt von Hoffnung, verdunkelt von Furcht.

Noch stand Abri, die Stadt im Herzen des Labyrinths, unbesiegt nach einer blutigen Schlacht mit ihren erbittertsten Feinden. Wenn auch der Rauch der Totenfeuer in den Himmel stieg, wagten die Überlebenden doch zaghaft aufzuatmen und mit neuem Mut dem Tag entgegenzusehen.

Dieser Morgen war erhellt von einem düsteren roten Leuchten am fernen Horizont; einem Leuchten, das stärker und zorniger wurde. Jene Patryn, die auf der Mauer Wache standen, richteten den Blick auf den seltsamen, unnatürlichen Glanz, schüttelten den Kopf und sprachen mit gedämpfter Stimme untereinander.

»Das hat nichts Gutes zu bedeuten«, sagten sie grimmig.

Wer wollte ihnen ihre Schwarzseherei verdenken? Nicht Vasu. Gewiß nicht Vasu, der wußte, was vor sich ging. Bald mußte er seinem Volk die bittere Wahrheit sagen und die Zuversicht dieses Morgens vernichten.

»Dieses Leuchten ist der Widerschein der Schlacht«, würde er sagen müssen. »Einer Schlacht um das Letzte Tor. Die Drachenschlangen, die uns angegriffen haben, sind nicht besiegt, wie ihr glaubt. Ja, wir haben vier von ihnen getötet, aber für jede, die stirbt, erstehen zwei neue. Nun wenden sie sich gegen die Verteidiger des Letzten Tores, um es zu verschließen und uns alle auf ewig in diesem furchtbaren Gefängnis einzusperren.

Unsere Brüder aus dem Nexus und jene nahe dem Letzten Tor bekämpfen das Böse, doch sie sind wenige, und das Böse ist sehr mächtig. Wir sind zu weit entfernt, um ihnen Hilfe zu bringen. Bis wir sie erreichten – falls es uns gelänge, ohne allzu große Verluste die feindlichen Reihen zu durchbrechen –, wäre es zu spät. Vielleicht ist es jetzt schon zu spät.

Und wenn das Letzte Tor geschlossen ist, wird das Böse im Labyrinth erstarken. Unsere Angst und unser Haß werden im gleichen Maße wachsen, und das Böse wird sich davon nähren und noch stärker werden, unüberwindlich.«

Nein, es gab keine Hoffnung. Ihr Schicksal war besiegelt. Weshalb also, während er hier auf der Mauer stand und den roten Schein am Horizont beobachtete, flüsterte ihm eine innere Stimme zu: *Noch ist nicht alles verloren …?*

Wünsche. Illusionen. Er seufzte und schüttelte den Kopf.

Eine Hand berührte seinen Arm.

»Seht, Obmann. Sie haben unbeschadet den Fluß erreicht.«

Einer der Wachtposten neben Vasu glaubte wohl, er seufzte aus Sorge um die beiden Fremden, den Mann und die Frau, die in der dunklen Stunde vor Tagesanbruch die Stadt verlassen hatten, um sich auf die gefahrvolle und wahrscheinlich aussichtslose Suche nach dem grüngoldenen Drachen zu begeben, der ihnen in der Stunde der Not zu Hilfe gekommen war. Der grüngoldene Drache, Tiergestalt des Drachenmagiers, hinter dem sich – unglaublich, aber wahr – der tolpatschige Sartan mit dem Nichtigennamen Alfred verbarg.

Natürlich hatte Vasu Angst um sie, doch er war auch voller Hoffnung. Wieder diese unsinnige, unvernünftige Hoffnung.

Vasu war kein Mann der Tat. Er war ein Denker, ein Planer. Ein Blick auf seinen weichen, rundlichen, mit Patrynrunen tätowierten Sartankörper genügte, um ihn daran zu erinnern. Seine Aufgabe bestand darin, die nächsten Schritte zu überlegen, Entscheidungen zu treffen. Es war an der Zeit, seinem Volk die Augen zu öffnen, Anweisungen zu geben, wie man sich auf das Unausweichliche vorbereiten sollte.

Doch er tat nichts dergleichen. Er stand auf dem Wehrgang und sah auf den Nichtigen Hugh Mordhand und die Patrynfrau Marit hinunter.

Er sagte sich, er würde diese beiden niemals wiedersehen. Sie waren im Begriff, das Labyrinth herauszufordern, zu jeder Zeit ein Ort voller Gefahren, doppelt gefährlich nun, da Nachzügler der geschlagenen Armee sich dort draußen herumtrieben und auf eine Gelegenheit zur Rache lauerten. Ihre Mission war töricht und vergeblich. Er würde sie niemals wiedersehen, nicht sie und nicht Alfred, den Drachenmagier, den grüngoldenen Lindwurm, den sie retten wollten.

Vasu stand auf der Mauer und wartete – hoffnungsvoll – auf ihre Wiederkehr.

Der Fluß des Zorns, der die Ebene vor den Stadtmauern Abris durchschnitt, war zugefroren, durch die Zauberkraft des Feindes. Die Drachenschlangen hatten das Wasser in Eis verwandelt, um ihrer Streitmacht die Überquerung zu erleichtern.

Während Marit die steile Uferböschung hinunterstieg, lächelte sie grimmig. Die Taktik des Feindes kam ihr gut zupaß.

Es gab nur einen einzigen kleinen Haken.

»Du sagst, Magie hat das bewirkt?« Hugh Mordhand strich mißtrauisch mit der Stiefelspitze über die schwarze Eisfläche. »Wie lange hält der Zauber an, glaubst du?«

Das war der Haken.

»Ich weiß es nicht«, gab Marit widerwillig zu.

»Na bestens.« Hugh knurrte. »So habe ich mir das vorgestellt. Genau in der Mitte löst sich der ganze Schwindel plötzlich auf, und wir nehmen ein kaltes Bad.«

»Möglich.« Marit zuckte die Schultern. In dem Fall waren sie verloren, auch der beste Schwimmer konnte nicht gegen treibende Eisschollen und die Strömung ankämpfen.

»Gibt es keinen anderen Weg?« Hugh Mordhand richtete den Blick auf die blauen Tätowierungen an ihrem Körper. Natürlich spielte er auf ihre magischen Kräfte an.

»Ich käme vielleicht hinüber«, antwortete sie zurückhaltend. Oder auch nicht. Ihr Körper war geschwächt vom Kampf in der gestrigen Schlacht, ihre Seele von der Konfrontation mit Fürst Xar. »Aber nur allein, nicht mit einem Begleiter.«

Sie setzte einen Fuß auf das Eis und spürte, wie die Kälte bis ins Mark ihrer Knochen sickerte. Ihre Zähne klapperten, sie preßte die Lippen zusammen und spähte zum jenseitigen Ufer. »Wir müssen schnell machen. Dann könnte es glücken.«

Hugh Mordhand schwieg. Er schaute nicht zum Ufer, sondern blickte starr auf das Eis.

Marit begriff. Dieser Mann, ein professioneller Assassine, der in *seiner* Welt nichts und niemanden fürchtete, sah sich in einer fremden Welt mit etwas konfrontiert, das er als unheimliche Bedrohung empfand – Wasser.

»Wovor hast du Angst?« höhnte Marit, um seinen Stolz herauszufordern. »Du kannst nicht sterben.«

»Ich *kann* sterben«, berichtigte er. »Nur bleibe ich nicht tot. Und eins steht fest, diese Art zu sterben hat nicht den mindesten Reiz für mich.«

»Für mich ebensowenig«, gab sie bissig zurück, doch unwillkürlich hatte auch sie den Fuß zurückgezogen. Sie holte tief Atem und straffte die Schultern. »Du kannst mir folgen oder nicht, ganz wie du willst.«

»Ich bin für dich ohnehin nur Ballast«, sagte er düster. »Ich kann dich nicht schützen, nicht verteidigen. Ich kann mich nicht einmal selbst schützen oder verteidigen.«

Das war der Fluch, der auf ihm lastete. Wenn er starb, erwachte er wieder zum Leben. Und er war unfähig zu töten. Jeder Pfeil, den er abschoß, verfehlte das Ziel; jeder Faustschlag ging ins Leere, jeder Hieb mit dem Schwert traf nur Luft.

»Ich kann mich selbst verteidigen«, antwortete Marit. »Und dich, wenn es sein muß. Aber ich brauche dich, weil du Alfred besser kennst als ich ...«

»Nein.« Hugh schüttelte den Kopf. »Niemand hat Alfred wirklich gekannt. Nicht einmal Alfred kannte Alfred. Haplo vielleicht, aber wie die Dinge liegen, hilft uns das nicht.«

Marit biß sich auf die Lippen.

»Aber es ist gut, daß du mich daran erinnerst«, fuhr Hugh Mordhand fort. »Wenn ich Alfred nicht finde, werde ich diesen Fluch, der auf mir ruht, niemals los. Auf! Bringen wir's hinter uns!«

Er trat auf die Eisfläche und setzte bedächtig Schritt vor Schritt. Seine plötzliche Entschlossenheit überraschte Marit. Sie folgte ihm, bevor sie wußte, was sie tat.

Das Eis war schlüpfrig und heimtückisch, die tödliche Kälte durchdrang ihre Körper. Sie hielten sich an den Händen, um sich gegenseitig vor bösen Stürzen zu bewahren.

Auf halbem Weg tat sich mit ohrenbetäubendem Krachen vor ihnen ein Riß auf. Ein zottiger Arm mit Krallenhand schoß aus den gurgelnden Fluten und versuchte, Marit zu packen. Im ersten Schreck griff sie nach dem Schwert an ihrer Seite, aber Hugh Mordhand hielt sie zurück.

»Es ist nur ein Leichnam«, sagte er.

Natürlich hatte er recht. Der Arm war schlaff und versank fast sofort wieder in der Tiefe.

»Der Zauber verliert seine Wirkung«, meinte sie, verärgert wegen der Blöße, die sie sich gegeben hatte. »Wir müssen uns beeilen.«

Sie setzten ihren Weg fort, aber ein dünner Wasserfilm überzog inzwischen das Eis, und es war unmöglich, sich auf den Beinen zu halten. Als Marit ausglitt und stürzte, fiel Hugh mit ihr. Auf Händen und Knien liegend, starrte sie in die gräßlich verzerrte Fratze eines toten Wolfsmenschen, und im selben Moment riß genau zwischen ihren Händen die milchige Fläche auf. Der Wolfsmensch schnellte hervor und auf sie zu. Marit fuhr zurück, gegen Hugh, der sich hinter ihr bemühte, wieder auf die Füße zu kommen.

»Der Zauber wirkt nicht mehr«, keuchte er. »Schnell!«

Sie waren mindestens zwei Körperlängen vom Ufer entfernt. Marit setzte sich kriechend in Bewegung, sie hatte nicht die Kraft aufzustehen. Arme und Beine waren taub vor Kälte und verweigerten ihr den Dienst. Hugh Mordhand schlitterte neben ihr her. Sein Gesicht war bleich und wie aus Stein gemeißelt. Die Augen blickten starr. Für ihn – geboren und aufgewachsen in einer wasserlosen Welt – war Ertrinken die schlimmste denkbare Todesart, und die Angst raubte ihm fast den Verstand.

Das Ufer und die Rettung waren greifbar nahe, doch Marit wagte nicht aufzuatmen. Das Labyrinth war beseelt von einer perfiden Intelligenz, einer verschlagenen Boshaftigkeit. Es quälte seine Opfer mit falscher Hoffnung, um sie dann, wenn sie glaubten, der Gefahr entkommen zu sein, in um so größere Verzweiflung zu stürzen.

Marits kältestarre Finger tasteten nach einem Felsblock am Ufer, an dem sie sich festhalten und aufs Trockene ziehen konnte.

Knisternd brach das Eis unter ihrem lang ausgestreckten Körper, und sie tauchte bis zur Taille in schäumendes schwarzes Wasser. Ihre Hand rutschte ab, die Strömung zog sie nach unten …

Ein heftiger Ruck starker Arme beförderte Marit aus dem Fluß und ein Stück die Böschung hinauf. Nach Atem ringend blieb sie liegen, bis ein heiserer Aufschrei sie veranlaßte, sich herumzudrehen.

Hugh balancierte halsbrecherisch auf einer Eisscholle und klammerte sich mit einer Hand an einen überhängenden Strauch. Er hatte sie aus dem Wasser gezogen und dann den Strauch zu fassen bekommen, aber es war abzusehen, wann er sich auf dem schlüpfrigen Floß nicht mehr halten konnte. Sein Griff um den knorrigen, dünnen Stamm lockerte sich.

Im selben Moment, als seine Finger abrutschten, warf Marit sich auf ihn, packte den Rücken seiner Lederweste und stemmte sich verzweifelt gegen den Sog der Strömung. Hugh war stark und unterstützte sie, so gut er konnte. Er schlug mit den Beinen, suchte mit dem Füßen Halt auf dem steinigen Grund, und schließlich gelang es ihm, ans Ufer zu kriechen, wo er entkräftet niedersank, schweratmend und am ganzen Leib zitternd vor Anstrengung und Kälte.

Ein fernes Dröhnen erregte Marits Aufmerksamkeit, sie hob den Kopf und spähte flußaufwärts. Eine gläsern schimmernde Wasserwand, gekrönt von rötlicher Gischt und ein Bollwerk aus Eistrümmern vor sich herschiebend, kam auf sie zu.

»Hugh!« schrie sie warnend.

Der Assassine richtete den Oberkörper auf, sah die Flutwelle, erhob sich taumelnd und kletterte die Böschung hinauf. Marit konnte ihm nicht helfen, sie hatte kaum genug Kraft, um sich selbst in Sicherheit zu bringen. Oben angekommen, ließ sie sich einfach fallen und registrierte nur verschwommen, daß Hugh irgendwo in ihrer Nähe lag.

Das Tosen und Donnern der befreiten Wassermassen hörte sich an, als zürnte der Fluß, weil die sicher geglaubte Beute ihm entkommen war, aber vielleicht bildete sie sich das nur ein. Sie bemühte sich, tief und gleichmäßig zu atmen und ihr wild schlagendes Herz zu beruhigen. Die Wärme der Runenmagie durchströmte sie und vertrieb die lähmende Kälte aus ihrem Körper.

Lange ausruhen durften sie nicht. Der Feind – Chaodyn, Tigermänner, Wolfsmenschen – lauerte in den Wäldern und beobachtete sie vielleicht gerade in diesem Moment. Sie warf einen prüfenden Blick auf die Sigel, die ihre Haut mit einem kunstvollen Muster überzogen; wenn Gefahr drohte, verströmten sie einen bläulichen Schimmer. Jetzt waren sie dunkel.

Beruhigend, oder nicht? Nein, es war unlogisch. Zumindest einige Versprengte der Streitmacht, die gestern mit solcher Wildheit gegen die Mauern von Abri angerannt war, mußten noch umherstreifen und auf eine Gelegenheit warten, kleine Kundschaftertrupps abzufangen. Diese unerklärliche Abwesenheit des Feindes ängstigte sie mehr als der Anblick eines Rudels Wolfsmenschen. Hoffnung. *Wenn das Labyrinth dir Grund zur Hoffnung gibt, rechne mit dem Schlimmsten.*

Wachsam, mit angespannten Sinnen, richtete sie sich auf. Hugh Mordhand lag zusammengekrümmt auf der Erde. Er fror jämmerlich, seine Lippen waren blau, und seine Zähne klapperten so häftig, daß er sich in die Zunge gebissen hatte. Blut sickerte aus seinem Mund.

Marits Wissen über die Konstitution der Nichtigen war äußerst gering. Bestand Gefahr, daß die Kälte ihn tötete? Auch wenn nicht, möglicherweise wurde er krank und behinderte ihr Vorwärtskommen. Er mußte aufstehen, sich bewegen, doch es sah nicht so aus, als wäre er dazu imstande. Sie erinnerte sich, von Haplo gehört zu haben, daß Runenmagie auch bei Nichtigen wirkte. Also rutschte sie zu ihm hinüber, umfaßte seine Handgelenke und ließ ihre Magie in seinen Körper fließen.

Das krampfhafte Zittern hörte auf, und langsam kehrte ein Hauch Farbe in das totenblasse Gesicht zurück. Endlich streckte Hugh sich seufzend aus, schloß die Augen und genoß die segensreiche Wärme, die durch seinen Körper kreiste.

»Nicht einschlafen!« warnte Marit.

Er setzte zum Sprechen an, stieß mit der zerbissenen Zunge gegen die Zähne und verzog schmerzlich das Gesicht. »Zu Hause auf Arianus malte ich mir aus, wenn ich erst reich wäre, würde ich mir endlich Wasser im Überfluß leisten. Ich wollte ein großes Faß vor meinem Haus aufstellen, hineinspringen und mich aalen, bis mir Schwimmhäute wachsen. Jetzt« – er schnitt eine Grimasse – »sollen die Ahnen mich holen, wenn ich je wieder auch nur einen Schluck von dem verdammten Zeug trinke!«

Marit stand auf. »Wir können hier nicht bleiben, auf freiem Feld, ohne Deckung. Fühlst du dich kräftig genug, um weiterzugehen?«

Hugh war augenblicklich auf den Beinen. »Warum? Was ist?«

Er sah auf die Runen an ihren Händen und Armen. Durch seine lange Bekanntschaft mit Haplo wußte er darüber Bescheid. Als er feststellte, daß die Sigel kein warnendes Leuchten verströmten, blickte er sie fragend an.

»Ich weiß nicht«, antwortete sie und starrte mit zusammengekniffenen Augen in das Dunkel zwischen den Bäumen am Waldrand. »Scheinbar haben wir nichts zu befürchten, aber ...« Unfähig, ihr Mißbehagen zu begründen, schüttelte sie nur den Kopf.

»Welche Richtung?« fragte Hugh.

Marit überlegte. Vasu hatte ihr die Stelle gezeigt, wo der grüngoldene Drache – Alfred – zuletzt gesehen worden war, an der dem nächsten Tor zugewandten Seite der Stadt.* Sie und Vasu hatten die Entfernung auf etwa einen halben Tagesmarsch geschätzt.

Marit nagte an der Unterlippe.

Sie konnten den Weg durch den Wald nehmen, der ihnen Schutz bot, aber auch Gefahren barg, denn es war damit zu rechnen, daß ihre Feinde – vorausgesetzt, es hielten sich noch welche in der Nähe auf – ebenfalls den Wald als Versteck benutzten. Oder sie konnten dem Flußufer folgen, in Sichtweite Abris. Auf der ersten Etappe geriet jeder Feind, der sie angriff, in den Wirkungsbereich der magischen Waffen der Wachen auf der Mauer.

Marit entschied sich für die zweite Möglichkeit, wenigstens bis die Entfernung zu groß wurde und sie ohnehin auf sich allein gestellt waren. Vielleicht hatten sie bis dahin eine Spur entdeckt, die zu Alfred führte.

Welcher Art diese Spur sein mochte, darüber wollte sie lieber nicht nachdenken.

Sie und Hugh bewegten sich mit größter Wachsamkeit am Fluß entlang. Das schwarze Wasser brodelte und schäumte zwischen den Ufern, aufgewühlt von den Demütigungen, die es hatte erdulden müssen. Um so tiefer war die Stille, die über den Wäldern hing, fast als wäre jedes lebende Wesen daraus verschwunden ...

Marit blieb ruckartig stehen, die Erkenntnis überfiel sie wie ein Schlag. »Deshalb ist kein einziger von unseren Feinden mehr hier«, sagte sie laut.

* Richtungsangaben im Labyrinth basieren auf den ›Toren‹, den Markierungen, die anzeigen, wie viele Stationen man auf dem Weg durch das Labyrinth zurückgelegt hat. Das erste Tor ist der Vortex. Die Stadt Abri liegt zwischen diesem und dem zweiten Tor. Wegen der planlosen Anordnung der unzähligen Tore dient das jeweils nächstgelegene als Orientierungspunkt.

»Was? Warum? Wovon redest du?« fragte Hugh alarmiert.

Marit deutete auf den unheilverkündenden roten Schein am Himmel. »Sie sind alle am Letzten Tor, um in der Entscheidungsschlacht gegen mein Volk mitzukämpfen.«

»Gut für uns.«

Marit schüttelte den Kopf.

»Wieso nicht? Vasu sagt, das Letzte Tor ist weit von hier entfernt. Sogar für diese Tigermänner wäre es ein langer Marsch.«

Du verstehst nicht«, erklärte Marit niedergeschlagen. »Das Labyrinth kann sie dorthin transportieren. Im Bruchteil einer Sekunde, wenn das seinen Plänen entspricht. All unsere Widersacher, sämtliche mordgierigen Kreaturen des Labyrinths – zu einer Streitmacht vereint, die gegen mein Volk ins Feld ziehen. Wir werden untergehen.«

Sie wollte verzagen, ihre Mission erschien ihr sinnlos. Selbst wenn sie Alfred fanden und er lebte, was konnte er ausrichten? Es war nur *ein* Mann. Ein mächtiger Zauberer, aber allein.

Finde Alfred! hatte Haplo ihr aufgetragen. Doch er konnte nicht wissen, wie schlecht die Chancen standen. Und jetzt war Haplo fort, vielleicht tot. Auch Fürst Xar hatte sie verlassen. Marit legte die Hand an die Stirn. Das Sigel, das er dort eintätowiert hatte, sichtbares Zeichen ihrer Liebe und ihrer Ergebenheit, verursachte einen dumpfen, brennenden Schmerz. Xar hatte sie verraten. Schlimmer noch, es schien, daß er sein Volk verraten hatte. Er besaß Macht, genügend Macht, um dem Ansturm der Kreaturen standhalten zu können. Durch seine Gegenwart konnte er den Patryn Mut einflößen, seine Magie und seine Schläue konnten ihnen zum Sieg verhelfen.

Doch Xar hatte ihnen den Rücken gekehrt.

Marit warf das nasse Haar zurück und rief sich zur Ordnung. Sie hatte eine wichtige Lektion vergessen: Niemals zu weit vorausblicken – was du siehst, könnte ein Trugbild sein. Richte den Blick auf die Fährte am Boden!

Und da war es. Das Zeichen.

Marit verfluchte sich selbst. Sie war so in Gedanken gewesen, daß sie es beinahe übersehen hätte. Sie bückte sich, hob einen Gegenstand auf und zeigte ihn dem Assassinen.

Es war eine grüne, glitzernde Drachenschuppe, eine von mehreren, die auf der Erde lagen.

Umgeben von rubinroten Tropfen Blut.

Kapitel 2

Das Labyrinth

»Vasu sagt, zuletzt hätte er Alfred – Alfred in Drachengestalt – gesehen, als er aus dem Himmel stürzte. Verwundet, blutend.« Marit drehte die grüngoldene Schuppe zwischen den Fingern hin und her.

»Es waren viele Drachen in der Schlacht«, wandte Hugh ein.

»Aber die Drachen des Labyrinths sind rot geschuppt. Nicht grün. Nein, dies hier stammt von Alfred.«

»Wenn du meinst. Ich glaube nicht daran. Ein Mann, der sich in einen Drachen verwandelt!« Hugh schnaubte geringschätzig.

»Derselbe Mann, der dich von den Toten auferweckt hat«, erinnerte ihn Marit schroff. »Gehen wir.«

Die Blutspur – bejammernswert leicht zu verfolgen – führte in den Wald. Marit entdeckte frische Tropfen im Gras und an Blättern. Einige Male waren sie und Hugh gezwungen, einen Bogen zu schlagen, wo Dornengestrüpp oder dichtes Unterholz den Weg versperrten, doch immer konnten sie die Fährte anschließend mühelos wiederfinden – zu mühelos. Der Drache hatte viel Blut verloren.

»Angenommen, der Drache ist Alfred gewesen«, bemerkte Hugh, während er über einen umgestürzten Baumstamm stieg, »dann hat er sich von Abri *entfernt*. Ich frage mich, warum? Wenn er so schwer verletzt war, sollte man meinen, er hätte in der Stadt Hilfe gesucht.«

»Im Labyrinth kommt es oft vor, daß eine Mutter den sicheren Unterschlupf verläßt, um den Feind von ihrem Kind wegzulocken. Ich glaube, das hat auch Alfred getan. Aus dem Grund ist er nicht in Richtung Abri geflogen. Er wurde verfolgt und hat mit Absicht den Feind von uns weggelockt. – Vorsicht! Bleib weg davon.«

Marit hielt Hugh am Arm fest und hinderte ihn daran, einem harmlos wirkenden Gewirr saftig grüner Blätter zu nahe zu kommen. »Das ist eine Würgeranke. Wenn du hineintrittst, schlingt sie sich um deinen Knöchel und durchschneidet das Fleisch bis auf den Knochen.«

»Nette Gegend hier«, brummte Hugh und schaute sich um. »Das verdammte Kraut wächst überall! Es gibt keinen Weg daran vorbei.«

»Aber drüber weg.« Schon hatte Marit einen geeigneten Baum gefunden, kletterte an dem knorrigen Stamm hinauf und hangelte sich von Ast zu Ast.

Hugh Mordhand folgte ihr weniger behende, seine Füße hingen dicht über dem Pflanzenteppich. Die grünen Blätter und kleinen weißen Blüten raschelten und regten sich unter ihm.

Marit wies mit ernster Miene auf Blutrinnsale, die rote Bahnen auf der Rinde hinterlassen hatten. Hugh nickte wortlos.

Hinter dem Gebiet der Würgeranken sprang Marit wieder auf den Boden. Sie kratzte sich am Arm, wo die Sigel zu jucken begonnen hatten und ein schwaches Leuchten verströmten – eine Warnung vor Gefahr. Offenbar waren doch nicht alle Feinde am Letzten Tor zusammengeströmt. Sie eilte weiter, wachsam und mit klopfendem Herzen, und Hugh folgte ihr.

Nachdem sie sich durch einen dichten Zweigverhau gekämpft hatten, standen sie unerwartet auf einer Art Lichtung.

»Man sehe sich das an!« Hugh Mordhand stieß einen leisen Pfiff aus.

Marit versuchte zu begreifen, was sich an dieser Stelle abgespielt hatte. Eine Schneise der Zerstörung war in den Wald geschlagen. Junge Bäume lagen abgeknickt auf der Erde, das Unterholz war plattgewalzt, Zweige und Laub bedeckten den Boden, dazwischen glänzten grüngoldene Drachenschuppen wie ausgesäte Smaragde.

Ein riesiger, grüngeschuppter Körper war aus großer Höhe herabgefallen und zwischen die Bäume gestürzt. Alfred.

Aber wo war er geblieben?

»Hätte etwas ihn wegtragen ...« begann Marit, aber der Assassine gebot ihr mit einer Handbewegung zu schweigen und zog sie mit sich in ein Gebüsch. Marit duckte sich und hielt lauschend den Atem an.

Ab und zu unterbrachen ein Rascheln im Laub oder ein knackender Zweig die Stille, sonst hörte er nichts. Fragend schaute sie Hugh an.

»Stimmen!« flüsterte er dicht an ihrem Ohr. »Ich könnte schwören, daß ich etwas wie eine Stimme gehört habe. Sie verstummte, als du angefangen hast zu reden.«

Marit nickte. Sie hatte nicht besonders laut gesprochen. Auf was immer sie gestoßen waren, es befand sich in der Nähe und verfügte über ein außerordentlich feines Gehör.

Geduld. Sie ermahnte sich, geduldig zu sein und zu warten.

Und ihre Geduld wurde belohnt. Eine heisere, knarrende Stimme wie von splitternden Knochen ließ sich vernehmen. Marit schauderte, und selbst Hugh Mordhand erbleichte. Sein Gesicht verzog sich vor Abscheu.

»Was zum …«

»Ein Drache!« flüsterte Marit und spürte, wie ihr Magen sich zusammenkrampfte.

Deshalb hatte Alfred nicht in Abri Zuflucht gesucht. Er wurde verfolgt, wahrscheinlich angegriffen, von einer der furchtbarsten aller Ausgeburten des Labyrinths.

Die Runen an ihrem Körper schimmerten blau. Sie mußte sich zwingen, nicht Hals über Kopf die Flucht zu ergreifen.

Eines der Gesetze des Labyrinths besagte: Kämpfe nie gegen einen der roten Drachen, nur wenn er dich in die Enge getrieben hat und ein Entkommen unmöglich ist. Dann kämpfe um die Gnade eines raschen Todes.

»Was sagt er?« fragte Hugh. »Kannst du ihn verstehen?«

Marit nickte beklommen. Der Drache bediente sich der Patrynsprache, die Hugh nicht beherrschte. Sie übersetzte für ihn.

»Ich weiß nicht, was du bist, Mann-Wurm«, sagte der Drache. »Ich habe nie etwas wie dich gesehen. Aber ich werde es herausfinden, sei gewiß. Sobald ich Muße habe, dich zu studieren. Dein Innerstes bloßzulegen – im wahrsten Sinne des Wortes.«

»Verflucht!« knurrte der Assassine. »Allein der Klang seiner Stimme jagt mir einen kalten Schauer über den Rücken. Denkst du, er spricht mit Alfred?«

Marit nickte und preßte die Lippen fest aufeinander. Sie wußte, was sie tun mußte, nur war es nicht so leicht, den Mut aufzubringen. Die Runen an ihren Armen flammten rot und blau, aber sie ignorierte die Warnung und setzte sich kriechend in Bewegung. Immer wenn die Stimme schwieg, hielt sie inne, um sich nicht durch die unvermeindlichen Geräusche zu verraten. Hugh Mordhand folgte ihr.

Sie näherten sich dem Drachen gegen den Wind, und es bestand die Chance, daß er sie nicht witterte. Marit wollte nur einen Blick auf die Kreatur werfen, um zu sehen, ob sie wirklich Alfred in ihrer Gewalt hatte. Wenn nicht – und sie hoffte inständig, es möge nicht Alfred sein –, dann konnte sie ruhigen Gewissens auf die Stimme der Vernunft hören und fliehen.

Es war keine Schande, vor einem derart überlegenen Gegner die Flucht zu ergreifen. Fürst Xar war – soweit Marit wußte – der einzige Patryn, der je gegen einen Drachen des Labyrinths gekämpft und überlebt hatte. Und er sprach niemals von diesem Kampf; ein Schatten fiel über sein Gesicht, wann immer die Rede darauf kam.

»Die Ahnen seien mir gnädig!« raunte Hugh.

Marit drückte seine Hand als Aufforderung, still zu sein.

Durch eine Lücke im Buschwerk konnten sie jetzt den Drachen sehen, und der Anblick machte die letzte Hoffnung zunichte.

Ein hochgewachsener, magerer Mann lehnte kraftlos am Stamm eines abgestorbenen Baumes. Er hatte schütteres, blutverklebtes Haar und war bekleidet mit den Fetzen einer Kniehose und eines Schoßrocks aus Samt. Während der Schlacht hatten sie ihn in seiner Gestalt als Drache gesehen, und nach der Verwüstung im Wald zu urteilen, war er auch in Drachengestalt vom Himmel gestürzt.

Jetzt war er ein Mensch. Entweder fehlte ihm die Kraft, die Verwandlung aufrechtzuerhalten, oder vielleicht hatte sein Widersacher, der ebenfalls über magische Fähigkeiten verfügte, die wahre Erscheinung des Sartan sichtbar gemacht.

Verwunderlich, daß Alfred, dessen erste Reaktion in gefährlichen Situationen darin bestand, in Ohnmacht zu fallen, bei Bewußtsein war. Er brachte es sogar fertig, angesichts des gräßlichen Leviathans ein gewisses Maß an Würde zu bewahren, obwohl er seinen Arm umklammert hielt, als wäre er gebrochen, und sein Gesicht grau und schmerzverzerrt aussah.

Der massige, stumpfnasige Schädel des Drachen pendelte träge über seinem bedauernswerten Opfer, er fixierte Alfred aus kleinen, verschlagenen Augen, die sich unabhängig voneinander nach allen Richtungen bewegen ließen und ihm erlaubten, seine gesamte Umgebung zu überblicken. Er hatte kräftige Vorderbeine mit klauenartigen Pfoten, und aus den Schultern sprossen gewaltige Flügel. Mit Hilfe der muskulösen Hinterbeine konnte er den gewaltigen Leib in die Luft katapultieren, wenn er fliegen wollte.

Der Schwanz jedoch war die tödlichste Waffe des Ungeheuers. Wie bei einem Skorpion bog er sich nach oben über den Rücken, und der Stachel am Ende enthielt Gift – ein Gift, das entweder tödlich oder – in kleinen Dosen – lähmend wirkte.

»Es brennt vielleicht ein wenig«, sagte der Drache, »aber es macht dich gefügig für unsere Reise zurück zu meiner Höhle.«

Die Spitze des Stachels ritzte Alfreds Wange. Er schrie auf, ein Krampf schüttelte seinen Körper. Marit ballte die Hände zu Fäusten. Neben sich hörte sie Hugh Mordhand zischend Atem holen.

»Was tun wir?« Schweiß glänzte auf seinem Gesicht, und er wischte sich mit dem Handrücken über den Mund.

Marit sah den Drachen an. Alfred hing schlaff und leblos wie eine Lumpenpuppe zwischen seinen Krallenhänden, aber die angstvoll geweiteten Augen verrieten, daß er bei vollem Bewußtsein war.

»Nichts«, antwortete Marit ruhig.

Mordhand runzelte die Stirn. »Aber wir müssen etwas tun! Er darf sich nicht einfach mit Alfred davonmachen ...«

Rasch legte Marit ihm die Hand auf den Mund. Er hatte nur geflüstert, trotzdem schwenkte der gigantische Reptilkopf in ihre Richtung, und die flinken Augen suchten den Wald ab.

Der tückische Blick wanderte über sie hinweg und glitt weiter. Schließlich verlor der Drache das Interesse und setzte sich in Bewegung.

Marit schöpfte Hoffnung. Ihr Feind traf keine Anstalten, sich in die Luft zu erheben, sondern blieb am Boden. Man sah jetzt, daß er verletzt war, nicht schwer, aber schwer genug, um nicht fliegen zu können. Die Membrane eines Flügels war zerrissen.

Schlecht für Alfred, dachte Marit und seufzte verhalten. Diese Wunde machte den Drachen reizbar und mißmutig. Alfred würde eines langsamen, schrecklichen Todes sterben.

Sie wartete still, bis sie ganz sicher sein konnte, daß der Drache außer Sicht- und Hörweite war. Jedesmal, wenn Hugh Mordhand zum Sprechen ansetzte, runzelte sie die Stirn und schüttelte den Kopf. Erst als das Krachen und Bersten, mit dem die gewaltige Kreatur sich einen Weg durch das Gehölz bahnte, endlich verstummte, wandte sich Marit an Hugh.

»Die Drachen haben ein ausgezeichnetes Gehör, denk daran. Du hast uns vorhin beinahe umgebracht.«

»Warum haben wir das Biest nicht angegriffen?« fragte der Assassine ungehalten. »Es ist verletzt! Mit Hilfe deiner Magie ...« Er schlug zornig mit der Hand durch die Luft.

»Meine Magie hätte uns überhaupt nichts genützt«, erklärte Marit nüchtern. »Diese Geschöpfe besitzen eigene magische Kräfte, die viel größer sind als meine. Aber wahrscheinlich hätte er es gar nicht für nötig gehalten, davon Gebrauch zu machen. Du hast seinen Giftstachel gesehen. Eine Berührung, und du bist gelähmt, hilflos, genau wie Alfred.«

»Heißt das, wir geben auf?« Hugh musterte sie grimmig.

»Nein, wir geben nicht auf.« Marit wandte ihm den Rücken zu, damit er ihr Gesicht nicht sehen und an ihrer Miene ablesen konnte, wie verlockend das Wort ›aufgeben‹ ihr in den Ohren klang. Mit ausgestrecktem Arm deutete sie auf den breiten Pfad, den der Drache hinterlassen hatte. »Wir folgen ihm. Wenn wir sein Lager finden, gelingt es uns vielleicht, Alfred zu befreien.«

»Und wenn er ihn unterwegs tötet?«

»Nein. Die Drachen des Labyrinths töten ihre Opfer nicht sofort. Sie behalten sie – zu ihrem Vergnügen.«

Es war ein Kinderspiel, dem Drachen auf der Spur zu bleiben. Für ihn gab es keine Hindernisse. Ein Schlag des gewaltigen Schweifs entwurzelte Baumriesen, Büsche und Sträucher wurden von den riesigen Pranken niedergetreten. Würgeranken, die versucht hatten, ihre arglistigen Schlingen nach dem Koloß auszuwerfen, merkten zu spät, was sie gefangen hatten. Ein Ascheteppich breitete sich aus, wo das Dickicht gewesen war.

Obgleich der Drache einen großen Vorsprung hatte, bestand Marit darauf, daß sie größte Vorsicht walten ließen, auch wenn Hugh meinte, daß ihre leisen Schritte wohl kaum so weit zu hören waren, »erst recht nicht bei dem Lärm, den unser Freund veranstaltet.« Und als der Leviathan eine andere Richtung einschlug, blieb Marit stehen, um sich mit übelriechendem Schlamm aus einem Tümpel einzureiben. Sie zwang Hugh, das gleiche zu tun.

»Ich habe erlebt, wie ein Drache ein Siedlerdorf angriff«, erzählte sie und bedeckte ihre Beine mit dem Modder. »Das Ungeheuer war schlau. Es hätte das Dorf zerstören und niederbrennen können und sämtliche Einwohner töten, aber das wäre nur ein kurzes Vergnügen gewesen. Statt dessen fing es zwei Männer lebendig – junge, starke Männer. Und dann begann es, sie zu foltern.

Wir hörten ihre Schreie – entsetzliche Schreie. Zwei Tage lang. Der Obmann beschloß, den Drachen anzugreifen und seine Männer zu retten oder wenigstens von ihren Qualen zu erlösen. Haplo war zu der Zeit noch bei mir«, fügte sie leise hinzu. »Wir kannten die roten Drachen. Wir sagten dem Obmann, er wäre ein Narr, doch er wollte nicht auf uns hören. Ausgerüstet mit ihren durch Zauberkraft verstärkten Waffen, marschierten die Krieger zur Höhle des Drachen.

Der Drache kam heraus und trug in jeder Krallenhand eines seiner Opfer. Die Krieger schossen Runenpfeile auf ihn ab, Pfeile, die niemals ihr Ziel verfehlen. Doch der Drache veränderte durch seine eigene Magie die Runen, so daß die Pfeile langsamer flogen und er sie auffangen konnte – mit den Leibern der beiden Männer.

Die Toten warf der Drache ihren Gefährten hin. Inzwischen hatten einige der Pfeile doch getroffen, der Drache war verwundet und wurde ärgerlich. Er schlug mit dem Schweif nach den Angreifern, und seine Bewegungen waren so schnell, daß man nicht ausweichen konnte. Wen der Stachel traf, der schrie auf und fiel zu Boden, und der Drache nahm die Ärmsten und brachte sie in seine Höhle, zum späteren Zeitvertreib.

Der Obmann sah sich gezwungen, den Rückzug anzutreten. Bei dem Versuch, zwei Männer zu retten, hatte er mehr als zwanzig verloren. Haplo riet ihm, aufzugeben und ins Dorf zurückzukehren, aber der Obmann war außer sich und schwor, die Gefangenen aus der Gewalt des Ungeheuers zu befreien. – Dreh dich um«, befahl sie unvermittelt. »Ich kümmere mich um deinen Rücken.«

Hugh gehorchte. »Und weiter?« fragte er mürrisch.

Marit zuckte die Schultern. »Haplo und ich beschlossen, unserer Wege zu gehen. Später trafen wir einen der Siedler, einen der wenigen Überlebenden des aussichtslosen Unterfangens. Er berichtete, der Drache habe eine ganze Woche sein Spiel mit ihnen getrieben. Er kam aus seiner Höhle, holte sich neue Opfer und verbrachte die Nächte damit, sie zu Tode zu quälen. Endlich, als niemand mehr übrig war, außer den Kranken und Schwachen, die für sein Vergnügen nicht taugten, machte er das Dorf dem Erdboden gleich.

Verstehst du jetzt?« Marit sah ihn an. »Eine Armee von Patrynkriegern könnte nicht *einen* dieser Drachen besiegen. Begreifst du, womit wir es zu tun haben?«

Hugh antwortete nicht sofort und verteilte weiter Schlamm auf Armen und Händen. »Was hast du also für einen Plan?« erkundigte er sich schließlich.

»Der Drache braucht Nahrung, und das heißt, er wird sich entfernen, um zu jagen ...«

»Falls er sich nicht entschließt, Alfred zu verspeisen.«

Marit schüttelte verneinend den Kopf. »Rote Drachen fressen ihre Opfer nicht, wo bliebe dabei der Spaß? Außerdem plagt diesen die Neugier. Er hat nie zuvor einen Sartan gesehen. Nein, er wird Alfred am Leben erhalten, wahrscheinlich länger, als es ihm lieb ist. Sobald der Drache die Höhle verläßt, um auf die Jagd zu gehen, schleichen wir hinein und befreien Alfred.«

»Wenn es noch etwas zu befreien gibt«, murmelte Hugh.

Marit sagte nichts dazu.

Die Fährte des Drachen führte sie durch den Wald und zu den Ausläufern der Berge, in Richtung des nächsten Tores. Marit und Hugh folgten ihr Stunde um Stunde, rasteten nur, um etwas zu essen, wenn ihre Kräfte nachließen, und um zu trinken, wann immer sie klares Wasser fanden.

Die Dämmerung brach herein, Wolken zogen auf. Es begann zu regnen, sehr zu Hughs Freude. Er hatte den Fäulnisgestank des Modders auf seiner Haut satt.

Außerdem bot der Regen ihnen Deckung, nachdem sie den dichten Wald hinter sich gelassen hatten und einen kahlen, steinigen Hang hinaufstiegen.

Selbst in den Bergen bereitete es keine Mühe, die Fährte des Drachen zu erkennen – solange es hell genug war, um etwas zu sehen. Er hinterließ tief eingegrabene Prankenabdrücke, Krallenspuren im felsigen Boden, zermalmte Steine. Doch es wurde Abend.

Ob der Drache in der Nacht Rast machte, vielleicht in irgendeiner Höhle? Oder hatte er vor, zu seinem Lager zurückzukehren, um sich dort in aller Ruhe mit seinem Opfer befassen zu können? Und sollten sie ihm folgen, auch nach Einbruch der Dunkelheit?

»Wenn wir rasten und der Drache nicht, gewinnt er bis zum Morgen einen großen Vorsprung«, argumentierte Hugh.

»Ich weiß.« Marit nagte unentschlossen an der Unterlippe und dachte nach.

Der Assassine wartete darauf, daß sie fortfuhr. Als das Schweigen zu lange dauerte, zuckte er die Schultern und sprach weiter.

»Ich bin kein Neuling auf dem Gebiet und schon oft in einer Lage wie dieser gewesen. Gewöhnlich verlasse ich mich auf das, was ich über meine Beute weiß, und versuche, mich in sie hineinzuversetzen. Aber ich bin daran gewöhnt, menschliches Wild zu jagen, nicht irgendwelche übernatürlichen Geschöpfe. Ich überlasse dir die Entscheidung.«

»Wir folgen ihm«, entschied sie. »Mein Runenlicht wird uns helfen.« Der bläuliche Schimmer der eintätowierten Sigel hüllte sie von Kopf bis Fuß in eine geisterhafte Aura. »Aber wir müssen langsam gehen und aufpassen, daß wir in der Dunkelheit nicht zufällig über sein Lager stolpern. Wenn der Drache uns kommen hört ...« Sie schüttelte den Kopf. »Ich erinnere mich, wie Haplo und ich einmal ...«

Sie biß sich auf die Zunge. *Weshalb rede ich ständig von Haplo? Es tut nur weh.*

Hugh hatte sich hingesetzt und war mit seiner Abendmahlzeit aus Trockenfleisch beschäftigt. Marit kaute ohne Appetit auf ihrer Ration herum. Sie konnte sich nicht überwinden, die fade, geschmacklose Masse hinunterzuschlucken. Es war töricht, an Haplo zu denken, seinen Namen auszusprechen. Als wäre er eine Zauberformel, beschwor sie damit sein Bild herauf und verlor sich in Träumereien, während doch ihr Leben davon abhing, daß sie sich voll und ganz auf die gefährliche Situation konzentrierte, in der sie und Hugh sich befanden.

Haplo war dem Tode nahe gewesen, als Xar mit ihm verschwand. Marit schloß die Augen und sah die tödliche Wunde in seiner Brust, die zerstörte Herzrune. Xar hatte die Macht, ihn zu retten. Und er würde ihn retten. Er konnte ihn nicht sterben lassen – seinen Schüler, seine rechte Hand, seinen Sohn, wie er ihn genannt hatte ...

Marit berührte mit den Fingerspitzen das Sigel an ihrer Stirn. Sie wußte es besser. Unsinnig, sich etwas vorzumachen. Überdeutlich sah sie Haplos Gesicht vor sich, die Überraschung, den Schmerz, als er erfuhr, daß sie und Xar verbunden waren. In dem Moment hatte er aufgegeben. Seine Wunden waren zu schwer, als daß er überleben konnte. Er hatte alles, was ihm noch geblieben war – sein Volk –, in ihre Obhut gegeben.

Eine Hand schloß sich mit festem Griff um die ihre.

»Haplo wird nichts geschehen.« Hughs Stimme klang belegt, er war es nicht gewohnt, Trost zu spenden. »Er ist ein zäher Bursche.«

Marit drängte die Tränen zurück und ärgerte sich über ihre Schwäche.

»Wir sollten weitergehen«, meinte sie frostig, stand auf und stieg auf dem Pfad des Drachen den Hang hinauf, ohne darauf zu achten, ob Hugh ihr folgte.

Der Regen hatte aufgehört, aber die tiefhängenden Wolken verhießen nichts Gutes. Ein heftiger Schauer, und die Fährte war ausgelöscht. Marit kletterte auf einen Felsblock und spähte voraus, um vielleicht einen Blick auf den Drachen zu erhaschen und sich zu orientieren. Statt dessen wurde ihre Aufmerksamkeit von dem düsteren roten Schein über dem gezackten Schattenriß der Berggipfel angezogen. Sie betrachtete ihn mit angstvoller Faszination.

Woher kam dieses Leuchten? War es der Feueratem der Drachenschlangen, vereint zu einem flammenden Signal, um alle Verbündeten zur Entscheidungsschlacht zu rufen? Brannte der Nexus? Oder handelte es sich um ein magisches Bollwerk der Patryn? Einen Ring aus Feuer, um sie vor ihren Feinden zu schützen?

Wenn sie die Schlacht um das Letzte Tor verloren, waren sie gefangen. Gefangen im Labyrinth, zusammen mit Kreaturen, die schlimmer waren als die roten Drachen und deren böse Macht noch stärker werden würde.

Haplo starb in dem Glauben, daß sie ihn nicht liebte.

»Marit.«

Aus ihrer Versunkenheit aufgeschreckt, drehte sie sich hastig herum und wäre beinahe abgestürzt.

Hugh Mordhand hielt sie fest. »Sieh!« Er zeigte nach oben.

Sie schaute in die Richtung, konnte aber nichts erkennen.

»Warte. Laß die Wolke vorbeiziehen. Da, siehst du jetzt?«

In dem bleigrauen Zwielicht entdeckte Marit den Drachen, der sich auf eine große schwarze Öffnung im Berghang zubewegte. Dann senkte sich Dunkelheit wie ein Vorhang über das Bild. Als das nächste Mal die Wolkendecke aufriß, war das Ungeheuer nicht zu sehen.

Sie hatten das Lager des Drachen gefunden.

Kapitel 3

Im Labyrinth

Eine furchtbare Nacht stand ihnen bevor. Sie stiegen zu der Höhle hinauf und hörten Alfred schreien.

Er schrie nicht ohne Unterbrechung. Anscheinend gewährte der Peiniger seinem Opfer Atempausen, um sich zu erholen. Während dieser Ruheperioden hörte man in der Höhle die grollende Stimme des Drachen. Was er sagte, war nur bruchstückhaft zu verstehen, doch er beschrieb seinem Opfer in allen Einzelheiten, welche Folter er als nächstes zu erproben gedachte. Schlimmer noch, er raubte ihm die Hoffnung, zermürbte seinen Lebenswillen.

»Abri … in Trümmern«, sagte der rote Drache unter anderem. »Die Einwohner … erschlagen … von Wolfsmenschen, Tigermännern überwältigt …«

»Nein«, flüsterte Marit. »Nein, es ist nicht wahr, Alfred. Glaub ihm nicht. Sei stark – sei stark.«

Einmal währte Alfreds Schweigen länger als gewöhnlich, und der Drache hörte sich ungehalten an, wie jemand, der versucht, einen hartnäckigen Schläfer zu wecken.

»Er ist tot«, meinte Hugh Mordhand finster.

Marit kletterte weiter, ohne zu antworten. Gerade als sie zu der Überzeugung kam, daß Hugh recht hatte, vernahm sie ein langgezogenes Stöhnen und die triumphierende Stimme des Drachen. Hugh und Marit tauschten einen grimmigen Blick, dann setzten sie ihren Weg fort.

Ein schmaler Steig wand sich den Berghang hinauf zum Eingang der Höhle, die ohne Zweifel jahrelang zahlreichen Bewohnern des Labyrinths als Zufluchtsort gedient hatte – bis der Drache sie in Besitz nahm. Der Pfad war nicht schwierig zu begehen, trotz des strömenden Regens, und Marits Befürchtung, im Dunkeln die Spur zu verlieren, erwies sich als unbegründet. In seiner Eile, die Höhle zu erreichen, hatte der verletzte Drache Bäume umgeknickt und Felsen zertrümmert. Seine Prankenabdrücke bildeten regelrechte Stufen.

Marit war diese ›Hilfe‹ nicht geheuer. Sie hatte den Verdacht, der Drache wußte, daß er verfolgt wurde, und er trieb sein Spiel mit ihnen. Wie auch immer, sie hatte keine andere Wahl, als sich darauf einzulassen. Der rote Schein am Himmel, der wie Wetterleuchten zwischen den aufgetürmten Sturmwolken zuckte, diente ihr als Ansporn, wenn sie verzweifelt daran dachte, aufzugeben und umzukehren.

Gegen Mitternacht hatten sie sich der Höhle so weit genähert, wie Marit es für sicher hielt. Eine kleine Nische im Fels bot wenigstens notdürftigen Schutz vor dem Regen; sie kroch hinein und winkte Hugh, ihr zu folgen.

Doch der Assassine hockte sich auf das fußbreite Band, das zu der gähnenden schwarzen Öffnung im Berg führte. Im Schein ihres Runenlichts konnte Marit den Ausdruck von ungezügeltem Haß auf seinem Gesicht erkennen. Wieder einmal wurde es still, nach einer besonders langen Phase der Marter.

»Hugh, wir können nicht weitergehen«, beschwor sie ihn. »Es ist zu gefährlich. Wir müssen warten, bis der Drache sich entfernt.«

Ein vernünftiger Plan, nur daß Alfreds Schreie schwächer wurden.

Hugh hörte ihr nicht zu. Er starrte mit zusammengekniffenen Augen an der Bergflanke hinauf. »Ich würde mich klaglos in diese elende Existenz fügen«, zischte er, »wenn ich nur dieses eine Mal die Macht hätte zu töten!«

Haß. Marit kannte das Gefühl gut. Entschlossen streckte sie die Hand aus und zerrte den Assassinen zu sich in das Versteck.

»Hör mir zu«, sagte sie eindringlich, auch um sich selbst von der Richtigkeit ihres Handelns zu überzeugen. »Du reagierst genau so, wie der Drache es will. Wir haben es mit einem verschlagenen Feind zu tun. Der Drache quält Alfred *und* uns. Er *will*, daß wir den Kopf verlieren und in blinder Wut in die Höhle stürmen, aber den Gefallen werden wir ihm nicht tun. Wir bleiben hier sitzen und warten, bis er auf die Jagd geht oder uns etwas Besseres einfällt.«

Hugh zog die Brauen zusammen und betrachtete sie finster. Einen Moment lang glaubte Marit, er wolle sich gegen sie auflehnen. Natürlich hatte sie die Macht, ihn aufzuhalten. Er war ein kräftiger Mann, aber nur ein Nichtiger und deshalb schwach, verglichen mit ihr. Trotzdem wollte sie eine Auseinandersetzung vermeiden. Ein magisches Kräftemessen würde die Aufmerksamkeit des Drachen erregen – wenn er nicht schon wußte, daß sie auf seiner Türschwelle saßen –, und davon abgesehen war dieser verfluchte Sartandolch zu bedenken, den Hugh im Gürtel trug …

Marit schnalzte mit der Zunge, ihr Griff um Hughs Arm lockerte sich. Der Assassine zwängte sich neben ihr in den winzigen Felsspalt. »Was nun? Ist dir eine Idee gekommen?«

»Vielleicht sollte ich dich doch in blinder Wut in die Höhle stürmen lassen. Dieser Todesdolch, hast du ihn noch?«

»Ja, ich habe das verwünschte Ding noch. Mit ihm ist es dasselbe wie mit meinem neuen Leben von Alfreds Gnaden – weder das eine noch das andere scheine ich loswerden zu können …« Hugh unterbrach sich, als ihm Marits Gedankengang klar wurde. »Wir könnten den Dolch benutzen, um Alfred zu retten?«

»Möglich.« Marit krauste die Stirn. »Er ist eine mächtige Waffe, aber ich bin mir nicht sicher, ob selbst ein derartiges magisches Artefakt etwas gegen einen roten Drachen auszurichten vermag. Doch als Ablenkung könnte es taugen – und uns Zeit verschaffen.«

»Der Dolch muß glauben, daß Alfred in Gefahr ist. Nein …« Hugh schnippte mit den Fingern, »er muß nur glauben, daß *ich* in Gefahr bin.«

»Du stürmst hinein. Der Drache greift dich an, und der Todesdolch greift den Drachen an. Ich suche Alfred, flöße ihm soviel Kraft ein, daß er sich auf den Beinen halten kann, und wir verschwinden …«

»Die Sache hat einen kleinen Haken. Der Dolch könnte auch dich attackieren.«

Marit zuckte die Schultern. »Du hast Alfreds Schreie gehört. Er wird schwächer. Vielleicht hat der Drache genug von seinem Spiel, oder weil Alfred ein Sartan ist, weiß er nicht, was er tun soll, um ihn am Leben zu erhalten. Wie auch immer – Alfred stirbt. Wenn wir noch länger zögern, ist es unter Umständen zu spät.«

Wenn sie nicht schon zu lange gezögert *hatten.* Die Worte hingen unausgesprochen zwischen ihnen in der Luft. Von Alfred war, seit sie hier Posten bezogen hatten, nichts zu hören gewesen, nicht einmal ein Stöhnen. Auch der Drache verhielt sich merkwürdig still.

Hugh Mordhand tastete an seinem Gürtel entlang und zog die primitive, häßliche Sartanklinge hervor – den Todesdolch. Er hielt die Waffe wie etwas Ekelerregendes von sich ab und betrachtete sie mit angewidert verzogenem Gesicht.

»Brrr«, er schüttelte sich, »das verdammte Ding windet sich in meiner Hand wie eine Schlange. Bringen wir es hinter uns. Ich will mich lieber mit einem Drachen schlagen, als noch länger mit diesem Dämonenspielzeug zu tun haben!«

Geschaffen von den Sartan, sollte der Todesdolch den Nichtigen in den Kriegen gegen die mächtigen Feinde ihrer ›Herren‹ als Waffe dienen. Die Klinge besaß Intelligenz und nahm von selbst eine Gestalt an, die geeignet war, ihren Gegner zu überwältigen. Hugh – oder sonst einen beliebigen Nichtigen – benötigte sie nur als Mittel der Beförderung, jedoch nicht, um im Kampf geführt zu werden. Dennoch schützte sie bei Gefahr ihren Träger, hauptsächlich aber jeden Sartan, der in Bedrängnis geriet. Unglücklicherweise, wie Hugh zu bedenken gegeben hatte, handelte es sich bei den Erzfeinden der Sartan um Marits Volk, die Patryn, deshalb bestand die Wahrscheinlichkeit, die *große* Wahrscheinlichkeit, daß der Todesdolch sie angriff, nicht den Drachen.

»Wenigstens weiß ich mittlerweile, wie ich das unselige Ding bändigen kann«, meinte er. »Sollte er sich gegen dich wenden, werde ich …«

»… Alfred retten«, fiel Marit ihm ins Wort. »Ihn nach Abri bringen, zu den Heilern. Vergeude keine Zeit damit, mir helfen zu wollen«, fügte sie hinzu, als er den Mund aufmachte, um zu protestieren. »Der Dolch wird gnädiger sein als der Drache.«

Hugh blickte sie eindringlich an, nicht, weil er Einwände erheben wollte, sondern um abzuschätzen, ob sie nur leeres Stroh drosch oder den Mut hatte, ihren Worten entsprechend zu handeln.

Marit hielt seinem Blick stand. Mordhand nickte knapp und verließ den Felsspalt, Marit folgte ihm. Wie der Zufall – oder das Labyrinth – es wollte, hörte der Regen, der ihnen bisher Deckung geboten hatte, in diesem Moment auf. Eine leichte Brise strich durch die Bäume und überschüttete sie mit kalten Tropfenschauern. Die beiden standen auf dem schmalen Pfad und wagten kaum zu atmen.

Kein Wimmern, kein Stöhnen, dabei waren es kaum hundert Schritte bis zum Höhleneingang. Man sah ihn deutlich, ein gähnendes schwarzes Loch in der weißgrauen Fläche des Abhangs.

»Vielleicht schläft der Drache«, flüsterte Hugh.

Marit quittierte die Vermutung mit einem Nicken und einem Schulterzucken. Selbst wenn – Drachen hatten einen leichten Schlaf.

Der Assassine übernahm die Führung. Er bewegte sich lautlos, mit einer Umsicht und Geschmeidigkeit, für die Marit ihn bewunderte. Auch sie verursachte kein Geräusch, trotzdem hatte sie das Gefühl, daß der Drache sie kommen hörte, daß er im Dunkel der Höhle auf der Lauer lag.

Sie erreichten den Eingang. Mit dem Rücken eng an die Felswand gepreßt, schob Hugh sich behutsam näher heran, um einen Blick ins Innere zu werfen, ohne selbst gesehen zu werden. Marit wartete in einiger Entfernung, wo sie, hinter einem Busch verborgen, die Höhle im Auge behalten konnte.

Immer noch kein Laut. Kein Atemzug, kein Schaben von Schuppenhaut gegen Stein, kein verletzter Flügel schleppte raschelnd über felsigen Boden. Der Regen hatte ihr den Schlamm vom Körper gewaschen, und die Runen auf ihrer Haut strahlten verräterisch hell. Der Drache brauchte nur einen Blick nach draußen zu werfen, um zu wissen, daß er Gesellschaft hatte. Trotzdem unternahm sie nichts, um den Schimmer der Runen zu dämpfen, denn er konnte ihr helfen, in der Dunkelheit Alfred zu finden.

Hugh neigte den Kopf zur Seite und lauschte angestrengt. Geraume Zeit verharrte er so, bis er Marit ein Zeichen gab. Ohne den Blick von der schwarzen Öffnung abzuwenden, überquerte sie geduckt den Pfad und lehnte sich neben ihm an den Fels.

Seine Stimme war nur ein Hauch. »Finster wie im Herzen eines Elfen da drin. Zu sehen ist nichts, aber ich glaube, ich habe jemanden atmen gehört. Rechte Seite. Könnte Alfred sein.«

Also lebte er noch. Ein kleiner Hoffnungsschimmer.

»Irgendeine Spur von dem Drachen?«

»Abgesehen vom Gestank?« Hugh rümpfte die Nase. »Nein, kein Lebenszeichen.«

Der Geruch war tatsächlich grauenhaft – nach Verwesung und Fäulnis. Mancher Vermißte aus Abri – der spurlos verschwundene Schafhirt, das unbeaufsichtigt spielende Kind, der Kundschafter, der nicht wiederkam – hatte möglicherweise in dieser Höhle ein furchtbares Ende gefunden.

Daß von dem Drachen nichts zu sehen und zu hören war, konnte vieles bedeuten. Vielleicht erstreckte sich die Höhle tiefer in den Berg, als sie ahnten. Vielleicht gab es einen Hinterausgang. Vielleicht wußte er tatsächlich nichts von ihrer Anwesenheit. Vielleicht war die Verletzung des Drachen schwerer als angenommen, und er hatte sich in seinem Schlupfwinkel verkrochen, um zu schlafen. Vielleicht – vielleicht …

Marit waren im Leben nur wenige Dinge geglückt. Sie hatte immer die falsche Entscheidung getroffen, das Falsche gesagt oder getan oder war zur falschen Zeit am falschen Ort gewesen. Sie hatte den Fehler gemacht, bei Haplo zu bleiben, dann machte sie den Fehler, ihn zu verlassen. Sie hatte den Fehler gemacht, Xar zu vertrauen. Schließlich beging sie den Fehler, ihre Liebe zu Haplo neu zu beleben, nur um ihn wieder zu verlieren.

Endlich mußte sie doch einmal Glück haben. Ein einziges Mal, das war das Schicksal ihr schuldig!

Der Drache soll schlafen.

Ich will weiter nichts, als daß der Drache schläft, tief und fest.

Wie Schatten glitten sie und Hugh ins Innere der Höhle. Der Eingang war nicht sehr breit oder hoch, ein knapp bemessener Durchschlupf für den Drachen, wie die glitzernden roten Schuppen oben und an den Seiten des Felsenbogens verrieten. Hinter der kurzen Passage öffnete sich eine große, annähernd kreisrunde Grotte. Marits bläulich-rotes Runenlicht huschte über die feuchten Wände und eine Öffnung im hinteren Teil der Höhle. Sie war groß genug für den Drachen, und offenbar hatte er sie benutzt, denn der Raum, in dem sie standen, war leer.

Leer, bis auf die grausigen Trophäen des Ungeheuers.

Leichen in verschiedenen Stadien der Verwesung waren an den

Wänden angekettet. Männer und Frauen und Kinder – alle unter Schmerzen und Qualen gestorben. Hugh Mordhand, der Assassine, Handlanger des Todes, fühlte, wie ihm Übelkeit die Kehle zuschnürte. Er beugte sich vor und würgte.

Die schiere Brutalität, sie sinnlose Grausamkeit erschütterten sogar Marit. Entsetzen und brennende Wut auf eine Kreatur, die imstande war, zu ihrem Vergnügen derartige Taten zu begehen, drohten sie zu überwältigen. Die Höhle verschwamm vor ihren Augen. Sie fühlte sich benommen, schwindelig und hatte Angst, ohnmächtig zu werden. Hastig tat sie einen Schritt nach vorn, um durch die Bewegung den Bann zu brechen.

»Alfred!« Hugh richtete sich auf und deutete mit der ausgestreckten Hand in die Dunkelheit.

Tatsächlich entdeckte Marit die schmächtige Gestalt des Sartan zwischen den Toten. Er war am Leben, aber sie hätten nicht später kommen dürfen, nach seinem Aussehen zu urteilen.

»Geh zu ihm«, sagte Hugh mit rauher Stimme. »Ich passe auf.« Er hielt den Todesdolch in der Faust. Die Klinge verströmte ein kränkliches grünes Licht.

Marit lief zu der Stelle, wo Alfred wie die zahllosen übrigen Opfer in Ketten an der Wand hing. Sein Kopf war auf die Brust gesunken. Man hätte ihn für tot halten können, aber er atmetete, wenn auch mühsam und rasselnd. Sie mußte vorsichtig sein, um ihn nicht zu erschrecken, doch als sie behutsam mit den Fingerspitzen seine Wange berührte, stöhnte Alfred, bäumte sich auf, und seine Ketten klirrten.

Marit hielt ihm den Mund zu, hob seinen Kopf an und zwang ihn, ihr ins Gesicht zu sehen. Sie wagte nicht, laut zu sprechen, und ein Flüstern nahm er in seinem Zustand vermutlich gar nicht wahr.

Er starrte sie aus glasigen, hervorquellenden Augen an, in denen sich kein Erkennen spiegelte, nur Angst und Schmerzen. Instinktiv wehrte er sich gegen ihre Hand, war aber viel zu schwach, um sich zu befreien. Seine Kleider waren mit Blut getränkt. Blut bildete Lachen unter seinen Füßen, aber sein Körper – soweit Marit sehen konnte – war unverletzt.

Der Drache hatte seinem Opfer tiefe Wunden zugefügt, um sie anschließend wieder zu heilen. Wahrscheinlich viele Male. Der Verstand hatte am meisten gelitten – Alfred befand sich auf der Schwelle zum Wahnsinn.

»Hugh!« Sie mußte das Risiko eingehen, seinen Namen zu rufen, und obwohl es kaum mehr als ein lautes Flüstern war, hallte ihre Stimme unheimlich durch die Felsengrotte. Ein zweites Mal zu rufen wagte sie nicht.

Hugh tat ein paar Schritte in ihre Richtung, ohne den Blick von der Öffnung abzuwenden. »Ich glaube, ich habe gehört, wie sich da drinnen etwas bewegt. Du solltest dich beeilen.«

Und genau das war unmöglich!

»Wenn ich ihn nicht heile«, erklärte sie leise, »stirbt er uns unter den Händen. Er erkennt mich nicht einmal.«

Hugh schaute Alfred an, dann Marit. Er hatte die Heiler der Patryn bei der Arbeit beobachtet; er wußte, wie sie vorgingen. Marit mußte ihre gesamten magischen Kräfte auf Alfred konzentrieren, seine Qualen und Schmerzen absorbieren und ihre lebensspendende Energie in ihn einströmen lassen. Das hieß, sie war eine geraume Zeit außer Gefecht gesetzt und nach dem Heilungsprozeß ebenso schwach und hilflos wie Alfred.

Der Assassine gab mit einem Nicken zu verstehen, daß er begriffen hatte, dann kehrte er auf seinen Posten zurück.

Marit berührte die Handschellen, mit denen Alfred an den Felsen gekettet war, und sprach mit gedämpfter Stimme die Runen. Blaue Feuerschlangen wanden sich um ihren Arm, die Fesseln sprangen auf, und Alfred sank zu Boden. Er hatte das Bewußtsein verloren.

Rasch kniete Marit neben ihm nieder, ergriff seine Hände – die rechte mit ihrer linken, die linke mit ihrer rechten –, schloß den Kreis und beschwor die heilenden Kräfte.

Eine Folge fantastischer, herrlicher, wunderbarer und erschreckender Bilder drang in ihr Bewußtsein. Sie befand sich hoch über Abri, sehr hoch; es war, als schaute sie vom Gipfel eines Berges auf die Stadt tief unten hinab. Und dann sprang sie von dem Berggipfel und fiel – aber nein, sie fiel nicht. Sie schwebte in der Luft, getragen von unsichtbaren Strömungen wie ein Schwimmer im Ozean. Sie *flog*.

Die Erfahrung machte ihr angst, bis sie sich daran gewöhnt hatte. Dann war es großartig. Sie besaß riesige, kraftvolle Schwingen, krallenbewehrte Vorderpranken, einen langen, anmutigen Hals, dolchscharfe Zähne. Sie war riesig und ehrfurchtgebietend, und wenn sie auf ihre Feinde niederstieß, flohen sie in panischem Entsetzen. Sie war Alfred, der Drachenmagier.

Sie kreiste schützend über Abri, säte Furcht unter die Angreifer und warf jene in den Staub, die kühn genug waren, den Kampf aufzunehmen. Sie sah Fürst Xar und Haplo – winzige, unbedeutende Geschöpfe –, und sie empfand Alfreds Sorge um seine Freunde, seine Entschlossenheit, ihnen beizustehen …

Plötzlich ein Schatten, aus den Augenwinkeln erspäht – ein verzweifelter Versuch auszuweichen – zu spät.

Etwas rammte sie seitlich mit Wucht, und sie drehte sich mehrmals um die eigene Achse, konnte sich nicht halten und stürzte in einer Spirale dem Boden entgegen. Heftig mit den Flügeln schlagend, gewann sie langsam wieder Höhe, und im selben Moment, als sie ihren Gegner erspähte – einen roten Drachen –, griff er sie erneut an.

Verworrene Bilder von einem Fall, unaufhaltsam, dem Aufprall … Marit krümmte sich vor Schmerzen und biß sich auf die Lippen, um nicht zu schreien. Ein Teil von ihr war Alfred, doch ein anderer Teil war immer noch in der Höhle des Drachen und sich der Gefahr bewußt.

Sie konnte Hugh sehen, der in angespannter Haltung den Hintergrund der Höhle beobachtete. Er wandte sich ihr zu, gestikulierte, sagte etwas. Sie konnte es nicht hören, aber sie verstand auch so.

Der Drache kam.

»Alfred!« Marit umklammerte die Handgelenke des Sartan fester. »Alfred, wach auf!«

Er regte sich und stöhnte, seine Lider zuckten, und ein Schwall furchtbarer Erinnerungen überflutete Marit – der brennende, lähmende, betäubende Schmerz des Drachengifts; brodelnde, sengende Dunkelheit; ein Erwachen in Qual und Pein. Marit konnte die Schreie nicht länger zurückhalten.

Und der Drache glitt in die Höhle.

Kapitel 4

Im Labyrinth

Der Drache hatte sich die ganze Zeit über in den Schatten der Felsenkammer verborgen gehalten, die beiden selbstlosen Retter beobachtet und auf den geeigneten Moment gewartet, wenn sie am schwächsten, am verwundbarsten waren, um anzugreifen. Ein seltener Glücksfall, daß man ihn in seiner Höhle beehrte, denn die Patryn wußten, daß es sinnlos war, ihm seine Beute entreißen zu wollen, und folgten ihm nicht. Er hatte diese beiden schon im Wald bemerkt und angenommen, daß sie auf der Suche nach ihrem Freund waren. Natürlich lockte es ihn, sie zu greifen, doch wegen seiner Verletzung fühlte er sich einem Kampf nicht gewachsen und hatte sich wohl oder übel mit einem Opfer begnügt.

Zu seiner größten Wonne stellte er fest, daß sie die Verfolgung aufnahmen. Patryn waren nicht oft so töricht, aber diesen beiden haftete eine merkwürdige Witterung an. Der Mann hatte einen fremdartigen Geruch, wie ihn der Drache im Labyrinth noch nie wahrgenommen hatte. Die Frau verstand der Drache gut. Sie war eine Patryn und verzweifelt. Die Verzweifelten sind oftmals töricht.

In seinem Schlupfwinkel angelangt, nahm der Drache sich viel Zeit, das *Ding* zu foltern, das er gefangen hatte – das Ding, das ein Drache gewesen war, um sich unversehens in einen Menschen zu verwandeln. Das Ding verfügte über starke Magie; es war kein Patryn, aber es war einem Patryn ähnlich. Der Drache war fasziniert, jedoch nicht so sehr, daß er sich bewogen gefühlt hätte, der Sache auf den Grund zu gehen. Zu seinem Mißvergnügen erwies sich das Wesen als wenig unterhaltsam. Es war beklagenswert schwach und schien nach kurzer Zeit schon dem Tode nahe zu sein.

Gelangweilt und zudem geschwächt von seiner Verletzung, hatte der Drache sich in den inneren Bereich seiner Höhle zurückgezogen, um seine Wunden zu heilen und auf Beute besserer Qualität zu warten.

Seine Erwartungen wurden übertroffen. Die Patrynfrau erwies ihm tatsächlich den Gefallen, das Ding zu heilen, so daß es nun vielleicht noch bis zum nächsten Abend gute Dienste leisten konnte. Und die Patrynfrau – sie war jung und stolz, an ihr würde er lange seine Freude haben. Der Mann gab dem Drachen Rätsel auf. Er war derjenige mit dem fremden Geruch und ohne jede Magie. Kein gutes Spielzeug, doch er sah groß und kräftig aus. Zumindest konnte er als akzeptable Mahlzeit dienen.

Der Drache wartete ab, bis die Runenmagie der Patrynfrau von dem Heilungsprozeß in Anspruch genommen war. Dann setzte er sich in Bewegung.

Gemächlich schob sich der Drache aus seiner Schlafhöhle. Hugh erschien die Öffnung groß, aber sie war fast zu eng für den massigen Echsenleib. Mordhand blieb stehen, weil er annahm, der Drache würde erst angreifen, wenn sein ganzer Körper, einschließlich des mit einem Giftstachel bewehrten Schweifs, zum Vorschein gekommen war. Der Sartandolch vibrierte in seiner Hand.

Fast hatte es den Anschein, daß der Dolch verwirrt war, unschlüssig. Hugh verfluchte sich, weil er nicht besser über die Waffe Bescheid wußte. Er konnte sich an nichts von dem erinnern, was Haplo oder Alfred über den Dolch gesagt hatten, nur daran, daß es sich um ein Artefakt der Sartan handelte. Aber war nicht auch dieses Labyrinth mitsamt allen Kreaturen darin – eingeschlossen dieser Drache – ein Werk der Sartan?

Der Dolch war im Zweifel. Er registrierte Emanationen derselben Magie, die in ihm wirkte, doch er registrierte auch Gefahr. Hätte der Drache sich nur auf Marit gestürzt, wäre die Klinge passiv geblieben. Aber der Drache war hungrig. Er hatte vor, Hugh zu fangen und zu verspeisen; anschließend, frisch gestärkt, wollte er sich der anderen, interessanteren Beute zuwenden. Mit dem Hinterleib steckte der Drache noch in dem Durchschlupf, deshalb konnte er von seinem Giftstachel keinen Gebrauch machen. Sieggewohnt glaubte er, dieser tödlichen Waffe nicht zu bedürfen, und holte mit der Vordertatze aus, um Hugh Mordhand zu zerreißen und zu verschlingen, solange sein Blut noch dampfte.

Für Hugh kam die Attacke überraschend. Geduckt sprang er zurück.

Die scharfen Krallen fuhren über seinen Leib, zerschnitten das lederne Wams, als wäre es dünne Seide, und zogen blutige Furchen durch Haut und Muskeln.

Die Feindseligkeit gegenüber seinem Träger nötigte den Sartandolch zum Handeln. Er befreite sich aus Hughs Griff.

Der Schlag eines gewaltigen Schuppenschweifs schleuderte den Assassinen zur Seite. Hugh rollte über den Boden und prallte gegen Marit und Alfred. Die beiden sahen schrecklich aus – Marit fast so elend wie Alfred. Sie machten einen benommenen Eindruck. Mordhand schnellte in die Höhe, um sich und seine wehrlosen Gefährten zu verteidigen, doch bei dem Anblick, der sich ihm bot, erstarrte er und glaubte, seinen Augen nicht trauen zu können.

Zwei Drachen befanden sich in der Höhle.

Der zweite Drache – die Inkarnation des Todesdolchs – war ein beeindruckendes Geschöpf. Schlangenähnlich, ohne Flügel, aber umhüllt von einem Schuppenpanzer, der aus Myriaden glitzernder Smaragde und Saphire zusammengesetzt zu sein schien. Er stürzte sich auf seinen Gegner, und bevor der rote Drache wußte, wie ihm geschah, schlossen sich die Kiefer des blaugrünen Drachen um seinen Nacken.

Blutige Fleischfetzen hingen zwischen den Zähnen des Angreifers, als es dem vor Wut und Schmerz kreischenden roten Drachen gelang, sich loszureißen. Mit einer gewaltigen Kraftanstrengung wuchtete er sich aus dem Stollen hervor und hieb mit dem Schweif nach seinem Widersacher, dessen plötzliches Auftauchen er sich nicht zu erklären vermochte. Der Giftstachel bohrte sich wieder und wieder in den Leib des blaugrünen Drachen.

Hugh hatte genug gesehen. Die Drachen kämpften miteinander und hatten die Nichtigen vergessen, doch er und seine Freunde liefen Gefahr, bei dem Wüten zerquetscht zu werden.

»Marit!« Er schüttelte sie.

Die Patrynfrau hielt immer noch Alfreds Hände umklammert, ihr Gesicht war bleich und eingefallen. Ungläubig starrte sie auf die beiden tobenden Giganten. Alfred war zu sich gekommen, doch offenbar hatte er keine Ahnung, wo er sich befand oder in welcher Gefahr. Leer und verständnislos schaute er sich um.

»Marit, wir müssen uns in Sicherheit bringen!« schrie Hugh.

»Wo ist dieser zweite Drache …«

»Der Todesdolch«, antwortete Hugh knapp. Er beugte sich über Alfred. »Nimm seinen anderen Arm!«

Die Aufforderung war unnötig, Marit hatte bereits zugegriffen. Mit vereinten Kräften hievten sie Alfred auf die Füße und schleppten ihn an den kämpfenden Drachen vorbei zum Höhlenausgang. Die tonnenschweren Echsenleiber bäumten sich auf, riesige Schädel rammten die Höhlendecke; Steinsplitter und Staub rieselten herab. Magische Blitze flammten und gleißten ringsum.

Geblendet, nach Luft ringend und bei jedem Schritt in der Angst, zu Tode getrampelt oder von einer der Feuerkugeln zu Asche verbrannt zu werden, retteten die drei sich ins Freie. Draußen angelangt, flüchteten sie den schmalen Saumpfad hinunter, bis Alfred nicht mehr weiterkonnte. Hugh und Marit machten halt und ließen ihn zu Boden sinken. Hinter ihnen ertönte das Schmerz- und Zorngebrüll der Drachen.

»Du bist verletzt!« Marit schaute besorgt auf Hughs klaffende Wunde.

»Das heilt«, sagte er bissig. »Stimmt's, Alfred? Ich werde unseren Freund tragen, damit wir weiterkönnen.«

Hugh machte Anstalten, sich den Sartan auf die Schulter zu laden, aber der stieß ihn zurück.

»Ich kann ohne Hilfe gehen«, meinte er und stand taumelnd auf. Ein gellendes Kreischen maßloser Wut ließ ihn zusammenzucken und erbleichen. Er warf einen scheuen Blick zurück zum Höhleneingang. »Was ...?«

»Keine Zeit für Erklärungen! Lauf!« kommandierte Marit. Sie legte Alfred die Hand auf die Schulter und schob ihn vor sich her.

Hugh sah sie an. »Wohin?«

Marit zeigte den Pfad entlang. »Du kümmerst dich um Alfred. Ich übernehme die Nachhut.«

Das Ringen der Titanen erschütterte den Boden. Auf dem regennassen Fels und Geröll hastete Hugh rutschend und schlitternd den schmalen Steig hinunter, den stolpernden und mit den Armen rudernden Alfred im Schlepptau. Marit folgte langsamer und behielt dabei den Höhleneingang im Auge. Als sie glücklich unten anlangten, waren sie alle drei zerschunden und am Ende ihrer Kräfte.

»Hört doch!« Marit blieb stehen.

Stille. Kein Laut. Der Kampf war vorbei.

»Ich wüßte gerne, wer gesiegt hat«, meinte Hugh. »Mit etwas Glück haben sie sich gegenseitig umgebracht. Mir wäre es recht, wenn ich diese verfluchte Klinge niemals wiedersehen müßte.«

Das Schweigen dauerte an, es wirkte seltsam bedrohlich. Und Marit wünschte sich, weit weg zu sein. Sehr weit weg.

»Wie geht es euch?« erkundigte sie sich, an Hugh und an Alfred gewandt.

Hugh knurrte und deutete auf seinen Leib. Die Wunden hatten sich fast geschlossen, nur der Riß in dem Lederwams zeigte an, wo sie gewesen waren. Zur Erklärung öffnete er sein Hemd und entblößte eine einzelne Sartanrune auf seiner Brust. Alfred lief rot an und senkte den Blick.

Plötzlich ließ eine Explosion aus der Richtung der Höhle den Boden erzittern. Die drei starrten sich an, verstört, erschrocken, fragend.

Danach herrschte erneut tiefe Stille.

»Wir sollten weitergehen«, sagte Marit halblaut.

Alfred nickte fahrig. Er tat ein paar beflissene Schritte, stolperte über seine eigenen Füße und lief, wie von bösen Mächten gelenkt, geradewegs gegen einen Baum.

Seufzend griff Marit nach seinem Arm. Hugh Mordhand tat auf der anderen Seite das gleiche.

»Hugh!« Marit zeigte auf den blutfleckigen Waffengurt um seine Taille.

Daran hing in seiner Scheide, als wäre nichts geschehen, der Todesdolch.

Kapitel 5

Im Labyrinth

»Ich kann nicht … nicht mehr weiter.« Alfred ließ sich fallen und blieb regungslos liegen.

Ungeduldig sah Marit auf ihn hinab. Für eine Rast war keine Zeit. Andererseits, obwohl sie es nicht gerne zugab, waren auch ihre Kräfte verbraucht. Wann hatte sie eigentlich das letzte Mal geschlafen? »Ruh dich aus«, sagte sie mißmutig, ging zu einem Baumstumpf und setzte sich hin. »Aber nur kurz, bis wir alle wieder zu Atem gekommen sind.«

Alfred lag mit geschlossenen Augen auf dem Boden, das Gesicht halb in der aufgeweichten Erde vergraben. Er sah alt aus, alt und gebrechlich. Es fiel Marit schwer zu glauben, daß dieser schmächtige Sartan mit dem strahlenden, mächtigen grüngoldenen Drachen identisch sein sollte, den sie am Himmel über Abri gesehen hatte.

»Was ist los mit ihm?« fragte Hugh Mordhand, der in diesem Moment am Rand der kleinen Lichtung erschien. Der Assassine war Marit und Alfred in einiger Entfernung gefolgt, um ihnen den Rücken freizuhalten. Marit zuckte die Schultern, Reden war zu anstrengend. Alfred ging es so wie ihr. Auch er fragte sich: Wozu die Mühe? Warum nicht einfach aufgeben?

»Ich habe Wasser gefunden«, berichtete Hugh und deutete über die Schulter. »Nicht weit von hier …«

Marit schüttelte den Kopf. Alfred gab kein Lebenszeichen von sich.

Hugh setzte sich hin, doch nach ein paar Minuten hielt er es nicht mehr aus und sprang auf. »In Abri wären wir besser aufgehoben …«

»Für wie lange?« entgegnete Marit bitter. »Sieh doch. Sieh dir das an.«

Hugh legte den Kopf in den Nacken und spähte durch das Gewirr der Blätter und Zweige. Über den Himmel, eben noch grau in grau, sickerte ein fahles, rötliches Glühen.

Die Runen auf Marits Haut machten sich nur schwach bemerkbar. Kein Feind befand sich in der Nähe. Und doch schwand ihre Hoffnung um so mehr, je weiter der rote Schimmer sich ausbreitete.

Sie schloß resigniert die Augen.

Einmal hatte es eine Hoffnung gegeben. Ihr Kind. Ihres und Haplos. Ein Mädchen. Ihr Name – Reue. Sie zählte jetzt acht Tore, und Marit konnte sie vor sich sehen – mager und knochig, groß für ihr Alter, mit dem braunen Haar der Mutter und dem ruhigen Lächeln des Vaters …

»He!«

Marit schrak auf. Hughs Hand lag auf ihrer Schulter, er hatte sie festgehalten, als sie umzusinken drohte.

Sie errötete tief. »Tut mir leid. Ich muß eingenickt sein.« Schwerfällig stand sie auf und rieb sich die brennenden Augen. Die Versuchung war groß, zu glauben, daß der Traum eine Bedeutung hatte. Daß er ihr sagen wollte: Haplo lebt. Er kommt zurück. Gemeinsam wird es uns gelingen, unser Kind zu finden.

Ärgerlich schüttelte sie die weiche Stimmung ab. Ein Traum, ermahnte sie sich streng. Nichts weiter. Was geschehen ist, läßt sich nicht rückgängig machen. Ich habe mein Recht auf Glück verscherzt.

»Wie bitte?« Alfred setzte sich auf. »Was hast du gesagt? Etwas über Haplo?«

Hatte sie wirklich laut gesprochen? Vielleicht – sie war so müde, daß sie nicht mehr wußte, was sie tat.

»Wir machen uns besser auf den Weg«, meinte sie ausweichend.

Während Alfred mühsam aufstand, schaute er sie mit einem seltsam forschenden Blick an. »Wo ist Haplo? Ich habe ihn mit Fürst Xar gesehen. Sind sie in Abri?«

Marit wandte das Gesicht ab. »Nicht in Abri. In Abarrach.«

»Abarrach … Die Kunst der Nekromantie …« Alfred sank erschüttert auf einen umgestürzten Baumstamm. »Er ist der Versuchung erlegen.« Er seufzte. »Dann ist Haplo tot.«

»Du lügst!« Marit fuhr zu ihm herum. »Mein Gebieter würde ihn nicht sterben lassen!«

»Wollen wir wetten?« Hugh Mordhand lachte kurz auf. »Du selbst wurdest ausgesandt, um Haplo zu ermorden – von deinem Gebieter!«

»Weil er glaubte, Haplo wäre ein Verräter!« Marit ballte die Hände zu Fäusten. »Jetzt weiß Fürst Xar, daß er von den Drachenschlangen verleumdet wurde. Xar wird Haplo nicht sterben lassen! Niemals!«

Sie war so erschöpft, daß sie zu schluchzen anfing wie ein verängstigtes Kind. Verlegen rang sie um Beherrschung, aber der Schmerz in ihrer Brust war zu groß. Die innerliche Leere, die sie so lange gehegt und gepflegt hatte, füllte sich plötzlich mit einer brennenden Qual, die nur Tränen lindern konnten. Sie hörte Alfred zögernd näher kommen und drehte ihm abrupt den Rücken zu.

Die Schritte verstummten.

Schließlich gewann Marit ihre Fassung wieder und wischte sich die Tränen aus dem Gesicht. Sie fühlte sich zerschlagen wie nach einer großen körperlichen Anstrengung.

Hugh Mordhand starrte finster auf den Boden und stieß mit dem Fuß nach einem Grasbüschel. Alfred saß vornübergebeugt da, die Hände zwischen den spitzen Knien, und ließ gedankenversunken den Kopf hängen.

»Es tut mir leid.« Ihr Tonfall war gewollt barsch. »Ich bin müde, weiter nichts. Wir sollten endlich weitergehen ...«

»Marit«, unterbrach Alfred sie schüchtern, »auf welchem Weg ist Fürst Xar ins Labyrinth gelangt?«

»Ich weiß es nicht. Er hat nichts darüber gesagt. Ist das wichtig?«

Alfred runzelte die Stirn. »Der Vortex. Er muß gewußt haben, daß wir dorther gekommen sind. Von dir, nehme ich an?«

Marits Wangen brannten. Unwillkürlich fuhr ihre Hand zur Stirn, um das Mal zu berühren, das Xar ihr einst als Zeichen der Verbundenheit eintätowiert hatte, um es auf der Walstatt von Abri wieder zu zerstören. Als sie merkte, daß Alfred sie beobachtete, ließ sie die Hand schnell wieder sinken.

»Aber der Vortex ist zerstört ...«

»Er kann nicht zerstört werden«, widersprach Alfred. »Der Berg ist eingestürzt und versperrt den Zugang. Hineinzukommen wird nicht leicht sein, aber möglich wäre es. Wie auch immer ...« Er legte nachdenklich den Finger an die Lippen.

»Auf dem Weg kann er nicht fliehen!« rief Marit. »Das Tor öffnet sich nur in einer Richtung – das hast du zu Haplo gesagt!«

»Vorausgesetzt, Freund Alfred ist bei der Wahrheit geblieben«, knurrte Hugh Mordhand. »Denk dran, *er* war derjenige, der nicht gehen wollte!«

»Ich habe die Wahrheit gesagt.« Alfred stieg das Blut in die Wangen. »Wenn man darüber nachdenkt, ist es ganz logisch. Würde das Tor sich nach beiden Seiten öffnen, wäre das Labyrinth kein Gefängnis.«

Marits Erschöpfung war verflogen, frische Kraft durchströmte sie. »Wenn Xar das Labyrinth verlassen will, muß er zum Letzten Tor. Dort wird er sehen, in welcher Bedrängnis wir sind! Mein Volk wird zu ihm schreien, daß er uns beisteht. Er kann uns nicht im Stich lassen. Wir werden meinen Gebieter dort finden, am Letzten Tor. Und Haplo an seiner Seite.«

»Vielleicht«, murmelte Alfred, und diesmal war er es, der ihrem Blick auswich.

»Nicht nur vielleicht«, sagte Marit bestimmt. »Brechen wir auf. Ich könnte von meiner Magie Gebrauch machen – sie bringt mich zu ...« *Xar,* hatte sie sagen wollen, aber dann fiel ihr wieder ein, was geschehen war. Die Wunde an ihrer Stirn brannte. »Zum Letzten Tor«, beendete sie ernüchtert den Satz. »Ich bin dort gewesen und kann es mir vergegenwärtigen.«

»Du hast die Möglichkeit«, meinte Alfred, »aber uns kannst du nicht mitnehmen.«

»Was macht das aus?« fragte Marit, von der plötzlichen Hoffnung wie berauscht. »Wozu brauche ich dich jetzt noch, Sartan? Mein Gebieter wird gegen seine Feinde kämpfen und siegen. Und Haplo wird leben.«

Sie machte sich bereit, den Runenkreis auf den Boden zu zeichnen. Alfred war aufgesprungen, redete auf sie ein, wollte sie zurückhalten, doch Marit ignorierte ihn. Wenn er ihr zu nahe kam, dann ...

»Kann ich Ihnen in irgendeiner Weise behilflich sein, Madame?«

Ein Herr – sehr stattlich, ganz in Schwarz gekleidet: schwarze Kniehose, schwarzer Samtrock, schwarze Seidenstrümpfe, das weiße Haar mit einer schwarzen Schleife zurückgebunden – trat zwischen den Bäumen hervor. Begleitet wurde er von einem alten Mann mit langem Haar und Bart, der eine mausgraue Krawatte trug und einen schäbigen, verbeulten spitzen Hut.

Der Alte sang.

»›Muß i denn, muß i denn zum Städtele hinaus ...‹« Er lächelte sanft und melancholisch und fing von vorne an. »›Muß i denn, muß i denn zum Städtele hinaus, und du mein Schatz, bleibst hier ...‹«

»Mit Verlaub, Sir«, sagte der Herr in Schwarz mit gedämpfter Stimme, »aber wir sind nicht allein.«

»Wie? Was?« Der alte Mann zuckte so heftig zusammen, daß ihm der spitze Hut vom Kopf rutschte. Er musterte die drei Personen, die ihm gegenüberstanden, mit tiefem Mißtrauen. »Was wollt ihr hier? Weg mit euch!«

Der Herr in Schwarz stieß einen leidvollen Seufzer aus. »Ich befürchte, daß wäre nicht wünschenswert, Sir. Es handelt sich um die Leute, derentwegen wir hergekommen sind.«

»Bist du sicher?« Der Alte schien Zweifel zu hegen.

Marit starrte ihn an. »Ich kenne dich! Aus Abarrach. Du bist ein Sartan, ein Gefangener meines Gebieters.« Wirklich erinnerte sie sich an sein unzusammenhängendes, wirres Geschwafel in den Katakomben von Abarrach. Sie hatten ihn für verrückt gehalten.

»Jetzt glaube ich fast, ich bin verrückt«, murmelte sie.

War der alte Mann real? Oder ein Produkt ihrer überreizten Phantasie? Wenn man zu lange ohne Schlaf auskommen mußte, fing man an, Trugbilder zu sehen. Sie schaute zu Hugh Mordhand und sah erleichtert, daß er den Alten stirnrunzelnd betrachtete. Auch Alfred staunte ihn mit offenem Mund an.

Marit zog das Schwert.

Der alte Mann musterte sie nicht weniger verdutzt. »Woran erinnert mich das? Drei desperat aussehende Gestalten, die in einem Wald herumirren. Nein, nichts sagen – ich komme drauf. Heiliger Bimbam! Die Vogelscheuche.« Der Alte stürzte sich auf Alfred, ergriff seine Hand und schüttelte sie herzlich, dann wandte er sich an Hugh. »Und der Löwe. Wie geht es Ihnen, mein Guter? Und der Blechmann!« Er machte Anstalten, Marit ebenso enthusiastisch zu begrüßen, aber sie hielt ihn mit der Schwertspitze auf Abstand.

»Bleib weg von mir, alter Narr. Wie bist du hergekommen?«

»Aha.« Der seltsame Greis wich einen Schritt zurück und zwinkerte ihr zu. »Noch nicht in Oz gewesen, wie ich sehe. Dort sind die Herzen frei, meine Liebe. Natürlich muß man bereit sein, sich zu öffnen, um das Herz an seinen Platz zu tun. Manche finden das ziemlich lästig. Dennoch …«

Marit vollführte eine drohende Bewegung mit dem Schwert. »Wer bist du? Wie hast du hergefunden?«

»Was deine erste Frage angeht …« Der Weißbart kratzte sich am Kopf. »Hm … Wenn du die Vogelscheuche bist, du der Löwe und du der Blechmann, dann muß ich – Dorothy sein!« Er kicherte verschämt, knickste und streckte artig die Hand aus. »Ich heiße Dorothy. Ein Kleinstadtmädchen aus einer kleinen Stadt westlich von Topeka. Gefallen euch meine Schuhe?«

»Wenn Ihr entschuldigen wollt, Sir«, unterbrach ihn der Herr in Schwarz. »Ihr seid nicht …«

»Und dies«, rief der alte Mann triumphierend und legte dem Herrn in Schwarz freundschaftlich den Arm um die Schultern, »ist mein kleiner Hund Toto!«

Der Herr in Schwarz verzog gequält das Gesicht. »Ich fürchte, das bin ich *nicht*, Sir.« Taktvoll befreite er sich aus der Umarmung des alten Mannes. »Ich bitte um Vergebung«, fügte er an Marit, Hugh und Alfred gewandt hinzu. »Das ist alles meine Schuld, ich hätte auf ihn aufpassen sollen.«

»Ich weiß! Du bist Zifnab!« rief Alfred.

»Gesundheit«, erwiderte der alte Mann höflich. »Taschentuch gefällig?«

»Er meint Euch, Sir«, erklärte der Herr in Schwarz geduldig.

»Ach ja?« Der Alte war baß erstaunt.

»In der Tat, Sir. Ihr seid heute Zifnab.«

»Nicht Dorothy?«

»Nein, Sir. Und wenn ich das sagen darf, diese Rolle hat mir nie sonderlich gefallen.« Der Herr in Schwarz sprach mit einigem Nachdruck.

»Er meint nicht etwa Mr. Bond?«

»Ich fürchte nein, Sir. Nicht heute. Ihr seid Zifnab. Ein berühmter und mächtiger Zauberer.«

»Aber natürlich bin ich das! Achtet nicht auf den Burschen hinter dem Duschvorhang. Er hat gerade einen bösen Traum gehabt. Man muß schon ein großer und mächtiger Zauberer sein, um den Weg ins Labyrinth zu finden, stimmt's? Und ich ... Ah, wunderbar, alter Knabe. Ich freue mich auch, dich zu sehen.«

Alfred schüttelte Zifnab ernsthaft die Hand. »Ich bin glücklich, Eure Bekanntschaft zu machen. Haplo hat mir von der Begegnung mit Euch erzählt. Auf Pryan, nicht wahr?«

»Ja, das war's! Ich erinnere mich!« Zifnabs Gesicht strahlte, dann verdüsterte sich seine Miene, und er schüttelte betrübt den Kopf. »Haplo. Ja, ja, ich erinnere mich.« Er seufzte. »Es tut mir so leid ...«

»Ich glaube, Ihr habt genug gesagt, Sir«, unterbrach ihn der Herr in Schwarz streng.

»Was meint er?« forschte Marit. »Was ist mit Haplo?«

»Er hat nichts gemeint«, sagte der Herr in Schwarz. »Nichts von Belang, habe ich recht, Sir?«

»Natürlich, natürlich. Nichts von Belang.« Zifnab kraulte nervös seinen Bart.

»Wir haben gehört, daß ihr eine Möglichkeit sucht, zum Letzten Tor zu gelangen«, fuhr der Herr in Schwarz fort. »Ich glaube, daß ich und die Meinen dabei behilflich sein können. Wir sind selbst auch unterwegs dorthin.«

Er schaute zum Himmel, und Marit folgte argwöhnisch seinem Blick. Ein Schatten glitt über sie hinweg. Noch einer und noch einer. Benommen und verwirrt starrte sie in die Höhe, auf Hunderte von Drachen, blaugrün schillernd, als wären ihre Schuppen geschliffene Edelsteine.

Und wie aus dem Nichts erschienen, ragte auch vor ihr ein riesiger Drache auf. Der Herr in Schwarz war verschwunden.

Marit zitterte vor Angst, aber nicht vor Angst um ihr Leben. Sie hatte Angst, weil plötzlich ihr Universum nicht mehr festgefügt zu sein schien; ein Riß hatte sich aufgetan, durch den sie ein strahlendes Licht sah, bedroht von heraufziehender Dunkelheit. Sie sah den grauen Himmel des Labyrinths, den Nexus in Flammen, ihr Volk – kleine, zerbrechliche Geschöpfe, gefangen zwischen der Finsternis und dem Licht, die einen letzten heroischen Kampf kämpften.

Von maßloser Verzweiflung übermannt, drang sie mit dem Schwert auf den Drachen ein, ohne zu wissen, was sie tat.

»Warte.« Alfred hielt ihren Arm fest. »Keine Gewalt.« Er sah zu dem Drachen auf. »Diese Geschöpfe sind hier, um uns zu helfen, Marit. Um deinem Volk beizustehen. Sie sind die Feinde der Schlangen. Ist es nicht so?«

»Die Welle strebt nach Ausgleich«, erklärte der Drache von Pryan.

»So ist es von Anbeginn an gewesen. Wir können euch zum Letzten Tor bringen wie die anderen auch.«

Patryn ritten auf den Rücken der Drachen, Männer und Frauen, alle bewaffnet. Marit erkannte Obmann Vasu an der Spitze – und sie begriff. Ihr Volk verließ die Sicherheit der Stadtmauern und zog aus, um in der Schlacht am Letzten Tor gegen den Feind zu kämpfen.

Hugh Mordhand saß bereits auf dem breiten Rücken des Drachen und half Alfred – mit einiger Mühe –, hinter ihm aufzusteigen.

Marit zögerte, sie wollte lieber auf ihre eigenen magischen Kräfte vertrauen, doch eine innere Stimme sagte ihr, daß sie vielleicht nicht ausreichten. Sie war müde. Unsagbar müde. Was sie noch an Kraft besaß, mußte sie für die Schlacht am Letzten Tor bewahren.

Marit kletterte auf den Rücken des Drachen und nahm zwischen den Schulterblättern Platz, aus denen die gewaltigen Schwingen hervorsprossen.* Zifnab, der gesten- und wortreich die Operation dirigiert hatte, ohne sich daran zu stören, daß niemand ihm Beachtung schenkte, stieß plötzlich einen entrüsteten Schrei aus. »Halt! Und wo sitze ich?«

»Ihr kommt nicht mit, Sir«, antwortete der Drache. »Es wäre zu gefährlich für Euch.«

»Aber was soll ich hier allein?« jammerte Zifnab.

»Nun, da wäre diese andere kleine Angelegenheit, über die wir gesprochen haben. In Chelestra. Ich hoffe doch, man darf Euch zutrauen, *das* ohne Zwischenfall zu erledigen?«

»Mr. Bond könnte es«, antwortete Zifnab grämlich.

»Ohne jede Frage.« Der Schweif des Drachen peitschte ungeduldig durch die Luft.

Zifnab zuckte die Schultern und drehte den spitzen Hut zwischen den Händen. »Andererseits, ich könnte Dorothy sein.« Er schlug die Fersen zusammen. »Nirgends ist es so schön wie zu Hause. Nirgends ist es so schön ...«

»Schon gut, schon gut«, grollte der Drache. »Wenn es unbedingt sein muß. Bemüht Euch aber, nicht wieder alles zu vermasseln!«

»Du hast mein Wort«, sagte Zifnab und salutierte zackig, »als ein Mitglied des Geheimdienstes Ihrer Majestät.«

Der Drache stöhnte dumpf. Er winkte mit einer Tatze, und Zifnab war verschwunden.

Wuchtige Flügelschläge wirbelten Staubwolken auf, die Marit die Sicht verhüllten. Sie klammerte sich an den diamantharten Schuppen fest, während der Drache sich in die Lüfte schwang. Die Baumwipfel blieben unter ihr zurück, eine warme Helligkeit berührte ihr Gesicht.

* Wer mit den Drachen von Pryan vertraut ist weiß, daß sie als flügellos beschrieben werden. Der Widerspruch läßt sich nur so erklären, daß sie – wie auch ihre Widersacher, die Schlangen – die Fähigkeit besitzen, jede Gestalt anzunehmen, die ihnen geboten erscheint.

»Was ist das für ein Licht?« rief sie angstvoll.

»Sonnenlicht«, antwortete Alfred ehrfürchtig.

»Und woher kommt es?« Sie schaute sich um. »Es gibt keine Sonne im Labyrinth.«

»Die Zitadellen.« In Alfreds Augen glänzten Tränen. »Das Licht stammt von der Zitadelle von Pryan. Noch ist nicht alles verloren, Marit. Noch ist nicht alles verloren!«

»Bewahrt euch diese Hoffnung in euren Herzen«, sagte der Drache grimmig. »Denn mit der Hoffnung sterben auch wir.«

Die goldene Helligkeit im Rücken, flogen sie in die rötlich gefärbte Dunkelheit hinein.

Kapitel 6

Der Calix, Chelestra

Die Welt Chelestra ist eine Kugel aus Wasser in der kalten Schwärze des leeren Raums. Ihre äußere Hülle besteht aus Eis, das Innere – erwärmt von Chelestras schwimmender Sonne – ist Wasser, warm, atembar wie Luft. Es hat eine neutralisierende Wirkung auf sowohl Sartan- als auch Patrynmagie. Die Nichtigen Chelestras, von den Sartan dort angesiedelt, wohnen auf Meermonden – lebenden Organismen, die im Gefolge der wandernden Sonne durch das Wasser treiben. Die Meermonde schaffen sich eine eigene Atmosphäre, sie sind umgeben von einer Luftblase. Auf diesen Monden errichten die Nichtigen Städte, bauen Getreide an und durchpflügen mit ihren magischen Tauchbooten die Fluten.

Im Gegensatz zu den Welten Arianus und Pryan leben auf Chelestra die Nichtigen in Frieden miteinander. Ihre Welt und ihr Dasein war seit Jahrhunderten ungestört geblieben, bis zur Ankunft Alfreds durch das Todestor.* Er weckte unabsichtlich eine Gruppe von Sartan – genau die-

* Alfred schreibt: Blickt man auf die jüngste Geschichte der vier Welten zurück, wird man feststellen, daß die Ereignisse, die so bedeutsame Auswirkungen auf die Zukunft der Welten haben sollten, fast gleichzeitig stattfanden – zu der Zeit, als Haplo zum ersten Mal das Todestor passierte.

Zu der Zeit spürten die bösen Drachenschlangen, lange im Eis Chelestras gefangen,

selben, die seinerzeit die Teilung der Welt bewirkt hatten – aus ihrer Stasis. Einst von den Nichtigen als Halbgötter verehrt, wollten die Sartan erneut die Herrschaft über jene an sich reißen, die in ihren Augen minderwertige Lebewesen waren.

Angeführt von Samah, dem Archonten – dem Mann, der die Teilung befohlen hatte –, mußten die Sartan zu ihrem großen Unmut und Erstaunen feststellen, daß die Nichtigen keine Anstalten machten, vor ihnen niederzuknien und sie anzubeten, sondern wahrhaftig die Kühnheit besaßen, den selbsternannten Göttern zu trotzen und die Sartan in ihrer eigenen Stadt gefangenzusetzen, indem sie sie mit dem Magie neutralisierenden Meerwasser überfluteten.

Außer den Nichtigen und den Sartan nistete auf Chelestra in Gestalt riesiger Lindwürmer die Manifestation des Bösen. Die Drachenschlangen, wie die Zwerge sie nannten, suchten schon seit langem nach einem Weg von Chelestra zu den anderen Welten. Samah half ihnen, ohne es zu ahnen. Erzürnt über die Nichtigen, verunsichert, nicht länger fähig, Personen oder Ereignisse nach seinem Willen zu lenken, ließ er sich von den Einflüsterungen der Drachenschlangen verführen. Taub für alle Warnungen, öffnete der Sartan das Todestor.* So half er den Drachenschlangen, die anderen Welten zu betreten, wo sie begannen, Chaos und Zwietracht zu säen, die ihnen als Nahrung dienen.

Im Grunde seines Herzens abgestoßen von dem, was er getan hatte, verließ Samah Chelestra, um nach Abarrach zu gehen. Dort, wie er von Alfred erfahren hatte, praktizierten Sartan die alte und verbotene Kunst der Nekromantie.

Samah rechtfertigte sein Tun. »Wenn ich die Toten zum Leben erwecken könnte, hätten wir eine Streitmacht, die groß genug wäre, um die Drachenschlangen zu besiegen, damit wir wie früher über die vier Welten herrschen können.« Es sollte Samah nicht vergönnt sein, die

die Wärme der Sonne. Auf Arianus warb König Stephen einen Assassinen an, um den Wechselbalg Gram zu töten. Auf Abarrach führte Prinz Edmund sein zum Untergang verurteiltes Volk in die Stadt Nekropolis. Auf Pryan begannen die Tytanen ihren blutigen Amoklauf. Die guten Drachen spürten das Erwachen ihrer heimtückischen Vettern, verließen ihre unterirdischen Ruheplätze und bereiteten sich darauf vor, einzugreifen. Meiner Ansicht nach kann man eine solche zeitliche Übereinstimmung nicht als Zufall bezeichnen. Der Grund für die Vorkommnisse ist, wie sich allmählich herauskristallisiert, die Welle, die nach Ausgleich strebt.

* Über diesen Punkt hat es einige Verwirrung gegeben. Wenn das Todestor vorher niemals geöffnet war, wie sind Haplo und Alfred hindurchgekommen? Man stelle sich ein Zimmer mit sieben Türen vor. Bei seiner ersten Reise öffnet Haplo die Tür vom Nexus, schließt sie hinter sich, durchquert den Raum und begibt sich zu der nach Arianus führenden Tür. Er geht hindurch und schließt auch sie wieder. So gelangt er von einem Punkt zum anderen, doch alle übrigen Türen bleiben geschlossen. Samah, der den Raum betritt, stößt die Türen weit auf, und sie bleiben offen. Dadurch wurden Reisen zwischen den Wellen möglich, unterschiedslos für Gut und Böse. Nur mittels des Siebenten Tores lassen sich die Zugänge wieder verschließen.

Kunst der Wiedererweckung zu lernen. Er wurde gefangengenommen, zusammen mit einem wunderlichen alten Sartan, der sich Zifnab nannte. Sie fielen ihren Erzfeinden in die Hände, den Patryn, die ihren Fürsten Xar nach Abarrach begleitet hatten. Auch Xar war gekommen, um die Kunst der Nekromantie zu erlernen. Er befahl, Samah hinzurichten. Dann versuchte er, durch Magie seinen Körper wiederzubeleben.

Ohne Erfolg. Samahs Seele wurde von einem Lazar namens Jonathon befreit, von dem die Prophezeiung sagt: »Er wird den Toten das Leben bringen, und für ihn wird das Tor sich auftun.«

Nach Samahs Weggang von Chelestra warteten die Sartan, die im Calix, dem einzigen Stück Festland in einer Welt aus Wasser, zurückgeblieben waren, ungeduldig und mit wachsender Besorgnis auf seine Wiederkehr.

»Die Frist, die der Archont für seine Rückkehr gesetzt hatte, ist verstrichen. Wir können nicht länger führerlos sein. Ich fordere dich, Ramu, auf, den Sitz deines Vaters als Haupt des Rats der Sieben einzunehmen.«

Ramus Blick wanderte über die Gesichter der sechs Ratsmitglieder, die ihn umstanden. »Spricht er auch für euch? Seid ihr alle einen Sinnes?«

»Das sind wir.« Einige antworteten mit Worten, andere mit zustimmenden Gesten.*

Ramu war aus dem gleichen kalten Stein gemeißelt wie Samah, sein Vater – lieber brechen als sich beugen. Für ihn gab es nur Schwarz oder Weiß, Tag oder Nacht: die Sonne schien hell, oder Dunkelheit beherrschte die Welt. Und selbst wenn die Sonne schien, warf sie Schatten.

Dennoch konnte man ihm gute Charaktereigenschaften nicht absprechen – er war ehrenhaft, ein hingebungsvoller Vater und Gatte und verläßlicher Freund. Wenn auch die Sorge über das Verschwinden seines Vaters sich nicht auf seinem unbewegten Gesicht abzeichnete, brannte sie doch tief in seinem Inneren.

»Dann nehme ich an«, sagte Ramu. Er schaute nochmals von einem zum anderen und fügte hinzu: »Bis zu dem Tag, an dem mein Vater zurückkehrt.«

* Die Führungsposition im Rat ist nicht erblich, genausowenig wie die Mitgliedschaft. Die Sieben, die bestimmt werden, um den Rat zu bilden, die höchste Instanz der Sartan, wählen einen der ihren zum Oberhaupt.
Ramu war Servitor, Ratsdiener – eine Phase der Bewährung vor der endgültigen Aufnahme. Entweder wurde Ramu während der Notzeit, als die Nichtigen die Stadt unter Wasser setzten, durch gemeinsamen Beschluß zum Vollmitglied gewählt, oder er übernahm den Sitz seiner ins Exil geschickten Mutter.

Die Ratsmitglieder bekundeten nickend ihre Zustimmung. Anders zu handeln wäre eine Mißachtung Samahs gewesen.

Ramu erhob sich und vertauschte seinen Platz am Ende des Tisches mit dem Stuhl in der Mitte. Die anderen Ratsmitglieder nahmen ebenfalls ihre Plätze ein, drei zu seiner Rechten, drei zu seiner Linken.

»Welche Punkte stehen für heute auf der Tagesordnung?« fragte Ramu.

Einer der Männer erhob sich. »Die Nichtigen haben ein drittes Mal um die Aufnahme von Friedensverhandlungen gebeten, Archont. Sie wollen vor dem Rat erscheinen.«

»Ich sehe keine Veranlassung, mit ihnen zu sprechen. Wenn sie Frieden wollen, müssen sie unsere Bedingungen annehmen, wie sie von meinem Vater festgelegt wurden. Sie kennen den Wortlaut, oder nicht?«

»Ja, Archont. Die Nichtigen ziehen entweder ihre Truppen aus unserem Gebiet zurück oder unterwerfen sich unserer Oberhoheit.«

»Und wie lautet ihre Antwort?«

»Sie weigern sich, die eroberten Areale aufzugeben. Um ihnen Gerechtigkeit widerfahren zu lassen, Archont, sie haben keinen anderen Ort, an den sie gehen könnten. Die Meermonde, ihre frühere Heimat, sind jetzt von Eis umgeben.«

»Sie könnten an Bord ihrer absonderlichen Schiffe gehen und auf der Bahn der Sonne nach einer neuen Heimat suchen.«

»Aber sie sehen für einen neuerlichen Exodus keinen Grund. Hier im Calix gibt es Land genug für alle. Sie können nicht begreifen, weshalb man ihnen verwehrt, hier zu siedeln.«

Der Tonfall des Sprechers drückte aus, daß auch er diesen Umstand nicht ganz zu begreifen vermochte. Ramu zog die Brauen zusammen, doch im selben Moment meldete die Frau neben ihm sich zu Wort.

»Man sollte den Nichtigen zugute halten«, äußerte sie respektvoll, »daß sie sich ihrer Taten schämen und durchaus bereit sind, unsere Vergebung zu erbitten und Freundschaft zu schließen. Sie haben angefangen, den Boden zu bestellen, Häuser zu bauen, Handel zu treiben. Ich selbst konnte mich davon überzeugen.«

»Tatsächlich, Schwester?« Ramus Gesicht verfinsterte sich. »Du bist zu ihnen gegangen?«

»Ja, Archont. Auf ihre Einladung hin. Ich sah keinen Harm darin, und die übrigen Ratsmitglieder stimmten mir zu. Ihr wart nicht zu sprechen …«

»Was geschehen ist, ist geschehen«, schnitt Ramu ihr frostig das Wort ab. »Bitte fahre fort. Was haben die Nichtigen mit *unserem* Land getan?«

Die Sartanfrau räusperte sich befangen. »Die Elfen haben sich an der Küste niedergelassen. Ihre Städte versprechen außerordentlich schön zu werden, mit Gebäuden aus Korallen. Die Ansiedlungen der Menschen liegen weiter landeinwärts in den Wäldern, die sie lieben, aber mit Zugang zum Meer, von den Elfen garantiert. Die Zwerge sind in die Höhlen in den Bergen gezogen. Sie schürfen nach Erzen und widmen sich der Zucht von Schafen und Ziegen. Inzwischen haben sie Schmieden ...«

»Genug!« Tiefe Unmutsfalten kerbten sich um Ramus Mund. »Ich habe genug gehört. Die Zwerge haben Schmieden errichtet, sagst du. Schmieden, um Waffen herzustellen, mit denen sie entweder uns oder ihre Nachbarn angreifen werden. Wir wissen aus der Vergangenheit, daß die Nichtigen streitsüchtigen, gewalttätigen Kindern gleichen, die unserer Aufsicht und Führung bedürfen.«

»Aber sie legen ein sehr friedfertiges Verhalten an den Tag«, wandte die Ratsfrau ein.

Ramu wischte ihre Worte mit einer Handbewegung beiseite. »Die Nichtigen mögen eine Weile Frieden halten, besonders, wenn sie ein neues Spielzeug haben, das sie beschäftigt. Doch ihre eigene Geschichte zeigt, daß man ihnen nicht trauen kann. Entweder bequemen sie sich dazu, nach unseren Regeln zu leben, nach unseren Gesetzen, oder sie müssen unser Reich verlassen.«

Die Frau schaute sich Unterstützung heischend um.

»Dann ... hm ... haben mir die Nichtigen *ihre* Bedingungen genannt.«

»Ihre Bedingungen?« Ramu war fassungslos. »Wie kämen wir dazu, uns ihre Bedingungen anzuhören?«

»Sie sind der Ansicht, sie hätten einen Sieg über uns errungen, Archont.« Die Ratsfrau errötete unter seinem strafenden Blick. »Und es ist nicht zu leugnen, sie können uns jederzeit wieder eine verheerende Niederlage bereiten. Sie kontrollieren die Schleusen und haben somit das Mittel an der Hand, uns vollkommen außer Gefecht zu setzen. Das Meerwasser macht unsere Magie unwirksam. Einige von uns haben erst vor kurzem ihre volle Kraft zurückerlangt. Ohne Magie sind wir wehrloser als die Nichtigen ...«

»Hüte deine Zunge, Schwester«, mahnte Ramu finster.

»Ich spreche die Wahrheit, Archont«, erwiderte die Sartan mutig. »Ihr könnt es nicht leugnen.«

Ramu antwortete nichts darauf. Seine Hände, die flach auf dem Tisch lagen, ballten sich unbewußt zu Fäusten. »Was ist mit dem Vorschlag meines Vaters? Haben wir einen Versuch unternommen, diese Schleusen zu zerstören, zu versiegeln?«

»Sie befinden sich tief unter der Wasseroberfläche. Wir können sie nicht erreichen, und selbst wenn es möglich wäre, würde das Wasser uns unserer magischen Kräfte berauben. Außerdem« – sie senkte die Stimme – »wer weiß, ob nicht die arglistigen Drachenschlangen dort unten auf der Lauer liegen.«

»Das mag sein«, sagte Ramu und verschwieg, was er von seinem Vater wußte: daß die Drachenschlangen Chelestra verlassen hatten, um durch das Todestor in die anderen Welten zu gelangen und dort Unheil zu stiften …

… »An dem, was geschehen ist, trage ich die Schuld, mein Sohn«, bekannte Samah. »Ich habe mich auch deshalb entschlossen, nach Abarrach zu gehen, weil ich hoffe, meinen Fehler wiedergutmachen zu können, Mittel und Wege zu finden, die tückischen Schlangen zu vernichten. Fast glaube ich, daß Alfred von Anfang an recht gehabt hat. Das wahre Böse existiert *hier.*« Er legte die Hand auf sein Herz. »Wir haben es erschaffen.«

Ramu verstand nicht, was er meinte. »Vater, wie kannst du das sagen? Dein Werk, sieh es an! Es ist gut, nicht böse.« Seine weitausholende Armbewegung umfaßte nicht nur die Häuser, Parks und Bäume im Calix, sondern die gesamte Wasserwelt und darüber hinaus die drei anderen Welten – der Lüfte, aus Feuer und aus Stein.

Samah schüttelte ernst den Kopf. »Ich sehe nur, was wir zerstört haben«, sagte er.

Das waren seine letzten Worte, bevor er durch das Todestor schritt.

»Leb wohl, Vater«, rief Ramu ihm hinterher. »Wenn du im Triumph zurückkehrst, an der Spitze verbündeter Legionen, wirst du deinen Kampfgeist wiedergefunden haben.« …

Doch Samah kehrte nicht zurück. Es kam auch keine Nachricht aus Abarrach.

Und jetzt, obwohl Ramu es sich nur widerwillig eingestand, war es den Nichtigen gelungen, die Götter zu besiegen! Ihre Herren und Meister! Wie er auch hin und her überlegte, Ramu sah keinen Weg aus dem gegenwärtigen Dilemma. Weil die Schleusen sich unter der Wasseroberfläche befanden, war es für die Sartan unmöglich, sie mittels Magie zu zerstören. *Wir könnten auf mechanische Methoden zurückgreifen. In der großen Bibliothek gibt es Bücher, die davon berichten, wie in vergangener Zeit die Menschen vernichtenden Sprengstoff hergestellt haben.*

Doch Ramu war kein Mann, der sich selbst etwas vormachte. Er betrachtete seine Hände – weich und glatt, die Finger lang und empfindsam –, Hände eines Zauberkünstlers, darin geübt, mit dem Immateriellen zu hantieren, nicht die eines Handwerkers. Der ungeschickteste Zwerg war fähig, innerhalb kürzester Zeit herzustellen, wofür Ramu, angewiesen allein auf seine Fingerfertigkeit, Stunden brauchen würde.

»Vielleicht könnte es uns nach tausend Fehlschlägen gelingen, eine Vorrichtung anzufertigen, um die Schleusen zu verbarrikadieren. Doch dann werden wir sein wie die Nichtigen«, sagte Ramu zu sich selbst. »Da wäre es noch besser, selbst die Schleusen zu öffnen und das Wasser hereinzulassen!«

Ihm kam ein ungeheuerlicher Gedanke. *Vielleicht sollten wir fortgehen und den Nichtigen Chelestra überlassen.* Dann hätten sie Raum und Muße, um sich gegenseitig zu bekriegen, wie sie es – Alfreds Berichten zufolge – auf den anderen Welten taten.

Auf einmal wurde ihm bewußt, daß die anderen Ratsmitglieder besorgte, ängstliche Blicke tauschten. Zu spät erkannte er, daß die unerquicklichen Gedanken sich auf seinem Gesicht gespiegelt hatten. Seine Züge verhärteten sich. Jetzt fortzugehen war gleichbedeutend mit dem Eingeständnis der Niederlage. Lieber wollte er in dem blaugrünen Wasser ertrinken.

»Entweder verlassen die Nichtigen den Calix, oder sie unterwerfen sich unserer Oberhoheit. Eine andere Alternative gibt es nicht. Ich nehme an, daß der Rat zustimmt?« Ramu schaute sich um.

Es wurde kein Widerspruch laut, auch wenn einige vielleicht nicht seiner Meinung waren. Dies war nicht die Zeit für Uneinigkeit.

»Falls sich die Nichtigen weigern, diese Bedingungen zu akzeptieren«, fuhr Ramu fort, wobei er der Reihe nach jeden der Anwesenden durchdringend ansah, »wird das Konsequenzen haben. Ernste Konsequenzen. Darüber soll man sie nicht im unklaren lassen.«

Die Ratsmitglieder atmeten auf. Wie es schien, hatte ihr Archont einen Plan. Sie beauftragten einen der ihren, mit den Nichtigen zu verhandeln, und gingen wieder ihrer jeweiligen Beschäftigung nach, die unter anderem darin bestand, die Schäden der Überschwemmung zu beseitigen. Ramu blieb allein am Tisch sitzen. Er war froh darüber, ungestört seinen Gedanken nachhängen zu können, bis ihm plötzlich zu Bewußtsein kam, daß sich noch jemand in dem Gemach befand.

Ein fremder Sartan war hereingekommen.

Ramu musterte ihn erstaunt. Er hatte das Gefühl, ihm schon einmal begegnet zu sein, aber wann, wo, unter welchen Umständen? Mehrere hundert Sartan lebten im Calix. Ramu, als Politiker, kannte alle Gesichter und auch die meisten Namen. Ärgerlich, daß ihn diesmal sein Gedächtnis im Stich ließ.

Er erhob sich zuvorkommend. »Guten Tag, Freund. Wenn Ihr Euch eingefunden habt, um dem Rat ein Anliegen vorzutragen, kommt Ihr zu spät.«

Der fremde Sartan schüttelte lächelnd den Kopf. Er war ein Mann mittleren Alters, stattlich, mit hoher Stirn, markanten Zügen und traurigen, nachdenklichen Augen.

»Dann bin ich zur rechten Zeit gekommen«, meinte er, »weil ich mit dir sprechen wollte, Archont. Falls du Ramu bist, Sohn von Samah und Orla?«

Ramu runzelte die Stirn, verärgert darüber, daß der Fremde seine Mutter erwähnte. Sie war wegen Hochverrats verbannt worden, zusammen mit Alfred, dem Ketzer, ihr Name durfte nicht ausgesprochen werden. Er wollte den Fremden zurechtweisen, als ihm einfiel, daß dieser womöglich nichts von Orlas Schicksal wußte. Natürlich waren Gerüchte im Umlauf, doch Ramu mußte zugeben, dieser Mann sah nicht aus wie jemand, der hinter der vorgehaltenen Hand Neuigkeiten austauschte.

Vielleicht war es klüger, auf einen Kommentar zu verzichten. Ramu beschränkte sich darauf, mit vielsagender Betonung zu antworten: »Ich bin Ramu, Sohn von *Samah.*« Dann zögerte er weiterzusprechen. Wenn er den Fremden nach seinem Namen fragte, verriet er diesem, daß er sich nicht mehr an ihn erinnerte. Als Diplomat lernte man, sich aus derartigen Situationen zu retten, doch Ramu – im Grunde genommen offen und aufrichtig – fiel so schnell kein geeignetes Manöver ein.

Der fremde Sartan half ihm aus der Bedrängnis. »Du weißt nicht, wer ich bin, habe ich recht, Ramu?«

Ramu stieg das Blut ins Gesicht, er wollte Zuflucht zu einer Floskel nehmen, aber sein Besucher fuhr fort: »Nicht verwunderlich. Wir kannten uns vor langer, langer Zeit. Vor der Teilung. Ich war ein Mitglied des ursprünglichen Rats und ein guter Freund deines Vaters.«

Ramu öffnete, ohne es zu merken, staunend den Mund – in seinem Gedächtnis regte sich eine Erinnerung. Eine beunruhigende Erinnerung. Doch von weit größerem Interesse war die Tatsache, daß es sich bei diesem Sartan offenbar nicht um einen Bewohner von Chelestra handelte. Er kam also aus einer der anderen Welten.

»Arianus«, erklärte der Sartan lächelnd. »Welt der Lüfte. Wir lagen dort im Langen Schlaf. Genau wie dein Volk hier, nehme ich an.«

»Es freut mich, daß wir uns wiederbegegnen«, sagte Ramu. In seinem Kopf überschlugen sich die Gedanken, neue Hoffnung durchflutete ihn. Also *lebten* noch Sartan auf Arianus! »Ich möchte Euch nicht beleidigen, doch wie Ihr sagt, es ist lange her. Euer Name …«

»Nenn mich James«, antwortete der Fremde.

Ramu betrachtete ihn argwöhnisch. »James ist kein Sartanname.«

»Das stimmt. Doch wie ein Landsmann von mir dir erzählt haben dürfte, wir auf Arianus pflegen nicht unsere wahren Sartannamen zu benutzen. Ich vermute, du hast das Vergnügen gehabt, Alfred kennenzulernen?«

»Den Ketzer. Ja, ich kenne ihn.« Ramu nickte grimmig. »Ihr solltet wissen, daß er verbannt worden ist …« Wieder meldete sich diese vage Erinnerung. Sie hatte nichts mit Alfred zu tun, sondern mit etwas, das weiter, viel weiter zurücklag. Er bemühte sich, ihrer habhaft zu werden, aber sie entzog sich ihm hartnäckig.

James nickte ernst. »Alfred war schon immer ein Querkopf. Es überrascht mich nicht, von seiner Verbannung zu hören. Doch ich bin nicht wegen Alfred hier. Ich komme in einer viel unerfreulicheren Mission, als Überbringer trauriger Neuigkeiten.«

»Mein Vater.« Ramu vergaß alles andere. »Ihr bringt Nachricht von meinem Vater.«

»Ich bedaure, dir das sagen zu müssen.« James legte Ramu die Hand auf den Arm. »Euer Vater ist tot.«

Ramu neigte den Kopf. Er zweifelte nicht einen Moment an den Worten des Fremden. In seinem Herzen hatte er es schon seit einiger Zeit gespürt.

»Wie ist er gestorben?«

Das Gesicht des Sartan verhärtete sich. »Er starb in den Katakomben Abarrachs, von der Hand des Mannes, der sich Xar, Fürst der Patryn, nennt.«

Der Schmerz verschloß Ramu den Mund. Lange Zeit konnte er nicht sprechen, dann fragte er leise: »Woher wißt Ihr das?«

»Ich war bei ihm«, antwortete James und beobachtete den jungen Mann scharf. »Auch ich wurde von Fürst Xar gefangengenommen.«

»Und Ihr konntet fliehen? Mein Vater nicht?« Ramu runzelte die Brauen.

»So ist es. Ein Freund half mir zu entkommen. Für Euren Vater war es bereits zu spät.« James seufzte.

Finsternis senkte sich auf Ramu herab. Doch bald verdrängte Zorn die Trauer – Zorn und Haß und der Wunsch nach Vergeltung.

»Ein Freund hat Euch geholfen? Dann leben noch Sartan in Abarrach?«

»Allerdings«, bestätigte James mit einem wissenden Blick. »Viele Sartan leben in Abarrach. Ihr Anführer heißt Baltasar. Ich weiß, auch das ist kein Sartanname«, fügte er erklärend hinzu, »aber du mußt bedenken, es sind Sartan der zwölften Generation. Viele der alten Sitten und Bräuche sind in Vergessenheit geraten.«

»Ja, natürlich«, murmelte Ramu und dachte nicht mehr daran. »Ihr habt gesagt, auch dieser Fürst Xar lebt auf Abarrach. Das kann nur eins bedeuten …«

James nickte bedeutungsvoll. »Die Patryn versuchen, aus dem Labyrinth auszubrechen – das ist noch eine schlechte Nachricht, die ich überbringe. Sie haben sich zum Sturm auf das Letzte Tor gesammelt.«

Ramu war entsetzt. »Das muß eine nach Tausenden zählende Streitmacht sein!«

»Ja, richtig.« James nickte. »Du wirst alle waffenfähigen Männer brauchen und dazu die Sartan von Abarrach …«

»… um diesem Übel Einhalt zu gebieten!« schloß Ramu und hob die geballten Fäuste.

»Um diesem Übel Einhalt zu gebieten«, wiederholte James feierlich. »Du mußt dich sofort ins Labyrinth begeben. Ich bin überzeugt, dein Vater hätte es so gewollt.«

»Sicherlich.« Ramus Gedanken eilten voraus. Er vergaß, daß er sich gefragt hatte, wo er diesem Mann begegnet sein könnte, wann, unter welchen Umständen. »Und dieses Mal werden wir keine Gnade walten lassen. Das war der Fehler meines Vaters.«

»Samah hat für seine Fehler bezahlt«, meinte James ruhig, »und ihm wurde vergeben.«

Der junge Sartan achtete nicht auf ihn. »Dieses Mal werden wir uns nicht damit begnügen, die Patryn in ein Getto einzuschließen – wir werden sie vernichten, ausrotten.«

Er schickte sich an, den Raum zu verlassen, aber da kam ihm plötzlich seine Unhöflichkeit zu Bewußtsein. An den Besucher gewandt, sagte er: »Ich danke Euch, Herr, daß Ihr mir die Nachricht gebracht habt. Seid versichert, daß meines Vaters Tod gerächt werden wird. Ich muß jetzt gehen, um die anderen Ratsmitglieder zu unterrichten, doch ich werde Euch einen unserer Servitoren schicken. Selbstverständlich seid Ihr Gast in meinem Haus. Wenn ich sonst noch etwas tun kann …«

»Nein, das ist nicht notwendig.« James schüttelte den Kopf. »Geh nur und tu, was getan werden muß. Ich komme schon zurecht.«

Erneut empfand Ramu diese unbestimmte Irritation. Nicht, daß er an den Worten des Fremden zweifelte – ein Sartan ist unfähig, einen anderen Sartan zu belügen. Aber den Mann umgab ein Geheimnis …

James ließ unbewegt, mit einem Lächeln, Ramus Musterung über sich ergehen.

Schließlich verzichtete Ramu darauf, sich noch weiter den Kopf zu zerbrechen. Wahrscheinlich handelte es sich um eine Lappalie, überdies war es schon sehr lange her. Auf ihn warteten drängendere, die Gegenwart und Zukunft betreffende Probleme. Er verneigte sich und ging hinaus.

Der fremde Sartan blieb mitten im Zimmer stehen und schaute ihm nach. »Ja, du erinnerst dich an mich, Ramu. Du warst einer der Wächter, die an jenem Tag kamen, um mich zu verhaften. Am Tag der Teilung. Ihr kamt, um mich zum Siebenten Tor zu bringen. Ich hatte Samah gedroht, ich würde ihn aufhalten. Er fürchtete mich. Was Wunder, längst war es mit ihm soweit, daß er alles und jeden fürchtete.«

James seufzte.

Er trat an den Steintisch und malte mit dem Finger Zeichen in den Staub. Trotz der Überschwemmung, die erst vor kurzem zurückgegangen war, sah jeder Gegenstand im Calix aus wie von einer feinen, grauen Puderschicht überzogen.

»Doch ich war nicht mehr da, als ihr mich holen wolltet, Ramu. Ich hatte mich entschlossen zu bleiben. Auch wenn es nicht in meiner Macht stand, die Katastrophe zu verhindern, ich war entschlossen, den Unglücklichen beizustehen, die von euch ihrem Schicksal überlassen wurden. Doch ich konnte nicht helfen. Es war ein Massensterben, dem ich ohnmächtig zusehen mußte.

Aber diesmal nicht!«

Seine Züge, die Umrisse seiner Gestalt schienen sich aufzulösen, von einem Augenblick zum anderen verwandelte er sich in einen alten Mann mit einem struppigen Bart, der lange mausgraue Gewänder trug und auf dem Kopf einen schäbigen, ramponierten spitzen Hut. Der Alte strich über seinen Bart und griente selbstgefällig.

»Vermasselt, von wegen! Warte, bis du erfährst, wie prima ich das gedeichselt habe. Genau nach deinen Anweisungen, du überdimensionale Blindschleiche von einem Drachen …

Das heißt« – Zifnab rieb sich unschlüssig die Nase – »ich glaube, das waren deine Anweisungen. ›Um jeden Preis mußt du Ramu dazu bringen, sich ins Labyrinth zu begeben.‹ Ja, das hast du gesagt …

Oder? Oder hieß es: ›Halte um jeden Preis Ramu vom Labyrinth *fern*‹?

Das mit dem ›um jeden Preis‹ stimmt jedenfalls.« Zifnab nickte bekräftigend. »Wegen dem Rest bin ich mir nicht ganz sicher. Vielleicht … Vielleicht sollte ich kurz einen Blick ins Drehbuch werfen und mich vergewissern.«

Stracks schlurfte der alte Mann auf eine Mauer zu und verschwand.

Ein Sartan, der zufällig in diesem Moment den Ratssaal betrat, hörte zu seiner Überraschung eine ungehaltene Stimme tadelnd sagen: »Was habt Ihr jetzt nur wieder angerichtet, Sir?«

Kapitel 7

Im Labyrinth

Der blaugrüne Drache von Pryan schwang sich hoch über die Baumwipfel empor. Alfred wagte einen Blick in die Tiefe, schauderte und beschloß, diese Torheit künftig zu unterlassen. Er hatte das Fliegen ganz anders empfunden, als er derjenige mit den Flügeln gewesen war. Um sich von der Tatsache abzulenken, daß er ungeschützt, mit nur fragwürdigem Halt auf dem Rücken eines in schwindelerregender Höhe fliegenden Drachen saß, hielt Alfred nach dem Ursprung der wundersamen Helligkeit Ausschau. Er wußte, sie stammte von den Zitadellen, aber diese befanden sich auf Pryan. Wie gelangte das Licht ins Labyrinth? Ängstlich darauf bedacht, nicht das Gleichgewicht zu verlieren, schaute er nach hinten.

»Das Licht scheint aus dem Vortex«, rief Vasu, der auf einem anderen Drachen ritt. »Seht dort, der geborstene Berg.«

Alfreds Neugier überwog die Angst. Zaghaft richtete er sich auf und blickte in die angegebene Richtung. Ihm stockte der Atem.

Es sah aus, als wäre tief im Herzen des Berges eine Sonne gefangen. Gleißende Helligkeit quoll aus jedem Spalt, jedem Riß, ergoß sich über den Himmel und das Land ringsum. Das Licht vergoldete Abris graue Mauern, und die Bäume, die im trüben Zwielicht des Labyrinths dahinvegetierten, schienen die verkümmerten Glieder in den neuen Morgen zu recken wie ein Greis die knorrigen Finger in die Wärme eines Kaminfeuers.

Doch Alfred sah bedrückt, daß das Licht nicht sehr weit reichte. Es war eine kleine Kerzenflamme in tiefer Nacht, mehr nicht. Bald würde die Dunkelheit es verschlingen und auslöschen. Als wären sie Vorboten dieses Endes aller Hoffnung, schoben sich zerklüftete Gipfel zwischen Alfred und den Quell des Lichts. Seufzend wandte er sich ab und sah auf den feurigen roten Schein vor ihnen am Horizont.

»Was hat das zu bedeuten?« rief er. »Weißt du es?«

Vasu schüttelte den Kopf. »Es begann in der Nacht nach der Schlacht um Abri. Das Letzte Tor liegt dort.«

»Ich habe auf einer Insel im Volkaran-Archipel erlebt, wie die Elfen eine befestigte Stadt brandschatzten«, sagte Hugh Mordhand und spähte mit zusammengekniffenen Augen nach vorn. »Die Flammen sprangen von Haus zu Haus. Die Hitze war so unbeschreiblich, daß manche Gebäude in Schutt und Asche fielen, bevor das Feuer sie erreichte. Nach Einbruch der Dunkelheit färbte die Lohe den Himmel rot. Das hat genauso ausgesehen.«

»Ich bin sicher, es ist ein magisches Feuer, geschaffen von meinem Fürsten, um die Drachenschlangen zu vertreiben«, warf Marit ein.

Alfred seufzte. Wie konnte sie immer noch Vertrauen zu Fürst Xar haben? In ihrem Haar klebte Blut, ihr eigenes Blut, das geflossen war, als Fürst Xar das Mal auf ihrer Stirn auslöschte, das sie und ihn verbunden hatte. Vielleicht war das der Grund. Sie und Xar hatten durch Telepathie miteinander kommuniziert. Durch Marit hatte Xar ihnen auf der Spur bleiben können, hatte er von ihren Plänen erfahren. Vielleicht besaß er auch jetzt noch Macht über sie.

»Ich hätte eingreifen müssen«, sagte er zu sich selbst. »Ich habe das Mal gesehen, als ich sie in den Vortex brachte. Ich wußte, was es bedeutet. Ich hätte Haplo warnen müssen, daß sie ihn verraten wird.« Alfred schüttelte den Kopf, und wie es seine Art war, begann er ein Für und Wider mit sich selbst. »Aber auf Chelestra hat Marit Haplo das Leben gerettet. Es war offensichtlich, daß sie ihn liebte. Und er liebte sie. Sie brachten Liebe an einen Ort des Hasses. Wie konnte ich das zunichte machen? Aber vielleicht, wenn ich es ihm gesagt hätte, hätte er sich zu schützen vermocht – ich weiß es nicht.« Gepeinigt schloß Alfred die Augen. »Ich tat, was ich für richtig hielt. Und wer weiß? Besteht nicht auch die Möglichkeit, daß ihr Vertrauen in Xar sich als gerechtfertigt erweist?«

Die blaugrünen Drachen von Pryan flogen über das Labyrinth, umrundeten im Gebirge die hohen Gipfel und suchten sich einen Weg durch die tiefen Einschnitte und Klüfte. Als sie sich dem Letzten Tor näherten, ließen sie sich tiefer sinken, bis sie dicht über den Baumkronen schwebten, um nicht verfrüht von spähenden Augen entdeckt zu werden. Die Dunkelheit nahm zu, eine unnatürliche Dunkelheit, die sich nicht nur über die Augen legte, sondern bedrückend auch auf Herz und Gedanken. Es war eine unheilverkündende, magische Finsternis, das Werk der Drachenschlangen; sie weckte die atavistische Angst vor der Nacht mit ihren Gefahren.

Marits Gesicht wirkte blaß und verhärmt im bläulichen Schimmer der Runen. Das Blut an ihrer Stirn sah dagegen schwarz aus. Hugh Mordhand musterte immer wieder aufmerksam die Umgebung.

»Wir werden beobachtet«, warnte er.

Alfred erschrak bei den Worten, die von der Dunkelheit als entstellte, verzerrte Echos zurückgeworfen wurden. Schutzsuchend hinter den Hals des Drachen geduckt, fühlte Alfred, wie die vertraute Schwäche der Ohnmacht ihn beschlich – seine bevorzugte Form der Verteidigung. Er kannte die Anzeichen und wehrte sich dagegen: Schwindelgefühl, Übelkeit, Schweißausbrüche. Stöhnend preßte er das Gesicht an die harten Schuppen des Drachen und schloß die Augen.

Doch nichts mehr sehen zu können machte alles noch schlimmer, denn plötzlich überfiel Alfred die Erinnerung daran, wie er nach seinem Kampf mit dem roten Drachen haltlos aus dem Himmel gestürzt war – die Stadt, die Ebene, der Fluß, die Bäume, alles drehte sich im Kreise, und der Boden kam ihm rasend schnell entgegen …

Eine Hand schüttelte ihn, und mit einem erstickten Aufschrei fuhr Alfred in die Höhe.

»Um ein Haar wärst du heruntergefallen«, erklärte Hugh Mordhand. »Du hast doch nicht vor, ohnmächtig zu werden, oder?«

»N-nein.«

»Kluger Entschluß«, meinte der Assassine. »Wirf einen Blick nach vorn.«

Alfred wischte sich den kalten Schweiß aus dem Gesicht. Es dauerte einen Moment, bis sich aus den verschwommenen Umrissen vor seinen Augen Bilder formten, und zuerst begriff er nicht, was er sah. Die Dunkelheit war undurchdringlich, dazu kam der Rauch …

Rauch. Alfred riß entsetzt die Augen auf. Die Stadt im Nexus, die wunderschöne, von den Sartan für ihre Feinde erbaute Stadt, stand in Flammen.

Den Drachen von Pryan vermochte die magische Finsternis der Schlangen nichts anzuhaben. Sie flogen unbeirrt weiter, ihrem Ziel entgegen, welches immer das sein mochte. Alfred hatte keine Ahnung, wohin man ihn brachte, und es kümmerte ihn auch nicht. Erschüttert, verängstigt, wollte er nichts lieber tun, als umkehren und zu dem hellen Licht flüchten, das aus dem geborstenen Berg strömte.

»Nur gut, daß ich auf dem Rücken dieses Drachen reite«, sagte Vasu dumpf. Die Tätowierungen an seinem Körper schimmerten rot und blau. »Andernfalls hätte ich nicht den Mut gefunden, hierherzukommen.«

»Ich schäme mich«, bekannte Marit leise, »aber mir geht es ebenso.«

»Kein Grund, sich zu schämen«, bemerkte der Drache. »Die Furcht wächst aus Samen, den die Schlangen euch eingepflanzt haben. Der

Samen schlägt Wurzeln, nährt sich von jeder Erinnerung, jedem Alptraum, jedem Abgrund in eurer Seele, und die schwarze Blume der Furcht gedeiht.«

»Wie kann ich sie ausrotten?« Alfreds Stimme klang verzagt.

»Ihr könnt sie nicht ausrotten«, antwortete der Drache. »Die Angst ist ein Teil von euch. Die Schlangen wissen das, deshalb machen sie Gebrauch davon. Laßt euch nicht von der Angst beherrschen. Habt keine Angst vor der Angst.«

»Aber ich habe mein ganzes Leben lang Angst gehabt«, gestand Alfred kläglich.

»Nicht dein *ganzes* Leben lang«, entgegnete der Drache. Vielleicht war es nur Einbildung, aber Alfred glaubte, ihn lächeln zu sehen.

Marit blickte auf die Gebäude des Nexus hinunter, die Mauern und Säulen, Türme und Kuppeln – ausgeglühte schwarze Skelette, von innen heraus erleuchtet von den alles verzehrenden Flammen. Die Häuser waren aus Stein, aber die Stützbalken, die Fußböden und Zwischenwände bestanden aus Holz. Der Stein wurde von Runen geschützt, erschaffen von den Sartan, von den Patryn verstärkt. Marit verstand nicht, wie es hatte geschehen können, daß die Stadt gefallen war, dann erinnerte sie sich an die Mauern von Abri. Auch sie waren von Runenmagie geschützt gewesen und doch nicht stark genug, um dem Anprall der gigantischen Schlangenleiber zu widerstehen. Risse waren in dem schützenden Runengefüge entstanden, die sich vergrößerten und ausbreiteten, bis der magische Schild in Stücke brach.

Der Nexus. Marit hatte die Stadt nie als schön betrachtet. Die Patryn waren nüchterne Pragmatiker. Für sie zählte, daß die Mauern stark waren, die Straßen gepflastert und eben, die Häuser fest gebaut und solide. Erst jetzt, im Schein des Feuers, das alles zerstörte, kam ihr die filigrane Anmut der hohen Türme zu Bewußtsein, die harmonische Schlichtheit der Anlage. Vor ihren Augen wankte einer der Türme und stürzte funkenstiebend in sich zusammen. Eine Rauchwolke stieg aus den Trümmern.

Die Verzweiflung schnürte Marit die Kehle zu. Fürst Xar hätte das nicht zugelassen! Entweder war er nicht hier, oder er war tot.

»Seht!« rief Vasu plötzlich. »Das Letzte Tor! Es ist noch offen! Die Unseren halten es!«

Marit wandte den Blick von dem Inferno der brennenden Stadt ab und bemühte sich, trotz Qualm und Dunkelheit etwas zu erkennen. Die Drachen flogen langsamer, beschrieben eine Kehre und ließen sich in einer weiten Spirale zur Erde sinken.

Die Patryn unten hoben die Köpfe. Noch war die Entfernung zu groß, um den Ausdruck auf ihren Gesichtern erkennen zu können, doch ihre Reaktionen verrieten, was sie dachten. Das Auftauchen einer riesigen Schar geflügelter Kreaturen konnte nur eins bedeuten – den Untergang.

Vasu, der ahnte, wie es in den Herzen seiner Landsleute aussah, begann zu singen; seine Stimme tönte laut und klar durch die Rauchschwaden und die von Flammen erhellte Finsternis.

Marit verstand die Worte nicht, doch sie fühlte, wie sich ein schwarzer Schatten von ihrer Seele hob. Der Würgegriff der Angst, den sie an ihrer Kehle gespürt hatte, lockerte sich und ließ sie freier atmen.

Die Hoffnungslosigkeit auf den Gesichtern der Patryn wich freudigem Staunen. Zahllose Stimmen nahmen Vasus Lied auf, Jubelrufe und Kriegsgesänge stiegen aus den Reihen empor. Die Drachen schwebten dicht über dem Boden und erlaubten ihren Reitern abzuspringen, bevor sie sich wieder in die Höhe schwangen. Einige hielten kreisend am Himmel Wache, andere flogen davon, um Kundschafterdienste zu leisten oder um weitere Patryn aus dem Innern des Labyrinths auf das Schlachtfeld zu bringen.

Auf der Grenze zwischen dem Labyrinth und dem Nexus erhob sich eine mit Sartanrunen bedeckte Mauer – Runen, die die Macht besaßen, jeden zu töten, der sie berührte. Die Mauer war ein imposantes Bauwerk. In einem unregelmäßigen Halbkreis erstreckte sie sich von einem Gebirgsmassiv zum anderen. Auf beiden Seiten der Mauer erstreckte sich Niemandsland. Hier versprach die Stadt des Nexus Freiheit und Leben, dort die schwarzen Wälder des Labyrinths den Tod.

Jeder Bewohner des Labyrinths, dem es nach unsäglichen Mühen gelungen war, bis in Sichtweite des Letzten Tores zu gelangen, sah sich hier der schwersten Prüfung von allen gegenüber. Das Niemandsland war eine baum- und strauchlose Ebene, die keine Deckung bot. Noch einmal konnte das Labyrinth alle Schrecken aufbieten, um die Flucht seiner Gefangenen zu vereiteln. Auf dieser Ebene hatte Marit fast den Tod gefunden. Auf dieser Ebene hatte ihr Gebieter sie gerettet.

Vom Rücken ihres Drachen aus ließ Marit den Blick über das Heer der erschöpften, blutenden Patryn wandern und suchte nach Xar. Er mußte hier sein! Die Mauer stand, das Tor hielt. Nur ihr Gebieter verfügte über derartige starke Magie.

Doch falls er sich in der Menge befand, konnte sie ihn nirgends entdecken.

Die Patryn am Boden wichen zurück, als die beiden Drachen mit Marit und Vasu landeten. Sie blieben, während ihre Vettern in die Lüfte und zu ihren Pflichten zurückkehrten.

Das Heulen der Wolfsmänner tönte aus dem Wald, untermalt von den nervenzermürbenden schnalzenden Geräuschen, mit denen die Chaodyn sich auf einen Kampf einzustimmen pflegten. Rote Drachen in großer Anzahl flogen durch die Rauchschwaden, aber sie griffen nicht an. Der Widerschein der brennenden Stadt verlieh ihren Schuppen düsteren Glanz. Zu ihrer Überraschung sah Marit keine Spur von den Schlangen, doch sie wußte, die Kreaturen befanden sich in der Nähe – die Runen auf ihrer Haut leuchteten beinahe so hell wie das Feuer.

Die Patryn aus Abri sammelten sich und warteten schweigend auf Befehle von ihrem Obmann – Vasu hatte sich aufgemacht, um mit den Patryn am Tor zu sprechen. Marit begleitete ihn, in der Hoffnung, Fürst Xar doch noch zu finden. Sie kamen an Alfred vorbei, der unglücklich auf die Mauer starrte und die Hände rang.

»Wir haben dieses entsetzliche Gefängnis geschaffen«, sagte er leise vor sich hin. »Es ist unser Werk!« Er schüttelte den Kopf. »Wie sollen wir das je rechtfertigen? Vor ihnen, vor uns?«

»Ihr werdet euch rechtfertigen müssen, aber nicht jetzt«, fuhr Marit ihn an. »Ich habe keine Lust, meinem Volk erklären zu müssen, was ein Sartan hier tut. Ohnehin hätte man dich in Stücke gerissen, bevor ich etwas sagen könnte. Du und Hugh, ihr haltet euch abseits, so gut es geht.«

Alfred nickte kleinlaut.

»Hugh, behalte ihn im Auge«, befahl Marit. »Und um unser aller willen, achte auf diesen verfluchten Dämonendolch!«

Der Assassine nickte schweigend. Sein Gesicht blieb ausdruckslos, während er sich prüfend umschaute und mit kundigem Blick jede Einzelheit registrierte. Er legte die Hand auf die Klinge, als wäre sie ein schlafendes Raubtier, das jederzeit erwachen konnte.

Vasu schritt über die vom Schlachtgetümmel verwüstete Ebene, und aus der Schar der Verteidiger vor dem Tor löste sich eine Frau und kam ihm entgegen.

Marit spürte, wie ihr Herz einen Schlag aussetzte. Sie kannte diese Frau! Im Nexus hatten sie in benachbarten Häusern gewohnt. Am liebsten wäre sie auf sie zugestürzt, um sie mit Fragen zu überschütten: wo Fürst Xar sich aufhielt, wohin er den verwundeten Haplo gebracht hatte.

Mit einer großen Willensanstrengung gelang es ihr, sich zu beherrschen. Vor dem Obmann das Wort zu ergreifen verstieß gegen die Gebote der Höflichkeit. Marit muß damit rechnen, brüsk zurückgewiesen zu werden und keine Antwort zu erhalten.

Während sie neben Vasu auf die Frau wartete, schaute Marit sich besorgt zu Alfred um, ob er sich wie befohlen im Hintergrund hielt. Sie entdeckte ihn am Rand der Menge, neben Hugh Mordhand. Einige Schritte entfernt stand allein der Herr in Schwarz. Der blaugrüne Drache von Pryan war verschwunden.

»Ich bin Obmann Vasu aus Abri.« Vasu legte die Hand auf seine Herzrune. »Abri liegt mehrere Tore von hier entfernt. Dies sind meine Gefolgsleute.«

»Du und die Deinen, ihr seid willkommen, Obmann Vasu, auch wenn ihr den weiten Weg nur gemacht habt, um hier zu sterben«, erwiderte die Befehlshaberin der kämpfenden Patryn seine Begrüßung.

»Wir sterben in guter Gesellschaft«, entgegnete Vasu höflich.

»Ich bin Usha«, sagte die Frau und legte ebenfalls die Fingerspitzen auf ihre Herzrune. »Unser Obmann ist tot. Viele sind tot.« Ihr grimmiger Blick richtete sich auf das Tor. »Die Stämme haben mich gebeten, sie zu führen.«*

Usha zählte viele Tore, wie man bei den Patryn sagte. Graue Strähnen durchzogen ihr Haar, in ihr Gesicht hatten sich tiefe Falten eingegraben. Doch sie war kräftig, in erheblich besserer körperlicher Verfassung als Vasu, den sie zweifelnd musterte.

»Was sind das für Kreaturen, die Ihr mitgebracht habt?« fragte sie und schaute zu den am Himmel kreisenden Drachen. »Ich habe ihresgleichen nie zuvor im Labyrinth gesehen.«

»Du bist offenbar nie in unserem Teil des Labyrinths gewesen«, meinte Vasu.

Sie runzelte über seine ausweichende Antwort die Stirn. Marit hatte sich schon gefragt, wie Vasu die Drachen erklären wollte. Ein Patryn war nicht imstande, seinen Landsmann zu belügen, doch man konnte Zuflucht zu der Kunst des Verschweigens nehmen. Es würde viel Zeit in Anspruch nehmen, die Anwesenheit der Drachen von Pryan zu erklären.

»Du behauptest, diese Wesen kommen aus deinem Teil des Labyrinths, Obmann?«

»Zusammen mit uns«, nickte Vasu ernst. »Ihr braucht sie nicht fürchten, Usha. Diese Drachen sind unsere Verbündeten, und ihnen werden wir es zu verdanken haben, wenn wir in diesem Entscheidungskampf siegreich bleiben.«

Usha verschränkte die Arme vor der Brust. Sie machte nicht den Eindruck, als wäre sie überzeugt, aber Zweifel zu äußern hätte bedeutet, Vasus Aufrichtigkeit in Frage zu stellen. In diesen Zeiten durfte man nicht unnötig zusätzliche Schwierigkeiten heraufbeschwören.

Ihre Stirn glättete sich. »Noch einmal heiße ich dich willkommen, Obmann Vasu. Dich und dein Volk und ...« Sie zögerte, dann fügte sie mit einem schiefen Lächeln hinzu: »... und eure Drachen. Was den Ausgang dieser Schlacht angeht ...« Ihr Lächeln erlosch. Seufzend schaute sie auf die lodernden Brände des Nexus. »Ich glaube nicht, daß wir Aussichten haben, siegreich daraus hervorzugehen.«

»Wie ist die Lage?« erkundigte sich Vasu.

Die beiden Anführer entfernten sich, um Kriegsrat zu halten, während sich die Patryn aus Abri unter ihre Landsleute mischten. Sie hat-

* Fällt ein Obmann in der Schlacht, kann ein anderes Mitglied des Stammes vorerst seine Stelle einnehmen. In diesem Sinn fungiert Usha als Obmann, ohne jedoch ein Recht auf den Titel zu haben, der nur vom Stammesrat verliehen wird. Bis zu der formellen Bestätigung steht es jedem Bewerber frei, seine Ansprüche anzumelden und den Stellvertreter herauszufordern.

ten Waffen mitgebracht, Nahrung, Wasser und andere Vorräte. Den Verwundeten und Erschöpften halfen sie mit ihren unverbrauchten heilenden Kräften.

Marit warf noch einen besorgten Blick auf Alfred, bevor sie Usha und Vasu folgte, um zu hören, was gesprochen wurde.

» … Morgendämmerung wurden wir von Schlangen angegriffen«, berichtete Usha. »In unübersehbarer Zahl. Der erste Schlag traf den Nexus. Ihr Plan sah vor, uns in der Stadt einzuschließen und dann, wenn wir alle tot sind, das Letzte Tor zu versiegeln. Sie machten kein Geheimnis aus ihrem Vorhaben, sondern erzählten uns lachend davon. Sie malten uns das Elend unserer Landsleute aus, denen die Möglichkeit zur Flucht genommen war, ihre Verzweiflung, und wie das Böse immer größere Macht gewinnen würde …« Usha schauderte. »Ihre Drohungen waren schrecklich anzuhören.«

»Sie wollen eure Furcht«, erklärte Vasu. »Davon ernähren sie sich, das gibt ihnen Kraft. Was geschah dann?«

»Wir kämpften, obwohl es hoffnungslos war. Unsere magischen Waffen vermögen gegen einen so mächtigen Gegner nichts auszurichten. Die Schlangen warfen sich gegen die Stadtmauern, zerstörten die Runen, strömten durch die Breschen herein.« Usha starrte auf die brennenden Häuser. »Sie hätten uns niedermachen können, ausnahmslos. Aber sie taten es nicht. Sie ließen die meisten von uns am Leben. Anfangs konnten wir nicht verstehen, aus welchem Grund. Weshalb uns nicht töten, wenn sie die Gelegenheit dazu hatten?«

»Sie wollten euch ins Labyrinth treiben«, vermutete Vasu.

Usha nickte, ihr Gesicht war düster. »Wir flohen aus der Stadt. Die Schlangen drängten uns in diese Richtung und töteten jeden, der auszubrechen versuchte. Wir waren gefangen zwischen dem Grauen des Labyrinths und dem Grauen der Schlangen. Einige von uns waren dem Wahnsinn nahe. Die Schlangen verhöhnten uns und zogen den Kreis enger. Ohnmächtig mußten wir mit ansehen, wie sie an willkürlich herausgegriffenen Opfern ihre Mordlust stillten.

Wir flüchteten durch das Tor ins Labyrinth, uns blieb keine andere Wahl. Diejenigen, die nicht den Mut zu diesem verzweifelten Schritt fanden …« Usha verstummte, senkte den Kopf und rang um Fassung. Schließlich sprach sie weiter. »Wir hörten sie schreien, lange.«

Vasu sagte nichts, Zorn und Mitleid raubten ihm die Stimme, aber Marit konnte nicht länger an sich halten.

»Usha«, sagte sie drängend, »was ist mit Fürst Xar? Er ist hier, oder nicht?«

»Er *war* hier«, antwortete Usha.

»Wo ist er hingegangen? War … war jemand bei ihm?« Marit stieg das Blut in die Wangen.

Usha betrachtete sie düster. »Wohin er gegangen ist? Ich weiß es nicht, und es kümmert mich auch nicht. Er hat uns im Stich gelassen. Unser Gebieter läßt uns hier sterben!« Sie spuckte aus. »Das ist für Fürst Xar!«

»Nein!« flüsterte Marit tonlos. »Das ist unmöglich.«

»Ob jemand bei ihm war? Schwer zu sagen.« Usha spitzte verächtlich die Lippen. »Fürst Xar befand sich an Bord eines Schiffes, eines Schiffes, das durch die Luft segelt. Der Rumpf war mit solchen Runen bedeckt.« Sie warf einen haßerfüllten Blick auf die Mauer, das Tor. »Den Runen unserer Feinde.«

»Sartanrunen?« fragte Marit ungläubig. »Dann kann es nicht Fürst Xar gewesen sein, den du gesehen hast. Es war ein Blendwerk der Schlangen. Er würde nie den Fuß an Bord eines Sartanschiffes setzen. Das ist der Beweis, daß es nicht Xar gewesen sein kann.«

»Im Gegenteil«, widersprach eine Stimme. »Ich fürchte, es beweist, *daß* er es gewesen ist.«

Zornig fuhr Marit bei diesen Worten herum, doch sie zuckte zusammen, als sie den Herrn in Schwarz dicht neben sich stehen sah. Er betrachtete sie mit tiefer Anteilnahme.

»Fürst Xar hat Pryan auf genau solch einem Schiff verlassen. Es hatte die Gestalt eines Drachen, mit Segeln als Flügel?« Der Herr in Schwarz sah Usha fragend an.

Sie beantwortete seine Frage mit einem knappen Nicken.

»Unmöglich!« rief Marit aufgebracht. »Niemals würde mein Gebieter sein Volk im Stich lassen! Nicht in der Stunde der Not, wenn der ungeheuerliche Verrat der Schlangen offenbar geworden ist! Hat er etwas gesagt?«

»Er sagte, er würde zurückkehren.« Usha lachte bitter auf. »Und daß unser Tod gerächt würde.« Aus schmalen Augen sah sie Marit mißtrauisch an.

»Vielleicht erklärt das einiges«, meldete Vasu sich zu Wort. Er strich Marit das wirre, blutverklebte Haar aus dem Gesicht und entblößte das zerstörte Mal auf ihrer Stirn.

Ushas Miene wurde weicher. »Ich verstehe«, meinte sie. »Es tut mir leid für dich.« Sie nickte Marit zu, dann setzte sie ihr Gespräch mit Vasu fort.

»Auf meinen Rat haben unsere Leute – nun erneut Gefangene des Labyrinths – ihre magischen Kräfte darauf konzentriert, das Letzte Tor zu verteidigen. Wir bemühen uns, es offen zu halten. Wenn es sich schließt …« Sie schüttelte düster den Kopf.

»Das wäre unser Ende«, stimmte Vasu zu.

»Die Todesrunen der Sartan auf der Mauer – so lange ein Fluch – erweisen sich jetzt als Segen. Nachdem sie uns hierher getrieben hatten, stellten die Schlangen fest, daß sie uns nicht durch das Tor zu folgen oder auch nur in seine Nähe zu kommen vermochten. Wann immer sie die Runen berühren, umhüllt sie knisterndes blaues Feuer. Sie brüllen vor Schmerzen und weichen zurück. Zwar tötet dieses Feuer sie nicht, aber es scheint sie zu schwächen.

Natürlich verloren wir keine Zeit und verschlossen mit dem gleichen blauen Feuer das Letzte Tor. Wir können nicht hinaus, aber die Schlangen können es auch nicht versiegeln. Nachdem sie eine Zeitlang versucht hatten, doch noch ein Schlupfloch zu finden, verschwanden sie plötzlich.

Jetzt berichten die Kundschafter, daß unsere anderen Feinde – sämtliche Kreaturen des Labyrinths – sich in den Wäldern hinter uns sammeln. Zu Tausenden.«

»Das heißt, sie werden aus beiden Richtungen angreifen«, sagte Vasu. »Uns an die Mauer zurückdrängen.«

»Uns zerquetschen.« Usha ballte die Hände zu Fäusten.

»Vielleicht nicht.« Vasu überlegte. »Wenn wir nun …«

Er und Usha erörterten mögliche Verteidigungstaktiken. Marit verlor das Interesse, ließ sie stehen und wanderte ziellos herum. Xar – sie hatte ihm geglaubt, ihm vertraut.

»Was geschieht jetzt?« erkundigte Alfred sich besorgt. Ihrer Warnung eingedenk, hatte er gewartet, bis sie allein war, bevor er es wagte, mit ihr zu sprechen. »Wie geht es weiter? Wo ist Fürst Xar?«

Marit sagte nichts, statt ihrer antwortete der Herr in Schwarz. »Fürst Xar ist nach Abarrach gegangen, wie es seine Absicht war.«

»Und Haplo ist bei ihm?« Alfreds Stimme bebte.

»Ja, Haplo ist bei ihm«, bestätigte der Herr in Schwarz leise.

»Mein Gebieter hat Haplo nach Abarrach mitgenommen, um ihn zu heilen!« Mit funkelnden Augen schaute Marit herausfordernd von einem zum anderen, ob sie es wagten, ihr zu widersprechen.

Alfred schwieg einen Moment, dann sagte er ruhig: »Mein Entschluß steht fest. Ich gehe nach Abarrach. Vielleicht kann ich …« Er streifte Marit mit einem scheuen Blick. »Vielleicht kann ich helfen«, beendete er den Satz verlegen.

Marit wußte nur zu gut, was er dachte. Auch sie sah im Geiste die wandelnden Toten von Abarrach. Gestorbene, zu einem widernatürlichen Leben erweckt. Sie erinnerte sich an die Qual in den blicklosen Augen, die Verzweiflung der gefangenen Seele in ihrem Kerker aus verwesendem Fleisch … Sie sah Haplo …

Etwas schnürte ihr die Luft ab, ein dunkler Schleier legte sich über ihre Augen. Sie spürte, wie fürsorgliche Arme sie stützten, und überließ sich ihnen, solange die Dunkelheit währte. Als sie die Schwäche überwunden hatte, stieß sie Alfred zurück. »Schon gut, mir fehlt nichts«, sagte sie abweisend, um sich ihre Beschämung nicht anmerken zu lassen. »Wenn du nach Abarrach gehst, gehe ich mit.«

Sie wandte sich an den Herrn in Schwarz. »Wie kommen wir dorthin? Wir haben kein Schiff.«

»Ihr findet ein Schiff bei Fürst Xars Residenz«, antwortete der Herr in Schwarz. »Oder vielmehr, bei seiner ehemaligen Residenz. Die Schlangen haben sie niedergebrannt.«

»Und das Schiff unversehrt gelassen?« Marit sah ihn an. »Das ergibt keinen Sinn.«

»Für sie vielleicht schon«, gab der Herr in Schwarz zu bedenken. »Falls ihr ernsthaft entschlossen seid, müßt ihr bald aufbrechen, bevor die Schlangen zurückkehren. Wenn sie den Drachenmagier entdecken, werden sie nicht zögern, ihn anzugreifen.«

»Wo sind die Drachenschlangen?« fragte Alfred ängstlich.

»Sie führen die Feinde der Patryn an: Wolfsmenschen, Snogs, Chaodyn, Drachen. Die Armeen des Labyrinths sammeln sich zur Entscheidungsschlacht.«

»Von uns sind nicht mehr viele übrig, um ihnen Widerstand zu leisten.« Marit zweifelte an ihrem Entschluß, Alfred zu begleiten, als sie die kleine Schar der Patryn betrachtete und an die ungeheure Zahl der Feinde dachte.

»Verstärkung ist bereits unterwegs«, versicherte der Herr in Schwarz mit einem aufmunternden Lächeln. »Und unsere Schlangenvettern rechnen nicht damit, *uns* hier zu finden; sie werden eine unangenehme Überraschung erleben. Mit vereinten Kräften können wir sie geraume Zeit zurückhalten. Solange es nötig ist«, fügte er mit einem seltsamen Blick auf Alfred hinzu.

»Was soll das heißen?« fragte dieser beunruhigt.

Der Herr in Schwarz legte ihm die Hand auf den Arm und sah ihm forschend ins Gesicht. Die Augen des Drachen waren blaugrün wie der Himmel von Pryan, wie das Wasser Chelestras. »Denk daran, Coren, das Licht der Hoffnung scheint in das Labyrinth. Und es wird weiterscheinen, obwohl das Tor geschlossen ist.«

»Du versuchst, mir etwas zu sagen, habe ich recht? Rätsel, Prophezeiungen! Damit kann ich nichts anfangen!« Alfred schwitzte. »Warum sagst du mir nicht, was ich tun soll?«

»Auch der Gutwilligste befolgt nur selten einen Rat«, sagte der Herr in Schwarz. »Laß dich von deiner inneren Stimme leiten.«

»Meine innere Stimme rät mir gewöhnlich, in Ohnmacht zu fallen«, protestierte Alfred. »Du erwartest von mir, daß ich etwas Großartiges und Heroisches tue, aber dafür bin ich nicht der Richtige. Ich gehe nur nach Abarrach, um einem Freund zu helfen.«

»Natürlich«, sagte der Herr in Schwarz leise, seufzte und wandte sich ab.

Marit hörte den Seufzer in ihrer Seele widerhallen und dachte an das gespenstische Wispern der lebenden Toten von Abarrach.

Kapitel 8

Nekropolis, Abarrach

Abarrach – Welt aus Feuer, Welt aus Stein, Welt der Toten und der Sterbenden.

In einem Verlies in den Katakomben von Nekropolis, tote Hauptstadt einer toten Welt, lag Haplo im Sterben.

Er ruhte auf einer steinernen Bank, den Kopf auf Stein gebettet. Es war kein bequemes Lager, aber Haplo merkte es nicht. Die Schmerzen, die ihn gepeinigt hatten, waren vergangen. Er fühlte nichts, außer dem Brennen bei jedem mühsamen Atemzug. Er fürchtete sich ein wenig vor dem Atemzug, der sein letzter sein würde, dem Röcheln, dem krampfhaften Ringen nach Luft, qualvoll, wie damals auf Chelestra, als er zu ertrinken glaubte.

Das Wasser Chelestras hatte ihn atmen lassen, aber diesmal würde kein Wunder geschehen. In Gedanken malte er sich aus, wie er sich aufbäumte, gegen die Dunkelheit ankämpfte – ein schrecklicher Kampf, doch gnädigerweise kurz.

Und sein Gebieter war hier, an seiner Seite. Haplo war nicht allein.

»Dies ist nicht einfach für mich, mein Sohn«, sagte Xar.

Er meinte seine Worte nicht sarkastisch oder ironisch. Seine Trauer war echt. Während er zusammengesunken neben Haplos hartem Lager saß, sah man ihm zum ersten Mal sein hohes Alter an. In seinen Augen glänzten ungeweinte Tränen.

Xar hätte Haplo töten können, doch er tat es nicht.
Xar hätte Haplos Leben retten können, aber er tat auch das nicht.
»Du mußt sterben, mein Sohn«, sagte Xar. »Ich wage nicht, dich leben zu lassen. Ich kann dir nicht trauen. Du bist für mich tot wertvoller als lebend, deshalb muß ich dich sterben lassen. Aber töten kann ich dich nicht. Ich habe dir das Leben gerettet, und das gibt mir das Recht, es dir auch wieder zu nehmen, aber ich bringe es nicht über mich. Du warst einer der Besten. Und ich liebte dich. Ich liebe dich noch. Ich würde dich retten, wenn nur ... wenn nur ...«
Xar ließ den Satz unvollendet.
Haplo sagte nichts, erhob keine Einwände, flehte nicht um sein Leben. Er wußte, welchen Schmerz sein Gebieter über sein Sterben empfand, und wußte, wenn es einen anderen Weg gäbe, würde Xar ihn verschonen. Doch es gab keinen anderen Weg. Der Fürst des Nexus konnte seinem ›Sohn‹ nicht länger trauen. Haplo würde ihn bekämpfen, bis er – wie jetzt – keine Kraft mehr hatte, um den Kampf fortzuführen.
Xar hätte ein Narr sein müssen, Haplo seine Stärke wiederzugeben. Als Toter war Haplo sein williger Sklave, solange er lebte, würde er sich ihm nie und nimmer beugen.
»Es gibt keinen anderen Weg«, sagte Xar. Wie so oft war sein Gedankengang der gleiche wie Haplos. »Ich muß dich sterben lassen. Du verstehst mich, mein Sohn, ich weiß es. Du wirst mir im Tode dienen, wie du es im Leben getan hast. Nur besser. Nur besser.«
Der Fürst des Nexus seufzte. »Dennoch fällt es mir nicht leicht. Auch das verstehst du, nicht wahr, mein Sohn?«
»Ja«, wisperte Haplo. »Ich verstehe.«
Und so warteten beide gemeinsam in der Düsternis der Katakomben auf das Nahen des Todes. Es herrschte tiefe Stille. Xar hatte allen anderen Patryn befohlen, sie allein zu lassen. Das einzige Geräusch waren Haplos rasselnde Atemzüge, Xars gelegentliche Fragen und Haplos geflüsterte Antworten.
»Fällt dir das Reden schwer?« wollte Xar wissen. »Wenn es dir Schmerzen breitet, werde ich dich nicht drängen.«
»Nein, Gebieter, ich fühle keine Schmerzen. Jetzt nicht mehr.«
»Ein Schluck Wasser, um die trockene Kehle zu benetzen.«
»Ja, Gebieter, ich danke Euch.«
Mit einer kühlen Hand strich der Fürst Haplo das schweißfeuchte Haar aus der fieberheißen Stirn. Er hob ihm den Kopf hoch und hielt dem Sterbenden einen Becher mit Wasser an die Lippen. Dann legte er ihn sanft auf die Steinbank zurück.
»Diese Stadt, in der ich dich gefunden habe, Abri. Eine Stadt im Labyrinth. Ich ahnte nicht, daß es sie gibt. Nach ihrer Größe zu urteilen, besteht sie seit langer, langer Zeit.«
Haplo nickte. Er war sehr müde, doch es tröstete ihn, die Stimme sei-

nes Gebieters zu hören. Verschwommen erinnerte er sich daran, wie er als kleiner Junge bei seinem Vater Huckepack geritten war. Er konnte seines Vaters Stimme hören und gleichzeitig die Schwingungen in seiner Brust fühlen. Auch jetzt vernahm er die Stimme seines Gebieters und spürte sie, als erreichten ihn die Tonschwingungen über den kalten, harten Stein.

»Wir Patryn sind keine Städtebauer«, bemerkte Xar.

»Die Sartan«, flüsterte Haplo.

»Ja, das war auch mein Gedanke. Die Sartan, die sich in der Vergangenheit gegen Samah und den Rat der Sieben aufgelehnt haben. Sie wurden zur Strafe für ihre Unbotmäßigkeit mit uns verbannt. Und wir haben uns nicht gegen sie gewendet und sie erschlagen. Ist das nicht merkwürdig?«

»So merkwürdig nicht.« Haplo dachte an Alfred.

Nicht, wenn zwei Völker ums Überleben kämpfen müssen, in einer feindseligen Umwelt, in der alles ihnen nach dem Leben trachtet. Er und Alfred hatten nur überlebt, indem sie sich gegenseitig halfen. Jetzt war Alfred im Labyrinth, in Abri, und half vielleicht den Patryn, Todfeinden der Sartan, sich aus dem furchtbaren Getto zu befreien, in dem man sie gefangengehalten hatte.

»Dieser Vasu, der Obmann von Abri, er ist ein Sartan, nicht wahr?« fuhr Xar fort. »Ein halber Sartan zumindest. Ja, das habe ich mir gedacht. Ich bin ihm nicht begegnet, aber seine Existenz habe ich wahrgenommen. Ein Mann mit großer Macht, sehr tüchtig. Ein guter Führer, zweifellos auch ehrgeizig. Besonders jetzt, da er erfahren hat, daß die Welt nicht hinter den Mauern Abris zu Ende ist. Er wird seinen Teil davon beanspruchen, fürchte ich, vielleicht sogar alles. Das ist der Sartan in ihm. Ich kann es nicht zulassen. Er muß ausgelöscht werden. Und vielleicht gibt es noch mehr wie ihn, alle jene von den Unsrigen, die Sartanblut in sich haben. Ich fürchte, sie werden versuchen, mir meinen Herrschaftsanspruch streitig zu machen.

Ich fürchte …

Ihr irrt Euch, Gebieter, dachte Haplo. Vasu liegt nur sein Volk am Herzen, er strebt nicht nach Macht. Er hat *keine* Furcht. Er ist, wie Ihr einst wart, Gebieter, und wird nicht werden, was Ihr heute seid – furchtsam. Ihr wollte Euch von Vasu befreien, weil Ihr ihn fürchtet. Dann werdet Ihr alle jene Patryn ausmerzen, die Sartanvorfahren haben, und danach jene, die mit diesen befreundet waren. Zu guter Letzt wird niemand mehr übrig sein als Ihr selbst – der, den Ihr am meisten fürchtet.

»Aus dem Ende ein neuer Beginn«, murmelte Haplo.

»Was?« Xar beugte sich aufmerksam vor. »Was hast du gesagt, mein Sohn?«

Haplo hatte es vergessen. Er war auf Chelestra und versank in den Fluten der Wasserwelt, wie damals. Nur hatte er diesmal keine Angst.

Er empfand ein wenig Trauer, Bedauern, daß er gehen mußte, bevor seine Arbeit getan war.

Doch es gab andere, die weiterführen würden, was er unvollendet lassen mußte. Alfred, tolpatschig, unbeholfen – der goldene Drache in den Lüften. Marit, seinem Herzen nahe – furchtlos, die starke Gefährtin. Ihre Tochter – ihm fremd. Nein, das stimmte nicht ganz. Er kannte sie. Alle Kinder im Labyrinth trugen ihr Gesicht.

Die Welle trug ihn hoch empor, wiegte ihn sacht, doch er sah sie, wie sie einst gewesen war – eine Flutwelle, die sich aufbäumte und niederstürzte, um die Welt zu ertränken, zu zerschmettern.

Samah.

Dann die Ebbe. Trümmer schwammen auf dem Wasser. Die Überlebenden klammerten sich an das Treibgut, bis sie an fremden Ufern angespült wurden. Dort fanden sie eine neue Heimat – auf Zeit, denn die Welle strebt nach Ausgleich.

Langsam, unerbittlich wuchs die Welle erneut in die Höhe, neigte sich in die entgegengesetzte Richtung. Ein ungeheures Gebirge aus Wasser, und auch dieses drohte mit verheerender Gewalt über die Welt hinwegzuspülen.

Xar.

Haplo kämpfte gegen das schwere Gewicht, das ihm die Brust zusammendrückte. Es war schwer, gehen zu müssen. Besonders jetzt, da er endlich begann zu verstehen …

Anfang … Xar sprach zu ihm, sagte etwas über das Siebente Tor. Ein Kinderreim. Aus dem Ende ein neuer Beginn.

Ein gedämpftes Winseln hinter der Steinbank übertönte Xars Stimme. Haplo fand gerade genug Kraft, um die Hand zu bewegen. Eine feuchte Zunge schleckte über seine Finger. Er lächelte und kraulte dem Hund die seidigen Ohren.

»Unsere letzte gemeinsame Reise, mein Junge«, sagte er. »Aber keine Würste …«

Der Schmerz kehrte zurück. Schlimmer, viel schlimmer als zuvor.

Eine Hand umfaßte die seine. Eine knorrige, alte Hand, stark und ermutigend.

»Hab keine Angst, mein Sohn«, sagte Xar. »Hab keine Angst. Sträube dich nicht. Laß los …«

Der Schmerz war unbeschreiblich.

»Laß los …«

Haplo schloß die Augen, atmete ein letztes Mal aus und sank in die Tiefe.

Kapitel 9

Nekropolis, im Labyrinth

Xar hielt Haplos Handgelenk umfaßt, selbst dann noch, als er keinen Puls mehr fühlte. Reglos saß er da und starrte in die Dunkelheit. Während die Minuten verrannen und der Körper neben ihm erkaltete, hatte Xar eine Vision.

Er sah sich selbst, einen alten Mann, allein mit einem Toten.

Einen alten Mann in einem Verlies, tief unter der Oberfläche einer Welt, die zum Friedhof geworden war. Einen alten Mann mit gesenktem Kopf und gebeugten Schultern, der seinen Verlust betrauerte. Haplo.

Seinem Herzen teurer als jeder Sohn von seinem eigenen Fleisch und Blut. Aber nicht nur ihn hatte er verloren.

Der Fürst schloß die Augen und sah statt der trostlosen Dunkelheit der Katakomben eine andere Finsternis, die unheilvolle Finsternis, die sich über das Letzte Tor gesenkt hatte. Er sah die hoffnungsvoll zu ihm emporgewandten Gesichter seines Volkes. Er sah, wie Hoffnung sich zu Unglauben wandelte, dann zu Furcht oder auch Zorn, bevor sein Schiff ihn durch das Tor trug.

Es war einmal anders gewesen, die vielen Male, wenn er aus dem Labyrinth wiederkehrte, erschöpft, verwundet, aber siegreich. Seine Gefolgsleute, ernst und verschlossen, sagten nichts, aber ihr Schweigen war beredt. In ihren Augen las er Respekt, Liebe, Bewunderung …

Xar blickte in Haplos Augen – weit offen und glasig – und sah darin nur Leere. Der Fürst ließ Haplos Hand fallen und schaute sich verbittert in der kahlen Zelle um.

»Was ist geschehen?« fragte er sich. »Wie ist es möglich, daß ich so weit vom Wege abgekommen bin?«

Und er glaubte, in der Dunkelheit ein hämisches, zischelndes Lachen zu hören.

»Wer ist da?« rief er und sprang auf.

Keine Antwort, das Geräusch war verstummt.

Vorbei der Augenblick des Selbstzweifels, das zischelnde Lachen hatte die Leere in ihm mit Zorn angefüllt.

»Mein Volk ist von mir enttäuscht.« Xar wandte sich bedächtig dem Toten auf der Steinbank zu. »Doch wenn ich im Triumph zurückkehre und ihnen eine geeinte Welt bringe, um sie sich untertan zu machen – dann werden sie mich verehren wie nie zuvor.

Das Siebente Tor«, flüsterte Xar, während er zärtlich, liebevoll dem Toten die Hände faltete und ihm die Augen schloß, »das Siebente Tor, mein Sohn. Als Lebender wolltest du mich dorthin führen. Als Toter wirst du es tun. Und ich werde dir dankbar sein, mein Sohn. Tu dies für mich, und du wirst Frieden finden.«

Er legte die Hand auf die klaffende Wunde in Haplos Brust, wo die Herzrune gewesen war. Um sein Werk zu vollenden, brauchte er nichts weiter zu tun, als die Sigel neu zu verknüpfen und dann das Ritual der Wiedererweckung an dem leblosen Körper zu vollziehen.

Xar berührte die Herzrune mit den Fingerspitzen, die Formel des Heilens auf den Lippen. Doch er zögerte, sie auszusprechen; seine Hand, die in der größten Gefahr ruhig geblieben war, zitterte.

Wieder ein Geräusch vor der Zelle. Kein Zischen diesmal, sondern schlurfende Schritte. Xar fuhr herum und richtete drohend den Blick in die Dunkelheit. »Ich weiß, daß du da bist. Ich kann dich hören. Spionierst du mir nach? Was willst du?«

Eine Gestalt löste sich aus den Schatten. Es war ein Lazar, einer der furchterregenden lebenden Toten von Abarrach. Xar schaute ihm argwöhnisch ins Gesicht und versuchte zu erkennen, ob es Kleitus war. Der ehemalige Dynast von Abarrach, von seinem eigenen Volk erschlagen und jetzt ein Lazar, hätte Xar gern das gleiche Schicksal bereitet und ihm die zweifelhafte Wohltat dieser widernatürlichen Existenz erwiesen. Ein Versuch war bereits fehlgeschlagen, aber der Dynast hielt unermüdlich Ausschau nach einer zweiten Gelegenheit. Bei diesem Lazar handelte es sich indes nicht um Kleitus. Xar atmete unwillkürlich auf. Zwar fürchtete er Kleitus nicht, aber zur Zeit war er von wichtigeren Problemen in Anspruch genommen. Er hatte nicht die Absicht, seine magischen Kräfte zu vergeuden, um einen rachsüchtigen Wiedergänger in die Schranken zu weisen.

»Wer bist du? Was willst du hier?« fragte Xar gereizt. Er glaubte, den

Lazar zu erkennen, aber ganz sicher war er nicht. Für den Patryn sah ein toter Sartan aus wie der andere.

»Mein Name ist Jonathon«, antwortete der Lazar.

»... Jonathon ...« wisperte das Echo, die Stimme der gefangenen Seele, die unablässig danach strebte, sich von der Fessel des Fleisches zu befreien.

»Ich komme nicht zu dir, sondern zu ihm.«

»... zu ihm ...«

Die beunruhigenden Augen des Lazars, manchmal leer und manchmal erfüllt von unaussprechlicher Qual, richteten sich auf Haplo.

»Die Toten rufen uns«, fuhr der Lazar fort. »Wir hören ihre Stimmen ...«

»... Stimmen ...« wisperte der Schemen.

»Nun, dem Ruf dieses Toten braucht ihr nicht zu folgen«, sagte Xar in barschem Ton. »Hebe dich hinweg. Ich habe eigene Pläne mit diesem Leichnam.«

»Vielleicht darf ich dir meine Hilfe anbieten?«

»... Hilfe anbieten ...«

Xar wollte den Wiedergänger zurückweisen und ihm befehlen, sich zu entfernen, aber dann mußte er daran denken, welches Mißgeschick ihm widerfahren war, als er versucht hatte, Samah zu erwecken. Bei Haplo durfte er kein Risiko eingehen. Aber konnte er dem Lazar trauen? Der Fürst musterte die unheimliche Erscheinung abschätzend. Alles, was er sah, war eine zum Dasein eines Untoten verdammte Kreatur, wie jeder andere Lazar in Abarrach. Soweit Xar wußte, hatten die Wiedergänger kein anderes Verlangen als das, andere Lebewesen in grausige Ebenbilder ihrer selbst zu verwandeln.

»Nun gut«, sagte Xar und wandte dem Lazar den Rücken zu, »du kannst bleiben. Aber verhalte dich still. Sprich nur, wenn du mich etwas Falsches tun siehst.«

Aber der Fürst des Nexus war zuversichtlich. Diesmal würde ihm kein Fehler unterlaufen.

Entschlossen machte Xar sich ans Werk. Rasch, ohne auf das Blut an seinen Händen zu achten, heilte er die Herzrune an Haplos Brust. Anschließend begann er, die anderen Sigel nachzuzeichnen, und murmelte dabei die Formeln vor sich hin.

Der Lazar stand schweigend, reglos vor der Zellentür. Xar, von dem magischen Ritual in Anspruch genommen, hatte den Wiedergänger bald vergessen. Er bezähmte seine Ungeduld, ließ sich Zeit für jeden Schritt. Stunden vergingen.

Von der Herzrune ausstrahlend, überzog ein gespenstischer bläulicher Schimmer den toten Körper. Ein Sigel nach dem anderen flammte auf und gab das Leuchten weiter.

Der Fürst atmete tief ein. Der Zauber wirkte! Bald würde sich der Leichnam erheben und ihm als Führer zum Siebenten Tor dienen.

Er empfand nichts mehr, kein Mitleid, keine Trauer. Der Mann, den er geliebt hatte wie einen Sohn, war tot, sein Leichnam hatte für Xar keine Bedeutung mehr, außer als Werkzeug, als Mittel, ihn ans Ziel seiner Wünsche zu bringen. Als das letzte Sigel leuchtete, war Xar so aufgeregt, daß er sich erst auf den Namen des Toten besinnen mußte – unverzichtbarer Bestandteil der abschließenden Formel des Zaubers.

»Haplo«, sagte der Lazar leise.

»... Haplo ...« raunte der Schemen.

Der Name schien aus der Dunkelheit an sein Ohr zu wehen. Xar kam nicht zu Bewußtsein, wer gesprochen hatte, ebensowenig bemerkte er das Kratzen und Scharren hinter der Steinbank, auf der der Tote lag.

»Haplo!« wiederholte Xar. »Natürlich. Meine Erschöpfung muß größer sein, als ich dachte. Wenn dies getan ist, werde ich ausruhen. Um die Magie des Siebenten Tores zu beherrschen, muß ich im Vollbesitz meiner Kräfte sein.«

Der Fürst des Nexus richtete sich aus seiner gebückten Haltung auf und überdachte die einzelnen Schritte des Rituals bisher. Alles war perfekt. Er hatte nicht einen einzigen Fehler gemacht, wie das strahlende Blau der Runen bewies.

Xar hob die Hände. »Du wirst mir im Tode dienen, Haplo, wie du mir im Leben gedient hast. Erhebe dich. Wandle. Kehre zurück in das Reich der Lebenden.«

Der Leichnam regte sich nicht.

Xar runzelte die Stirn und betrachtete prüfend die Runen. Keine Veränderung machte sich bemerkbar. Der Tote lag in seinem Kokon aus Licht und machte keine Anstalten, der Aufforderung Folge zu leisten.

Xar wiederholte die Worte, diesmal in befehlendem Ton.

»Du wirst mir dienen!« sagte Xar streng.

Nichts, keine Reaktion. Vielleicht, daß der blaue Schimmer langsam schwächer wurde.

Hastig erneuerte Xar die wichtigsten der Runenzeichen, und das Leuchten verstärkte sich wieder.

Doch immer noch regte der Leichnam sich nicht.

Ungehalten wandte der Fürst des Nexus sich an den Lazar, der geduldig vor der Zelle wartete.

»Nun, was stimmt nicht?« fragte er gereizt. »Nein, keine langen Erklärungen.« Er hob Einhalt gebietend die Hand. »Wo immer der Fehler liegt, behebe ihn.«

»Das kann ich nicht«, antwortete der Lazar.

»... kann ich nicht ...« ertönte das Echo.

»Was? Wieso?« Erst war Xar verblüfft, dann wurde er zornig. »Du lügst! Ich werde dich dem Nichts überantworten ...«

»Es ist keine Lüge, Fürst Xar«, erklärte Jonathon. »Der Leichnam kann nicht wiedererweckt werden. Er besitzt keine Seele.«

Xar starrte den Lazar aus funkelnden Augen an. Er hätte gern an seinen Worten gezweifelt, aber die bittere Erkenntnis ließ sich nicht unterdrücken.

Keine Seele.

»Der Hund!« entfuhr es Xar. Wut und Enttäuschung raubten ihm fast die Stimme.

Das Geräusch, das er gehört hatte, ohne darauf zu achten. Als Xar sich bückte, um hinter die Steinbank zu schauen, sah er an der anderen Seite gerade noch die Spitze eines buschigen Schwanzes verschwinden.

Der Hund sauste auf die weit offene Zellentür zu. Xar versuchte ihn mit einem Bannspruch aufzuhalten, aber der Wiedererweckungszauber hatte ihn geschwächt. Schlitternd bog der Vierbeiner um den Türpfosten und wurde vom Dunkel der Gänge verschluckt. Xar blieb in der Tür stehen, um seine Wut an dem Lazar auszulassen. Ihm war eingefallen, wo er diesen Wiedergänger schon einmal gesehen hatte. Dieser ›Jonathon‹ war auch beim Tod von Samah in der Nähe gewesen, als Xar sich ebenfalls vergeblich bemüht hatte, den Leichnam wiederzuerwecken. Machte der Lazar absichtlich seine Pläne zunichte? Weshalb? Und wie?

Doch Xars Fragen blieben unbeantwortet. Der Lazar war fort.

Die Katakomben von Nekropolis sind ein Labyrinth verwinkelter Gänge, die sich tief in die steinernen Eingeweide Abarrachs erstrecken. Xar stand vor Haplos Zelle und versuchte, mit Blicken die Dunkelheit zu durchdringen.

Keine Spur, kein Laut von irgendeinem lebenden – oder toten – Wesen.

Xar schaute zu dem Leichnam auf der Steinbank. Die Runen verströmten ihren Schimmer, bewahrten das Fleisch vor der Verwesung. Er mußte nur diesen elenden Köter einfangen.

»Er wird nicht weit gelaufen sein«, überlegte Xar. »Ein Hund, *dieser* Hund, bleibt in der Nähe seines Herrn. Ich werde eine Armee von Patryn mit der Suche beauftragen.

Was den Lazar angeht, auch nach ihm werde ich suchen lassen. Kleitus hat etwas über diesen Jonathon gesagt.« Xar versuchte sich zu erinnern. »Etwas über eine Prophezeiung. ›Den Toten Leben bringen … für ihn wird das Tor sich auftun …‹ Blanker Unsinn. Eine Prophezeiung bedingt die Existenz einer höheren Macht, einer beherrschenden Macht, und ich bin der Herrscher dieser Welt und jeder anderen, die ich Lust habe, mir untertan zu machen.«

Xar schickte sich an zu gehen, um die Suchtrupps einzuteilen. Nach ein paar Schritten blieb er noch einmal stehen und warf einen letzten Blick auf Haplos Leiche.

Beherrschende Macht …

»Der Herrscher bin ich«, wiederholte Xar und ging.

Kapitel 10

Nekropolis, Abarrach

Der Hund war verwirrt. Er hörte deutlich die Stimme seines Herrn, die zu ihm sprach, aber sein Herr war nicht da. Haplo lag in einer Zelle weit entfernt von diesem Versteck. Der Vierbeiner wußte, etwas stimmte nicht mit seinem Herrn, aber jedesmal, wenn er zurücklaufen wollte, um ihm beizustehen, befahl ihm Haplos Stimme – so nah, als stünde er dicht neben ihm –, still liegenzubleiben und zu warten.

Aber Haplo war nicht hier. Oder?

Menschen – fremde Menschen – bewegten sich im Gang vor der dunklen Zelle, in der der Hund Zuflucht gesucht hatte. Diese Menschen suchten nach ihm, pfiffen, riefen, lockten. Dem Hund stand nicht der Sinn nach Menschen, andererseits waren sie vielleicht in der Lage, seinem Herrn zu helfen. Schließlich waren sie von seiner Art. Und früher waren einige von ihnen sogar Freunde gewesen.

Jetzt nicht mehr, offenbar.

Das unglückliche Tier winselte leise, um kundzutun, *daß* es sich unglücklich fühlte, einsam und verlassen. Haplos Stimme befahl dem Hund barsch, still zu sein. Und kein kameradschaftliches Streicheln über den Kopf, das den Tadel linderte und ausdrückte: »Ich weiß, du verstehst nicht, aber du mußt gehorchen.«

Der einzige Trost – sofern man es als Trost bezeichnen konnte – bestand darin, daß der Hund am Tonfall seines Herrn merkte, auch

Haplo war unglücklich und verwirrt und fürchtete sich. Er schien ebensowenig zu wissen, was das alles zu bedeuten hatte. Und wenn der Herr Angst hatte …

Den Kopf auf die Vorderpfoten gebettet, lag der Hund im Dunkeln auf dem feuchten Steinboden einer Zelle und fragte sich, was er tun sollte.

Xar saß in seiner Bibliothek, das Sartanbuch der Nekromantie neben sich auf dem Pult, aber ungeöffnet, ungelesen. Wozu auch? Er kannte es auswendig, jedes einzelne Wort.

Der Fürst griff nach einem der rechteckigen Runensteine, die auf seinem Schreibtisch lagen. Müßig, tief in Gedanken versunken, drehte er den Stein zwischen den Fingern und tippte abwechselnd mit der einen, dann mit der anderen Seite auf die Tischplatte aus Kairngras. Ganz allmählich geriet er in einen tranceähnlichen Zustand. Sein Körper – bis auf die Hand mit dem Runenstein – fühlte sich schwer und taub an, zu keiner Bewegung fähig, wie vom Schlaf gelähmt. Doch er wußte, er schlief nicht.

Xar war ratlos, absolut, vollkommen ratlos. Niemals zuvor hatte er vor einem derart unüberwindlichen Hindernis gestanden. Er wußte nicht, was tun, wohin sich wenden. Seine anfängliche Wut hatte sich in schwelende Enttäuschung verwandelt, und nun war er in dumpfes Brüten verfallen.

Der Hund konnte überall sein. Eine Legion Tytanen vermochte sich in diesem unterirdischen Kaninchenbau zu verbergen, ohne je gefunden zu werden, erst recht ein einzelner Köter. Und angenommen, ich finde ihn? Während Xar grübelte, drehte er unablässig den Runenstein zwischen den Fingern. Was dann? Ihn töten? Wurde dadurch Haplos Seele gezwungen, in den Körper zurückzukehren? Oder erlischt sie mit der Lebensflamme des Tieres, und Haplo ist für mich verloren – ein nutzloser Kadaver?

Und wie ohne ihn das Siebente Tor finden? Ich muß das Siebente Tor finden! Bald. Mein Volk kämpft und stirbt im Labyrinth. Ich habe es versprochen … Ich habe versprochen, zu ihrer Rettung zu kommen …

Xar schloß die Augen. Er war ein Mann der Tat, gewohnt zu kämpfen und zu siegen, und nun sah er sich dazu verurteilt, an einem Schreibtisch zu sitzen und zu warten. Denn es gab nichts, was er hätte tun können. Er wälzte das Problem in Gedanken hin und her, betrachtete es von allen Seiten.

Nichts.

Wie ist es möglich, daß ich so weit vom Wege abgekommen bin?

Scheitern … er würde scheitern …

»Mein Fürst.«

Xar kehrte mit einem Ruck in die Wirklichkeit zurück. Der Runenstein fiel aus seiner Hand.

»Ja, was ist?« fragte er barsch. Hastig schlug er das Buch auf und gab vor, zu lesen.

Ein Patryn trat ein und wartete in respektvollem Schweigen darauf, daß Xar geruhte, ihm sein Ohr zu leihen.

Der Fürst gestattete sich noch einen weiteren Moment, um seine Gedanken zu sammeln, dann hob er den Blick.

»Welche Neuigkeiten bringst du? Habt ihr den Hund gefunden?«

»Nein, Gebieter. Man hat mich geschickt, um Euch zu melden, daß das Todestor in Abarrach geöffnet wurde.«

»Jemand ist gekommen.« Xar fühlte sich neu belebt. Er ahnte, was er hören würde. »Marit!«

»Ja, Gebieter.« Der Bote sah ihn bewundernd an.

»Ist sie allein? Wer begleitet sie?«

»Sie kam an Bord eines Schiffes – Eures Schiffes, Gebieter. Aus dem Nexus. Ich habe die Runen erkannt. Zwei Männer sind bei ihr. Einer von ihnen ist ein Nichtiger.«

Xar winkte gleichgültig ab.

»Der andere ist ein Sartan.«

»Ah!« Leicht zu erraten, um welchen Sartan es sich handelte. »Groß und mager, schütteres Haar, unbeholfen?«

»Ja, Gebieter.«

Xar rieb sich die Hände. Vollendet, scharf umrissen, tauchte ein Plan in seinem Geiste auf, so plötzlich, wie bei einem nächtlichen Gewitter der Blitz einen Gegenstand in gleißende Helligkeit taucht.

»Was habt ihr unternommen?« Xar betrachtete den Patryn aus schmalen Augen. »Sie in Empfang genommen?«

»Nein, Gebieter. Ich bin sofort gekommen, um Euch zu berichten. Meine Kameraden halten Wache. Als ich ging, befanden sich die drei Personen noch auf dem Schiff und beratschlagten. Wie lauten Eure Befehle, Fürst? Sollen wir sie zu Euch bringen?«

Xar nahm sich Zeit, seinen Plan noch einmal zu überdenken. Er konnte keine Schwachstellen entdecken, alles entsprach genau seinen Wünschen.

»Hör gut zu. Ich werde dir erklären, was ihr tun sollt ...«

Kapitel 11

Glückshafen, Abarrach

Das Patrynschiff, von Fürst Xar für seine Reisen durch das Todestor entworfen und gebaut, hing über dem Feuermeer – ein Strom flüssiger Lava, der sich durch Abarrach windet. Die Runen schützten es vor der sengenden Hitze, die ein gewöhnliches Schiff aus Holz in Brand gesetzt hätte. Alfred hatte das Schiff neben einem Pier heruntergebracht, der in das Feuermeer hineinragte, geschützt von den Molen der verlassenen Stadt Glückshafen.

Er stand am Bullauge, schaute auf den brodelnden Fluß glutroten Magmas und erinnerte sich mit unerfreulicher Deutlichkeit an seinen letzten Aufenthalt in dieser furchtbaren Welt.

Die Bilder zogen in seinen Gedanken vorbei. Er und Haplo hatten nur mit knapper Not lebend das rettende Schiff erreicht, verfolgt von den mordgierigen Lazaren unter der Führung ihres ehemaligen Dynasten Kleitus. Die Lazare hatten nur ein Ziel – sämtliche Lebende zu ermorden und sie nach ihrem Tod zu einem widernatürlich, qualvollen ewigen Leben zu erwecken. In Sicherheit an Bord des Schiffes mußte Alfred schreckensstarr mitansehen, wie der junge Edelmann Jonathon sich freiwillig den blutbesudelten Händen seiner eigenen untoten Frau auslieferte.

Was hatte Jonathon im Saktuarium, der Krypta der Verdammten, gesehen, das ihn zu dieser Verzweiflungstat bewog?

Hatte er überhaupt etwas gesehen? fragte Alfred sich traurig. Vielleicht war Jonathon verrückt geworden, um den Verstand gebracht von seinem Kummer, dem unvorstellbaren Grauen.

Alfred hatte einen Blick in sein Innerstes tun können …

Das Schiff krängt unter meinen Füßen, ich verliere fast das Gleichgewicht. Ich schaue mich zu Haplo um. Der Patryn hat beide Hände um den Kompaßstein gelegt. Die Sigel schimmern leuchtendblau. Segel blähen sich, Tauwerk singt. Das Drachenschiff breitet die Schwingen aus zum Flug. Auf dem Pier lärmen die Toten und schlagen die Waffen zusammen. Die Lazare heben ihre gräßlichen Gesichter und bewegen sich als Pulk auf das Schiff zu.

Abseits des Getümmels, hinter dem Mob, erhebt sich Jonathon. Er ist ein Lazar geworden, tot und doch lebendig, lebendig und doch tot. Er nähert sich dem Schiff.

»Halt! Warte!« rufe ich Haplo zu, ohne den Blick von dem Geschehen draußen abzuwenden. »Können wir nicht noch einen Augenblick warten?«

Haplo zuckte die Schultern. »Du kannst von Bord gehen, Sartan, wenn du willst. Du hast deine Schuldigkeit getan, ich brauche dich nicht mehr. Na los, geh schon!«

Das Schiff setzt sich in Bewegung. Haplos magische Kräfte durchströmen den Rumpf …

Ich sollte es tun. Hinausgehen. Jonathon hatte den Glauben. Er war bereit, dafür zu sterben. Ich müßte stark genug sein, seinem Beispiel zu folgen.

Da ist der Niedergang. Von draußen höre ich die kalten Stimmen der Toten, zornig, weil sie die Beute entfliehen sehen. Kleitus und die anderen Lazare beginnen, eine Beschwörung zu singen. Sie versuchen, das schützende Runengefüge, das unser Schiff umgibt, zu durchbrechen.

Das Schiff schlingert, sinkt langsam tiefer.

Ohne mein Zutun fällt mir ein Zauberspruch ein. Ich kann Haplos schwindende Kräfte erneuern.

Der Lazar, den wir als Herzog Jonathon kannten, steht allein. Die Augen seiner Seele, die sich nicht vom Körper zu lösen vermag, blicken zu dem Schiff auf, blicken durch den Runenmantel, durch Holz und Glas in mein Herz …

»Sartan! Alfred!«

Erschrocken fuhr Alfred herum, stolperte rücklings gegen das Schott. »Nein! Ich kann nicht …« Er blinzelte. »Oh, du bist es.«

»Wer sonst? Warum hast du uns hierhergebracht? Nekropolis liegt dort drüben, am anderen Ufer. Wie sollen wir das Feuermeer überqueren?«

Alfred zog den Kopf zwischen die Schultern. »Du hast gesagt, Xar würde das Todestor bewachen lassen ...«

»Ja, aber wenn du meinem Rat gefolgt und auf kürzestem Weg nach Nekropolis geflogen wärst, könnten wir jetzt schon in den Katakomben untergetaucht sein.«

»Es ist nur, daß ich ... Nun ja, daß ich ...« Er schaute sich niedergeschlagen um. »Es hört sich töricht an, ich weiß, aber ... aber ... ich hoffte, hier jemanden zu treffen.«

»Jemanden treffen«, wiederholte Marit grimmig. »Das einzige, was wir hier vielleicht treffen könnten, sind die Wachposten meines Gebieters.«

»Wahrscheinlich hast du recht.« Alfred blickte auf den verlassenen Pier und seufzte. »Was sollen wir jetzt tun?« fragte er unterwürfig. »Mit dem Schiff nach Nekropolis fliegen?«

»Nein, dafür ist es zu spät. Man hat uns gesehen und ist wahrscheinlich schon unterwegs, um uns zu empfangen. Wir müssen uns etwas einfallen lassen.«

»Marit«, Alfred schluckte, »wenn du so an deinen Gebieter glaubst, weshalb fürchtest du dich, ihm gegenüberzutreten?«

»Ich würde mich nicht fürchten, wenn ich allein wäre. Aber ich befinde mich in Gesellschaft eines Nichtigen und eines Sartan. Kommt«, sie wandte sich ab, »wir gehen von Bord. Ich muß die Runen verstärken, die das Schiff schützen.«

Das Schiff, in der Konstruktion den Drachenschiffen von Arianus ähnlich, schwebte nur wenige Meter über dem Pier. Marit sprang vom Vordeck und kam geschmeidig unten auf. Unbeholfen kletterte Alfred über die Reling, verfing sich mit dem Fuß in einem der Reeps und baumelte schließlich kopfunter über der flüssigen Lava. Marit, wenig erfreut, gelang es, ihn zu befreien und wohlbehalten auf die Füße zu stellen.

Hugh Mordhand hatte bestürzt und ungläubig die fremde, erschreckende Welt betrachtet, in die sie geraten waren. Kaum stand er auf dem Pier, sank er auf die Knie und griff sich an den Hals. Er würgte und rang keuchend nach Luft.

»Auf diese Art sind die Nichtigen Abarrachs gestorben, vor langer, langer Zeit«, sagte eine fremde Stimme.

Alfred drehte sich ängstlich um.

Eine Gestalt löste sich aus dem Schwefeldunst, der wabernd über dem Magmasee und den Hafenanlagen hing.

»Ein Lazar.« Marit verzog angewidert das Gesicht. Sie griff nach ihrem Schwert. »Fort mit dir!«

»Nein, warte.« Alfred starrte den Wiedergänger forschend an. »Ich kenne – Jonathon!«

»Ich bin hier, Alfred. Ich bin die ganze Zeit hiergewesen.«

»… die ganze Zeit …«

Hugh Mordhand hob den Kopf und richtete den Blick auf die gräßliche Erscheinung, das wächserne Gesicht, die schwarzen Würgemale an der Kehle, die einmal glasigen, dann wieder von Leben erfüllten Augen. Er versuchte zu sprechen, doch mit jedem Atemzug drangen giftige Dämpfe in seine Lungen. Er hustete, bis er das Gefühl hatte, sich übergeben zu müssen.

»Er kann hier nicht überleben«, sagte Alfred besorgt. »Nicht ohne schützende Magie.«

»Dann schaffen wir ihn am besten zurück an Bord«, erklärte Marit mit einem argwöhnischen Blick auf den Lazar, der schweigend dastand und sie beobachtete. »Die Runen versorgen ihn mit reiner Luft, die er atmen kann.«

Hugh Mordhand schüttelte den Kopf. Er streckte die Hand aus und umklammerte Alfreds Arm. »Du hast versprochen … daß du mir helfen kannst!« stieß er krächzend hervor. »Ich … gehe … mit euch!«

»Das habe ich nie versprochen«, protestierte Alfred. »Nie!«

»Ob er es versprochen hat oder nicht, Hugh, du mußt zurück an Bord gehen. Du …«

Bevor Marit ausgesprochen hatte, fiel Hugh vornüber, krallte die Hände in seinen Hals und wand sich in Krämpfen.

»Ich bringe ihn zurück«, sagte Alfred.

»Dann beeil dich.« Marit sah auf den Nichtigen hinunter. »Er ist schon so gut wie tot.«

Alfred begann, die Runen zu singen, und bewegte sich mit anmutigen, feierlichen Tanzschritten im Kreis um den Assassinen herum. Feurige Sigel schimmerten in der schweflig gelben Luft, sammelten sich über Hugh wie ein Schwarm Glühwürmchen. Er verschwand.

»Er ist wieder auf dem Schiff«, verkündete Alfred und blieb stehen. »Aber wenn er trotz allem an Land zu gehen versucht …«

»Das läßt sich verhindern.« Marit zeichnete ein Sigel in die Luft. Als blaue Flamme flog es zum Schiff und berührte eine der Runen am Rumpf. Das Feuer sprang über, von einer Rune zur nächsten, schneller, als das Auge zu folgen vermochte. »So, er kann das Schiff nicht verlassen. Und nichts kann an Bord gelangen.«

»Armer Mann. Er ist wie ich, nicht wahr?« fragte Jonathon.

»… wie ich …« raunte das kummervolle Echo.

»Nein!« antwortete Alfred schroff – so schroff, daß Marit ihn verwundert ansah. »Nein, er ist *nicht* wie du.«

»Ich weiß, er ist kein Lazar. Sein Tod war ehrenhaft. Er hat sich für jemanden geopfert, den er liebte. Und er wurde nicht aus Haß wiedererweckt, sondern aus Liebe und Erbarmen. Dennoch«, fügte Jonathon hinzu, »ist er wie ich.«

Auf Alfreds blassem Gesicht erschienen brennendrote Flecke. Er starrte auf seine Schuhspitzen. »Das … das habe ich nicht gewollt.«

»Auch wir haben dies alles nicht *gewollt*«, erwiderte Jonathon, »und doch ist es geschehen. Jetzt müssen wir die Verantwortung übernehmen. *Du* mußt sie übernehmen. Hugh hat recht. Du kannst ihn retten. Im Siebenten Tor.«

»... im Siebenten Tor ...«

»Der Ort, an den ich nicht zu gehen wage«, murmelte Alfred.

»Aus gutem Grund. Fürst Xar sucht danach. Kleitus ebenfalls.«

Alfred blickte über das Feuermeer auf die Stadt Nekropolis, die sich am jenseitigen Ufer erhob. In ihren Mauern aus schwarzem Obsidian spiegelte sich die düstere rote Glut des Lavastroms.

»Ich gehe nicht dorthin zurück«, sagte er. »Ich weiß nicht einmal, ob ich den Weg wiederfinde.«

»Er wird dich finden«, antwortete Jonathon.

»... dich finden ...«

Alfred wurde bleich. »Ich bin nur hergekommen, um nach meinem Freund zu suchen. Haplo. Du erinnerst dich an ihn? Hast du ihn gesehen? Geht es ihm gut? Kannst du uns zu ihm führen?« In seinem Eifer streckte er die Hand nach dem Lazar aus.

Der Wiedergänger zuckte vor der Berührung des lebendigen, warmen Fleisches zurück. Seine Stimme klang abweisend. »Meine Hilfe gilt nicht den Lebenden. Sollen die Lebenden den Lebenden helfen.«

»Aber kannst du uns nicht wenigstens sagen ...«

Jonathon hatte sich abgewandt und ging mit den langsamen, schlurfenden Schritten der Untoten in Richtung der verlassenen Stadt.

»Laß ihn«, sagte Marit. »Wir haben andere Probleme.«

Als Alfred sich umschaute, sah er Runen in der Dunkelheit aufleuchten. Im nächsten Moment traten drei Patryn aus dem magischen Kreis und standen vor ihnen auf dem Pier.

Marit hatte mit dieser Entwicklung gerechnet. Sie griff nach Alfreds Arm.

»Was ich auch sage oder tue«, zischte sie, »du mußt darauf eingehen.«

Alfred nickte und ließ sich ergeben mitzerren, als sie ihren Landsleuten entgegenging.

»Ich verlange eine Audienz bei Fürst Xar«, sagte sie barsch und stieß Alfred nach vorn. »Ich habe einen Gefangenen.«

Für ihren Plan traf es sich gut, daß Alfred immer den Eindruck machte, als habe ihn soeben ein herber Schicksalsschlag getroffen. Er mußte sich nicht verstellen, um elend und kreuzunglücklich auszusehen, und gab einen durchaus überzeugenden Gefangenen ab, wie er da mit hängenden Schultern und betretener Miene auf dem Pier stand.

Vertraut er mir? fragte sich Marit. Oder glaubt er, daß ich ihn verraten habe? Nicht, daß es darauf ankommt, was er denkt. Uns bleibt nichts anderes übrig, als Theater zu spielen.

Schon bevor sie aufgebrochen waren, hatte sie sich diese Taktik überlegt, falls sie von den Patryn, die das Tor bewachten, entdeckt wurden. Bei Flucht oder Widerstand drohte ihnen Gefangennahme, vielleicht sogar der Tod. Aber wenn sie Fürst Xar einen gefangenen Sartan brachte …

Marit strich sich das Haar aus der Stirn. Sie hatte das Blut abgewaschen. Ein Striemen wie von einem Peitschenhieb teilte das Mal, aber es war noch deutlich zu erkennen.

»Ich verlange Fürst Xar zu sprechen, sofort. Wie du siehst, besitze ich das Vertrauen unseres Gebieters.«

Der Patryn betrachtete das eintätowierte Zeichen. »Ihr seid verwundet.«

»Im Labyrinth tobt eine furchtbare Schlacht«, entgegnete Marit. »Eine feindlich gesonnene Macht versucht, das Letzte Tor zu verschließen.«

»Die Sartan?« fragte der Patryn mit einem bedeutungsvollen Blick auf Alfred.

»Nein, nicht die Sartan. Das ist der Grund, weshalb ich mit Fürst Xar sprechen muß. Unsere Lage ist verzweifelt. Wenn wir keine Hilfe erhalten, fürchte ich …« Sie holte tief Atem. »Dann fürchte ich, wir sind verloren.«

Der Patryn schaute sie betroffen an. Aufgrund der engen Verbundenheit in ihrem Volk wußte er, daß Marit nicht log. Er war erschrocken, bestürzt über diese Neuigkeiten.

Vielleicht hatte dieser Mann Frau und Kinder im Nexus zurückgelassen. Vielleicht sind Ehemann oder Eltern der Frau, die bei ihm ist, noch im Labyrinth gefangen.

»Wenn das Letzte Tor sich schließt«, fuhr Marit fort, »gibt es für uns kein Entkommen mehr. Hat unser Gebieter euch nicht davon berichtet?«

»Nein, wir wissen nichts«, antwortete die Frau.

»Aber ich bin sicher, Fürst Xar hatte gute Gründe zu schweigen«, bemerkte ihr Begleiter streng. Er dachte nach, dann fügte er hinzu: »Wir werden Euch zu ihm bringen.«

Der dritte Posten erhob Einwände. »Unsere Order …«

»Ich kenne unsere Order!« schnappte der Mann.

»Dann weißt du, daß wir …«

Die Wachen zogen sich an den Rand des Piers zurück und debattierten. Ihre Stimmen klangen gereizt.

Marit seufzte. Alles entwickelte sich so, wie sie gehofft hatte. Sie wartete mit verschränkten Armen, scheinbar völlig gelassen, doch ihr Herz war schwer. Xar hatte seinen Gefolgsleuten nicht von den blutigen Kämpfen im Labyrinth berichtet. Vielleicht will er sie vor Schmerz bewahren, dachte sie. Aber ihre innere Stimme flüsterte: Vielleicht fürchtete er, sie könnten sich gegen ihn erheben.

Wie Haplo es getan hatte …

Marit rieb sich die Stirn, wo das Sigel brannte und juckte. Wie konnte sie mit Grübeln wertvolle Zeit verschwenden? Sie mußte mit Alfred reden, solange die Wächter abgelenkt waren und nur hin und wieder einen flüchtigen Blick auf ihre Gefangenen warfen. Langsam, um nicht die Aufmerksamkeit auf sich zu lenken, schob sie sich an den Sartan heran.

»Alfred!«

Er zuckte zusammen.

»Oh! Was …«

»Sei still und hör zu!« zischte sie. »Sobald wir in Nekropolis sind, wirst du uns die drei vom Hals schaffen.«

Alfred riß die Augen auf. Er wurde fast so bleich wie ein Lazar und schüttelte entschieden den Kopf. »Nein! Das kann ich nicht! Ich weiß gar nicht …«

Marit beobachtete aus den Augenwinkeln ihre Landsleute, die sich einer Übereinkunft zu nähern schienen. »Früher hat dein Volk Kriege gegen uns geführt«, sagte sie kalt. »Ich verlange nicht von dir, jemanden zu töten. Es wird doch einen Zauber geben, mit dem du unsere Bewacher so lange unschädlich machen kannst, daß wir …«

Sie unterbrach sich und trat ein paar Schritte zur Seite. Die Patryn hatten sich geeinigt und kamen zurück.

»Wir bringen Euch und den Gefangenen zu Fürst Xar«, erklärte ihr Sprecher.

»Zeit wird's!« entgegnete Marit unwirsch.

Der Wächter hielt ihre Gereiztheit für Ungeduld, endlich zu Fürst Xar gebracht zu werden, und wußte nicht, daß es sie gelüstete, Alfred zu schütteln, bis ihm die Zähne klapperten.

Inständig flehend schaute er sie an, und plötzlich begriff Marit, was in ihm vorging. Er hatte niemals in seinem ganzen Leben gegenüber einem anderen Wesen, sei es Patryn oder Nichtiger, von seinen magischen Kräften Gebrauch gemacht. Lieber war er in Ohnmacht gefallen und hatte sich der Gefahr ausgesetzt, in seinem hilflosen Zustand getötet zu werden, nur um nicht selbst jemanden töten zu müssen.

Gemeinsam begannen die drei Wächter, die Sigel in die Luft zu zeichnen. Von ihrer Magie in Anspruch genommen, achteten sie kaum auf die Frau und den Sartan. Marit packte Alfred, als wäre er tatsächlich ihr Gefangener, und zog ihn dicht an sich heran.

»Du mußt es tun«, flüsterte sie drohend. »Es ist unsere einzige Chance, Haplo zu retten.«

Alfred stieß ein klägliches Wimmern aus. Sie konnte fühlen, wie er zitterte, und verstärkte unerbittlich ihren Griff.

Zwei der Wächter näherten sich, um sie zu der Stelle zu führen, wo die Runen als lodernder Flammenreif dicht über dem Boden schwebten.

Alfred wich zurück. »Bitte zwing mich nicht dazu«, sagte er zu Marit.

Einer der Patryn lachte grimmig. »Er weiß, was ihm bevorsteht.«

»Ja, er weiß es«, bestätigte Marit, ohne den Blick von Alfreds Gesicht abzuwenden. In ihren Augen konnte er lesen, daß er nicht auf Gnade hoffen durfte.

Flankiert von den beiden Wächtern, traten er und Marit in den feurigen Kreis der Magie.

Kapitel 12

Nekropolis, Abarrach

Ich verlange nicht von dir, jemanden zu töten! Das Begreifen traf Alfred wie ein Blitz. Unschädlich machen. Natürlich. Das hatte sie gesagt. Unschädlich machen.

Was hatte er denn geglaubt zu hören? Ein Kälteschauer durchrieselte seinen Körper. Er hatte wie selbstverständlich an nichts anderes gedacht als an Töten.

Es liegt an dieser Welt, dachte er, entsetzt über sich selbst. Diese Welt des Todes, in der man nichts sterben läßt. Das war es, und die Schlacht im Labyrinth. Dazu kam seine Sorge, seine verzehrende Sorge um Haplo. Er war so nahe daran, seinen Freund zu finden, und diese Patryn – seine Erzfeinde – wollten ihn hindern. Furcht, Zorn ...

»Und wenn du es noch so sehr zu beschönigen versuchst«, sagte Alfred zu sich selbst, »die Wahrheit ist, einen Augenblick lang hast du die Patryn vor deinen Füßen auf dem Boden liegen gesehen und dich gefreut, daß sie tot waren!«

Er seufzte. »›Ihr habt uns geschaffen‹, haben die Drachenschlangen gesagt. Ich fange an zu begreifen, wieso ...«

Marit stieß ihm den Ellenbogen in die Seite. Alfred zuckte so heftig zusammen, daß die Patryn ihn befremdet ansahen.

»Hier – hier bin ich schon einmal gewesen«, sagte er hastig, um weniger verdächtig zu wirken.

Wirklich erkannte er seine Umgebung wieder. Sie waren aus dem magischen Tunnel der Patryn getreten, erschaffen durch die Beschwörung der Möglichkeit, daß sie sich hier und nicht dort befanden, und standen jetzt in Nekropolis.

Nekropolis – eine Stadt der unterirdischen Stollen und Gänge, die tief in das steinerne Herz dieser Welt hineinführten – war ein trostloser, bedrückender Ort gewesen, als Alfred bei seinem letzten Besuch durch ihre gewundenen Tunnelstraßen wanderte. Aber damals herrschte in ihr wenigstens Leben, wohnten hier Angehörige seines Volkes, Nachfahren einer Rasse von Halbgöttern, die zu spät die Grenzen ihrer Macht erkannt hatten.

Jetzt waren die Straßen leer, leer und blutbesudelt. Denn hier, in diesen Straßen, in diesen Häusern, selbst im Palast, hatten die toten Sartan Vergeltung an den Lebenden geübt. Wiedergänger bevölkerten jetzt die Stadt, aus den Schatten beobachteten ihn die furchteinflößenden Lazare mit ihren einmal leeren, einmal wissenden Augen haßerfüllt, verzweifelt, rachsüchtig.

Die Patryn führten ihre Gefangenen die verlassenen, hallenden Straßen entlang zum Palast. Ein Sartan heftete sich an ihre Fersen. Sie hörten seine schlurfenden Schritte hinter sich und seine monotone Stimme mit dem wispernden Echo, die ihnen beschrieb, auf welche Weise er sie gern zu seinesgleichen machen würde.

Alfred zitterte am ganzen Leib, und selbst die abgehärteten Patryn schienen sich unbehaglich zu fühlen. Ihre Gesichter waren starr, die Tätowierungen an ihren Armen leuchteten hell. Marit war kreidebleich geworden, aber sie ließ sich nicht beirren und ging mit zusammengebissenen Zähnen weiter, ohne die Kreatur eines Blickes zu würdigen.

Alfred wußte, sie dachte an Haplo, und auch ihm lief ein kalter Schauer über den Rücken. Was, wenn Haplo … Was, wenn Haplo nun selbst einer von ihnen ist? …

Das Grauen senkte sich wie eine schwere Last auf seine Seele, ihm wurde schwarz vor Augen, und er suchte Halt an einer Mauer.

Die Patryn blieben stehen und schauten sich um. »Was ist mit ihm?«

»Er ist ein Sartan«, antwortete Marit verächtlich. »Er ist schwach. Was erwartet ihr? Laßt mich das machen.«

Sie schaute ihn an, und Alfred las in ihren Augen ungeduldige Erwartung.

Gütiger Sartan! Sie glaubt, ich verstelle mich, um die drei in Sicherheit zu wiegen und dann mit dem Bannspruch zu treffen!

Nein! wollte Alfred ausrufen. Nein, du irrst dich. Ich kann das nicht … Ich will nicht …

Gleichzeitig war ihm bewußt, daß er – wenn überhaupt – jetzt handeln mußte. Schon malte sich Argwohn auf den Gesichtern der Patryn.

Was soll ich tun? fragte er sich verzweifelt. Er hatte nie gegen einen Patryn gekämpft, nie gegen jemanden mit magischen Kräften ähnlich den seinen. Außerdem hatten sich ihre Bewacher schon wegen der Lazare mit ihrer Magie gewappnet. Ein Wirrwarr von Möglichkeiten schwirrte Alfred durch den Kopf.

Ich lasse die Tunneldecke einstürzen.

(Nein, das bedeutet den Tod für uns alle!)

Ich zaubere einen Feuerdrachen herbei.

(Dito.)

Ein Blumengarten erscheint aus dem Nichts.

(Wozu soll *das* gut sein?!)

Die Lazare greifen an.

(Womöglich wird jemand verletzt …)

Der Boden wird sich auftun und mich verschlingen …

(Heureka, ich hab's!)

»Nimm meine Hand.« Alfred zog Marit zu sich heran, dann fing er an zu tanzen und sprang immer schneller von einem Fuß auf den anderen.

Marit klammerte sich an seinen Arm. Alfreds Tanz wurde wilder, und seine Füße trommelten auf den Boden.

Die Patryn, die erst angenommen hatten, Alfred sei verrückt geworden, schöpften plötzlich Verdacht. Sie sprangen auf ihn zu.

Die Magie wirkte, die Möglichkeit wurde real. Risse entstanden in der Straße, ein Loch gähnte im Basalt. Alfred sprang hinein und zerrte Marit hinter sich her. Beide stürzten durch Schutt und Staub in die Dunkelheit.

Es war kein tiefer Fall. Wie Alfred von seinem letzten Aufenthalt wußte, erhob sich der oberirdische Teil von Nekropolis über einem weit in die Tiefe reichenden Netzwerk natürlicher oder künstlich angelegter Stollen. Er hatte angenommen (oder wenigstens inständig gehofft), daß unter der Straße, in der sie sich befanden, einer der zahllosen Gänge verlief. Erst nachträglich war ihm eingefallen, daß unter der Stadt auch riesige Magmateiche lagen …

Sie hatten Glück und landeten tatsächlich in einem Tunnel. Licht strömte durch die Öffnung über ihnen. Die Patryn hatten sich um das Loch versammelt, spähten zu ihnen hinunter und sprachen aufgeregt miteinander.

»Du mußt es schließen!« rief Marit und schüttelte Alfred. »Sie werden uns nachkommen!«

Alfred, einen Moment lang wie gelähmt von dem Gedanken, daß sie ebensogut in einem brodelnden Lavatümpel hätten enden können, kam zu sich und beschwor die Möglichkeit, daß das Loch nicht existierte.

Die Öffnung verschwand, und pechschwarze Dunkelheit umgab sie, nur dürftig erhellt vom Schimmer der eintätowierten Runen auf Marits Haut.

»Alles … alles in Ordnung?« erkundigte sich Alfred mit bebender Stimme.

Anstelle einer Antwort gab Marit ihm einen Stoß in den Rücken. »Lauf!«

»Wohin?«

»Egal.« Sie wies zur Decke. »Vergiß nicht, auch sie verfügen über Magie!«

Das Runenlicht reichte gerade so weit, daß sie ein paar Schritte voraus sehen konnten. Sie liefen den Gang hinunter, ohne zu wissen, wohin er führte, nur in der Hoffnung, mögliche Verfolger abzuschütteln.

Endlich blieben sie stehen und lauschten.

»Ich glaube, wir sind sie los«, meinte Alfred hoffnungsvoll.

»Aber dafür haben wir uns verirrt. Und kommt es dir nicht auch so vor, als hätten sie gar nicht versucht, uns einzuholen?« Marit runzelte die Stirn. »Merkwürdig.«

»Vielleicht wollten sie erst Fürst Xar Meldung machen.«

»Kann sein.« Sie schaute den dunklen Gang hinauf und hinunter. »Wir müssen herausfinden, wo wir sind. Ich habe keine Ahnung. Und du?«

»Ich auch nicht.« Alfred schüttelte den Kopf. »Aber ich weiß, wie man es feststellen kann.«

Er kniete nieder, strich mit den Fingerspitzen über die Wand und sang leise vor sich hin. Flackernd erwachte eine Rune zum Leben. Die blaue Glut sprang auf das nächste Zeichen über, bis eine gedämpft schimmernde Reihe von Glyphen am Fuß der Wand entlanglief.

Marit stieß den Atem durch die zusammengebissenen Zähne. »Die Sartanrunen. Daran habe ich gar nicht mehr gedacht. Wohin führen sie uns?«

»Wohin wir wollen.«

»Zu Haplo.«

Alfred hörte den Unterton der Hoffnung in ihrer Stimme. Er selbst wagte nicht zu hoffen. Eine kalte Hand griff nach seinem Herzen, wenn er sich vorstellte, was sie vielleicht erwartete.

»Wo könnte Xar Haplo hingebracht haben? Nicht in seine – seine Privatgemächer?«

»In die Katakomben«, antwortete Marit. »Dorthin wurden auch Samah und die anderen gebracht, die er ...« Ihre Stimme brach, sie wandte sich ab. »Beeilen wir uns. Sie werden uns bald auf den Fersen sein!«

»Warum sind sie uns nicht gleich hinterhergekommen?« fragte Alfred.

Marit verzichtete darauf, es auszusprechen. Alfred kannte die Antwort ohnehin.

Weil Xar weiß, wohin wir gehen!

Es war von Anfang an eine Falle gewesen, erkannte Alfred beklommen. Die Patrynwachen hatten ihn und Marit nicht nur entkommen lassen, sie hatten die Gelegenheit herbeigeführt.

Durch das magische Tor hätten sie uns auf direktem Weg zu Xar bringen können, dachte er. Aber nein, sie schleppen uns durch halb Nekropolis. Und als wir fliehen, machen sie sich nicht einmal die Mühe, uns zu verfolgen.

Doch ausgerechnet die niederschmetternde Erkenntnis, daß ihre Flucht sinnlos war und ihr Schicksal besiegelt, barg einen winzigen Funken Hoffnung.

Wenn Haplo tot war und Fürst Xar ihn durch Nekromantie wieder zum Leben erweckt hatte, befand sich der Fürst bereits im Siebenten Tor und bedurfte ihrer nicht mehr.

Etwas ist fehlgeschlagen – zu unseren Gunsten.

Die Sigel an der Wand liefen mit der Geschwindigkeit eines Buschfeuers vor ihnen her. An einigen Stellen, wo Risse im Gestein das Glyphenband unterbrachen, blieben die Runen dunkel. Die Sartan von Abarrach hatten vergessen, wie man ihre Magie erneuerte. Aber das magische Feuer übersprang ein beschädigtes Sigel, entzündete das nächste und so fort. Alfred brauchte nichts weiter zu tun, als sich das Bild der Katakomben zu vergegenwärtigen, und die Runen wiesen ihnen den Weg.

Nur, was erwartete sie dort?

Er faßte einen Entschluß. Gesetzt den Fall, ich bin im Irrtum und Xar hat Haplo in einen der Untoten verwandelt, dann werde ich ihn von diesem furchtbaren Dasein erlösen. Ich werde ihm Frieden geben. Ganz gleich, was wer auch immer sagt oder tut, um mich daran zu hindern.

Das Glyphenband führte stetig in tiefere Regionen. Alfred war früher schon in den Katakomben gewesen und wußte, daß die Richtung stimmte. Auch Marit kannte sich aus. Sie eilte im Laufschritt vor ihm her. Beide hielten wachsam Umschau, aber nicht einmal die Toten verirrten sich in diese Gänge.

Sie marschierten so lange, ohne etwas anderes zu sehen als die Sartanrunen am Fuß der Wand und den Schimmer der Patrynrunen auf Marits Haut, daß Alfred das Gefühl hatte, sich durch einen trostlosen Alptraum zu quälen, ohne von der Stelle zu kommen.

Als Marit unvermittelt stehenblieb, ging Alfred wie schlafwandelnd weiter und prallte gegen sie. Mit einem scharfen Zischen stieß sie ihn gegen die Wand.

»Ich sehe Licht«, sagte sie halblaut. »Fackelschein. Und ich weiß jetzt auch, wo wir sind. Vor uns liegen die Verliese. Wahrscheinlich befindet sich Haplo in einer der Zellen.«

»Es ist so still hier unten«, flüsterte Alfred. »*Furchtbar* still.«

Ohne auf ihn zu achten, hastete Marit weiter, dem Lichtschein entgegen.

Alfred brauchte nicht lange, um die richtige Zelle zu finden. In den Verliesen waren die meisten Sartanglyphen entweder beschädigt oder absichtlich ausgetilgt worden, deshalb konnten sie nicht mehr als Wegweiser dienen. Doch ihm war es, als leiteten ihn unsichtbare Runen, erschaffen von der Angst in seinem Herzen.

Haplo lag auf einer Bank aus Stein, die Augen geschlossen, die Hände auf der Brust gefaltet. Er bewegte sich weder, noch atmete er. Alfred hatte einen Augenblick der Ungestörtheit, um seine Bewegung zu meistern, bevor Marit, die ihm in einigem Abstand folgte, um auf die Schritte möglicher Verfolger zu lauschen, bemerkte, daß er stehengeblieben war, und sofort erriet, weshalb.

Er versuchte, sie festzuhalten, aber sie riß sich los und stürmte an ihm vorbei. Mit einem schnell hervorgestoßenen Wort ließ Alfred die Gitterstäbe verschwinden. Sonst wäre sie einfach dagegengelaufen.

Einen Moment stand sie über die Steinbank gebeugt, dann sank sie schluchzend auf die Knie und nahm Haplos bleiche Finger zwischen ihre Hände, als könnte sie ihm ihre Wärme geben. Die Tätowierungen an seinem Körper schimmerten matt, aber das marmorkalte Fleisch beherbergte keinen Funken Leben.

»Marit«, sagte Alfred unbeholfen. »Du kannst nichts tun.«

Tränen standen ihm in den Augen, Tränen aufrichtigen Kummers, jedoch auch Tränen der Erleichterung. Haplo war tot, ja. *Tot!* Kein schreckliches, magisches Leben brannte in ihm wie eine Kerze in einem Knochenschädel. Seine Züge waren gelöst, frei von Schmerz.

»Er hat seinen Frieden«, murmelte Alfred.

Langsam trat er in die Zelle und stand neben seinem Todfeind, seinem Freund.

Marit hatte die schlaffe Hand wieder auf Haplos Brust gelegt, über die Herzrune. Nun saß sie zusammengekauert auf dem Boden und überließ sich stumm ihrer verzehrenden, unstillbaren Trauer.

Alfred hatte das Gefühl, eigentlich wäre es angemessen, etwas zu sagen, einige Worte zum Abschied. Aber Worte waren unzulänglich. Was sagte man über einen Mann, der in dein Herz geschaut und gesehen hat, nicht was du bist, sondern welche Möglichkeiten in dir verborgen liegen? Was sagte man über einen Mann, der dieses andere, bessere Ich ans Licht gezerrt hatte? Was sagte man über einen Mann, der dich lehrte zu leben, während man sich viel lieber in den Tod geflüchtet hätte?

All das hatte Haplo getan. Und jetzt war Haplo tot. Er starb für mich, für den Nichtigen, für sein Volk. Jeder von uns zehrte von seiner Kraft,und vielleicht haben wir, ohne es zu merken, jeder ein Stück von seinem Leben gestohlen.

»Mein lieber Freund«, flüsterte Alfred mit erstickter Stimme. Er beugte sich nieder und legte seine Hand auf die Haplos. »Ich verspreche dir, ich werde den Kampf fortführen. Ich werde tun, was in meiner Macht steht, weitermachen, wo du aufhören mußtest. Ruh dich aus. Laß alles unsere Sorge sein. Leb wohl, mein Freund. Leb …«

Was Alfred mitten im Wort innehalten ließ, war ein unverkennbares, freudig erregtes *Wuff*.

Kapitel 13

Nekropolis, Abarrach

»Nein, Junge! Bleib hier!«

Haplos Stimme klang befehlend. Er war der Herr und sein Wort Gesetz. Dennoch …

Der Hund krümmte sich unschlüssig und winselte. Dies waren gute alte Bekannte. Freunde, die seine Welt wieder in Ordnung bringen konnten. Und vor allen Dingen – sie waren offenbar schrecklich unglücklich. Also brauchten sie dringend einen Hund.

Der Vierbeiner erhob sich halb.

»Hund, nein!« Der Ton duldete keinen Widerspruch. »Bleib hier! Es ist eine Falle …«

Aha, eine Falle! Da waren gute Freunde, die ahnungslos in eine Falle tappten. Und offenbar dachte der Herr nur an die Sicherheit seines treuen Gefährten. Damit lag, nach Meinung des Hundes, die Entscheidung bei ihm.

Mit einem fröhlichen *Wuff* schoß der Hund aus seinem Versteck und jagte tatendurstig den Gang hinunter zu Haplos Zelle.

»Was war das?« Alfred schaute sich furchtsam um. »Ich habe etwas gehört …«

Sein Blick fiel durch die Tür in den Gang hinaus, wo ein Hund stand und heftig mit dem Schwanz wedelte. Alfred wurden die Knie weich, unversehens fand er sich auf dem Boden sitzend wieder.

»Du liebe Güte!« ächzte er. »Ach du liebe Güte!«

Der Vierbeiner kam in die Zelle getrabt, sprang ihm auf den Schoß und fuhr ihm mit der Zunge durch das Gesicht.

Alfred warf dem Hund die Arme um den Hals und weinte.

Derartigen Gefühlsüberschwang mochte der Hund nicht und befreite sich aus Alfreds Umarmung. Er tappte zu Marit hinüber und legte eine Vorderpfote behutsam auf ihren Arm.

Sie streichelte die tröstende Pfote, dann vergrub sie das Gesicht am Hals des Tieres und begann zu schluchzen. Winselnd schaute der Hund zu Alfred.

»Nicht weinen, Marit! Er lebt!« Alfred wischte sich über die Augen. Er kniete neben Marit nieder, legte ihr die Hände auf die Schultern und zwang sie, ihn anzusehen. »Der Hund. Haplo ist nicht tot, noch nicht. Verstehst du?«

Marit starrte den Sartan an, als hätte er den Verstand verloren.

»Ich weiß auch nicht, wie das zugeht!« Alfreds Stimme überschlug sich. »Ich kann es selbst nicht begreifen. Vielleicht ist der Nekromantiezauber schuld. Oder vielleicht steckt Jonathon dahinter. Aber glaub mir, weil der Hund lebt, ist auch Haplo am Leben!«

»Was soll das heißen?« Marit war verwirrt.

»Ich will versuchen, es dir zu erklären.« Ohne daran zu denken, wo er sich befand, setzte sich Alfred mit gekreuzten Beinen auf den Boden und machte Miene, einen längeren Monolog zu halten. Der Hund jedoch hatte andere Pläne. Er nahm die Spitze von Alfreds übergroßem Schuh zwischen die Zähne und zerrte daran.

»Als Haplo ein junger Mann war ... Guter Hund.« Alfred unterbrach sich und versuchte, seinen Fuß zu befreien. »Als junger Mann im Labyrinth ... Braves Hundchen. Laß los. Ich ... Ach, du liebes bißchen.«

Der Hund hatte den Schuh aufgegeben und zog statt dessen an Alfreds Rockärmel.

»Der Hund will, daß wir mitkommen.« Marit erhob sich langsam. Der Vierbeiner gab Alfred als hoffnungslos auf und versuchte sein Glück bei ihr. Er drückte sich gegen Marits Beine und drängte sie in Richtung Tür.

»Gib dir keine Mühe«, sagte sie bestimmt. »Ich gehe hier nicht weg, bis ich verstehe, was geschehen ist.«

»Ich will es dir ja erklären«, beschwerte Alfred sich. »Nur werde ich ständig unterbrochen. Es hängt alles mit Haplos ›guten‹ Charaktereigenschaften zusammen – er kann Mitleid und Liebe empfinden. Haplo wuchs in dem Glauben heran, solche Gefühle wären Schwäche.«

Der Hund gab ein kehliges Grummeln von sich und versuchte erneut, Marit zur Tür zu drängen.

»Hund, laß das sein!« befahl sie und wandte sich wieder Alfred zu. »Weiter.«

Alfred seufzte. »Für Haplo wurde es immer schwieriger, seine wahren Gefühle mit dem, was er seiner Ansicht nach fühlen *sollte,* in Einklang zu bringen. Wußtest du, daß er nach dir gesucht hat? Nachdem du fortgegangen warst? Ihm war bewußt geworden, daß er dich liebte, aber er konnte es nicht zugeben – weder vor sich selbst noch vor dir.«

Marits Blick wanderte zu der reglosen Gestalt auf der Steinbank. Stumm schüttelte sie den Kopf.

»Als Haplo glaubte, dich verloren zu haben, wurde er immer unglücklicher und verwirrter«, erzählte Alfred weiter. »Um nicht nachdenken zu müssen, verwandte er all seine Kraft darauf, das Labyrinth zu besiegen, ihm zu entkommen. Und dann war das Ziel zum Greifen nahe – das letzte Tor –, aber das Triumphgefühl blieb aus. Vielmehr beschlich ihn Angst. Wenn er jenes Tor durchschritten hatte, was hielt das Leben noch für ihn bereit? Nichts.

Als Haplo im Niemandsland angegriffen wurde, kämpfte er verbissen. Sein Überlebenswille ist stark. Doch nachdem er von den Chaodyn schwer verwundet worden war, erkannte er seine Chance. Von der Hand der Feinde zu sterben war ein ehrenhafter Tod. Niemand konnte das bestreiten, und er war von dem Schuldbewußtsein erlöst, den quälenden Selbstzweifeln und dem Bedauern.

Ein Teil von Haplo war entschlossen zu sterben, aber ein anderer Teil weigerte sich, aufzugeben. Unbewußt fand Haplo einen Weg aus seinem Dilemma. Er erschuf den Hund.«

Der Vierbeiner, von dem die Rede war, hatte mittlerweile seine Versuche, die Zweibeiner zum Verlassen der Zelle zu bewegen, aufgegeben. Er ließ sich auf den Bauch fallen, legte den Kopf auf die Vorderpfoten und betrachtete Alfred von unten herauf mit bekümmerter Resignation. Was immer jetzt geschah, seine Schuld war es nicht.

»Er hat den Hund erschaffen?« fragte Marit ungläubig. »Dann ist er nicht wirklich?«

»Oh, er ist wirklich.« Alfred lächelte melancholisch. »So wirklich wie die Seelen der Kenkari in ihrem Aviarium. So wirklich wie die Schemen der Lazare.«

»Und nun?« Marit starrte zweifelnd auf das Tier. »Was ist nun?«

Alfred zuckte hilflos die Schultern. »Ich bin mir nicht sicher. Haplo scheint in einer Art Koma zu liegen, ähnlich dem Stasisschlaf meines Volkes …«

Der Hund sprang auf. Steifbeinig und mit gesträubtem Fell spähte er wachsam in den Gang hinaus.

»Da ist jemand«, meinte Alfred und erhob sich schwerfällig.

Marit rührte sich nicht. Ihr Blick wanderte von Haplo zu dem Tier. »Vielleicht hast du recht. Die Runen auf seiner Haut leuchten.« Sie schaute Alfred an. »Es muß eine Möglichkeit geben, ihn zurückzuholen. Nekromantie …«

Alfred wurde kreidebleich und wich unwillkürlich einen Schritt zurück. »Nein! Das darfst du nicht von mir verlangen!«

»Was meinst du mit *nein*? Nein, ist es unmöglich? Oder nein, ich werde es nicht tun?«

»Ich kann nicht …«, begann Alfred unglücklich.

»Doch, er kann« widersprach eine Stimme aus der Dunkelheit.

»… er kann …« folgte das raunende Echo.

Der Hund bellte warnend.

Ein Lazar, ehemals Dynast und Herrscher von Abarrach, kam in die Zelle geschlurft.

Marit zog ihr Schwert. »Kleitus.« Ihr Ton war kühl, doch in ihrer Stimme machte sich ein leichtes Beben bemerkbar. »Was willst du hier?«

Der Lazar schenkte ihr keine Beachtung, auch nicht dem Hund oder dem Toten auf der Steinbank.

»Das Siebente Tor!« sagte Kleitus, und in den starren Augen glühte ein unheiliges Leben.

»… Tor …« seufzte der Schemen.

»Ich … ich weiß nicht, wovon du redest«, sagte Alfred schwach. Auf seiner hohen Stirn glänzte Schweiß.

»Doch, du weißt es. Du bist ein Sartan. Tritt ein in das Siebente Tor, und du wirst einen Weg finden, deinen Freund zu retten.«

Die blutige Hand des Lazars deutete auf Haplo. »Du kannst ihn ins Leben zurückholen.«

»Stimmt das?« Marit wandte sich an Alfred.

Alles verschwamm vor seinen Augen, die Zellenwände schienen näher zu rücken. Die Schwärze wuchs, dehnte sich aus, öffnete sich zu einem ungeheuren Rachen, um ihn zu verschlingen.

»Nicht in Ohnmacht fallen, verdammt!« sagte eine Stimme.

Eine vertraute Stimme. Haplos Stimme!

Alfred riß die Augen auf. Die Schwärze flutete zurück. Er schaute sich suchend um und fand die feuchten Augen des Hundes unverwandt auf sein Gesicht gerichtet.

»Gütiger Sartan!« Er mußte schlucken.

»Glaub dem Lazar nicht. Er will dich in die Falle locken«, sprach Haplos Stimme weiter, und sie hatte ihren Ursprung in Alfred selbst, in seinem Kopf oder vielleicht dem immateriellen Teil seiner selbst, den man die Seele nennt.

»Es ist eine Falle«, wiederholte Alfred laut, ohne recht zu begreifen, was er da sagte.

»Geh nicht zum Siebenten Tor. Laß dich von dem Lazar nicht beschwatzen. Und auch von sonst niemandem. Geh nicht!«

»Nein, ich gehe nicht.« Alfred hatte das Gefühl, daß er sich anhörte wie der Schemen des Lazars. Zu Marit gewandt, fügte er hinzu: »Es tut mir leid …«

»Entschuldige dich nicht«, fuhr Haplo ihn an. »Und Kleitus lügt. Er weiß, wo das Siebente Tor ist. Er ist dort gestorben.«

»Aber er kann nicht wieder hinein!« Plötzlich wurden Alfred die Zusammenhänge klar. »Die Schutzrunen verwehren ihm den Zutritt!«

»Und er ist keineswegs an *meinem* Wohl interessiert. Er denkt an sich selbst. Wahrscheinlich hofft er, du rufst *ihn* ins Leben zurück.«

Alfred straffte sich und schaute Kleitus in das verzerrte, wächserne Gesicht, über das wie ein Schleier die durchsichtigen Züge des Schemens huschten. »Ich werde nicht derjenige sein, der dich einläßt.«

»Ein Fehler, Sartan!« Der Lazar stieß ein Knurren aus.

»… Fehler, Sartan …«

»Ich bin auf deiner Seite. Wir sind Verbündete.« Kleitus kam mit schleppenden Schritten näher. »Wenn du mich ins Leben zurückholst, werde ich stark sein, mächtig. Viel stärker als Xar! Er weiß das, und er fürchtet sich. Kommt mit mir! Zögert nicht! Dies ist eure einzige Chance, ihm zu entfliehen!«

»Nein!« Alfred schauderte.

Der Lazar bewegte sich auf ihn zu. Alfred wich zurück, bis er mit dem Rücken gegen die Wand stieß. »Ich tue es nicht.«

»Ihr müßt weg hier!« drängte Haplo. »Du und Marit. Ihr seid in Gefahr. Wenn Xar euch hier findet …«

»Was ist mit dir?« fragte Alfred.

Marit sah ihn verständnislos, mißtrauisch an. »Was soll mit mir sein?«

»Nein, nein!« Alfred hatte allmählich das Gefühl, den Überblick zu verlieren. »Ich … ich habe mit Haplo geredet.«

Ihre Augen wurden groß. »Haplo?«

»Hörst du ihn nicht?« fragte Alfred, und im selben Moment wurde ihm klar, daß sie es nicht konnte. Sie und Haplo waren sich nahe gewesen, aber sie hatten nicht die Seelen getauscht, wie Haplo und Alfred bei jener denkwürdigen Durchquerung des Todestores.

»Kümmere dich nicht um mich. Seht zu, daß ihr hier wegkommt!« Haplos Stimme hatte den gewohnten ungeduldigen Ton. »Wozu hast du magische Kräfte!«

Alfred schluckte. Er leckte sich mit der trockenen Zunge über rissige Lippen und begann mit brüchiger, fast unhörbarer Stimme die Runen zu singen.

Kleitus verstand genug von der vergessenen Runensprache, um zu merken, was Alfred vorhatte. Er streckte die knochige Hand aus und packte Marit.

Sie wehrte sich, stieß mit dem Schwert nach ihm, aber die Toten sind keinen physischen Beschränkungen mehr unterworfen. Mit übermenschlicher Kraft entriß Kleitus ihr die Waffe, dann krallte er die entfleischten Finger in ihre Kehle.

Die Tätowierungen an Marits Körper flammten grell, hüllten sie in ein schützendes Feld aus Magie, das stark genug war, jedes lebende Wesen zu lähmen. Doch das tote Fleisch des Wiedergängers nahm keinen sichtbaren Schaden. Die langen blauen Nägel der Skeletthand gruben sich in Marits Hals.

Sie wand sich vor Schmerzen, unterdrückte einen Schrei. Blut sickerte über ihre Haut.

»Sing noch eine Rune«, warnte Kleitus, »und ich mache sie zu einer der Untoten.«

Alfred erstarrte. Bevor er Kleitus mit einem Bannspruch außer Gefecht setzen konnte, wäre Marit tot.

»Führe mich zum Siebenten Tor!« Kleitus verstärkte seinen grausamen Würgegriff.

Marit schrie auf. Verzweifelt zerrte sie an der Hand des Wiedergängers, die ihr den Atem abschnürte.

Der Hund jaulte und winselte.

Marit begann zu röcheln. Sie war im Begriff zu ersticken.

»Tu etwas!« forderte Haplo aufgebracht.

»Was kann ich denn tun?«

»Dies zum Beispiel, Sartan!«

Fürst Xar betrat die Zelle. Er hob die Hand, zeichnete eine Rune in die Luft und schleuderte sie wie einen Speer auf Kleitus.

Kapitel 14

Nekropolis, Abarrach

Das Sigel traf den Lazar an der Brust und explodierte. Der Leichnam spürte keinen Schmerz, Kleitus schrie vor Zorn. Er fiel zu Boden, und die toten Glieder zuckten wie im Krampf.

Doch der Wiedergänger kämpfte gegen den lähmenden Bannspruch, und es sah aus, als könnte er gewinnen. Xar sprach ein befehlendes Wort, und die Rune begann zu wachsen. Ihre Arme verformten sich zu Tentakeln, die den sich windenden Leichnam einschnürten und fesselten.

Endlich durchlief ein Zittern den Körper des Lazars, dann lag er still.

Fürst Xar betrachtete ihn abwartend, ob er sich womöglich verstellte. Er hatte den Wiedergänger nicht getötet, man konnte nicht etwas töten, das bereits gestorben war, doch für den Augenblick stellte er keine Bedrohung dar. Das Sigel wurde blasser, flackerte und erlosch. Der Lazar rührte sich nicht.

Zufrieden wandte sich Xar an Alfred.

»Hier begegnen wir uns, Drachenmagier«, sagte der Fürst des Nexus. »Endlich.«

Der Sartan starrte ihn aus weit aufgerissenen Augen an. Er klappte den Mund auf und zu, brachte aber keinen Ton heraus. Xar glaubte, nie ein stumpfsinnigeres Mienenspiel gesehen zu haben. Doch man durfte sich von der äußeren Erscheinung nicht täuschen lassen. Dieser Sartan besaß Macht, außerordentlich große Macht. Daß er den einfältigen Tölpel spielte, war nichts weiter als Tarnung.

»Obwohl ich sagen muß, daß ich von dir enttäuscht bin, Alfred«, fuhr Xar fort. Weshalb den Sartan nicht in dem Glauben lassen, daß er mit seiner Komödie Erfolg hatte. Der Fürst stieß den reglosen Lazar mit der Fußspitze an. »Du hättest selber mit ihm fertig werden können.«

Er beugte sich über Marit. »Du bist nicht schwer verletzt, Tochter, oder doch?«

Marit, verstört, benommen, schrak vor ihm zurück, aber sie stieß gegen die Steinbank und konnte nicht weiter ausweichen.

Xar umfaßte ihre Arme. Sie zuckte zusammen, aber er half ihr fürsorglich, aufzustehen, und als sie taumelte, stützte er sie.

»Die Wunden, die er dir zugefügt hat, brennen. Ja, Tochter, ich weiß es, denn auch ich habe die eklige Berührung mit den Untoten gespürt. Irgendein Gift, vermute ich. Aber ich kann dir Erleichterung verschaffen.«

Er legte ihr die Hand auf die Stirn. Seine Fingerspitzen zeichneten die verschlungenen Linien des Mals nach, das er auf der Ebene von Abri im Labyrinth zerstört hatte. Unter seiner Berührung heilte die Wunde, und das Sigel war wieder vollständig.

Marit bemerkte es nicht. Fieberschauer durchströmten ihren Körper, sie war nur halb bei Bewußtsein. Xar hatte ihre Schmerzen gelindert, aber nicht ganz zum Verschwinden gebracht.

»Bald wirst du dich besser fühlen. Setz dich hierhin«, Xar geleitete Marit zum Fußende von Haplos steinerner Bahre, »und ruh dich aus. Ich habe mit dem Sartan einige Dinge zu besprechen.«

»Mein Fürst!« Marit klammerte sich an Xars Hand. »Mein Fürst! Das Labyrinth! Die Unseren im Labyrinth kämpfen um ihr Leben!«

Xars Züge verhärteten sich. »Ich bin mir dessen bewußt, Tochter. Du darfst nicht glauben, ich hätte mein Volk im Stich gelassen. Ich werde zurückkehren, sobald …«

»Gebieter! Ihr versteht nicht! Die Drachenschlangen haben die Brandfackel in den Nexus geschleudert. Die Stadt brennt! Unser Volk … stirbt …«

Der Schlag traf Xar unvorbereitet. Es konnte nicht sein. Unmöglich. »Der Nexus in Flammen?«

Im ersten Moment glaubte er, daß sie log, aber durch das Sigel waren sie jetzt wieder verbunden, und in ihrem Bewußtsein sah er die Wahrheit. Er sah den Nexus, die wunderschöne Stadt der weißen Türme, *seine* Stadt. Auch wenn der Feind sie erbaut hatte – er hatte sich ein Recht auf sie erworben, mit seinem Blut und mit unendlichen Mühen. Er hatte sie seinem Volk als neue Heimat gegeben.

In Marits Augen sah er den Nexus gerötet vom Feuerschein, geschwärzt von Rauch und Tod.

»Alles, wofür ich gearbeitet habe – dahin«, flüsterte er. Der Griff seiner Hand lockerte sich.

»Gebieter, wenn Ihr zurückkehrt …« Marit klammerte sich an ihm fest. »Wenn Ihr ins Labyrinth zurückkehrt, gebt Ihr ihnen neue Hoffnung. Geht zu ihnen, Gebieter. Sie brauchen Euch!«

Xar zögerte. Erinnerungen …

Er hatte nicht die Kraft, das Letzte Tor zu durchschreiten. Er kroch auf dem Bauch zwischen den runenbedeckten Granitpfeilern hindurch. Eine Blutspur bezeichnete seinen Weg, eine Blutspur, wie er sie auf seiner ganzen langen Flucht durch das Labyrinth hinterlassen hatte. Ein Teil des Blutes stammte von ihm, das meiste von seinen Feinden.

Hinter dem Tor sank er in das weiche, saftige Gras, rollte sich auf den Rücken und starrte in den überwältigenden Abendhimmel, ein orgiastisches Farbenspiel aus Rosarot und Purpur, abgesetzt mit Gold und Orange. Er war frei, in Sicherheit, nichts hinderte ihn daran, seine Wunden zu heilen und zu schlafen, aber einen Moment lang wollte er alles fühlen, auch den Schmerz. Dies war der Augenblick seines Triumphs, und wenn er sich später daran erinnerte, dann an jede Einzelheit.

An den Schmerz, das Leiden. Den Haß.

Als er spürte, daß der Blutverlust ihn mehr und mehr schwächte, stützte er sich auf einen Ellenbogen und hielt Ausschau nach einem geschützten Platz.

Und er erblickte zum ersten Mal die von seinen Feinden erbaute Stadt.

Sie war atemberaubend schön – weißer Stein überglänzt von den Farben des ewigen Sonnenuntergangs. Eine Heimat für sein Volk, um in Frieden und Sicherheit zu leben und zu arbeiten. Nicht länger in Furcht vor dem Wolfsmenschen, dem Smog, dem Drachen.

Er war dem Labyrinth entronnen, lebend. Er war der erste. Aber er würde der erste von vielen sein. Wenn seine Wunden geheilt waren und er seine Kräfte wiedergewonnen hatte, würde er durch jenes Tor gehen, zurück in das heimtückische Gefängnis, um sein Volk, die Patryn, in die Freiheit zu führen. In die Freiheit und in diese Stadt, die ihre Stadt sein sollte.

Tränen stiegen ihm in die Augen. Tränen des Schmerzes und der Erschöpfung und – zum ersten Mal in seinem freudlosen Leben – der Hoffnung.

Später, viel später, sollte Xar aus klaren, kalten Augen auf jene Stadt blicken, und er sah Soldaten, eine Armee.

Aber damals nicht. Damals sah er, durch einen Schleier von Tränen, spielende Kinder …

Jetzt zogen Rauchschleier über den Sonnenuntergangshimmel. Die Kinder waren tot, die verkohlten Körper lagen in den Straßen.

Xars Hand tastete zu der Herzrune, vor langer, langer Zeit auf seine Brust tätowiert. Sein Name … Wie war sein Name gewesen? Der Name des Mannes, der sich durch das Letzte Tor geschleppt hatte? Xar konnte sich nicht entsinnen. Er hatte ihn ausgelöscht, überschrieben mit Runen der Stärke und Macht.

Genauso wie er seine Vision ausgelöscht und durch eine neue ersetzt hatte.

Der Name … Vergessen.

»Ich werde in den Nexus zurückkehren.« Xars Worte fielen in die schicksalhafte Stille, deren Mittelpunkt er war. Eine Stille, die für einen Augenblick alle in der Zelle Anwesenden in gemeinsamer Hoffnung vereint hatte. »Ich werde zurückkehren – durch das Siebente Tor.«

Xar richtete den Blick auf den Sartan. Alfred, nannte er sich. Auch nicht *sein* richtiger Name. »Und du wirst mich hinführen.«

Der Hund stieß ein abgehacktes, scharfes Bellen aus, fast ein Befehl. Es wäre nicht nötig gewesen.

»Nein«, entgegnete Alfred sanft, aber fest. »Das werde ich nicht.«

Xar schaute zu Haplo, dem Toten auf der kalten Steinbank. »Du hast richtig vermutet, er lebt noch. Aber er ist schon so gut wie tot. Was gedenkst du zu tun?«

Alfreds Gesicht war eine Maske hilfloser Verzweiflung. Er leckte sich die trockenen Lippen. »Nichts«, antwortete er heiser. »Es gibt nichts, was ich tun könnte.«

»Oh, wirklich nicht?« fragte Fürst Xar liebenswürdig. »Der Zauber, den ich über ihn gesprochen habe, bewahrt sein Fleisch. Seine Essenz – oder Seele, wie du es nennst – ist in dem Hund gefangen. Im Körper eines unverständigen Tieres.«

»Man könnte sagen, das trifft auf uns alle zu«, sagte Alfred, aber so leise, daß nur der Hund es hörte.

»Du vermagst das zu ändern«, fuhr Xar fort. »Du vermagst Haplo ins Leben zurückzurufen.«

Der Sartan schauderte. »Nein, die Macht habe ich nicht.«

»Ein Sartan, der lügt!« Xar lächelte sardonisch. »Das hätte ich nicht für möglich gehalten.«

»Ich lüge *nicht*.« Alfred richtete sich hoch auf. »Der Zauber beruht auf Patrynmagie. Ich kann ihn weder aufheben noch verändern …«

»O doch, das kannst du«, unterbrach ihn Xar. »Im Siebenten Tor.«

Alfred hob die Hand, wie um einen Angriff abzuwehren, obwohl niemand eine feindselige Bewegung gemacht hatte. Er ließ den Blick nervös durch die Zelle wandern und sah sie vielleicht zum ersten Mal als solche – als Gefängnis. »Das könnt ihr nicht von mir verlangen.«

»Aber das tun wir, nicht wahr Tochter?« Xar drehte sich zu Marit herum.

Sie zitterte vor Schüttelfrost, ihre Hand auf Haplos Arm war fast so wächsern wie die Haut des Toten.

»Alfred …«

»Nein!« Alfred drückte sich gegen die Mauer, als versuchte er, mit dem Stein zu verschmelzen. »Du darfst nicht darum bitten. Xar liegt nichts an Haplo. Dein Gebieter hat vor, die Welt zu zerstören!«

»Ich will ungeschehen machen, was ihr Sartan getan habt!« Xar war kaum noch imstande, sich zu beherrschen. »Die vier Welten wieder zu einer zusammenzufügen …«

»Um dann allein und unangefochten darüber zu herrschen. Nur wird es dir nicht gelingen. So wenig, wie es Samah gelungen ist, die Welten zu beherrschen, die er geschaffen hatte. Was er tat, war falsch, aber er hat für seine Vermessenheit gebüßt. Die Zeit hat die Wunden geheilt. Die Nichtigen haben sich auf diesen vier Welten ein neues Leben aufgebaut. Wenn du deinen Plan durchführst, werden aufs neue Millionen von Unschuldigen den Tod finden …«

»Um so besser für die Überlebenden«, sagte Xar. »Waren das nicht Samahs Worte?«

»Und was wird aus den Patryn im Labyrinth?« fragte Alfred anklagend.

»Ich werde sie befreien.«

»Du wirst ihr Schicksal besiegeln. Vielleicht entkommen sie aus dem Labyrinth, aber aus dem neuen Gefängnis, das du für sie baust, werden sie niemals fliehen können. Ein Gefängnis mit Mauern aus Angst. Ich weiß es«, fügte er leise hinzu. »Ich habe fast mein ganzes Leben in einem solchen Kerker verbracht.«

Xar schwieg. Nicht weil er über Alfreds Worte nachdachte, sie waren für ihn bloßes Sartangeschwätz, vielmehr suchte er nach einem Weg, den Jämmerling dazu zu bringen, daß er ihm den Willen tat. Der Fürst war sich Alfreds großer Macht bewußt, besser vielleicht als Alfred selbst. Trotzdem war er ziemlich sicher, in einem Kampf Sieger zu bleiben, sollte es dazu kommen, aber nicht, ohne selbst einige Blessuren davonzutragen, und der Sartan wäre vermutlich tot. In Anbetracht von Xars glücklosen Experimenten mit der Nekromantie bisher war eine solche Entwicklung nicht wünschenswert.

Es gab noch eine andere Möglichkeit …

»Ich glaube, du solltest dich in Sicherheit bringen, Tochter.« Mit festem Griff zog er Marit von der Steinbank weg, auf der Haplo lag. Dann zeichnete er mehrere Runen auf das Fußende und sprach das Wort.

Der Stein ging in Flammen auf.

»Was … was tut Ihr?« schrie Marit entsetzt.

»Es ist mir nicht gelungen, Haplo wiederzuerwecken«, erklärte Xar gelassen. »Der Sartan weigert sich, von seinen Kräften Gebrauch zu machen, um seinen Freund ins Leben zurückzurufen. Der Leichnam ist also wertlos für mich. Dies wird Haplos Scheiterhaufen sein.«

»Das dürft Ihr nicht tun!« Marit stürzte sich auf Xar und krallte die Hände in sein Gewand. »Das dürft Ihr nicht tun, Gebieter! Ich flehe Euch an! Das Feuer wird ihn vernichten!«

Die Flammenschrift der Runen lief am Sockel der Bank entlang. Das Feuer verzehrte die Magie, da es keine andere Nahrung fand.

Bis es den Körper erreichte.

Marit, geschwächt von der Wirkung des Gifts, sank auf die Knie. »Gebieter, verschont ihn!«

Xar strich ihr begütigend über das Haar. »Du bittest den Falschen, Tochter. Es liegt in der Macht des Sartan, Haplo zu retten. Bitte ihn.«

Die Flammen schlugen höher, die Hitze nahm zu.

»Ich …« Alfred biß sich auf die Lippen.

»Tu's nicht!« sagte Haplo.

Der Hund fixierte Alfred streng und knurrte warnend.

»Aber« – Alfred starrte auf die züngelnden Flammen – »wenn dein Körper verbrennt …«

»Laß ihn! Denk daran, was geschieht, wenn Xar das Siebente Tor öffnet.«

Alfred breitete ratlos die Arme aus. »Ich kann doch nicht hier stehen und zusehen …«

»Dann fall in Ohnmacht, verdammt noch mal!« brauste Haplo auf. »Ausnahmsweise wäre es angebracht.«

»Nein.« Alfred hatte sich gefaßt. Er brachte sogar ein schwaches Lächeln zustande. »Ich fürchte, ich muß dich für eine Weile in *mein* Gefängnis einschließen, mein Freund.«

Mit gravitätischen Schritten begann er zu tanzen. Dazu summte er leise eine Melodie vor sich hin.

Xar beobachtete ihn mißtrauisch. Was hatte sein Gegner vor? Er konnte doch keinen Angriffszauber vorbereiten. Das wäre in der kleinen Zelle zu gefährlich.

»Hund, geh zu Marit«, sagte Alfred halblaut. »Jetzt!«

Der Vierbeiner lief zu der Patrynfrau und stellte sich schützend neben sie. Im selben Moment materialisierten sich zwei Kristallsärge – der eine über dem Leichnam Haplos, der andere umschloß Xar.

Im Inneren von Haplos Sarg flackerte das Feuer und erstarb.

In dem zweiten Sarg sah man Xar toben und vor ohnmächtiger Wut schäumen.

Alfred ergriff Marits Hand und lief mit ihr in den finsteren Gang hinaus. Der Hund kam hinterher.

»Zum Ausgang!« stieß Alfred hervor, als Aufforderung an die wegweisende Magie. »Wir wollen nach draußen!«

Sie folgten den schimmernden Glyphen am Fuß der Wand. Blindlings stolperten sie durch das bläuliche Halbdunkel, ohne zu wissen, wohin die Runen sie führten. Alfred hatte den Eindruck, daß es stetig abwärts ging, immer weiter in die Tiefe …

Plötzlich kam ihm der schreckliche Gedanke, daß die Runen ihn geradewegs zum Siebenten Tor leiteten! Schließlich richteten die magischen Wegweiser sich nach dem Ziel, das man sich vergegenwärtigte, und er war mit seinen Gedanken bei dem Siebenten Tor gewesen.

»Nun, dann schlag es dir freundlichst aus dem Kopf!« meldete sich Haplos Stimme. »Denk an das Todestor! Und an nichts anderes!«

»Ja«, keuchte Alfred, »das Todestor …«

Schlagartig flammten die Sigel hell auf und erloschen. Sie standen in pechschwarzer Dunkelheit.

Kapitel 15

Nekropolis, Abarrach

Eingeschlossen in Sartanmagie, beherrschte Xar seinen Zorn und besann sich auf die Tugend der Geduld. Wie ein Messer mit dünner scharfer Klinge bohrte sein Verstand sich in jede Ritze, jede Fuge zwischen den Runen und suchte nach einer Schwachstelle, hebelte an den Junkturen und trieb Kerben in die verbindende Magie. Ein Riß – und der Rest des hastig konstruierten Gefüges bröckelte auseinander.

Xar mußte Alfred Respekt zollen. Nie zuvor hatte irgendeine Form von Magie den Fürsten des Nexus solche Mühe gekostet. Wäre die Situation nicht so ernst gewesen, hätte Xar die geistige Herausforderung genossen.

Er stand in der Gefängniszelle, allein, bis auf Kleitus, und dieses Bündel aus Knochen und verwesendem Fleisch zählte nicht. Xar schenkte ihm keine Beachtung. Er trat zu Haplo, eingeschlossen in den Kristallsarkophag des Sartan.

Das Feuer, das ihn verzehren sollte, war erloschen. Natürlich konnte Xar es jederzeit wieder entzünden. Er konnte das magische Gefüge, das Haplo schützte, aufbrechen, wie er sein Gefängnis aufgebrochen hatte.

Doch er tat es nicht.

Er sah auf den Toten hinunter und lächelte.

»Sie werden dich nicht im Stich lassen, mein Sohn. Trotz deines

Zuredens. Um deinetwillen wird Alfred mich zum Siebenten Tor führen!«

Xar berührte das Sigel an seiner Stirn, das Runenzeichen, das er auch Marit eintätowiert hatte, am Tag ihres Bundes. Er hatte es zerstört, aber wieder erneuert und konnte jetzt, wie zuvor, ihre Gedanken belauschen und ihre Worte hören. Nur daß sie diesmal – vorausgesetzt, er ließ Vorsicht walten – nichts von seiner Anwesenheit merken würde.

Xar verließ die Zelle und nahm die Verfolgung auf.

Kein Fries schimmernder Glyphen wies ihnen den Weg. Alfred nahm an, es lag an seiner eigenen Unschlüssigkeit – er konnte sich nicht entscheiden, wohin er sich wenden sollte. Dann überlegte er, es könnte sicherer sein, auf Wegweiser zu verzichten. Wenn er nicht wußte, wohin er unterwegs war, dann auch kein anderer. Soweit seine ziemlich krause Logik.

Er rief ein Runenzeichen, das wie ein Irrlicht vor ihnen her schwebte und etwas Helligkeit verbreitete. Sie schleppten sich weiter, bis Marit die Kräfte verließen.

Es ging ihr besorgniserregend schlecht. Ihre Haut war fieberheiß, gleichzeitig wurde sie von Frostschauern geschüttelt, und die Schmerzen nagten an ihrem Willen. Sie hatte sich tapfer bemüht, Schritt zu halten, aber das letzte Stück hatte er sie fast tragen müssen. Jetzt hing sie schwer in seinen schmerzenden, gefühllosen Armen. Als er sie losließ, sank sie zu Boden.

Alfred kniete sich neben sie. Der Hund winselte und beschnüffelte ihre schlaffe Hand.

»Laß mir Zeit ... um mich selbst zu heilen.« Ihr Atem ging schwer, und die Tätowierungen auf ihrer Haut glommen nur noch schwach.

»Ich kann dir helfen.«

»Nein. Es wäre besser, du hältst Wache. Deine Magie wird Xar nicht lange widerstehen.«

Sie rollte sich zusammen, schlang die Arme um den Leib, legte den Kopf auf die angezogenen Knie und schloß den Kreis ihres Seins. Die Sigel an ihren Armen leuchteten heller. Umhüllt von einem Kokon wärmender Magie, hörte sie allmählich auf zu zittern und atmete leichter.

Alfred beobachtete sie sorgenvoll. Im allgemeinen bedurfte es eines längeren Genesungsschlafs, um einem Patryn seine Kräfte wiederzugeben. Wenn sie in einen solchen Schlaf fiel, was sollte er tun? Abwarten? Nichts deutete bis jetzt darauf hin, daß Xar ihnen folgte.

Zaghaft streckte er die Hand aus, um ihr das feuchte Haar aus der Stirn zu streichen. Und sah erschrocken, daß das Mal, Xars Sigel der Verbundenheit, wieder unversehrt war. Hastig zog er die Hand zurück.

»Was?« Aufgeschreckt von der flüchtigen Berührung, hob Marit den Kopf. »Was ist, was hast du?«

»N-nichts«, stotterte Alfred. »Ich … dachte, daß du vielleicht schlafen möchtest.«

»Schlafen? Bist du verrückt?«

Ohne seine Hilfe anzunehmen, stand sie langsam auf. Das Fieber schien abgeklungen zu sein, aber an ihrer Kehle zeichneten sich noch deutlich die blutunterlaufenen Würgemale ab. Vorsichtig betastete sie die Stellen und zuckte zusammen, als hätte sie sich verbrannt. »Wohin gehen wir?«

»Weg von hier!« antwortete Haplo, bevor Alfred etwas sagen konnte. »Weg von dieser Welt! Ihr müßt Abarrach durch das Todestor verlassen.«

Belämmert schaute Alfred den Hund an. Marit bemerkte seinen Blick und verstand. Sie schüttelte den Kopf.

»Ich verlasse Haplo nicht.«

»Meine Liebe, wir können ihm nicht helfen …«

Alfred verstummte. Seine Worte waren Lüge, er *konnte* helfen. Was Kleitus behauptet hatte, entsprach der Wahrheit. Orlas Erzählungen, Hinweise aus dem Buch der Sartan – all das brachte Alfred zu der Überzeugung, daß er mit Hilfe des Tores unglaubliche Wunder zu vollbringen vermochte. Haplo ins Leben zurückrufen. Mordhand den Frieden des Todes geben. Denen Hilfe bringen, die im Labyrinth um ihr Leben kämpften.

Wäre das Siebente Tor nicht der Ort auf den vier Welten gewesen, an den Alfred nicht zu gehen wagte. Nicht belauert von Xar, der nur darauf wartete, daß er ihm den Weg zeigte.

Der Hund trabte derweil ungeduldig hin und her, lief ein Stück voraus und kam wieder zurück.

»Du mußt fort von hier, Sartan!« mahnte Haplo, der wußte, was Alfred durch den Kopf ging. »Du bist derjenige, auf den Xar es abgesehen hat.«

»Aber ich kann dich nicht im Stich lassen«, protestierte Alfred.

Marit sah ihn verwundert an. »Wie kommst du darauf?« fragte sie, gleichzeitig redete Haplo weiter: »Also gut. Dann laß mich *nicht* im Stich. Nimm den verflixten Hund mit. Solange der Hund in Sicherheit ist, kann Xar mir nichts anhaben.«

Alfred, von zwei Stimmen bedrängt, klappte konfus den Mund auf und zu. »Der Hund …« murmelte er, um nicht gänzlich den Faden zu verlieren.

»Bring den Hund an einen Ort, wo er in Sicherheit ist«, wiederholte Haplo eindringlich. »Wo Xar ihn nicht finden kann. Nach Pryan, vielleicht …«

Der Vorschlag klang vernünftig – den Hund, sich selbst und Marit aus der Gefahrenzone bringen. Aber irgendwo gab es einen Haken. Alfred wußte, wenn er nur Zeit hätte, in Ruhe zu überlegen, würde er herausfinden, was an der Sache faul war, doch gebeutelt von Angst,

Verwirrung und dem Staunen, daß er überhaupt fähig war, mit Haplo zu kommunizieren, konnte Alfred keinen klaren Gedanken fassen.

Marit lehnte mit geschlossenen Augen an der Wand. Offensichtlich waren ihre magischen Kräfte von der Verletzung zu sehr in Mitleidenschaft gezogen, um sie ganz zu heilen. Sie fröstelte wieder und schien Schmerzen zu haben. Der Hund kauerte zu ihren Füßen und hielt den Blick mitfühlend auf ihr Gesicht gerichtet.

»Wenn sie sich nicht heilt – oder wenn du sie nicht heilst –, wird sie sterben«, sagte Haplo drängend.

»Ja, du hast recht.«

Alfred faßte einen Entschluß. Er legte den Arm um Marit, die sich bei der Berührung versteifte, aber dann kraftlos an seine Schulter sank.

Ein sehr schlechtes Zeichen.

»Mit wem redest du?« fragte sie leise.

»Unwichtig«, antwortete Alfred ruhig. »Komm mit …«

Marits Augen öffneten sich weit. Für einen kurzen Moment vergaß sie ihre Schwäche, die Schmerzen. »Haplo! Du redest mit Haplo! Wie ist das möglich?«

»Wir haben einmal die Körper getauscht. Im Todestor. Unsere Bewußtseine berührten sich … Wenigstens« – Alfred seufzte – »ist das die einzige Erklärung, die mir logisch erscheint.«

Marit schwieg lange, dann flüsterte sie: »Wir könnten jetzt zum Siebenten Tor gehen. Während mein Gebieter noch von deiner Magie gefangengehalten wird.«

Alfred zögerte. Kaum hatte er angefangen, sich mit dem Gedanken zu beschäftigen, flammten plötzlich die Glyphen an der Wand auf und erleuchteten einen Seitengang, von dessen Vorhandensein sie im Dunkeln nichts geahnt hatte.

»Da entlang«, sagte Marit schwach. »Das ist der Weg.«

Alfred schluckte aufgeregt. Einerseits war die Versuchung groß, andererseits hatte er Angst.

Aber wann in seinem Leben hatte er *keine* Angst gehabt?

»Geh nicht!« warnte Haplo. »Mir gefällt das nicht. Xar dürfte inzwischen aus deinem magischen Gefängnis entkommen sein …«

Alfred wurde blaß. »Weißt du, wo er ist? Kannst du ihn sehen?«

»Was ich sehe, sehe ich durch die Augen des Hundes. Solange er bei euch ist, bin auch ich bei euch – obwohl das keinem von uns sonderlich viel nützen wird. Vergiß das Siebente Tor. Verlaßt Abarrach, bevor es zu spät ist.«

»Alfred, bitte!« flehte Marit. Sie machte sich von ihm los und versuchte, ohne Hilfe zu stehen. »Sieh her, mir geht es wieder gut …«

Der Hund sprang bellend auf.

Alfred zuckte heftig zusammen. »Ich weiß nicht … Haplo hat recht. Xar sucht nach uns. Wir verlassen Abarrach und nehmen den Hund mit.« Damit hoffte er, Marit zu überzeugen, die ihn aus fieberglänzenden Augen ansah. »Wir gehen irgendwohin, wo du Zeit hast, dich zu erholen und frische Kräfte zu sammeln. Dann kommen wir zurück. Ich verspreche es …«

Marit schob ihn zur Seite. Ihre starre Miene verriet, daß sie nicht gewillt war, sich beschwichtigen oder aufhalten zu lassen. »Wenn du mich nicht zum Siebenten Tor bringst, finde ich es …«

Ihr Stimme versagte, sie mußte husten und griff sich nach Luft ringend an den Hals.

»Marit.« Sie taumelte, und Alfred hielt sie fest. »Du mußt dir erst einmal selbst helfen, bevor du daran denken kannst, Haplo zu retten.«

»Nun gut«, flüsterte sie erstickt. »Aber wir kommen zurück, um ihn zu holen …«

»Ich verspreche es. Und jetzt gehen wir zum Schiff.«

Die Glyphen, die den Weg zum Siebenten Tor wiesen, verblaßten und erloschen.

Leise, mit sonorer Stimme, begann Alfred zu singen. Tanzende, schimmernde Runen hüllten ihn, Marit und den Hund ein. Er sang weiter und beschwor mit seinen magischen Kräften die Möglichkeit, daß sie sich unbeschadet an Bord des Schiffes befanden.

Von einem Augenblick zum anderen standen sie an Deck und … sahen sich Fürst Xar gegenüber, der sie erwartete.

Kapitel 16

Glückshafen, Abarrach

Alfred starrte den Fürsten des Nexus an wie eine Erscheinung. Marit stürzte sich auf ihn, sie war dem Zusammenbruch nahe.

Xar schenkte beiden keine Beachtung. Er streckte die Hand nach dem Hund aus, der ihn zähnefletschend anknurrte.

»Drache!« meldete sich Haplos Stimme.

Drache!

Alfred griff nach der Möglichkeit, nach dem Zauber. Er sprang hoch in die Luft, magische Kräfte packten, verformten seinen Körper. Plötzlich stand Alfred nicht mehr auf dem Schiff, sondern schaute aus großer Höhe darauf hinunter. Xar ragte nicht mehr einschüchternd vor ihm auf, sondern war eine kleine, unbedeutende Figur tief unten.

Marit lag auf dem Rücken des Drachen und klammerte sich fest. Sie hatte an seiner Schulter gelehnt, als der Zauber ihn verwandelte, und war von der Magie mit erfaßt worden. Der Hund aber befand sich noch unten auf Deck, rannte hin und her, schaute zu Alfred auf und bellte.

»Gib auf, Sartan!« rief Xar. »Du sitzt in der Falle. Du kannst Abarrach nicht verlassen!«

»Hör nicht auf ihn, Alfred!« mahnte Haplo. »Du bist stärker als er! Greif an! Jag ihn vom Schiff!«

»Aber der Hund …« Alfred zögerte.

Xar hatte das Tier zu fassen bekommen und hielt es am Nackenfell fest. »Mag sein, daß es dir gelingt, das Schiff zu erobern, Sartan, aber was dann? Verläßt du Abarrach ohne deinen Freund? Der Hund vermag das Todestor nicht zu passieren.«

Der Hund vermag das Todestor nicht zu passieren.

»Ist das wahr, Haplo?« Alfred stellte die Frage und beantwortete sie gleich selbst. »Ja, es ist wahr. Ich wußte, daß dein Vorschlag einen Haken hatte. Der Hund kann nicht durch das Todestor gehen. Nicht ohne dich!«

Haplo hüllte sich in Schweigen.

Unschlüssig kreiste der Drache über dem Schiff. Unten wehrte sich der Hund gegen Xars eisernen Griff und winselte.

»Du wirst deinen Freund nicht hier seinem Schicksal überlassen, Alfred«, rief Xar. »Dazu bist du nicht fähig. Liebe macht verwundbar, Sartan, ist es nicht so? ...«

Der Drache legte die Flügel an und sank langsam tiefer. Alfred schien gesonnen, sich zu ergeben.

»Nein!« schrie Haplo.

Der Hund wand sich in Xars Griff und schnappte zu. Als Xar zurückzuckte, sprang er vom Schiff auf den Pier und hetzte in weiten Sätzen auf die verlassene Stadt Glückshafen zu.

Der Drache begleitete den Hund in der Luft, bis er die Häuser erreicht hatte und in einer schwarzen Türöffnung verschwunden war. In seinem Versteck wartete der Vierbeiner hechelnd darauf, ob er verfolgt wurde.

Nein.

Der Fürst des Nexus hätte den Hund aufhalten, ihn mit einer einzigen gesprochenen Rune bannen können. Doch er ließ das Tier entkommen. Er hatte sein Ziel erreicht. Alfred würde Abarrach jetzt nicht mehr verlassen. Und früher oder später würde er Xar zum Siebenten Tor führen.

Liebe macht verwundbar.

Mit einem selbstzufriedenen Lächeln verließ Xar das Schiff und begab sich zurück in seine Bibliothek, um die nächsten Schritte zu bedenken. Während er die Runen sprach, rieb er sich über das Mal an seiner Stirn.

Marit, halb bewußtlos auf dem Rücken des Drachen liegend, stöhnte auf. Sie schwebten über Glückshafen. Alfred wartete ab, was Xar vorhatte. Er war auf alles gefaßt, nur nicht auf das plötzliche Verschwinden des Fürsten.

Ein Täuschungsmanöver? Oder wollte Xar Verstärkung holen?

Nichts geschah. Niemand ließ sich blicken.

»Alfred«, sagte Marit schwach, »du solltest besser landen. Ich ... ich glaube nicht, daß ich mich noch lange halten kann.«

»Bring sie in die Salfag-Grotten«, riet Haplo. »Sie liegen da vorn, gar nicht weit entfernt. Der Hund kennt den Weg.«

Prompt tauchte der Vierbeiner aus seinem Versteck auf, bellte auffordernd und trabte zielstrebig die Straße hinunter.

Der Drache flog hinter dem Hund her, in einem Bogen über Glückshafen hinweg und dann einer Straße an der Küste des Magmaozeans folgend, bis sie plötzlich zu Ende war. Der Hund suchte sich einen Weg zwischen gigantischen Felsbrocken und Geröll, und sie näherten sich dem Eingang zu den Grotten. Der Drache erkannte die Umgebung und hielt nach einem Platz Ausschau, an dem er landen konnte.

Dicht über dem Boden dahinstreichend, glaubte Alfred eine Bewegung wahrzunehmen – einen Schatten, der sich von einem Verhau aus Steinen und abgestorbenen Bäumen löste, über eine freie Stelle huschte und mit anderen Schatten verschmolz. Er versuchte, Genaueres zu erkennen, aber nichts regte sich mehr. Als er einen ebenen Fleck zwischen Felstrümmern entdeckte, ließ der Drache sich zu Boden sinken und landete.

Marit glitt von seinem Rücken zu Boden und blieb regungslos liegen. Angstvoll beugte sich Alfred, wieder in menschlicher Gestalt, über sie.

Ihre heilenden Kräfte hatten sie am Leben erhalten, aber nicht viel mehr. Immer noch kreiste das Gift durch ihre Adern. Sie glühte vor Fieber und rang um jeden Atemzug. Wie von Schmerzen gepeinigt, preßte sie die Hand gegen die Stirn.

Alfred strich ihr das Haar zurück. Xars Sigel auf der bleichen Haut verströmte ein fahles Glimmen.

»Kein Wunder, daß Xar sich nicht viel Mühe gegeben hat, uns aufzuhalten«, sagte er bedrückt. »Wohin wir auch gehen, er weiß es.«

»Du mußt sie heilen«, meinte Haplo. »Aber nicht hier. In den Grotten. Sie muß schlafen.«

»Ja, du hast recht.«

Alfred bückte sich, um Marit aufzuheben, mißtrauisch beäugt von dem Hund, der – eingedenk seiner Erfahrungen mit dem Sartan – offensichtlich jeden Moment damit rechnete, beide vor einem Sturz in den Magmastrom bewahren zu müssen.

Leise begann Alfred die Runen zu singen, als wollte er ein Kind mit einem Wiegenlied in den Schlaf lullen. Marits verkrampfte Glieder lösten sich, und sie begann, tief und ruhig zu atmen. Ihr Kopf sank an seine Schulter. Mühelos, ohne einmal zu stolpern, trug Alfred sie zum Eingang der Höhle.

Unter der bogenförmigen Öffnung blieb der Hund stehen, hob den Kopf und witterte. Sein Nackenfell sträubte sich, als er warnend knurrte.

»Da ist etwas«, sagte Haplo. »Im Schatten verborgen. Rechts von dir.«

Alfred blinzelte, nach der düsteren Glut der Feuersee mußten sich seine Augen erst an die Dunkelheit gewöhnen. »Es ist … es ist doch nicht der Lazar …« Seine Stimme zitterte.

»Nein.«

Geduckt, leise knurrend, schob der Hund sich näher an die Stelle heran.

»Dieser Jemand lebt. Ich glaube …« Haplo unterbrach sich. »Erinnerst du dich an Baltasar? Den Nekromanten, den wir bei unserer Flucht zurückgelassen haben?«

»Baltasar!« Alfred nickte. »Aber er muß tot sein, wie alle Sartan, die bei ihm waren. Wie sollten sie den Lazaren entkommen sein?«

»Offenbar ist es ihnen gelungen. Ich nehme an, dies ist der Ort, an dem sie sich versteckt halten. Auch damals sind wir hier auf sie gestoßen.«

»Baltasar!« wiederholte Alfred ungläubig. Er spähte in die Schwärze unter dem Felsenbogen. »Bitte, ich brauche Hilfe«, rief er. »Ich war schon einmal hier, erinnert ihr euch an mich? Mein Name ist …«

»Alfred«, sagte eine tonlose, brüchige Stimme, und ein Sartan, gekleidet in zerschlissene, fadenscheinige schwarze Gewänder, löste sich aus dem Schatten. »Ja, ich erinnere mich an Euch.«

Der Hund hatte sich schützend vor Alfred gestellt, und sein Gebell drückte unmißverständlich aus, daß es besser war, Abstand zu wahren.

»Keine Angst. Ihr habt von mir nichts zu befürchten. Mir fehlt die Kraft, für irgend jemanden eine Bedrohung zu sein.« Baltasar lachte bitter auf.

Alfred hatte den Sartan als einen schlanken Mann in Erinnerung, jetzt wirkte er hager und ausgemergelt. Sein Haar und Bart, früher glänzend schwarz – ungewöhnlich im Volk der Sartan –, war von vorzeitigen grauen Strähnen durchzogen. Obgleich jede Bewegung für ihn eine Anstrengung zu sein schien, bemühte er sich um eine stolze, aufrechte Haltung, aber die zerlumpte schwarze Robe eines Nekromanten hing von seinen knochigen Schultern, als wäre der Körper darunter ein Skelett.

»Baltasar«, stieß Alfred betroffen hervor. »Du bist es. Ich … war mir nicht sicher.«

Das Mitleid in seiner Stimme war nicht zu überhören. Baltasars schwarze Augen blitzten ärgerlich. Er richtete sich hoch auf und verschränkte die ausgezehrten Arme vor der Brust.

»Ja, Baltasar! Dessen Volk ihr auf dem Kai von Glückshafen seinem Schicksal überlassen habt!«

Der Hund, der den Nekromanten wiedererkannt hatte, wollte ihn freundlich begrüßen, bei den in anklagendem Ton gesprochenen Worten jedoch begann er zu knurren und blieb vorsichtshalber bei den ihm anvertrauten Zweibeinern stehen.

»Du weißt, weshalb wir dich zurückgelassen haben. Ich konnte nicht zulassen, daß die Seuche der Nekromantie auf die anderen Welten übergreift«, entgegnete Alfred ruhig. »Erst recht nicht, nachdem ich gesehen hatte, was hier geschehen war.«

Baltasar seufzte. Sein Zorn war nur ein Strohfeuer gewesen, letztes Aufflackern eines seit langem erloschenen Kampfgeistes. Die verschränkten Arme glitten auseinander und fielen kraftlos herunter.

»Ich verstehe deine Beweggründe. Damals war ich natürlich nicht in der Verfassung, nüchtern zu überlegen, und noch immer fällt es dem Verstand schwer, die Gefühle im Zaum zu halten. Du hast keine Vorstellung davon« – die tief in den Höhlen liegenden Augen trübten sich –, »wie wir gelitten haben. Doch was du sagst, stimmt. Wir haben durch leichtfertiges Handeln selbst das Unheil auf uns herabbeschworen. An uns ist es, die Folgen zu tragen. Was fehlt der Frau?« Er betrachtete Marit forschend. »Sie muß demselben Volk angehören wie dein Freund– wie hieß er noch? Haplo. Ich erkenne die eintätowierten Runen auf ihrer Haut.«

»Sie wurde von einem Lazar angegriffen«, erklärte Alfred. Marit lag schwer auf seinem Arm. Sie hatte das Bewußtsein verloren.

Baltasars Gesicht verdüsterte sich. »Einigen von uns ist das gleiche zugestoßen. Ich fürchte, man kann nichts für sie tun.«

»Im Gegenteil.« Alfred errötete. »Ich kann sie heilen, aber sie braucht einen ruhigen Ort, wo sie ungestört schlafen kann.«

Der Nekromant schaute Alfred lange an. »Ich vergaß«, sagte er schließlich, »ich vergaß, daß du Fähigkeiten besitzt, die uns verlorengegangen sind, oder wir haben nicht mehr die Kraft, sie zu praktizieren. Kommt mit. Die Frau ist sicher hier – so sicher wie irgend jemand auf dieser verfluchten Welt.«

Alfred folgte ihm tiefer in die Höhle hinein. Unterwegs kamen sie an einer jungen Sartanfrau vorbei. Baltasar nickte ihr zu und gab ihr ein Zeichen. Neugierig warf sie einen Blick auf das merkwürdige Trüppchen, dann entfernte sie sich in Richtung des Ausgangs. Gleich darauf erschienen von irgendwoher zwei weitere Sartan.

»Wenn es dir recht ist, werden sie die Frau zu unserem Wohnbereich bringen und sich um sie kümmern«, meinte Baltasar.

Alfred zögerte. Er hatte Zweifel, ob es klug war, diesen Leuten – Angehörigen seines Volkes – zu trauen.

»Ich werde dich nicht lange aufhalten. Aber ich würde gerne über einiges mit dir reden.« Der durchbohrende Blick der schwarzen Augen vermittelte Alfred das ungute Gefühl, daß seine Gedanken für Baltasar kein Geheimnis waren. Und er war überzeugt, daß Baltasar ihm nicht erlauben würde, sich um Marit zu kümmern, bevor er seine Neugier – oder was immer es sein mochte – gestillt hatte.

Widerstrebend überließ Alfred Marit der Fürsorge der Sartan, die mit ihr im hinteren Teil der Höhle verschwanden. Als er ihnen nachschaute, fiel ihm auf, daß die beiden Männer fast ebenso schwach waren wie die verwundete Patrynfrau.

»Man hat dir unser Kommen gemeldet«, sagte Alfred. Er erinnerte sich an den Schatten zwischen den Felsen.

»Wir stellen Wachen auf, wegen der Lazare«, erklärte Baltasar. »Bitte setzen wir uns einen Moment. Gehen strengt mich an.« Erschöpft sank er auf einen großen Stein.

»Ihr benutzt Wiedergänger als Kundschafter?« Alfred dachte an das letzte Mal zurück, als er auf Abarrach gewesen war. »Oder um für euch zu kämpfen?«

Baltasar warf ihm einen raschen, wissenden Blick zu. »Nein, nicht mehr. Wir haben aufgehört, Nekromantie zu praktizieren.«

»Das freut mich«, entfuhr es Alfred etwas zu überschwenglich. »Das freut mich sehr. Ihr habt die richtige Entscheidung getroffen. Die Wissenschaft der Nekromantie hat unserem Volk bereits großes Unglück gebracht.«

»Die Gabe, die Toten wieder zum Leben zu erwecken, ist eine starke Versuchung, geboren aus Empfindungen, die wir Liebe und Mitleid nennen.« Baltasar seufzte. »Unglücklicherweise handelt es sich jedoch im Grunde um nichts anderes als den selbstsüchtigen Wunsch, festzuhalten, was wir loslassen sollten. Kurzsichtig und hochfahrend, glaubten wir, diese sterbliche Existenz sei die ideale Form, und danach käme nichts mehr. Wir sind eines Besseren belehrt worden.«

Alfred sah ihn erstaunt an. »Eines Besseren belehrt? Wodurch?«

»Unser Prinz, mein geliebter Edmund, hatte den Mut, uns die Augen zu öffnen. Wir ehren sein Andenken. Die Seele darf sich lösen und in ihre neue Heimat eingehen, und den Leib betten wir zur ewigen Ruhe.«

»Leider«, fügte er in bitterem Ton hinzu, »haben wir allzuoft Gelegenheit, einem der Unseren diesen Liebesdienst zu erweisen.«

Er senkte den Kopf und legte die Hand vor die Augen, um die aufsteigenden Tränen zu verbergen. Von seinem Schmerz gerührt und bereit, das vorhergegangene Mißverständnis zu vergessen, legte ihm der Hund die Vorderpfote auf das Knie und sah mitfühlend zu ihm auf.

»Wir flohen landeinwärts, um den Lazaren zu entkommen, aber sie holten uns ein. Schließlich standen wir mit dem Rücken zur Wand und mußten uns zum Kampf stellen – einem aussichtslosen Kampf. Bevor das Zeichen zum Beginn der Schlacht gegeben wurde, trat einer aus den Reihen der Feinde, ein junger Edelmann mit Namen Jonathon. Er erlöste Prinz Edmund, befreite seine Seele und lieferte uns den Beweis, daß wir all diese Jahrhunderte hindurch einem Irrglauben angehangen hatten. Die Seele fällt nicht dem Vergessen anheim, sondern lebt weiter. Wir hatten falsch gehandelt, indem wir sie an das Gefängnis des Fleisches ketteten. Jonathon hielt Kleitus und die anderen Lazare zurück und gab uns Gelegenheit, in ein sicheres Refugium zu fliehen.

Wir hielten uns versteckt, solange es möglich war. Doch unsere Vorräte gingen zur Neige, unsere magischen Kräfte schwanden. Endlich, vom Hunger getrieben, kehrten wir in diese Geisterstadt zurück, nahmen mit, was noch an Lebensmitteln zu finden war, und suchten Zuflucht in dieser Höhle. Mittlerweile sind wir wieder vom Hunger bedroht, und wir haben keine Hoffnung, irgendwo Nachschub zu finden. Das wenige, was übrig ist, geben wir den Kindern, den Kranken ...«

Baltasar verstummte und schloß die Augen. Sein Oberkörper sank nach vorn, als hätte er einen Schwächeanfall erlitten. Alfred stützte ihn, bis er sich wieder aufrichtete und tief Atem holte.

»Vielen Dank.« Der Nekromant lächelte matt. »Es geht mir schon wieder besser. Diese Benommenheit überkommt mich häufiger.«

»Hervorgerufen durch Mangel an Nahrung. Ich vermute, du ißt nichts, damit die anderen mehr haben. Aber du bist der Anführer. Was wird aus eurem Volk, wenn dir etwas zustößt?«

»Das Schicksal meines Volkes bleibt das gleiche, ob ich lebe oder sterbe«, antwortete Baltasar dumpf. »Wir haben keine Hoffnung. Keine Möglichkeit, zu entkommen. Wir warten nur auf den Tod.« Seine Stimme bekam einen weicheren Klang. »Und ich muß gestehen, seit ich weiß, welchen Frieden der Tod bringt, sehne ich mich danach.«

»Nicht doch, nicht doch«, sagte Alfred hastig. Die Worte erschreckten ihn. »Wir vergeuden Zeit. Sofern noch einige Lebensmittel vorhanden sind, kann ich sie mit Hilfe meiner Magie vermehren.«

Baltasar nickte müde. »Das wäre eine große Hilfe. Und bestimmt habt ihr beträchtliche Mengen Proviant an Bord eures Schiffes.«

»Aber ja, selbstverständlich. Ich ...« Alfred biß sich auf die Zunge.

»Nun hast du's geschafft«, brummte Haplo.

»Dann gehört also das Schiff, das wir gesehen haben, tatsächlich dir!« Baltasars Augen bekamen einen fiebrigen Glanz. Seine skelettartige Hand krallte sich in Alfreds abgewetztes Samtrevers. »Endlich können wir entkommen. Diese Welt des Todes verlassen.«

»I ... i ... ich«, stammelte Alfred. »Das heißt ... siehst du ...« Ihm wurde klar, was man von ihm erwartete, von ihm *verlangte*. Mit weichen Knien stand er auf.

»Darüber reden wir später. Ich will jetzt zu meiner Begleiterin. Um sie zu heilen. Anschließend werde ich mich nach Kräften bemühen, eurem Volk zu helfen.«

Auch Baltasar erhob sich. Zu Alfred gebeugt, sagte er leise: »Wir werden fliehen. Diesmal hält uns niemand auf.«

Alfred schluckte und wich einen Schritt zurück. Er sagte nichts, und Baltasar wandte sich ab. Nebeneinander setzten sie ihren Weg fort. Der Nekromant bewegte sich langsam und schleppend, doch er gab höflich zu verstehen, daß er keine Hilfe wünschte. Alfred, beklommen und unglücklich, brachte es nicht fertig, seine eigenwilligen Füße zu beherrschen. Hätte der Hund nicht aufgepaßt, wäre er nacheinander in sämtliche Spalten gefallen und über sämtliche Steine gestolpert.

Ein Sprichwort der Nichtigen kam Alfred in den Sinn: »Vom Regen in die Traufe.«

Kapitel 17

Salfag-Grotten, Abarrach

Baltasar schwieg, wofür Alfred ihm aufrichtig dankbar war. Bei dem Versuch, sich aus einer Bredouille zu retten, war er – wie gewöhnlich – in die nächste Klemme geraten. Wie sich jetzt aus den Verstrickungen befreien? Ihm fiel kein Ausweg ein.

Endlich erreichten sie den Teil der Höhle, in dem die Sartan hausten.

Alfred ließ den Blick durch das Halbdunkel wandern. Seine Sorge um Haplo und Marit, sein Mißtrauen gegen Baltasar – vergessen, angesichts dieses Elends. Ungefähr fünfzig Sartan, Männer und Frauen und Kinder, waren in der unwirtlichen Felsengrotte untergebracht. Der Hunger hatte sie gezeichnet, aber was Alfred tief ins Herz schnitt, war die dumpfe Verzweiflung in den hohlen Augen.

Baltasar hatte getan, was in seiner Macht stand, um den Überlebenswillen seines Volkes aufrechtzuerhalten, aber auch er war nahezu am Ende. Viele Sartan hatten aufgegeben. Sie lagen auf dem harten, kalten Höhlenboden und starrten apathisch in die Dunkelheit, als sehnten sie sich, darin einzutauchen und von der Qual des Lebens befreit zu sein. Alfred kannte diesen Zustand der Hoffnungslosigkeit, wußte, wohin er führen konnte, denn er selbst war einmal auf dieser Straße gewandert. Wäre nicht Haplo gewesen – und Haplos Hund –, hätte er möglicherweise nicht die Kraft zur Umkehr gefunden.

»Davon ernähren wir uns.« Baltasar deutete auf einen zur Hälfte gefüllten Getreidesack. »Kairngrassamen aus den Lagerhäusern von Glückshafen, zurückgelassenes Saatgut. Wir mahlen die Körner und kochen sie mit Wasser zu einer Art Grütze. Das ist der Rest. Wenn er aufgebraucht ist ...« Der Nekromant hob die Schultern und ließ sie wieder fallen.

Was den Sartan noch an magischen Kräften geblieben war, wurde gebraucht, um einfach nur am Leben zu bleiben, um die von giftigen Dämpfen erfüllte Luft Abarrachs atmen zu können. Sie wagten nicht, etwas davon abzuzweigen, um ihre Vorräte zu vermehren.

»Wenigstens deswegen braucht ihr euch keine Sorgen mehr zu machen«, sagte Alfred. »Ich werde dafür sorgen, daß alle zu essen haben. Aber erst muß ich Marit helfen.«

»Gewiß.« Baltasar führte ihn zu der Nische, wo Marit auf einem Stapel Decken lag. Sartanfrauen kümmerten sich um sie und versuchten, es ihr behaglich zu machen. Man hatte sie warm zugedeckt und ihr zu trinken gegeben. (Alfred wunderte sich über die offenbar ausreichende Versorgung mit frischem Wasser; bei seinem letzten Aufenthalt hatte daran großer Mangel geherrscht. Er nahm sich vor, bei passender Gelegenheit danach zu fragen.)

Dank dieser Bemühungen hatte Marit das Bewußtsein wiedererlangt. Alfred schickte sich umständlich an, neben ihr niederzuknien, und sie krallte die Finger in seine Hemdbrust und hätte ihn fast umgerissen.

»Was ... wo sind wir?« stieß sie abgehackt hervor. Ihre Zähne klapperten vor Schüttelfrost. »Was sind das für Leute?«

»Sartan«, antwortete Alfred und drückte sie behutsam wieder auf das Deckenlager. »Du bist in Sicherheit. Ich werde dich heilen, und dann brauchst du Schlaf.«

Trotz verhärtete Marits Züge. Alfred fühlte sich daran erinnert, wie er seinerzeit Haplo geheilt hatte, gegen dessen Willen.

»Ich kann selbst auf mich aufpassen«, wollte Marit auffahren, aber statt dessen hustete sie und rang nach Atem.

Alfred ergriff ihre Hände, die rechte mit der linken, die linke mit der rechten, und schloß den Kreis des Seins.

Sie machte den schwächlichen Versuch, ihre Hand zurückzuziehen, aber Alfred war jetzt stärker als sie. Er hielt sie fest und begann, die Runen zu singen.

Seine Wärme und Kraft strömten in Marits Körper und Geist, ihre Schmerzen und Einsamkeit gingen auf ihn über. Der Kreis vereinte sie, und für einen kurzen Moment war auch Haplo ein Teil davon.

Alfred hatte eine gespenstische Vision von ihnen dreien, wie sie auf einer Woge aus Licht und Zeit schwebten und miteinander sprachen.

»Du mußt Abarrach verlassen, Alfred«, sagte Haplo. »Du und Marit, ihr dürft nicht hierbleiben. Geht irgendwohin, wo Xar euch nicht finden kann.«

»Aber wir können doch den Hund nicht mitnehmen«, wandte Alfred ein. »Xar hatte recht, der Hund vermag das Todestor nicht zu passieren. Nicht ohne dich.«

»Dann bleiben wir hier«, entschied Marit. »Wir gehen nicht ohne dich.«

Umgeben von der Aura aus Licht, kam sie Alfred wunderschön vor. Sie beugte sich zu Haplo hinüber und streckte die Hand nach ihm aus, aber er konnte sie nicht berühren und sie nicht ihn. Die Welle trug sie, stärkte sie, aber trennte sie auch.

»Ich habe dich einmal verloren, Haplo. Ich verließ dich, weil ich nicht den Mut hatte, dich zu lieben. Jetzt habe ich ihn. Ich liebe dich und will dich nicht wieder verlieren. Wären die Rollen vertauscht«, Marit sprach weiter, bevor Haplo ihr ins Wort fallen konnte, »und ich läge in den Katakomben auf der Steinbank, würdest du mich im Stich lassen? Wie kannst du glauben, daß ich schwächer bin als du?«

Haplos Stimme schwankte. »Ich halte dich nicht für weniger stark, als ich bin. Ich verlange von dir, stärker zu sein. Du mußt die Kraft finden, dich von mir zu trennen, Marit. Denk an unser Volk, das im Labyrinth um sein Überleben kämpft. Denk daran, welches Schicksal ihm droht und allen anderen auf den vier Welten, wenn es unserem Gebieter gelingt, das Siebente Tor zu schließen.«

»Ich kann dich nicht verlassen«, flüsterte Marit.

Alfred glaubte, ihre und Haplos Liebe sehen zu können – einen feinen Nebel, der von ihnen ausging, und er, Alfred, war der Mittler, der Punkt, an dem die Strömungen sich trafen. Daß sie nicht zueinanderkommen konnten, schmerzte ihn. Wenn es möglich gewesen wäre, ihnen zu helfen, indem er sich entzweiriß, hätte er es getan.

Hinzu kam das Wissen, daß Haplo auch zu ihm sprach. Auch er mußte die Kraft finden, jemanden zurückzulassen, der ihm ans Herz gewachsen war.

»Aber was unternehme ich inzwischen wegen Baltasar?« fragte er niedergeschlagen.

Ehe Haplo antworten konnte, wurde das Licht schwächer, die Wärme nahm ab. Die Welle verebbte, und Alfred blieb gestrandet und allein in der Dunkelheit zurück. Es machte ihn traurig, des Gefühls der Zusammengehörigkeit beraubt zu sein und in die Wirklichkeit zurückkehren zu müssen.

»Alfred.« Marit hatte sich halb aufgerichtet. Der fiebrige Glanz war aus ihren Augen verschwunden, aber vor Müdigkeit wurden ihr die Lider schwer. Man sah, wie sie gegen das übermächtige Schlafbedürfnis ankämpfte. »Alfred«, wiederholte sie drängend.

»Ja, ich bin hier«, antwortete er, den Tränen nahe. »Du sollst dich hinlegen.«

Sie sank auf die Decken zurück. »Frag den Sartan nach dem Siebenten Tor.« Ihre Stimme klang undeutlich. »Ob er etwas darüber weiß.«

»Glaubst du wirklich, das wäre klug?« meinte Alfred widerstrebend.

Die erneute Begegnung mit Baltasar erinnerte ihn an die Macht, über die der Nekromant gebot. Obwohl geschwächt von der langen Flucht und den Entbehrungen, war er ein nicht zu unterschätzender Gegner, wenn es darum ging, seinem Volk einen Weg in die Freiheit zu erkämpfen.

»Ich glaube nicht, daß Baltasar das Siebente Tor finden sollte, ebensowenig wie Fürst Xar. Es wäre besser, ihn nicht drauf aufmerksam zu machen.«

»Frag ihn nur, ob er je davon gehört hat«, flehte Marit. »Was kann das schaden?«

Alfred wiegte den Kopf. »Ich bezweifle, daß Baltasar uns etwas sagen kann …«

Sie drückte seine Hand so fest, daß es weh tat. »Frag ihn. Bitte!«

»Was soll er mich fragen?« Baltasar hatte aus einiger Entfernung interessiert das Ritual der Heilung verfolgt. Als er seinen Namen hörte, kam er näher. »Worum handelt es sich?«

»Na los«, meldete Haplos Stimme sich überraschend zu Wort. »Frag ihn. Mal sehen, was er sagt.«

Alfred räusperte sich befangen. »Wir haben überlegt, ob du je von etwas gehört hast, das man das … das Siebente Tor nennt?«

»Gewiß«, antwortete Baltasar ruhig, aber mit einem stechenden Blick aus seinen schwarzen Augen, der Alfred durchbohrte wie ein spitzer Dolch. »Jeder auf Abarrach weiß von dem Siebenten Tor. Schon Kinder lernen die Litanei.«

»Was für eine Litanei ist das?«

»Die Erde wurde zerstört«, rezitierte Baltasar mit dünner, hoher Stimme. »Aus den Trümmern wurden vier Welten erschaffen: Luft, Feuer, Stein, Wasser. Vier Tore verbinden die Welten untereinander: Arianus mit Pryan mit Abarrach mit Chelestra. Ein Ort der Läuterung für unsere Feinde wurde errichtet: das Labyrinth. Das Labyrinth ist durch das Fünfte Tor mit den anderen Welten verbunden: den Nexus. Das sechste Tor ist der Mittelpunkt, gewährt Zutritt: der Vortex. All das wurde bewirkt mittels des Siebenten Tores. Aus dem Ende ein neuer Beginn.«

»Daher wußtest du also von dem Todestor und von den anderen Welten«, sagte Alfred. Er dachte an sein erstes Zusammentreffen mit Baltasar, wie der Nekromant die Lügen durchschaut hatte, mit denen Haplo ihn über seine wahre Identität zu täuschen versuchte. »Und du sagst, das lernen die Kinder?«

»Früher.« Ein bitterer Zug kerbte sich um Baltasars Mundwinkel. »Als wir Muße hatten, unsere Kinder andere Dinge zu lehren als nur, wie man stirbt.«

»Wie ist dein Volk in diese Lage geraten?« Marit mußte sich anstrengen, die Augen offenzuhalten. »Was ist schuld an diesem Elend?«

»Gier«, antwortete Baltasar schlicht. »Gier und Verzweiflung. Als die

Magie, die unsere Welt erhielt, immer mehr abnahm, begann das Sterben. Wir besannen uns auf die Nekromantie, anfangs, um die nicht hergeben zu müssen, die uns teuer waren. Dann, im Lauf der Zeit, benutzten wir diese schwarze Kunst, um Verluste auszugleichen, um Soldaten für unsere Armeen zu haben und Diener für unsere Häuser. Aber die Dinge wurden schlechter statt besser.«

»Das Konzept der vier Welten sah vor, daß sie zu ihrer Erhaltung aufeinander angewiesen waren«, erläuterte Alfred. »Kondukte, auf dieser Welt als Kolosse bekannt, sollten Energie aus den Zitadellen Pryans nach Abarrach leiten. Das hätte dieser Welt Licht und Wärme gebracht und der Bevölkerung ermöglicht, dicht unter der Oberfläche zu siedeln, wo die Luft atembar ist. Der Plan schlug fehl. Als das Allüberall seine Aufgabe nicht mehr erfüllte, erlosch das Licht in Pryans Zitadellen, und Abarrach versank in Dunkelheit.«

Er verstummte. Sein Vortrag zeigte Wirkung. Marits Augen waren geschlossen, und sie atmete tief und gleichmäßig. Alfred lächelte fein und zog ihr die Decke über die Schultern, dann stahl er sich auf Zehenspitzen davon. Baltasar warf noch einen Blick auf Marit und folgte ihm.

»Aus welchem Grund hast du nach dem Siebenten Tor gefragt?«

Wieder fühlte Alfred sich von einem stechenden Blick durchbohrt und fing sofort an zu stottern.

»Ich … ich … neugierig … irgendwo etwas gehört …«

Baltasar runzelte die Stirn. »Was versuchst du in Erfahrung zu bringen? Den Ort? Glaub mir, wenn ich wüßte, wo sich das Siebente Tor befindet, hätte ich nicht gezögert, auf diesem Weg mein Volk in die Freiheit zu führen.«

»Ja, natürlich.«

»Wenn nicht das, was wolltest du dann wissen?«

»Gar nichts, überhaupt nichts. Reine Neugier. Jetzt sollten wir uns um die Lebensmittel kümmern.«

Der Nekromant erhob keine Einwände, aber Alfred wußte, daß er durch seine Frage bei Baltasar Verdacht erregt hatte. Und der Nekromant hatte in einer Hinsicht Ähnlichkeit mit Haplos Hund. Was er erst zwischen den Zähnen hatte, ließ er so ohne weiteres nicht wieder los.

Alfred machte sich daran, Säcke mit Kairngrassamen zu replizieren*, in solcher Menge, daß die Sartan die Körner mahlen und daraus Fladen

* Die Magie der Sartan und Patryn vermag vorhandene Nahrungsmittel zu vervielfältigen. Das ist leicht zu bewerkstelligen durch Realisierung der Möglichkeit, daß ein Sack Korn gleich zwanzig Sack Korn ist. Manche Magiekundige beherrschen die schwierigere Kunst, durch Manipulation der Omniwelle Steine in Brot zu verwandeln oder Fisch in Fleisch. Ohne Zweifel besaß auch Alfred diese Fähigkeit, aber davon Gebrauch zu machen hätte ihm viel Kraft abgefordert.

in solcher Menge, daß die Sartan die Körner mahlen und daraus Fladenbrot backen konnten – sehr viel nahrhafter und wertvoller als die Wassergrütze. Während er die Beschwörungen murmelte, schaute er sich in der Höhle um. Keine toten Sartan bedienten die lebenden, wie es bei seinem letzten Besuch der Fall gewesen war. Keine Wiedergänger als Soldaten bewachten den Eingang, kein untoter König versuchte zu regieren. Wo immer die Toten ruhten, sie ruhten in Frieden – wie Baltasar es ihm versichert hatte.

Alfred sah die Kinder an, die ihn umdrängten und um eine Handvoll von dem Grassamen bettelten, mit dem er auf Arianus die Vögel gefüttert hätte.

Seine Augen füllten sich mit Tränen, und das erinnerte ihn an die Frage, die zu stellen er sich vorgenommen hatte. Er wandte sich an Baltasar, der neben ihm stand und gebannt alles verfolgte, was er tat, beinahe ebenso hungrig auf die Magie wie auf die Nahrung.

Der Nekromant hatte sich von Alfred drängen lassen, etwas zu sich zu nehmen, und sah kräftiger als, obwohl die Veränderung wahrscheinlich der neu erwachten Hoffnung zuzuschreiben war, weniger dem unappetitlichen Kairngrasbrei in seiner Schüssel.

»Ihr scheint keinen Mangel an Wasser zu haben«, bemerkte Alfred. »Bei meinem ersten Besuch mußte es rationiert werden.«

Baltasar nickte. »Du wirst dich erinnern, daß nicht weit von hier ein Koloß stand. Wir nahmen an, er sei tot, seine Macht erloschen. Doch ganz plötzlich, vor gar nicht langer Zeit, erwachte seine Magie wieder zum Leben.«

Ein Leuchten glitt über Alfreds Gesicht. »Wirklich? Habt ihr herausgefunden, weshalb?«

»Auf *dieser* Welt hat es keine Veränderung gegeben. Ich kann nur vermuten, daß die Ursache auf einer der anderen Welten zu suchen ist.«

»Aber ja, du hast recht!« Alfred war begeistert. »Das Allüberall … und die Zitadellen auf Pryan … sie haben ihre Arbeit aufgenommen! Das bedeutet …«

»… keine Rettung für uns«, beendete Baltasar den angefangenen Satz. »Der Wandel kommt zu spät. Angenommen, die Wärme strömt durch die Kondukte, angenommen, der Eispanzer an der Oberfläche unserer Welt taut ab. Angenommen, es wird hell auf Abarrach. Es dauert Generationen, bis diese Welt der Toten wieder für die Lebenden taugt. Und bis es soweit ist, gibt es keine Lebenden mehr. Abarrach wird den Toten gehören.«

»Du bist entschlossen, auszuwandern.« Alfreds Euphorie war verflogen.

»Oder bei dem Versuch zu sterben.« Baltasar nickte düster. »Kannst du dir eine Zukunft vorstellen, für uns, für unsere Kinder, hier auf Abarrach?«

Alfred wußte darauf keine Antwort. Er schob Baltasar einen weiteren Sack Grassamen zu. Der Nekromant hob ihn auf und ging, um die Aufteilung der Lebensmittel zu überwachen.

»Ich kann ihnen keinen Vorwurf daraus machen, daß sie Abarrach verlassen wollen«, sagte Alfred halblaut vor sich hin. »Auch ich würde im Moment nichts lieber tun. Doch ich weiß genau, was geschieht, wenn die Sartan auf der anderen Welt eintreffen. Es ist nur eine Frage der Zeit, bis sie anfangen, sich einzumischen, und den Nichtigen ihre Vorstellungen aufzwingen wollen.«

»Für mich sind sie ein ziemlich armseliger Haufen«, äußerte sich Haplo.

Alfred schrak beim Klang der Stimme in seinem Kopf zusammen. Ihm war nicht bewußt geworden, daß er laut gesprochen hatte, oder vielleicht hatte er gar nicht laut gesprochen. Schließlich konnte Haplo seine Gedanken lesen.

»Du hast recht«, fuhr der Patryn fort. »Jetzt sind diese Sartan schwach, doch sobald sie nicht mehr gezwungen sind, ihre magischen Kräfte für das bloße Überleben aufzuwenden, werden sie feststellen, über welche Macht sie verfügen, und auch Gebrauch davon machen wollen.«

»Und dein Volk, die Patryn.« Alfred warf einen Blick auf die schlafende Marit. Der Hund hielt neben ihr Wache und knurrte jeden an, der in ihre Nähe kam. »Wenn die Patryn aus dem Labyrinth entkommen und die Welten bevölkern, wer weiß, was geschieht? In ihnen lebt der alte Haß weiter und ist durch die Leiden der Gefangenschaft noch stärker geworden.«

Alfred begann zu zittern. Er drückte die Hände auf die brennenden Augen. »Ich sehe vor mir, wie sich alles wiederholt! Die Rivalitäten, die Kriege, Mord und Totschlag. Die Nichtigen als Opfer unseres Machtkampfes, die sterben, ohne zu wissen, wofür ... Und wieder endet alles in einer Katastrophe!«

Das letzte brach als hohler Aufschrei aus ihm heraus. Auch nach einigen tiefen Atemzügen, und obwohl er sich zur Ordnung rief, war er zu aufgewühlt, um weiterzuarbeiten. Er fühlte sich zu schwach, um an einem heißen Sommertag Eis in Wasser zu verwandeln.

»Es war falsch, hierherzukommen«, flüsterte er.

»Aber wenn wir es nicht getan hätten, wären sie alle gestorben«, gab Haplo zu bedenken.

»Vielleicht wäre das besser gewesen.« Alfred starrte auf seine Hände – groß, mit breiten, knochigen Gelenken und mageren Fingern. Unschuldig aussehende Hände und doch fähig, so viel Leid zu verursachen. Auch fähig, Gutes zu bewirken, aber im Moment war er nicht in der Stimmung, daran zu denken. »Für die Nichtigen wäre es besser, wenn wir alle stürben.«

»Wenn ihre ›Götter‹ sie sich selbst überließen, meinst du?«

»›Götter!‹« wiederholte Alfred verachtungsvoll. »›Sklavenhalter‹

trifft eher zu. Ich möchte das Universum von uns und unserer verderblichen ›Macht‹ befreien!«

»Weißt du, mein Freund« – Haplos Stimme hörte sich nachdenklich an – »möglicherweise hast du gar nicht so unrecht mit dem, was du sagst ...«

»Tatsächlich?« Alfred staunte. Er hatte sich nur Luft gemacht und nicht erwartet, eine brauchbare Idee hervorzubringen. »*Was* genau habe ich denn gesagt?«

»Nicht so wichtig. Geh und mach dich nützlich.«

»In welcher Weise?«

»Vielleicht wäre es gut zu wissen, was Baltasars Kundschafterin ihm zu berichten hat«, meinte Haplo trocken. »Oder hast du nicht bemerkt, daß sie zurückgekommen ist?«

Nein, Alfred hatte es nicht bemerkt. Er hob den Kopf. Die Sartanfrau, die er am Höhleneingang gesehen hatte, saß bei dem Nekromanten und aß hungrig von dem frischgebackenen Brot. Zwischen den Bissen unterhielten sie sich mit gedämpfter Stimme.

Alfred wollte aufstehen, rutschte auf einem Häufchen Grassamen aus und setzte sich mit einem Ruck wieder hin.

»Bleib hier«, sagte Haplo. Er gab dem Hund einen stummen Befehl.

Der Vierbeiner erhob sich von seinem Platz neben Marit. Auf leisen Pfoten trabte er zu Baltasar hinüber und streckte sich zu seinen Füßen aus.

»Sie hatte den Auftrag, das Schiff zu inspizieren. Baltasar will es in seinen Besitz bringen.« Haplo teilte Alfred mit, was er durch die Ohren des Hundes erlauschte.

»Aber das kann er doch nicht, oder? Marit hat es mit Patrynrunen geschützt ...«

»Unter normalen Umständen, nein«, antwortete Haplo. »Aber offenbar hat noch jemand auf Abarrach die gleiche Absicht. Eine zweite Person versucht, das Schiff zu stehlen.«

Alfred schluckte. »Doch nicht Xar?«

»Nein, mein Gebieter braucht das Schiff nicht. Aber dieser zweite Interessent hat Verwendung dafür.«

Plötzlich wußte Alfred, von wem die Rede war.

»Kleitus!«

Kapitel 18

Salfag-Grotten, Abarrach

»Ich wünschte, wir wären stärker!« hörte Alfred Baltasar sagen, als er sich ihm und der Kundschafterin näherte. Der Hund begrüßte ihn schweifwedelnd. »Stärker und zahlreicher! Aber wir müssen uns behelfen mit dem, was wir haben.« Der Nekromant schaute sich um. »Wie viele von uns sind körperlich in der Lage ...«

»Oh, störe ich? Was gibt es?« Alfred dachte noch rechtzeitig daran, sich unwissend zu stellen.

»Der Lazar, Kleitus, versucht dein Schiff zu stehlen«, erklärte Baltasar mit einer Gelassenheit, die Alfred erstaunte. »Natürlich müssen wir ihn daran hindern.«

Damit du es dir selbst unter den Nagel reißen kannst, kommentierte Alfred in Gedanken. »Aber das Schiff wird von der Runenmagie der ... hm ... Patryn geschützt. Ich glaube nicht, daß man den Schild so einfach durchbrechen kann.«

Baltasar lächelte mit schmalen Lippen. »Wie du dich erinnern wirst, habe ich einmal eine Demonstration dieser ›Patrynmagie‹ gesehen. Die Runengefüge sind sichtbar und leuchten, wenn sie ihre Wirkung entfalten, habe ich recht?«

Alfred war auf der Hut. Er nickte.

»Die Hälfte der Sigel am Schiffsrumpf ist dunkel. Kleitus löst das Gefüge auf.«

»Das ist unmöglich!« Alfred schüttelte entschieden den Kopf. »Wo hätte der Lazar das lernen sollen ...«

»Von Xar«, sagte Haplo. »Kleitus hat meinen Gebieter und seine Gefolgsleute bespitzelt. So hat er das Geheimnis der Runenmagie entdeckt.«

»Die Lazare sind fähig zu lernen«, erklärte Baltasar, »weil ihre Seele mit dem Körper verbunden bleibt. Und sie wünschen sich seit langem, Abarrach zu verlassen. Sie finden hier kein lebendes Fleisch mehr, um sich daran zu laben. Ich brauche dir nicht zu schildern, was sich auf den anderen Welten abspielen wird, falls es den Lazaren gelingt, das Todestor zu durchschreiten.«

Er hatte recht. Alfred war nur zu gut imstande, sich die Schreckensbilder auszumalen. Man mußte Kleitus aufhalten, aber falls es gelang – wer hielt Baltasar auf?

Alfred sank auf einen Felsvorsprung nieder und starrte blicklos in die Dunkelheit. »Wird es nie aufhören? Werden wir für immer und ewig die Welten mit Tod und Vernichtung überziehen?«

Der Hund winselte mitfühlend. Unter Baltasars forschendem Blick zuckte Alfred zusammen. Er hatte das bestimmte Gefühl, daß er wußte, was der Nekromant als nächstes sagen würde.

Baltasar legte Alfred die knochige, ausgemergelte Hand auf die Schulter und beugte sich vor. »Früher einmal hätte ich vielleicht über die erforderlichen magischen Kräfte verfügt, aber jetzt bin ich zu schwach. Du hingegen ...«

Alfred wurde blaß. »Nein, nein, ich kann nicht! Ich wüßte gar nicht, wie ...«

»Aber ich weiß es«, fiel Baltasar ihm ins Wort. »Ich hatte viel Zeit, mir darüber Gedanken zu machen. Die Lazare sind gefährlich, weil – im Gegensatz zu den normalen Wiedergängern – die lebende Seele mit dem toten Körper verbunden bleibt. Würde man diese Verbindung durchtrennen, so daß die Seele sich vom Körper löst, glaube ich, daß der Lazar vernichtet wäre.«

»Du *glaubst* es?« fragte Alfred. »Du weißt es also nicht bestimmt.«

»Wie gesagt, ich war nicht stark genug, um meine Vermutung in der Praxis zu überprüfen.«

»Ich kann das nicht tun.« Alfred zog unglücklich den Kopf zwischen die Schultern. »Ich kann das unmöglich tun.«

»Aber er hat recht«, mahnte Haplo. »Kleitus muß an seinem Vorhaben gehindert werden, und Baltasar ist ihm nicht gewachsen.«

Alfred stöhnte. Und Baltasar? fragte er stumm, weil der Nekromant dicht neben ihm stand. Wie halte ich *ihn* auf?«

»Eins nach dem anderen«, antwortete Haplo.

Alfred schwieg trübsinnig.

»Sieh dir diese Sartan an«, forderte Haplo ihn auf. »Sie sind kaum fähig, sich auf den Beinen zu halten. Das Schiff ist ein Patrynschiff, bedeckt mit Patrynrunen – innen wie außen. Selbst wenn Kleitus die Runen alle zerstört, müssen neue geschrieben werden, damit das Schiff fliegt. So ohne weiteres kann Baltasar sich nicht davonmachen. Außerdem nehme ich an, daß Fürst Xar nicht geneigt sein wird, diese Sartan entkommen zu lassen.«

Alfred schaute womöglich noch trübsinniger drein. »Aber das bedeutet wieder Kämpfe, wieder Blutvergießen …«

»Eins nach dem anderen, Sartan.« Haplo legte einen unerklärlichen Gleichmut an den Tag. »Eins nach dem anderen. Kennst du die Beschwörung, mit der sich die Seele vom Körper trennen läßt, wie der Nekromant vorgeschlagen hat?«

»Ja.« Alfred seufzte bedrückt. »Ja, ich glaube schon.«

»Du kennst den Zauber?« Baltasar unterbrach Alfreds Gedankenaustausch mit Haplo. »Hast du davon gesprochen?«

»Ja.« Alfred fühlte, wie ihm das Blut in die Wangen stieg.

Baltasars Augen verengten sich. »Mit was – oder mit wem – redest du, Bruder?«

Dem Hund gefiel der Ton des Mannes nicht. Er richtete sich auf und knurrte.

Lächelnd streichelte ihm Alfred über den Kopf. »Mit mir selbst«, antwortete er ruhig. »Nur mit mir selbst.«

Baltasar bestand darauf, die ganze Schar der letzten Überlebenden seines Volkes mitzunehmen.

»Wir werden das Schiff besetzen und sofort mit der Arbeit beginnen«, sagte er zu Alfred. »Die Kräftigsten von uns halten Wache, um Angriffe abzuwehren. Vorausgesetzt, es gibt keine Störungen, sollte es uns möglich sein, Abarrach in verhältnismäßig kurzer Zeit zu verlassen.«

Aber es wird Störungen geben, dachte Alfred. Fürst Xar wird euch nicht gehen lassen. Und ich kann nicht mitkommen. Ich kann Haplo nicht zurücklassen. Andererseits ist es unklug, zu bleiben. Xar macht Jagd auf mich, spekuliert darauf, daß ich ihn zum Siebenten Tor führe. Was soll ich tun? Was soll ich bloß tun?

»Was du tun mußt«, antwortete Haplo ungerührt.

Alfred ging ein Licht auf – der Patryn hatte einen Plan! Sein Herz klopfte wild. »Warum läßt du mich im Dunkeln tappen? Wenn du weißt …«

»Wie bitte?« Baltasar drehte sich zu ihm herum. »Was hast du gesagt?«

»Sei still!« befahl Haplo. »Kein Wort. Es ist nur eine Idee, und vielleicht wird nichts daraus. Aber halte dich bereit, nur für den Fall. Und jetzt geh und weck Marit auf.«

Alfred lag ein Widerspruch auf der Zunge, doch bevor er ihn in

Worte zu fassen vermochte, fühlte er die Hitze von Haplos Verärgerung über sich hinwegspülen – eine unbehagliche und unheimliche Erfahrung.

»Sie wird noch schwach sein, aber du brauchst Hilfe, und sie ist die einzige, von der du Hilfe erwarten kannst.«

Alfred nickte ergeben. Die Sartan packten ihre wenigen Habseligkeiten und machten sich bereit zum Aufbruch. Die Nachricht hatte sich in Windeseile ausgebreitet: ein Schiff, Flucht, Hoffnung. Schon fingen sie wundergläubig an, Luftschlösser zu bauen, und sprachen mit leuchtenden Augen von dem schönen neuen Leben in schönen neuen Welten. Alfred hätte sich am liebsten die Haare gerauft.

Er kniete neben Marit nieder. Sie schlief so tief und so friedlich, daß es ihm wie ein Verbrechen vorkam, sie zu wecken. Als er ihr Gesicht betrachtete, dessen gelöste Ruhe kein Schatten trübte, mußte er schuldbewußt an ein anderes denken, das von Hugh Mordhand, befreit von Bürde und Schmerz des Lebens, geborgen im Tod – bis eine vermessene Hand ihn zurückriß …

Alfred wurde die Kehle eng. Er räusperte sich, und von dem Geräusch wachte Marit auf.

In der harten Schule des Labyrinths lernen die Patryn, im Bruchteil einer Sekunde hellwach zu sein. Bevor Alfred begriff, was geschah, war Marit in die Höhe gefahren und tastete nach ihrer Waffe.

»Alles in Ordnung«, beeilte er sich, sie zu beruhigen. »Es ist nichts.«

Sie blinzelte und strich sich das Haar aus dem Gesicht. Wieder sah Alfred das Mal auf ihrer Stirn und seufzte verhalten. Er hatte nicht mehr daran gedacht, daß Xar über jeden ihrer Schritte Bescheid wußte. Ob er ihr sagen sollte, daß sie – wieder einmal – als Spionin mißbraucht wurde?

»Was hast du?« fragte Marit befremdet. »Weshalb starrst du mich an?«

»Du siehst … viel besser aus«, brachte Alfred verlegen heraus.

»Dank deiner Hilfe.« Sie lächelte und schaute sich in der Höhle um. Sobald ihre kampfbereite Haltung sich entspannte, konnte man merken, daß der kurze Schlaf ihr geholfen hatte, sich etwas zu erholen, aber sie war immer noch nicht wieder bei Kräften. »Was hat die Aufregung zu bedeuten?«

»Kleitus will das Schiff stehlen«, erklärte Alfred.

»Mein Schiff!« Marit sprang auf, zu hastig. Sie taumelte und wäre beinahe hingefallen.

»Ich werde versuchen, ihn aufzuhalten.« Auch Alfred erhob sich.

»Und wer hält *die* auf?« fragte sie und deutete mit einer weitausholenden Armbewegung auf die Sartan in der Höhle. »Sie packen zusammen, um Abarrach zu verlassen. Auf meinem Schiff!«

Alfred fiel keine Erwiderung ein. Er zwinkerte wie ein erschreckter Uhu und stotterte etwas Unverständliches.

Marit legte den Schwertgurt um. »Ich verstehe.« Ihre Stimme klirrte vor Kälte. »Wie konnte ich das nur vergessen. Sie sind dein Volk. Natürlich bist du glücklich, ihnen zur Flucht verhelfen zu können.«

»Sei still«, warnte Haplo.

Alfred kniff die Lippen zusammen, damit ihm kein Wort entschlüpfte. Allerdings, auch wenn er gewollt hätte, hätte er Marit keine Geheimnis ausplaudern können. Er wußte nicht, was Haplo ausheckte. Seine undankbare Rolle bestand darin, schlecht und recht die Klippen zu umschiffen und zu hoffen, daß er nicht sein Stichwort verpaßte.

Baltasars Sartan hatten sich zu einer kleinen Armee zusammengeschart, die einen kaum lebendigeren Eindruck machte als die Armee der Toten, gegen die sie zu Felde zogen. Mit einem Ausdruck von feierlichem Ernst auf den hageren, blassen Gesichtern marschierten sie langsam, aber entschlossen zum Höhlenausgang. Alfred bewunderte sie. Er hätte um sie weinen können. Und dennoch, wenn er sie anschaute, erkannte er in ihnen den Keim zukünftigen Unheils, der mit ihnen in die anderen Welten gelangte, um dort zu wurzeln und giftige Frucht zu tragen.

Nachdem sie die Salfag-Grotten verlassen hatten, zogen die Sartan auf der teilweise verschütteten Straße nach Glückshafen. Baltasar hatte mit für ihn charakteristischer Voraussicht dafür gesorgt, daß die jungen, wehrfähigen Sartan größere Rationen bekamen, um sie bei Kräften zu halten. Diese wenigen waren in einigermaßen guter Verfassung und hatten die Vorhut übernommen.

Doch überwiegend war es eine bejammernswerte Prozession, die sich am Ufer des Lavaozeans entlangschleppte, um den Kampf gegen die Untoten aufzunehmen, die keine Schmerzen, keine Erschöpfung spürten, und die nicht sterben konnten.

Alfred, Marit und der Hund folgten als Nachhut. Alfreds Gedanken waren so von dem Zauber in Anspruch genommen, mit dem er Kleitus vernichten sollte – ein Zauber, den anzuwenden ihm nie und nimmer in den Sinn gekommen wäre –, daß er dem Weg keine Beachtung schenkte. Er lief gegen Felsen und stolperte entweder über die Füße seiner Begleiter oder über seine eigenen.

Seine Geistesabwesenheit hielt den Hund in Atem, der seinen Schützling ständig vor größeren und kleineren Unfällen bewahren mußte, bis nach kurzer Zeit selbst dieses treue, geduldige Tier seine Gereiztheit nicht mehr verhehlen konnte. Ein Schnappen oder Knurren warnte Alfred vor einem brodelnden Schlammtümpel, wo zuvor ein sanfter Stüber ihn aus dem Gefahrenbereich bugsiert hätte.

Schweigend ging Marit neben Alfred her, die Hand am Schwertgriff. Auch sie schien etwas zu planen, hatte jedoch offenbar nicht die Absicht, jemanden einzuweihen. Nach kurzem Waffenstillstand war Alfred in ihren Augen wieder der Feind geworden.

Es schmerzte ihn, doch er konnte ihr keinen Vorwurf machen. Er durfte sie nicht ins Vertrauen ziehen; nicht, solange sie Xars Mal auf der Stirn trug.

Mißtrauen, Verrat, Tod – Schrecken ohne Ende … ohne Ende.

Auf Baltasars Befehl verließen die Sartan kurz vor der Stadt die Straße und bewegten sich verstohlen durch die vom wabernden Schein des Feuermeers geschaffenen Schatten. Die Kinder und alle, die zu schwach waren, um weiterzugehen, suchten in den leerstehenden Häusern Unterschlupf, während die übrigen an verschiedenen Stellen Posten bezogen, um den Hafen und das Patrynschiff zu beobachten.

Kleitus war allein, keiner der anderen Lazare half ihm, was Alfred zuerst vor ein Rätsel stellte. Dann begriff er – diese Untoten mißtrauten sich gegenseitig. Die Geheimnisse, die er Xar abgelauscht hatte, verliehen Kleitus Macht; natürlich würde er sie eifersüchtig hüten. In den Schatten verborgen, schauten die Sartan zu, wie der Lazar bedächtig Stück für Stück die komplizierte Runenstruktur auseinanderpflückte.

»Wir sind gerade noch rechtzeitig gekommen«, flüsterte Baltasar, bevor er ging, um seinen Leuten Befehle zu geben.

Alfred war zu verstört, um zu antworten. Auch Marit sagte nichts. Sie starrte fassungslos auf ihr Schiff. Fast zwei Drittel des schützenden Runenpanzers waren zerstört, die Magie unwirksam gemacht. Vielleicht hatte sie den Sartan nicht geglaubt, jetzt sah sie es mit eigenen Augen.

»Glaubst du, Xar hat Kleitus dazu angestiftet?« Eigentlich stellte Alfred die Frage an Haplo, aber Marit fühlte sich angesprochen.

Ihre Augen blitzten. »Mein Gebieter hätte niemals zugelassen, daß diese Lazare die Runenmagie erlernen. Außerdem, was sollte ihm das nützen?«

Alfred schoß bei ihrer scharfen Erwiderung das Blut ins Gesicht. »Du mußt zugeben, es wäre ein bequemer Weg, um sich die Lazare vom Hals zu schaffen – und uns hier auf Abarrach festzuhalten.«

Marit schüttelte den Kopf. Sie weigerte sich, diese Vermutung in Betracht zu ziehen. Unwillkürlich hob sie die Hand und rieb über das Mal an ihrer Stirn. Als sie Alfreds Blick bemerkte, ließ sie die Hand rasch auf den Schwertknauf fallen.

»Was hast du mit Kleitus vor?« erkundigte sie sich kalt. »Willst du dich in den Drachen verwandeln?«

»Nein.« Alfred dachte nur widerwillig an das, was ihm bevorstand. »Es wird all meine Kraft beanspruchen, die Beschwörung durchzuführen, um seine gequälte Seele zu befreien.« Voller Unbehagen warf er einen Blick auf den Lazar. »Ich kann nicht das tun und gleichzeitig der Drache sein.«

Halblaut fügte er hinzu, nachdem er sich vergewissert hatte, daß Baltasar nicht in der Nähe war: »Marit, ich habe nicht die Absicht, den Sartan das Schiff zu überlassen.«

Sie musterte ihn schweigend, abschätzend. Schließlich nickte sie kurz.

»Wie willst du sie daran hindern?«

Er leckte sich die aufgesprungenen Lippen. »Was wäre, wenn ich das Schiff zerstöre?«

Statt aufzubrausen, wie er erwartet hatte, schien Marit ernsthaft über die Frage nachzudenken.

»Wir wären auf Abarrach gefangen. Es gäbe für uns keinen Weg, diese Welt zu verlassen.« Alfred wollte sichergehen, daß sie begriff, was auf dem Spiel stand.

»Doch, es gibt einen.« Marit sah ihn an. »Das Siebente Tor.«

Kapitel 19

Glückshafen, Abarrach

»Mein Gebieter!« Ein Patryn trat in Xars Bibliothek. »Eine Gruppe von vermutlich Sartan ist in Glückshafen aufgetaucht. Die Kundschafter glauben, sie haben es auf das Schiff abgesehen.«

Xar war längst über die Ereignisse im Bilde. Durch Marits Augen und Ohren hatte er alles mitverfolgt, ohne daß sie etwas von seiner Anwesenheit bemerkte. Er verriet jedoch nichts von seinem Wissen, sondern schaute interessiert zu dem Patryn auf, der gekommen war, um ihm Bericht zu erstatten.

»In der Tat, Sartan von Abarrach. Vor unserer Ankunft ist mir etwas darüber zu Ohren gekommen, aber die Lazare rühmten sich, alle Sartan wären tot.«

»Viel fehlt nicht mehr, Gebieter. Es ist ein trauriger Haufen. Halb verhungert.«

»Wie viele sind es?«

»Fünfzig ungefähr. Mit den Kindern.«

»Kinder …« Xar stutzte. Von Kindern hatte Marit nichts erwähnt, dieser Faktor war in seinen Plänen nicht einkalkuliert. Aber, so erinnerte er sich nüchtern, es sind *Sartan*kinder.

»Was tut Kleitus?«

»Er versucht, die Runenmagie zu zerstören, die das Schiff umhüllt, Gebieter. Alles andere nimmt er nicht wahr.«

Xar schlug ungeduldig mit der Hand durch die Luft. »Verständlich. Auch er ist ausgehungert – nach frischem Blut.«

»Wie lauten Eure Befehle, Gebieter?«

Ja, wie lauteten sie? Seit er durch Marits geflüsterte Unterhaltung mit Alfred erfahren hatte, was sie planten, dachte Xar darüber nach, wie er vorgehen sollte. Alfred hatte vor, die Seele vom Körper des Lazars zu trennen. Xar hegte beträchtlichen Respekt vor dem Drachenmagier – größeren Respekt als Alfred vor Alfred hegte. Er traute ihm durchaus zu, die elende Existenz des Untoten zu beenden.

Der Fürst des Nexus scherte sich keinen Deut um das Schicksal der Lazare. Ob sie zu Staub zerfielen oder Abarrach verließen – ihm war es gleich. Aber sobald Kleitus aus dem Weg geräumt war, hinderte Alfred nichts mehr daran, das Schiff in Besitz zu nehmen. Auch wenn er Marit erzählt hatte, daß er es zerstören wollte, einem Sartan durfte man nicht trauen.

Xar faßte einen Entschluß. Er stand auf.

»Ich komme«, sagte er. »Unsere Truppen sollen sich beim Amboßfelsen versammeln. Macht das Schiff seeklar. Wir müssen bereit sein, zu handeln – schnell zu handeln.«

Hinter den Neuen Provinzen, genau gegenüber von Glückshafen, erhob sich eine gezackte Felsformation, die man wegen der schwarzen Farbe des Gesteins und der charakteristischen Form den Amboß nannte. Der Amboß beherrschte die Einfahrt zu einer Bucht, vor Jahrhunderten bei einem Erdbeben entstanden, als ein Teil des Berggipfels abgebrochen war. Er stürzte ins Meer und schuf eine Öffnung in der Felsbarriere, durch die die Lava in ein tiefer gelegenes Festlandbecken fließen konnte. In diesem Feuerteich, wie man die Bucht nannte, bildete sich, genährt durch den Zufluß vom Ozean und eingeschlossen von steilen Felswänden, ein träger, zähflüssiger Malstrom.

Gesteinstrümmer, die in den behäbigen Strudel fielen, wurden von der glosenden Masse mitgetragen. Auf dem Amboß stehend, konnte man sich einen bestimmten Stein aussuchen und dessen unerbittliche Reise in den Untergang verfolgen. Zusehen, wie er sich in immer kleineren Kreisen dem Herzen des Feuerteiches näherte und schließlich von dem glühenden Schlund verschlungen wurde.

Xar stand oft auf dem Amboß und starrte in den hypnotischen Malstrom aus rotglühender Lava. Wenn er in fatalistischer Stimmung war, verglich er den Feuerteich mit dem Leben. Was man auch tat, wie sehr man kämpfte und versuchte, seinem Schicksal zu entkommen, das Ende war unausweichlich.

Doch heute war nicht der Tag, solchen morbiden Gedanken nachzuhängen. Er blickte auf den Malstrom hinunter und sah – nicht Steine, sondern eines der eisernen, von Dampf und Magie angetriebenen

Schiffe, mit denen die Sartan das Feuermeer befahren hatten. Das Eisenschiff ankerte in der Bucht, unsichtbar für die Augen der Toten wie der Lebenden.

Von seiner hohen Warte aus hatte Xar freie Sicht auf die Geisterstadt, den Pier, Marits Schiff und den Lazar, ohne daß er befürchten mußte, selbst entdeckt zu werden. Nicht auf diese Entfernung, eine schwarz gewandete Gestalt vor dem Hintergrund schwarzer Felsen. Das eiserne Schiff war hinter dem Kap nicht zu sehen. Außerdem bezweifelte er, daß irgend jemand dort drüben – Lazar oder Sartan – daran dachte, nach ihm Ausschau zu halten. Man war anderweitig beschäftigt.

Sämtliche Patryn auf Abarrach, ausgenommen Haplo in seinem Verlies in den Katakomben, befanden sich an Bord des Schiffes. Sie warteten auf ein Zeichen ihres Gebieters, um aus dem Versteck hervorzukommen und Glückshafen anzulaufen. Sie hatten Befehl, Alfred aufzuhalten, sollte er den Versuch unternehmen, Abarrach zu verlassen.

Sie hatten auch den Auftrag – durch Notwendigkeit bedingte Ironie –, Alfred zu retten, sollte er in Gefahr geraten.

Xar benutzte die Runenmagie, um sein Sehvermögen zu stärken. Er konnte alles deutlich erkennen – den Kai von Glückshafen, Kleitus, der damit beschäftigt war, Marits Schutzzauber aufzulösen. Durch ein Bullauge im Rumpf erspähte der Fürst sogar einen Nichtigen – den Assassinen, Hugh Mordhand –, der ruhelos von einer Seite des Schiffes zur anderen wanderte und die Fortschritte des Lazars verfolgte.

Der Nichtige … Noch ein wandelnder Leichnam, dachte Xar mißmutig. Es verdroß ihn, daß es Alfred gelungen war, einen Nichtigen ins Leben zurückzurufen, während er, Xar, nichts weiter zustandegebracht hatte, als einem Hund eine Seele zu verschaffen!

Xar konnte alles sehen, aber nichts hören, und dafür war er dankbar. Er brauchte keine akustische Untermalung zu dem Geschehen, und das Echo von Kleitus' Seele, in dem toten Körper gefangen, ging ihm auf die Nerven. Es war schlimm genug, den Wiedergänger ansehen zu müssen, überlagert von der Nebelgestalt der Seele, die unermüdlich danach strebte, sich zu befreien. Xar ertappte sich dabei, wie er ständig blinzelte, bemüht, das verschwommene Bild klarer zu sehen.

Dann erschien ein weiterer Akteur auf der Szene – gebeugt, mit hängenden Schultern und schleppendem Gang. Zwei Personen begleiteten ihn – ein Mann in der schwarzen Robe des Nekromanten, die andere war eine Frau, eine Patryn.

Xars Augen verengten sich zu schmalen Schlitzen.

»Bereit zum Auslaufen«, sagte er zu seinem Adjutanten, der dem Schiff in der Bucht das Signal gab.

»Ich glaube, es ist besser, wenn ich alleine weitergehe«, sagte Alfred zu einem mißbilligenden Baltasar und einer skeptischen Marit. »Wenn

Kleitus eine Armee anrücken sieht, wird er sich bedroht fühlen und sofort angreifen. Aber wenn er nur mich sieht …«

»… wird er lachen?« Baltasars unbewegter Miene war nicht anzusehen, ob er seine Worte spöttisch meinte.

»Vielleicht«, antwortete Alfred ernsthaft. »Zumindest wird er mir nicht viel Aufmerksamkeit schenken, und ich gewinne Zeit, um den Zauber zu sprechen.«

»Wie lange wirst du brauchen?« Marit hatte den Blick auf den Lazar gerichtet, ihre Hand lag auf dem Schwertknauf.

Verlegen betrachtete Alfred seine Schuhspitzen.

»Du weißt es nicht!«

Er schüttelte den Kopf.

Baltasar schaute zu seinem Volk zurück, das sich im Schatten der Häuser zusammendrängte. Die Schwachen stützten die Schwächeren, Kinder – riesengroße Augen in spitzen Gesichtern – klammerten sich an ihre Eltern oder jene, die anstelle der toten Eltern für sie sorgten. Welche Unterstützung war von diesen Ärmsten zu erwarten?

Der Nekromant seufzte. »Nun gut«, gab er nach. »Du sollst deinen Willen haben. Wir werden dir zu Hilfe kommen, falls es nötig ist.«

»Laß mich wenigstens mitgehen, Alfred«, drängte Marit.

Wieder schüttelte er den Kopf und warf einen raschen, verstohlenen Blick auf Baltasar.

Marit verstand den Hinweis und fügte sich. Sie sollte den Nekromanten im Auge behalten und ihn daran hindern, sich hinter Alfreds Rücken des Schiffes zu bemächtigen.

»*Wir* werden hier auf dich warten«, sagte Marit betont, um auszudrücken, daß sie verstanden hatte.

Alfred nickte, aber nun, da er sich durchgesetzt hatte, war er nicht glücklich darüber. Angenommen, sein Zauber blieb ohne Wirkung? Dann war er Kleitus ausgeliefert, der versuchen würde, ihn zu ermorden, ihn zu seinesgleichen zu machen. Beklommen musterte er den Leichnam, der von den Wunden eines gewaltsamen Todes gezeichnet war. Er schaute auf den trauernden Schemen, der darum kämpfte, sich von dem toten Fleisch zu lösen, und auf die wächsernen Hände, die danach gierten, Leben auszulöschen – sein Leben. Er dachte an Kleitus' Angriff auf Marit, das Gift … Noch immer litt sie unter den Folgen. Ihre Wangen waren unnatürlich gerötet, ihre Augen hatten einen fiebrigen Glanz. Die Würgemale an ihrer Kehle sahen entzündet aus.

Alfred überlief es heiß und dann eiskalt. Die Worte des Zaubers wirbelten durch seinen Kopf und stoben wie ein aufgescheuchter Vogelschwarm davon.

»Du grübelst zuviel«, tadelte Haplo. »Geh einfach los und tu, was du tun mußt!«

Tu, was du tun mußt. Alfred ermahnte sich. Ja, ich werde tun, was ich tun muß.

Mit einem tiefen Atemzug trat er aus dem Schatten und ging den Pier hinunter. Der Hund, in bezug auf Alfred Kummer gewöhnt, trabte wachsam neben ihm her.

Der Runenpanzer des Schiffes war mittlerweile zu drei Vierteln erloschen. Von ihrem Platz im Schutz eines verfallenen Gebäudes konnte Marit Hugh Mordhand sehen, der unruhig in der Kajüte auf und ab ging und die grausige Gestalt beobachtete, die über das Deck wanderte. Sie fragte sich plötzlich, wie der Dämonendolch auf Kleitus reagieren mochte. Er war ein Sartan oder ein Sartan gewesen. Aller Wahrscheinlichkeit nach würde die Klinge für ihn Partei ergreifen. Hoffentlich war Hugh vernünftig genug, sich nicht einzumischen, und warum hatte sie nicht daran gedacht, Alfred vor dieser zusätzlichen Gefahr zu warnen!

Zu spät. Ihre Pflichten lagen hier. Aus den Augenwinkeln schaute sie zu Baltasar. Sein Blick traf den ihren wie eine Degenklinge, prüfend, nach einer Schwäche des Gegners suchend.

Marit hatte Mühe, ein lautes Auflachen zu unterdrücken. Schwäche! Wir beide sind so schwach, daß wir kein Stück Butter schmelzen könnten, und doch würden wir ohne Besinnen aufeinander losgehen. Würden wir kämpfen bis zum Tode.

Zornig wischte sie die Tränen weg, die ihr in die Augen stiegen. Sie begann allmählich, Alfred zu verstehen.

Kleitus ging bei der Auslöschung der Magie systematisch vor. Die blutverkrusteten, wächsernen Hände machten zupfende Bewegungen, als wäre er damit beschäftigt, einen gewebten Teppich zu zerpflücken. Das schimmernde Runengefüge am Schiffsrumpf flackerte, verblaßte, wurde unsichtbar. Während der Untote für nichts anderes Augen hatte, belauerte sein Schemen den zögernd näher kommenden Alfred. Daß er überhaupt den Mut fand, einen Fuß vor den anderen zu setzen, lag nicht zuletzt an dem Hund, der sich an sein Bein drückte und ihn freundlich, aber bestimmt zum Weitergehen ermunterte.

Alfred hatte fürchterliche Angst, größere Angst, als er je in seinem Leben vor irgend etwas gehabt hatte, nicht einmal vor dem roten Drachen im Labyrinth. Er schaute Kleitus an und sah sich selbst. Sah mit grausiger Faszination das Blut an den verwesenden Händen, den Hunger nach lebendigem Fleisch in den toten Augen. Ein Hunger, der möglicherweise bald auch ihn peinigte. Er sah in dem unsteten Schemen, der von dem Körper wegstrebte und sich doch nicht zu lösen vermochte, die Verzweiflung und die Qual einer gefangenen Seele. Er sah …

Leiden.

Alfred blieb so unvermittelt stehen, daß der Hund noch ein Stück weiterlief, bevor er aufmerksam wurde und sich umschaute. Er fixierte

Alfred mit einem strengen Blick, falls er vorhaben sollte, das Hasenpanier zu ergreifen.

Dort ist ein Geschöpf, das leidet.

Ich habe meine Aufgabe ganz falsch gesehen. Ich werde nicht jemanden töten. Ich gebe einer rastlosen Seele Frieden.

Leichteren Herzens setzte Alfred seinen Weg fort und bemühte sich, nicht daran zu denken, daß er, um den Zauber vollenden zu können, die toten Hände des Lazars ergreifen mußte …

Kleitus unterbrach seine Tätigkeit und wandte sich Alfred zu. Der Schemen blickte durch seine Augen und verlieh für einen kurzen Moment den starren Zügen einen Anschein von Leben, dann war das Gesicht des Dynasten wieder eine grauenvolle Totenmaske.

»Kommst du, um an den Wonnen der Unsterblichkeit teilzuhaben?« fragte der Lazar.

»… teilzuhaben …« seufzte der Schemen.

»Ich … ich will nicht unsterblich sein«, stieß Alfred mit krächzender Stimme hervor.

Irgendwo an Bord des Schiffes befand sich Hugh Mordhand, beobachtete und lauschte. Er hatte Grund, bei Alfreds Worten zu frohlocken. *Jetzt* begreifst du!

Die blauen Lippen des Lazars verzerrten sich zu einem hämischen Grinsen.

Der Hund grollte tief.

»Bleib hier.« Alfred legte ihm kurz die Hand auf den Kopf. »Du kannst jetzt ohnehin nichts für mich tun.«

Der Hund beäugte ihn zweifelnd, doch auf einen für Alfred unhörbaren Befehl seines Herrn setzte er sich gehorsam hin, um zu warten.

»Du bist schuld!« schleuderte Kleitus ihm entgegen. Die toten Augen waren kalt und leer, in den lebendigen Augen brannte Haß – und ein wortloses Flehen um Erlösung. »Du hast dieses Unheil über uns gebracht!«

»… über uns gebracht …«

»Ihr selbst tragt die Verantwortung für euer Unglück«, entgegnete Alfred kummervoll. Er starrte auf die tote Hand, die er berühren mußte, und schauderte. Wieder sah er vor sich, wie die langen Nägel sich unbarmherzig in Marits Fleisch gruben. Ihm war, als spürte er sie schon an der eigenen Kehle.

Alfred versuchte, sich zu überwinden, das zu tun, was er tun mußte … und dann wurde ihm die Entscheidung abgenommen.

Kleitus sprang auf ihn zu. Seine Krallenhände reckten sich nach Alfreds Hals, um ihn zu erwürgen.

In unwillkürlicher Abwehr griff Alfred nach den Handgelenken des Untoten, doch statt ihn wegzustoßen, hielt er ihn fest und kniff die Augen zu, um die verzerrte Fratze so nah vor seinem Gesicht nicht sehen zu müssen.

Alfred schloß den Kreis und tastete nach Kleitus' gepeinigter Seele, um sie in sich aufzunehmen und zu befreien.

»Nein!« geiferte der Lazar. »Deine Seele wird mir gehören!«

Zu seinem fassungslosen Entsetzen spürte Alfred plötzlich körperlose Hände, die in seinem Verstand, seinem Bewußtsein wühlten. Er zuckte zurück und war gezwungen, Kleitus freizugeben, weil er all seine Kraft benötigte, um sich zu verteidigen. Es war ein ungleicher Kampf, den er nicht gewinnen konnte, weil er zu viel zu verlieren hatte. Kleitus hingegen fürchtete nichts, keinen Verlust und nicht den Tod.

Hinter ihm wurde Getöse laut. Der Hund bellte wütend, Marit bemühte sich, Kleitus von seinem Opfer loszureißen, Baltasar schleuderte kraftlose Bannflüche gegen den Lazar.

Doch ihre Anstrengungen fruchteten nichts. Die Auseinandersetzung fand auf einer metaphysischen Ebene statt, wo diese kleinen Sterblichen sich nur wie Insekten bemerkbar machten, die irgendwo weit weg herumsummten. Kleitus' Leichenhände vernichteten Alfreds Selbst so unwiderruflich, als zerfetzten sie sein Fleisch.

Alfred wehrte sich, kämpfte und wußte, er unterlag.

Dann plötzlich blendete ihn eine gewaltige Explosion von Runenmagie. Eine gleißende Feuerkugel zerbarst zwischen ihm und seinem Gegner. Kleitus taumelte zurück, der tote Mund klaffte weit, er schrie. Die Hände des Wiedergängers gaben Alfreds Seele frei, und er stürzte in einem Regen glitzernder Runen auf den Pier.

Alfred, halb betäubt auf dem Rücken liegend, blickte nach oben und sah verschwommen einen weißgekleideten Sartan über sich gebeugt stehen.

»Samah«, flüsterte er.

»Ich bin nicht Samah. Ich bin Samahs Sohn, Ramu«, berichtigte ihn der Fremde. Seine Stimme war kalt und schneidend wie die weiße Glut seiner Magie. »Du bist Alfred Montbank. Was war das für eine Schreckensgestalt?«

Benommen und verstört setzte Alfred sich auf und hielt nach Kleitus Ausschau, aber der Lazar war verschwunden.

Vernichtet? Nicht sehr wahrscheinlich.

Vertrieben, geflohen? Um zu warten. Auf andere Schiffe. Das Todestor würde immer offen stehen …

Alfred fröstelte. Marit kniete sich hin und legte ihm den Arm um die Schultern. Der Hund, der nicht die besten Erinnerungen an Ramu hatte, stellte sich schützend vor sie.

Andere weißgekleidete Sartan näherten sich auf dem Pier. Über ihnen schwebte ein riesiges Schiff, dessen blauer Runenschild in Abarrachs glutroter Düsternis hell strahlte.

»Wer ist dieser Sartan? Was will er hier?« erkundigte sich Marit unverhohlen feindselig und lenkte damit Ramus Blick auf sich. Er musterte die pulsierenden blauen Tätowierungen an ihrem Körper.

»Ich sehe, wir kommen zur rechten Zeit. Die Warnung, die wir erhielten, war berechtigt.«

Alfred sah ihn verwirrt an. »Was für eine Warnung? Weshalb seid ihr gekommen? Aus welchem Grund habt ihr Chelestra verlassen?«

Ramu wandte ihm das scharfgezeichnete, hochmütige Gesicht zu. »Man hat uns gewarnt, die Patryn wären aus ihrem Gefängnis ausgebrochen und führten einen Angriff gegen das Letzte Tor. Wir sind auf dem Weg ins Labyrinth, um die Gefangenen in ihren Pferch zurückzutreiben. Wir werden das Letzte Tor schließen. Wir werden dafür sorgen, daß es keinem unserer Feinde jemals wieder gelingt zu entkommen.«

Kapitel 20

Glückshafen, Abarrach

Am gegenüberliegenden Ufer des Magmaozeans sah Xar, Fürst des Nexus, seine sorgsam ausgeklügelten Pläne im Chaos wie Gesteinstrümmer im Malstrom des Feuerteichs versinken.

Das Sartanschiff – aus dem Nichts hatte es sich in einer Aura schimmernder blauer Runen über dem Feuermeer materialisiert. Lang und schnittig, mit schwanengleich geschwungenem Bug, schwebte es über der flüssigen Lava, ohne sie zu berühren. Die Besatzung warf Leitern aus Magie über die Bordwand, Runengefüge, auf denen sie zum Pier hinuntergelangten.

Xar vernahm Ramus Worte durch Marits Ohren, so deutlich, als stünde er neben ihr. *Wir werden das Letzte Tor schließen. Wir werden dafür sorgen, daß es keinem unserer Feinde jemals wieder gelingt zu entkommen.*

Auch die Patryn an Bord ihres Eisenschiffes erblickten den fremden Segler. Einige von ihnen hasteten den steilen Bergpfad hinauf, um sich mit ihrem Fürsten zu beraten.

Regungslos wie eine Statue stand Xar auf der Felskanzel. Die herbeigeeilten Patryn prallten gegen die Mauer seines eisigen Schweigens. Er gab durch nichts zu erkennen, daß er ihr Erscheinen bemerkt hatte. Verunsichert blieben sie stehen und schauten sich an, bis einer von ihnen – der älteste – vortrat.

»Sartan sind gekommen, Gebieter«, äußerte er sich zaghaft.

Xar gab keine Antwort. Er nickte nur grimmig und dachte: Sartan. Und sie sind uns vier zu eins überlegen.

»Wir werden kämpfen, Gebieter. Gebt den Befehl ...«

Kämpfen! Endlich Rache nehmen an dem Erzfeind. Die Erwartung, das Verlangen schnürten ihm die Brust zusammen, sprengten ihm fast das Herz. Als wäre er wieder jung und voller Begeisterung.

Das Feuer der Leidenschaft erlosch unter dem eiskalten Guß der Logik.

»Ramu lügt«, sagte Xar zu sich. »Dieses Gerede vom Labyrinth ist eine Täuschung, ein Ablenkungsmanöver. Er hofft, uns von Abarrach wegzulocken, damit er freie Hand hat. Auch er will das Siebente Tor finden.«

»Gebieter!« rief der Patryn, der zum jenseitigen Ufer hinüberschaute. »Sie haben Marit in ihrer Gewalt. Sie nehmen sie gefangen!«

»Wie lauten Eure Befehle, Fürst?« Seine Vasallen hatten keine Zweifel, keine Bedenken. Sie bebten vor Kampfbegier.

Sie sind uns vierfach überlegen. Aber mein Volk ist stark. Wenn ich bei ihnen bin ...

»Nein.« Xars Ton duldete keinen Widerspruch. »Beobachtet die Sartan. Stellt fest, was sie tun, wohin sie gehen. Sie behaupten, auf dem Weg ins Labyrinth zu sein.«

»Ins Labyrinth, Gebieter!« Seine Patryn mußten von den Kämpfen dort erfahren haben.

»Dieses Mal wollen sie uns den Garaus machen«, sagte einer.

»Nur über meine Leiche«, erwiderte ein anderer.

Über viele, viele Leichen, dachte Xar, laut aber sagte er: »Ich glaube nicht, daß sie wirklich vorhaben, ins Labyrinth zu segeln. Dennoch, es ist gut, vorbereitet zu sein. Laßt sie hier unbehelligt, aber haltet euch bereit zum Auslaufen. Sollten sie tatsächlich Kurs auf das Todestor nehmen, folgt ihnen.«

»Sollen wir alle an Bord gehen, Gebieter?«

Xar überlegte einen Moment. »Ja«, antwortete er schließlich. Falls Ramu mit seiner Streitmacht in die Schlacht um das Letzte Tor eingreifen wollte, brauchten die Patryn dort dringend Verstärkung. »Ja, alle. Du hast die Befehlsgewalt, Sadet. In meiner Abwesenheit.«

»Aber Gebieter ...« Der Mann wollte protestieren, aber Xars kalter Blick ließ die Worte auf seinen Lippen ersterben. »Ja, mein Fürst.«

Xar wartete, bis seine Befehle ausgeführt wurden. Die Patryn verließen den Amboß und stiegen wieder zu ihrem eisernen Schiff hinunter. Sobald er allein war, begann der Fürst des Nexus einen Kreis feuriger Runen in die Luft zu zeichnen, trat hinein und verschwand.

Die zurückbleibenden Patryn sahen das Flackern der Magie auf dem Amboß. Sie schauten nach oben, bis das Leuchten erstarb, dann manövrierten sie langsam und vorsichtig das Eisenschiff aus der Bucht, brachten es in eine Position, von der aus sie den Feind beobachten konnten, und hielten sich bereit, ihm in das Todestor zu folgen.

»Tor von einem Sartan, dein Hochmut macht dich blind!«

Umhüllt von der schützenden Aura der roten und blauen Sigel stand Marit aufgerichtet vor Ramu. In der Hand hielt sie das blanke Runenschwert. »Frag jemanden deines Volkes, wenn du mir nicht glaubst. Frag Alfred. Er ist im Labyrinth gewesen! Er hat gesehen, was dort vorgeht!«

»Sie sagt die Wahrheit«, bestätigte Alfred ernst. »Die Drachenschlangen – ihr kennt sie von Chelestra – sind diejenigen, die versuchen, das letzte Tor zu verschließen. Die Patryn verteidigen sich gegen diese furchtbare Heimsuchung. Ich weiß es. Ich war dort.«

»Ja, du bist dort gewesen«, höhnte Ramu. »Und das ist der Grund, weshalb ich dir nicht glaube. Wie mein Vater sagte, du bist mehr Patryn als Sartan.«

»Du kannst die Wahrheit in meinen Worten sehen ...«*

Ramu funkelte ihn an. »Ich sehe Patryn, die sich am Letzten Tor sammeln. Ich sehe die Stadt, die wir für sie gebaut haben, in Flammen stehen. Ich sehe Horden mordgieriger Kreaturen, die ihnen zu Hilfe kommen, darunter auch die Drachenschlangen ... Willst du das leugnen?«

»Ja.« Alfred bemühte sich um einen versöhnlichen Ton, damit die feindselige Atmosphäre sich nicht noch verschlimmerte. »Du siehst, Ramu, aber du verstehst nicht.«

Der junge Sartan musterte ihn mit hochgezogenen Augenbrauen, dann wandte er sich angewidert ab. »Ihr da – entwaffnet die Frau.« Er deutete auf Marit. »Nehmt sie gefangen und bringt sie an Bord ihres eigenen Schiffes. Dort werden wir auch unsere Vettern aus Abarrach unterbringen, damit sie diese Welt verlassen können.«

Die Sartan kreisten Marit ein. Sie schenkte ihnen keine Beachtung, sondern hielt den Blick auf Ramu gerichtet.

»Einige von euch begleiten mich«, fuhr er fort. »Wir werden auch noch den Rest des Runengefüges aufbrechen.«

Marit konnte nicht hoffen, durch Widerstand etwas zu erreichen. Sie litt unter der Wirkung des Gifts und hatte ihre Kräfte noch nicht wiedergewonnen. Trotzdem war sie entschlossen, Ramu nicht davonkommen zu lassen. Der Zorn auf diesen aalglatten, selbstgerechten Sartan, der so gelassen ihr Volk zu weiteren Qualen verurteilte, während es ums Überleben kämpfte, brachte sie fast um den Verstand.

Sie wollte ihn töten, auch wenn es sie das Leben kostete, denn seine Gefolgsleute würden nicht zögern, ihn zu rächen.

* Die Sprache der Sartan hat die Eigenschaft, zu den Worten im Bewußtsein desjenigen, der sie hört, Bilder zu erzeugen. Alfred übermittelt Ramu, was er gesehen hat, aber wie dieser die Information interpretiert, bleibt ihm überlassen.

Das ist nicht mehr wichtig, dachte sie. Ich habe Haplo verloren. Das Siebente Tor war eine trügerische Hoffnung, wir werden uns nicht lebend wiedersehen. Aber was er sich gewünscht hat, soll in Erfüllung gehen, daß unser Volk in Freiheit leben kann. Dieser Sartan wird das Labyrinth nicht erreichen.

Die Beschwörung, zu der Marit sich anschickte, war mächtig, todbringend und würde Ramu treffen wie ein Blitz aus heiterem Himmel.

Der Narr hatte ihr den Rücken zugewandt.

Ramu, der nie zuvor gegen Patryn gekämpft hatte und sie nur aus Büchern und den Erzählungen älterer Sartan kannte, wäre nie auf den Gedanken gekommen, daß Marit bereit sein könnte, ihr eigenes Leben zu opfern, um ihn zu töten.

Doch Alfred wußte, noch bevor Haplos Stimme ihn warnte, was Marit im Sinn hatte.

»Ich halte sie auf«, sagte Haplo. »Du kümmerst dich um Ramu.«

Alfred, der den Schock seines beinahe verhängnisvollen Zusammentreffens mit dem Lazar noch nicht überwunden hatte und am ganzen Leib zitterte, versuchte, sich auf seine Magie zu besinnen. Benommen warf er einen Blick auf die Vielfalt der Möglichkeiten, aber sie waren so verworren und chaotisch, daß er sie nicht auseinanderzuklauben vermochte. Panik ergriff ihn. Marit würde sterben. Schon sprach sie die Runen, er sah, wie ihre Lippen sich stumm bewegten. Ramu ging den Pier hinunter zum Hafen, aber er konnte nicht schnell und nicht weit genug gehen, um ihr zu entkommen. Der Hund spannte die Muskeln für einen gewaltigen Satz.

Das brachte Alfred auf die rettende Idee. Auch er sammelte seine bescheidenen Kräfte …

Der Hund sprang Marit an.

Und mit wild rudernden Armen und Beinen stürzte sich Alfred auf Ramu.

Der Hund prallte gegen Marits schützende Aura. Runen knisterten und flackerten. Schmerzgepeinigt jaulte das Tier auf und fiel leblos auf den hölzernen Steg.

Marit schrie verzweifelt auf. Die Worte des Zaubers, ihre Konzentration, ihre Entschlossenheit zerstoben. Sie sank neben dem Hund nieder, nahm seinen Kopf auf den Schoß und beugte sich darüber.

Alfred sprang Ramu auf den Rücken und stürzte mit ihm zu Boden.

Einen Augenblick lang herrschte heillose Verwirrung.

Der Archont schlug der Länge nach hin. Einen furchtbaren Moment lang konnte er nicht atmen, Funken sprühten vor seinen Augen, ein schweres Gewicht drückte ihn nieder und hinderte ihn daran, Luft zu holen.

Dann war das Gewicht plötzlich verschwunden, Hände halfen ihm aufzustehen. Ramu fuhr zu seinem Angreifer herum, zorniger, als er je in seinem Leben gewesen war.

Alfred stammelte Erklärungen, aber Ramu wollte nichts davon wissen, er schäumte vor Wut. »Verräter! Nehmt ihn auch gefangen, zusammen mit seiner Patrynfreundin!«

»Nein, Archont«, riefen einige Sartan, die Zeuge des Vorfalls gewesen waren. »Der Fremde hat Euch das Leben gerettet.«

Ramu starrte sie böse an, diese plötzliche Reinwaschung paßte ihm nicht ins Konzept.

Die Männer zeigten auf Marit, die auf dem Pier saß und den Hund in den Armen hielt. Die eintätowierten Runen an ihrem Körper glommen nur noch schwach.

»Die Patrynfrau wollte Euch angreifen«, erklärte einer der Sartan. »Er hat sich zwischen sie und Euch geworfen und Euch mit seinem Körper geschützt. Hätte sie den Zauber vollendet, hätte sie ihn getötet, statt Eurer.«

Ramu richtete seinen durchdringenden Blick auf Alfred, der aufgehört hatte zu brabbeln. Er sah weder schuldig noch unschuldig aus, nur außerordentlich töricht und verwirrt. Hinter dieser einfältigen Fassade verbargen sich geheime Hintergedanken, davon war Ramu überzeugt, auch wenn er nicht wußte, wie diese aussehen sollten. Es würde ans Licht kommen, nur Geduld.

Die Patrynrunen um das Patrynschiff waren zum größten Teil ausgelöscht, seine Gefolgsleute hatten schnell und gründlich gearbeitet. Ramu ordnete an, sowohl Alfred als auch Marit an Bord zu schaffen. Wie nicht anders zu erwarten, leistete die Patrynfrau Widerstand, obwohl sie sich kaum auf den Beinen halten konnte. Sie weigerte sich, den Hund zu verlassen.

Es war Alfred, der sie schließlich dazu brachte, sich zu fügen.

Er redete leise mit ihr, wahrscheinlich weihte er sie in seine Pläne ein, und anschließend ließ sie sich an Bord führen, auch wenn sie mehrmals über die Schulter zu dem Hund zurückschaute.

Ramu, der glaubte, das Tier sei tot, bemerkte seinen Irrtum, als er sich ihm näherte – zuschnappende Kiefer verfehlten seinen Knöchel nur um Haaresbreite.

»Hund! Hund, komm her, bei Fuß!« Ein entsetzter Alfred pfiff nach dem Vierbeiner.

Ramu hätte die Töle liebend gern mit einem Tritt in das Feuermeer befördert, doch er fürchtete, es wäre seiner Würde abträglich, wenn man sah, wie er seinen Unmut an einem dummen Tier ausließ. Also strafte er den Hund mit Verachtung und ging seiner Wege.

Taumelnd erhob sich der Hund, schüttelte sich und trottete hinkend hinter dem Sartan und Marit her.

Ramu hatte ein Treffen mit dem Anführer der Abarrach-Sartan verabreden lassen und stand dem angeblichen Nekromanten auf der

Hauptstraße der verlassenen Stadt gegenüber. Das Aussehen des Mannes bestürzte ihn. Er war bleich, ausgemergelt, schwach. Der Archont rief sich ins Gedächtnis, was er von den Sartan wußte, die auf Abarrach lebten (Wissen, das von Alfred stammte), und betrachtete den Angehörigen des in Vergessenheit geratenen Volkes neugierig und mitfühlend.

»Mein Name ist Baltasar«, sagte der Sartan in dem schwarzen Gewand. Er lächelte matt. »Willkommen in Abarrach, der Welt aus Stein, Bruder.«

Ramu mißfiel das Lächeln, ihm mißfiel der stechende Blick des Mannes aus den obsidianschwarzen Augen.

»Die Begrüßung erscheint mir nicht besonders herzlich, *Bruder*«, bemerkte er.

»Vergib mir.« Baltasar verneigte sich steif. »Als Abarrach noch lebte, hätten wir euch ein frohes Willkommen bereitet, doch ihr kommt tausend Jahre zu spät.«

Ramu runzelte die Stirn. Eine schroffe Zurechtweisung lag ihm auf der Zunge, doch bevor er sie aussprechen konnte, sah er den vielsagenden Blick, den Baltasar erst auf die wenigen Überlebenden seines Volkes richtete, gebrochen, zerlumpt, vom Hunger gezeichnet, und dann auf die Chelestrer, wohlgenährt, gut gekleidet, bei bester Gesundheit. Ramu schluckte seinen Ärger hinunter und fühlte sich tatsächlich so bewegt, daß er Anteilnahme zeigte.

»Es tut mir leid, was ihr erlitten habt, Bruder. Aufrichtig leid. Wir hörten von eurem Schicksal, vor einiger Zeit, von diesem Alfred. Gerne wären wir euch zu Hilfe gekommen, aber die Umstände ...«

Ramu verstummte. Sartan können sich nicht belügen, und was er hatte sagen wollen, wäre eine Lüge gewesen. Samah war nach Abarrach gegangen, aber nicht um seinen verzweifelten Vettern Beistand zu leisten. Er kam, um die Kunst der Nekromantie zu erlernen. Sein Sohn hatte den Anstand, beschämt die Augen niederzuschlagen.

»Auch wir hatten unsere Schwierigkeiten«, versuchte er sich zu entschuldigen, »obwohl, gebe ich zu, nicht vergleichbar mit der Tragödie, die sich hier abgespielt hat. Hätten wir geahnt – aber ich glaubte, diesem falschen Sartan nicht trauen zu dürfen.«

Ramus finsterer Blick suchte Alfred, der Marit, die sich schwer auf ihn stützte, an Bord des Schiffes half. Baltasar folgte Ramus Blick, dann sah er wieder den Archonten an.

»Er, von dem du so abfällig sprichst, war der einzige Sartan aus den anderen Welten, der uns geholfen hat«, sagte er. »Obwohl er entsetzt darüber war – zu Recht –, wie wir uns an uns selbst und an dieser Welt versündigt hatten, tat er, was in seiner Macht stand, um Leben zu retten.«

»Er hatte seine Gründe, dessen kannst du sicher sein.« Ramu verzog höhnisch den Mund.

»Ja, er hatte seine Gründe.« Baltasar nickte. »Mitleid, Gnade, Erbarmen. Und aus welchem Grund hast du den Weg zu uns gefunden, Bruder?«

Ramu wurde von der unvermuteten Frage überrumpelt. Er war nicht daran gewöhnt, daß man ihm derart respektlos begegnete, auch hegte er eine zunehmende Antipathie gegen diesen fremden Sartan. Die Worte, die er sprach, waren Sartanworte, doch – auch Alfred hatte es bei seinem ersten Besuch auf Abarrach bemerkt – sie beschworen Bilder von Tod und Elend herauf, Bilder, die Ramu ausgesprochen geschmacklos fand. Trotz allem war er gezwungen, sich die Wahrheit einzugestehen. Er war nicht gekommen, Hilfe zu bringen, sondern um welche zu erbitten.

In kurzen Worten schilderte er die Ereignisse im Labyrinth, wie die Patryn versuchten, aus ihrem Gefängnis auszubrechen, und daß sie ohne Zweifel alles daransetzen würden, sich die vier Welten untertan zu machen.

»Während es doch uns allein erlaubt sein sollte zu herrschen«, warf Baltasar ein. »Wie wir es hier getan haben. Schau dich um. Sieh dir an, was für gute Arbeit wir hier geleistet haben.«

Ramu war empört, aber er ließ sich nichts anmerken. Er ahnte in diesem schwarzgekleideten Sartan eine latente Macht, womöglich der seinen ebenbürtig. Wenn in Zukunft tatsächlich die Sartan über die vier Welten herrschten, hatte er in ihm vielleicht einen Rivalen. Einen Rivalen, der über geheimes Wissen verfügte. Deshalb war es nicht ratsam, sich Schwäche anmerken zu lassen.

»Bring die Deinen an Bord unserer Schiffe«, forderte er den Nekromanten auf. »Wir werden uns ihrer annehmen. Vorausgesetzt, ihr habt den Wunsch, diese Welt zu verlassen«, fügte er mit einem Unterton von Sarkasmus hinzu.

Baltasars Gesicht versteinerte, und die dunklen Augen wurden schmal. »Ja«, antwortete er beherrscht, »wir haben diesen Wunsch. Und wir sind dir dankbar, Bruder, weil du uns die Flucht ermöglichst. Dankbar für jede Hilfe, die du uns geben kannst.«

»Und ich meinerseits werde dankbar sein für jede Hilfe, die ihr mir geben könnt«, erwiderte Ramu.

Er nahm an, daß sie sich verstanden hatten, obwohl die Gedanken des Nekromanten ebenso undurchsichtig waren wie die giftigen Schwaden in dieser höllischen Kaverne.

Ramu verneigte sich kurz und ging. Die Zeit verrann, mit jedem Augenblick kamen die Patryn der Freiheit einen Schritt näher.

Wenn Baltasar sich an Bord des Schiffes ausgeruht hatte, wenn er erst im Nexus war und sich den barbarischen Patryn von Angesicht zu Angesicht gegenübersah, würde er seine Meinung ändern. Er würde kämpfen. Dessen war Ramu sich gewiß. Baltasar würde jedes ihm zur Verfügung stehende Mittel einsetzen, um die Schlacht zu gewinnen. Auch Nekromantie. Und er würde keine Vorbehalte haben, andere darin zu unterweisen. Dafür gedachte Ramu zu sorgen.

Er kehrte zum Pier zurück, um Anweisung für die Unterbringung der Abarrach-Sartan auf dem Patrynschiff zu geben. Er begab sich selbst an Bord, um eine kurze Inspektion vorzunehmen und seine Strategie zu überdenken.

Die Reise zum Nexus, durch das Todestor, dauerte unter normalen Umständen nicht lange, doch er mußte diesen Sartan Zeit lassen, sich zu regenerieren, wenn sie als Kämpfer zu gebrauchen sein sollten.

Während er sich all das durch den Kopf gehen ließ, traf er Alfred wieder, der niedergeschlagen an der Reling lehnte. Neben ihm lag – sichtlich unglücklich – der Hund. Die Patrynfrau kauerte zusammengesunken an Deck, von Sartan bewacht.

Ramu runzelte die Brauen. Diese Frau nahm das alles viel zu gelassen hin. Sie hatte viel zu schnell resigniert, genau wie Alfred. Wahrscheinlich heckten sie etwas aus …

Ein sehniger Arm legte sich von hinten um Ramus Hals. Ein spitzer Gegenstand bohrte sich in seine Rippen.

»Ich weiß nicht, wer du bist oder was du hier willst«, knurrte eine heisere Stimme – die Stimme eines Nichtigen – an seinem Ohr. »Und es interessiert mich nicht. Aber wenn du auch nur zuckst, stoße ich dir dieses Messer ins Herz. Laß Marit und Alfred frei.«

Kapitel 21

Glückshafen, Abarrach

Alfred hatte an der Reling gelehnt, ins Leere gestarrt und sich verzweifelt gefragt, was er tun sollte. Er fühlte sich hin und her gerissen. Einerseits war es von größter Wichtigkeit, daß er Ramu ins Labyrinth begleitete, daß er ihm die Augen öffnete, ihm begreiflich machte, daß die Drachenschlangen der wirkliche Feind waren, den Patryn und Sartan vereint bekämpfen mußten, wenn sie nicht untergehen wollten.

»Und nicht nur wir«, sagte Alfred zu sich selbst, »sondern auch die Nichtigen. Wir haben sie auf diese Welten gebracht und tragen die Verantwortung für sie.«

Ja, er wußte,was seine Pflicht war, auch wenn er nur eine höchst verschwommene Vorstellung davon hatte, wie er Ramu von Tatsachen überzeugen sollte, die dieser nicht wahrhaben wollte.

Doch andererseits dachte er an Haplo.

»Ich kann dich nicht deinem Schicksal überlassen«, sprach Alfred aus, was ihm auf der Seele lag, und wartete bang auf Haplos Entgegnung. Aber die Stimme seines Freundes schwieg seit längerem, seit er dem Hund befohlen hatte, Marit an ihrer Beschwörung zu hindern. Dieses Schweigen machte Alfred angst. Ob Haplo sie auf diese Weise dazu bringen wollte, ohne ihn zu gehen? Haplo würde nicht zögern, sein Leben zu opfern, wenn er glaubte, damit seinem Volk helfen zu können …

Das waren Alfreds Gedanken gewesen, als Marit seinen Namen rief und aufsprang.

»Alfred!« Sie umklammerte seinen Arm und hätte ihn in ihrem Ungestüm beinahe rücklings über die Reling gestoßen. »Alfred! Sieh doch!«

»Gütiger Sartan!« flüsterte er bestürzt.

Er hatte Hugh Mordhand vergessen, hatte nicht mehr daran gedacht, daß der Assassine sich an Bord des Schiffes befand. Und nun hielt Mordhand den Archonten im Würgegriff und bedrohte ihn mit dem Dämonendolch.

Nicht schwer, sich vorzustellen, wie es dazu gekommen war.

Versteckt in der Kabine, hatte Hugh die Ankunft der Sartan beobachtet und zugesehen, wie man Marit und Alfred gefangennahm. Sein einziger Gedanke – als ihr Freund, Gefährte und selbsternannter Leibwächter – war, sie zu befreien. Seine einzige Waffe – die Sartanklinge.

Doch er konnte nicht wissen, daß er es mit eben den Sartan zu tun hatte, von denen der Dolch vor langer Zeit geschaffen worden war.

»Keiner rührt sich«, warnte Mordhand. Er packte Ramu fester und ließ genug von der blanken Klinge sehen, um die bestürzten Zuschauer zu überzeugen, daß er es ernst meinte. »Oder eurem Anführer fährt eine Spanne Stahl in den Hals. Alfred, Marit, kommt her zu mir.«

Alfred rührte sich nicht. Er war wie gelähmt.

Wie wird die magische Klinge reagieren? fragte er sich angstvoll. In erster Linie diente sie ihrem Träger, Hugh Mordhand. Es war damit zu rechnen, daß die Waffe sich gegen Ramu wandte – besonders, falls er versuchte, sich durch seine Magie zu schützen –, bevor sie ihren Fehler bemerkte.

Und wenn Ramu starb, starb mit ihm die Hoffnung, Patryn und Sartan zu Verbündeten zu machen.

Derweil starrten die anderen Sartan den Nichtigen und ihren Archonten an, ohne zu begreifen, was sie davon halten sollten. Ramu selbst wirkte wie betäubt. Vermutlich hatte nie zuvor in seinem Leben jemand gewagt, Hand an ihn zu legen. Er wußte nicht, was er tun sollte, aber man sah, wie sich hinter seiner Stirn die Gedanken jagten. Gleich würde er …

»Archont!« rief Alfred verzweifelt. »Der Dolch dieses Mannes ist eine magische Waffe. Keine Magie gegen ihn anwenden! Dadurch wird alles noch schlimmer!«

»Gut gemacht«, sagte Marit leise zu ihm. »Lenk ihn ab.«

Alfred war entsetzt. Sie hatte seine Absicht völlig mißverstanden. »Nein, Marit. Das habe ich nicht gemeint. Marit, nein …«

Sie hörte nicht zu. Ihr Schwert lag noch da, wo sie gesessen hatte, bewacht von Sartan, die jetzt in fassungslosem Unglauben auf ihren Anführer starrten. Marit hob die Waffe auf und lief quer über das Deck auf den Assassinen zu. Alfred versuchte, sie aufzuhalten, achtete nicht auf seine Füße und stolperte über den Hund. Der Vierbeiner jaulte schmerzvoll, sträubte erbost das Fell und tat laut bellend seinen Unmut kund.

Ratlos schauten die Sartan zu Ramu und warteten auf Befehle.

»Bitte! Bleib ruhig! Tut nichts, oder es gibt ein Unglück!« rief Alfred beschwörend, aber niemand hörte ihn bei dem wütenden Gekläff, und man hätte ihm wahrscheinlich ohnehin keine Beachtung geschenkt.

Ramu hatte Zeit gehabt, sich zu besinnen, und sandte einen lähmenden Energiestoß durch Hughs Körper.

Mordhand brach zusammen und krümmte sich vor Schmerzen. Was Ramu nicht vorhersehen konnte, sein Zauber bewirkte noch mehr, außer den Assassinen unschädlich zu machen – er weckte die Macht des Dämonendolchs. Die Waffe identifizierte die Magie als Sartanmagie, registrierte die Tatsache, daß Hugh, der Bewahrer des Dolchs, sich in Gefahr befand, und erkannte in Marit, die sich mit dem gezückten Schwert näherte, den Feind, den es zu bekämpfen galt.

Der Todesdolch reagierte. Dem Auftrag seiner Schöpfer gemäß, rief er die stärkste in der Nähe befindliche Macht zu Hilfe.

Kleitus, der Lazar, erschien an Deck des Schiffes. Hinter ihm schwärmten die Toten Abarrachs über die Reling.

»Keine Magie!« rief Alfred. »Nicht von der Magie Gebrauch machen!«

Die Waffe hatte lediglich die Toten als Söldner herbeigerufen, sie gab ihnen keine Befehle, dafür war sie nicht geschaffen worden. Nachdem der Dämonendolch seine Aufgabe erfüllt hatte, nahm er wieder seine ursprüngliche Gestalt an und fiel neben dem stöhnenden Hugh Mordhand auf das Deck.

Kleitus stürzte sich auf Marit, seine Knochenhände krallten nach ihrer Kehle. Marit verteidigte sich mit dem Schwert und führte einen Hieb, der ihm den Arm aufschlitzte. Kein Blut floß, das tote Fleisch hing in grauen Fetzen um die Knochen. Kleitus spürte nichts davon.

Marit konnte dem Lazar so viele Wunden schlagen, wie sie wollte, ohne irgendeine Wirkung zu erzielen. Die leichenblauen Nägel gruben sich in ihre Haut, und sie röchelte. Ihre Kräfte schwanden. Lange konnte sie dem übermächtigen Lazar nicht mehr Widerstand leisten.

Der Hund sprang Kleitus an, aber ein heftiger Tritt schleuderte ihn gegen die Reling. Nun gab es niemanden mehr, um Marit zu helfen. Die Sartan an Bord des Schiffes kämpften um ihr eigenes Leben.

Von der magischen Klinge gerufen, witterten die Toten das warme Blut der Lebenden, ein Geruch, nach dem sie gierten und den sie verabscheuten. Hilflos, voller Ekel, sah Ramu zu, wie die Lazare über seine Gefolgsleute herfielen.

Alfred stolperte durch das Getümmel, zerstörte Magie, brachte die torkelnden Wiedergänger aus dem Gleichgewicht und hinterließ eine Spur von Verwirrung und Chaos. Doch es gelang ihm, sich zu Ramu durchzuschlagen.

»Diese Untoten … das sind Sartan«, flüsterte Ramu tonlos. »Dieses Grauen … unser Volk …«

Alfred hörte nicht zu. »Der Dolch? Wo ist der Dolch?«

Er kniete neben Hugh Mordhand nieder und tastete nach der Waffe, konnte sie aber nicht finden. Der Dolch war verschwunden, vielleicht unter den Füßen der Kämpfenden über das Deck geschlittert.

Marit war der Erschöpfung nahe, ihre schützende Aura erloschen. Sie hatte das Schwert fallen gelassen und setzte sich mit bloßen Händen gegen Kleitus zur Wehr. Erbarmungslos preßte ihr der Lazar das Leben aus.

»Hier!« Hugh Mordhand rollte sich herum und schob Alfred etwas zu. Es war der Dolch. Er hatte darauf gelegen, ihn mit seinem Körper verdeckt.

Alfred zögerte, aber nur einen Moment. Es mußte sein, um Marit zu retten! Als er die Waffe aufhob, fühlte er, wie sie sich in seiner Hand regte. Er machte sich bereit, Kleitus anzugreifen, aber eine schwarzgewandete Gestalt hielt ihn zurück.

»Unsere Schöpfung«, sagte Baltasar grimmig. »Unsere Verantwortung.«

Der Nekromant näherte sich Kleitus, der, von Mordlust berauscht, nichts davon bemerkte. Hinter dem Lazar stehend, griff er nach seinem Arm und begann die Worte einer Beschwörungsformel zu sprechen.

Baltasar hatte Kleitus' Seele in seiner Gewalt.

Kaum spürte Kleitus die kalte Berührung und begriff, was ihm drohte, ließ er Marit los und fuhr mit einem gräßlichen Schrei zu Baltasar herum.

Sie rangen in verbissener Umarmung. Ein Unbeteiligter hätte glauben können – wären nicht die gräßlich verzerrten Gesichter gewesen –, daß diese beiden sich freundschaftlich in den Armen lagen. Baltasar war fast ebenso bleich wie ein Leichnam, Kleitus' tote Augen traten aus den Höhlen. Der Schemen wand sich um den Körper des Wiedergängers, huschte hinein und wieder hinaus – ein Gefangener, der sich nach der Freiheit sehnt, aber das Unbekannte fürchtet.

Der Nekromant zwang Kleitus auf die Knie. Das Röcheln und die Flüche des Lazars waren schrecklich anzuhören, noch schrecklicher das klagende Echo seiner Seele.

Dann milderte sich der grimmige Ausdruck auf Baltasars Gesicht. Er lockerte den Griff seiner Hände, doch hielt er den Lazar immer noch fest.

»Laß los«, sagte er. »Die Qual ist zu Ende.«

Noch einmal bäumte Kleitus sich auf, aber die Beschwörung des Nekromanten hatte den Schemen gestärkt und die sterbliche Hülle geschwächt. Die Seele riß sich los, verharrte noch einen Augenblick abschiednehmend über dem zusammengesunkenen Körper, dann schwebte sie davon, wie vom Hauch eines geflüsterten Gebets verweht.

Alfreds zitternde Finger krampften sich um das Heft des Dämonendolchs. »Halt!« Mit schwankender Stimme sprach er das magische Kommandowort.

Von einer Sekunde zur anderen endete der Kampf. Die Lazare, ob nun entmutigt durch den Verlust ihres Anführers oder auf den Befehl der Zauberwaffe, zogen sich zurück und verschwanden.

Baltasar, kaum noch fähig, sich aufrecht zu halten, schaute Ramu an und lächelte bitter. »Immer noch erpicht darauf, die Kunst der Nekromantie zu erlernen?«

Ramu senkte den Blick auf die grausigen Überreste der Kreatur, die einst der Dynast von Abarrach gewesen war, und gab keine Antwort.

Baltasar zuckte die Schultern. Er kniete neben Marit nieder, um zu sehen, was er für sie tun konnte.

Auch Alfred wollte zu Marit, aber Ramu trat ihm in den Weg, und ehe er sich besann, hatte ihm der Archont den Dolch aus der Hand gewunden. Er musterte die Waffe, erst neugierig, dann malte sich Begreifen auf seinen Zügen.

»Ja«, sagte er leise, »ich erinnere mich an Waffen wie diese.«

»Schändliche Waffen«, bemerkte Alfred. »Geschaffen, um den Nichtigen zu helfen, für uns zu töten. Und selbst getötet zu werden. Für uns – ihre Beschützer, ihre Verteidiger. Ihre Götter.«

Ramu stieg die Zornesröte ins Gesicht, doch er konnte die Wahrheit der Worte nicht leugnen, und die Waffe bebte wie etwas Lebendiges in seiner Hand. Der Archont verzog das Gesicht, offenbar ekelte es ihn, sie zu berühren, er wollte sie aber auch nicht hergeben.

»Ich nehme sie«, bot Alfred ihm an.

Ramu steckte den Dolch in seinen Gürtel.

»Nein, Bruder. Wie Baltasar schon sagte, wir tragen die Verantwortung. Du kannst ihn mir lassen. Unbesorgt«, fügte er betont hinzu und sah Alfred an.

»Soll er ihn haben«, meinte Hugh Mordhand. »Ich bin froh, das verdammte Ding los zu sein.«

Alfred hörte nicht auf ihn, sondern hielt Ramus Blick fest. »Du hast gesehen, welche furchtbaren Gewalten unsere Macht zu entfesseln vermag. Du hast das Verderben gesehen, das wir über uns und andere gebracht haben. Es darf nicht so weitergehen …«

Verächtlich stieß Ramu die Luft durch die Nase. »Was hier geschehen ist, daran hat die Patryn schuld. Sie und ihresgleichen werden immer wieder Unheil stiften, bis man ihnen Einhalt gebietet. Wir segeln ins Labyrinth, wie geplant. Halte dich für die Abreise bereit.«

Er entfernte sich.

Alfred seufzte ergeben. Nun, wenn sie das Labyrinth erreichten, konnte er wenigstens …

Oder würde …

Sofern es möglich war …

Verwirrt, bedrückt, wollte er endlich zu Marit gehen. Zu seiner Überraschung wurde er diesmal von dem Hund daran gehindert.

Alfred versuchte, einen Bogen zu schlagen, aber der Vierbeiner vereitelte seinen Plan, indem er nach links sprang, wenn Alfred rechts vorbei wollte, und nach rechts, wenn Alfred links sein Glück versuchte. Schließlich, als seine Füße nicht mehr wußten, wohin, blieb Alfred stehen und schaute den Hund ratlos an.

»Was soll das? Warum läßt du mich nicht zu Marit?«

Der Hund bellte laut.

Alfred versuchte ihn wegzuscheuchen, aber damit verscherzte er sich die letzten Sympathien. Der Hund fletschte die Zähne und knurrte.

Perplex stolperte Alfred ein paar Schritte zurück, und sofort setzte der Hund eine freundlichere Miene auf und kam hinterher.

»Aber … Marit! Sie braucht mich.« Alfred machte erneut einen unbeholfenen Versuch, den Hund zu umgehen.

Als wäre der Sartan ein verirrtes Schaf, schoß der Hund auf ihn zu, schnappte nach seinen Knöcheln und drängte ihn immer weiter zurück.

Baltasar hob den Kopf und richtete den Blick der zwingenden schwarzen Augen auf Alfred.

»Ich werde gut für sie sorgen, Bruder, keine Sorge. Geh und tu, was du tun mußt. Was die Bewohner des Labyrinths betrifft, so habe ich deine Worte nicht vergessen. Ich werde mir mein eigenes Urteil bilden und an die harten Lektionen denken, die ich gelernt habe. Leb wohl, Alfred.« Baltasar lächelte. »Oder wie immer du heißen magst.«

»Aber ich habe gar nicht vor, wegzu …« protestierte Alfred.

Mitten im Wort sprang ihm der Hund gegen die Brust und stieß ihn über die Reling in das brodelnde Feuermeer.

Kapitel 22

Feuersee, Abarrach

Gewaltige Kiefer schlossen sich über dem Kragen von Alfreds zerschlissenem Samtrock. Ein gigantischer Drachen mit Schuppen so glutrot wie der Lavaozean, aus dem er emportauchte, bewahrte den Sartan vor einem Sturz ins Verderben und setzte ihn sich behutsam auf den Rücken. Der Hund schlug die Zähne in seinen Hosenboden und verhinderte, daß er wieder abrutschte.

Alfred brauchte einige Zeit, um den Schreck zu überwinden, um zu begreifen, daß er nicht in flüssiger Lava versank. Statt dessen saß er auf dem Rücken eines Feuerdrachen, hinter Hugh Mordhand und dem Lazar Jonathon.

»Was?« fragte er verständnislos. »Wie? Warum?«

Niemand antwortete ihm. Jonathon sprach zu dem Feuerdrachen. Hugh Mordhand, ein Tuch über Mund und Nase, war vollauf damit beschäftigt, am Leben zu bleiben.

»Du könntest ihm helfen«, schlug Haplo vor.

Prompt vergaß Alfred seine eigene Misere und begann mit dünner, hoher Stimme zu singen, seine Hände woben magische Zeichen in die Luft. Der Assassine hustete, japste, holte tief Atem und machte ein verdutztes Gesicht.

»Wer hat das gesagt?« Mordhand musterte Alfred mißtrauisch, dann schaute er mit großen Augen auf den Hund. »Ich habe Haplos Stimme gehört! Dieses Vieh hat gelernt zu sprechen!«

Hilflos zog Alfred den Kopf zwischen die Schultern. »Wie ist es möglich, daß er dich hören kann? Ich verstehe das nicht … Aber natürlich«, fügte er resigniert hinzu, »ich verstehe ja auch nicht, wie es möglich ist, daß *ich* dich höre.«

»Der Nichtige und ich, wir existieren beide zu einem Teil in einer Art Zwischenreich«, erklärte Haplo. »Deshalb ist er imstande, meine Stimme zu hören. Dasselbe gilt für Jonathon. Ich habe ihn gebeten, den Feuerdrachen zu rufen, um dich von Bord des Schiffes zu holen, falls nötig.«

»Aber … warum?«

»Erinnerst du dich, worüber wir in den Salfag-Grotten gesprochen haben? Daß die Sartan in die anderen Welten hinausgehen werden und die Patryn ihnen folgen, und dann beginnt der Kampf um Macht und Vorherrschaft von neuem?«

»Ja.« Alfred nickte bekümmert.

»Das hat mich auf einen Gedanken gebracht, mir einen Weg gezeigt, um Xar aufzuhalten, um unseren Völkern zu helfen und den Nichtigen. Ich dachte darüber nach, wie ich es anfangen sollte, den Plan in die Tat umzusetzen, als plötzlich Ramu auftauchte und mich der Mühe enthob. Ohne es zu wissen, hat er mir die ganze Arbeit abgenommen. Deshalb …«

»Aber Ramu segelt ins Labyrinth!« rief Alfred. »Um gegen dein Volk zu kämpfen!«

»Ganz recht.« Aus Haplos Stimme klang grimmige Genugtuung. »Genau da will ich ihn haben.«

»Tatsächlich?« Alfred wunderte sich über gar nichts mehr.

»Tatsächlich. Ich habe Jonathon meinen Plan auseinandergesetzt. Er war einverstanden, uns zu begleiten, unter der Bedingung, daß wir Hugh Mordhand mitnehmen.«

»Uns … wir …« Alfreds Adamsapfel hüpfte, als er hörbar schluckte.

»Tut mir leid, alter Freund.« Haplos Stimme wurde weicher. »Ich wollte dich nicht mit hineinziehen. Aber Jonathon hat mich überzeugt, daß es nicht anders geht. Ich brauche dich.«

»Für was?« wollte Alfred fragen, obwohl er es genaugenommen lieber nicht erfahren hätte, aber in diesem Moment schwamm der Feuerdrache unter dem Bug von Marits Schiff hindurch, das sich zum Flug durch das Todestor rüstete. Ramu schaute zu ihnen hinunter. Sein Gesicht war steinern, und er wandte sich schroff ab. Wahrscheinlich betrachtete er Alfreds formlosen Abschied als Befreiung von lästigem Ballast. Ein anderer, der an der Reling stand, war ihnen freundlicher gesonnen. Baltasar hob die Hand zu einem Abschiedsgruß.

»Ich kümmere mich um Marit«, rief er. »Mach dir keine Sorgen um sie.«

Trübsinnig winkte Alfred zurück. Die Worte des Nekromanten fielen ihm ein: *Geh und tu, was du tun mußt …*

Aber was?

»Könnte mir vielleicht jemand erklären, was vor sich geht?« erkundigte er sich schüchtern. »Wohin bringt ihr mich?«

»Zum Siebenten Tor«, antwortete Haplo.

Im ersten Schreck ließ Alfred die Mähne des Drachen los und wäre fast in die Magmafluten gestürzt. Diesmal war es Hugh Mordhand, der ihn festhielt. »Aber … Fürst Xar …«

»Ein Risiko, das wir eingehen müssen«, erwiderte Haplo.

Alfred schüttelte den Kopf.

»Hör mir zu, mein Freund.« Haplo sprach mit großem Ernst. »Dies ist die Gelegenheit, die du dir gewünscht hast. Sieh doch – sieh die Schiffe, die auf dem Weg ins Todestor sind.«

Alfred legte den Kopf in den Nacken. Das Patryn- und das Sartanschiff, beide von einem flimmernden Runenpanzer umhüllt, erhoben sich in die hitzewabernde Luft von Abarrach. Die Sigel strahlten hell vor den düsteren Schatten unter der Decke der riesigen Kaverne. Unter Ramus Führung nahmen die Schiffe Kurs auf das Todestor – Zugang zum Nexus, dem Labyrinth, den vier Welten.

»Und dort!« Jonathon hob die wächserne Hand. »Dort, seht, was ihnen folgt.«

»… folgt …« raunte der Schemen.

Ein drittes Schiff, dies in der Gestalt eines eisernen Drachen, bedeckt mit Patrynrunen, stieg aus einer versteckten Bucht auf. Es nahm den gleichen Kurs wie die beiden anderen; durch die Hitze und die Magie, von der es angetrieben wurde, schimmerten die Sigel am Rumpf tiefrot.

»Patryn!« sagte Alfred ungläubig. »Wohin wollen sie?«

»Sie verfolgen Ramu. Ohne es zu wissen, dient er ihnen als Wegweiser ins Labyrinth, wo sie in der Schlacht mitkämpfen werden.«

»Vielleicht ist Xar bei ihnen?« meinte Alfred hoffnungsvoll.

»Vielleicht.« Haplo teilte seine Hoffnung nicht.

Alfred stieß einen tiefen Seufzer aus. »Aber damit wird doch nichts erreicht, es gibt nur noch mehr Blutvergießen …«

»Denk nach, mein Freund. Sartan und Patryn an einem Ort versammelt. Alle miteinander im Labyrinth. Und bei ihnen – die Schlangen.«

Alfred blinzelte. »Gütiger Sartan«, murmelte er. Langsam wurde ihm klar, worauf Haplo hinauswollte.

»Die Welten: Arianus, Pryan, Chelestra, Abarrach – von ihnen befreit. Befreit von uns. Elfen, Menschen und Zwerge, sich selbst überlassen, um nach ihrer eigenen Fasson glücklich zu werden. Ohne Einmischung von Halbgöttern, ohne ihre Launen und die Katastrophen, die sie heraufbeschwören.«

»So weit, so gut«, gab Alfred zu bedenken, »aber die Sartan werden nicht im Labyrinth bleiben, genausowenig wie dein Volk. Ganz gleich, wer siegt … oder unterliegt.«

»Das ist der Grund, weshalb wir das Siebente Tor finden müssen. Es finden – und zerstören.«

Alfred war verblüfft. Dann bestürzt. Die Ungeheuerlichkeit der Idee überwältigte ihn. Sie war zu phantastisch, um erschreckend zu sein.

Erzfeinde, geprägt von uraltem Haß, von Generation zu Generation weitervererbt, eingesperrt zusammen mit einem unsterblichen Gegner: Produkt ihres Hasses. Sartan, Patryn, Schlangen, die sich in alle Ewigkeit bekriegten, ohne eine Möglichkeit, diesem Schicksal zu entfliehen.

Es gab keine Möglichkeit? Alfred sah den Hund an, streckte die Hand aus und streichelte ihm zaghaft den Kopf. Er und Haplo waren einst erbitterte Feinde gewesen. Und Marit und Baltasar, zwei Feinde, zusammengeführt durch gemeinsames Leid.

Ein paar Samenkörner, auf verbrannte Erde gefallen, hatten Wurzel geschlagen, fanden Nahrung und Halt in Liebe, Mitleid, Erbarmen. Wenn diese Samenkörner wachsen und gedeihen konnten, warum nicht andere auch?

Der Feuerdrache pflügte durch die glutrote Lava, die düsteren Obsidianwälle von Nekropolis kamen rasch näher. Alfred konnte nicht glauben, daß ihm das alles passierte, und fragte sich insgeheim, ob er nicht vielleicht an Bord des Sartanschiffs lag, noch besinnungslos von einem Schlag auf den Kopf.

Aber die Stachelmähne des Feuerdrachen versetzte ihm bei jeder unachtsamen Bewegung schmerzhafte Stiche, und er spürte die Hitze der Lava. Der Hund schmiegte sich zitternd an ihn (er hatte sich nie daran gewöhnt, auf dem Rücken eines Drachen zu reiten), und Hugh Mordhand ließ staunend den Blick durch diese seltsame fremde Welt wandern. Vor ihm saß Jonathon – wie Hugh tot und doch nicht tot. Der eine durch Liebe ins Leben zurückgerufen, der andere durch Haß.

Vielleicht gab es doch Hoffnung. Oder vielleicht …

»Die Zerstörung des Siebenten Tores könnte die Zerstörung aller Welten nach sich ziehen«, meinte er verzagt.

Haplo schwieg einen Moment, dann sagte er: »Und was geschieht, wenn Ramu und die Sartan im Labyrinth eintreffen, dichtauf gefolgt von meinem Volk und Fürst Xar? Ihre Kriege werden Speise und Trank für die Drachenschlangen sein, die durch Intrige und Verrat den Haß schüren, damit es ihnen nie wieder an Nahrung mangelt. Angenommen, meine Patryn fliehen durch das Todestor, deine Sartan verfolgen sie. Die Kämpfe weiten sich aus, greifen auf die vier Welten über. Die Nichtigen werden in die Auseinandersetzungen hineingezogen, wie beim letzten Mal auch. Wir rüsten sie aus, geben ihnen Waffen wie den Dämonendolch.« Haplo machte eine Pause, um Alfred Zeit zum Nachdenken zu geben. »Du siehst das Dilemma, in dem wir uns befinden, mein Freund«, fügte er hinzu. »Verstehst du mich jetzt?«

Alfred schauderte und bedeckte die Augen mit der Hand. »Was wird aus den Welten, wenn wir das Todestor schließen?« Er hob den Kopf, sein Gesicht war blaß, seine Stimme zitterte. »Sie sind aufeinander angewiesen. Die Zitadellen brauchen die Energie des Allüberall, und diese Energie könnte auch die Sonne Chelestras stabilisieren. Und wegen der Zitadellen strömt wieder das Wasser durch die Kondukte von Abarrach ...«

»Wenn die Nichtigen dazu gezwungen sind, werden sie lernen, sich selbst zu helfen«, warf Haplo ein. »Was wäre besser für sie? Daß sie die Möglichkeit haben, ihr Schicksal selbst in die Hand zu nehmen? Oder als unsere Marionetten zu existieren?«

Alfred verfiel in nachdenkliches Schweigen. Ein letztes Mal blickte er zurück. Die Sartanschiffe verströmten einen sanften, bläulichen Schimmer, das Patrynschiff glich einem brennenden Stern.

»Du hast recht, Haplo.« Alfred stieß einen tiefen Seufzer aus. Er sah den Schiffen nach. »Aber warum hast du Marit mit ihnen gehen lassen?«

»Mir blieb keine andere Wahl«, antwortete Haplo ruhig. »Sie trägt Xars Mal und ist mit ihm verbunden. Durch sie würde er von unseren Plänen erfahren. Und es gibt noch einen anderen Grund.«

Alfred hielt den Atem an.

»Es besteht die Gefahr, daß wir durch die Zerstörung des Siebenten Tores auch uns zerstören. Ich bedaure, dir das antun zu müssen, mein Freund, aber, wie gesagt, ich brauche dich. Ohne deine Hilfe kann ich meinen Plan nicht ausführen.«

Alfred stiegen die Tränen in die Augen, und ihm steckte ein Kloß im Hals. Wäre Haplo bei ihm gewesen, hätte er ihn umarmt, aber Haplo lag still und leblos in einem Verlies tief unter der Stadt Nekropolis. Alfred tat das nächstbeste und streichelte den Hund, der ihm mit einem wehen Blick zu verstehen gab, daß er sich wünschte, endlich von dem Rücken des Drachen herunterzukommen.

Alfred strich ihm über das seidige Fell.

»Ein größeres Kompliment hättest du mir nicht machen können, Haplo. Du hast recht. Wir müssen diese Chance nutzen. Aber« – er schüttelte zweifelnd den Kopf – »aber hast du bedacht, zu welchem Schicksal wir unser Volk unter Umständen verurteilen? Indem wir das Todestor schließen, schneiden wir ihnen den einzigen Fluchtweg ab, und sie sind für alle Ewigkeit im Labyrinth eingesperrt. Für alle Ewigkeit dazu verurteilt, sich gegenseitig und die Schlangen zu bekämpfen.«

»Ich habe darüber nachgedacht«, antwortete Haplo. »Sie hätten die Wahl, oder nicht? Weiterzukämpfen – oder sich zu besinnen und Frieden zu schließen. Und vergiß nicht, auch die guten Drachen haben den Weg ins Labyrinth gefunden. Die Welle könnte sich ausgleichen.«

»Oder uns alle wegspülen«, meinte Alfred pessimistisch.

Kapitel 23

Nekropolis, Abarrach

Der Feuerdrache trug sie so dicht an Nekropolis heran, wie es ihm möglich war. Er schwamm in dieselbe Bucht, in der die Patryn ihr Schiff versteckt hatten, dabei hielt er sich dicht am Ufer und mied den Sog des Malstroms in der Mitte des Feuerteichs. Alfred warf einen Blick auf den Strudel, auf die zähflüssige Lava, die sich träge im Kreis drehte, auf die Dampf- und Rauchschwaden, die sich aus dem gähnenden Schlund kräuselten. Schaudernd wandte er sich ab.

»Ich habe immer geahnt, daß mit dem Hund etwas nicht stimmt«, bemerkte Hugh Mordhand.

Alfred lächelte trübe, dann wurde er wieder ernst. Noch ein Problem, das er lösen mußte. Noch etwas, wofür er die Verantwortung trug.

»Sir Hugh«, begann er zögernd, »habt Ihr verstanden, wovon die Rede war?«

Hugh Mordhand betrachtete ihn schlau und zuckte die Schultern. »Mir scheint, daß es ohne Bedeutung ist, ob ich verstehe oder nicht.«

»Ja«, antwortete Alfred müde. »Es ist ohne Bedeutung.« Er räusperte sich. »Wir … hm … sind auf dem Weg zu einem Ort, der das Siebente Tor heißt. Dort, glaube ich … denke ich … Vielleicht irre ich mich, aber …«

»Das ist der Ort, wo ich sterben werde?« fragte Hugh unumwunden.

Alfred leckte sich über die trockenen Lippen. Sein Gesicht brannte, und nicht von der Hitze des Feuermeers. »Wenn Ihr das wirklich so wollt …«

»Ich will es so«, sagte Hugh Mordhand bestimmt. »Ich gehöre nicht mehr hierher. Ich bin ein Geist. Dinge geschehen, und ich fühle sie nicht.«

»Unbegreiflich.« Alfred war verwirrt. »Anfangs war es nicht so. Als ich« – er stockte, aber die Stunde der Wahrheit war gekommen – »als ich dich zurückrief, im Haus von Sinstrad.«

»Vielleicht kann ich es erklären«, meldete sich Jonathon zu Wort. »Als Hugh durch die Macht des Zaubers wiedererweckt wurde, ließ er das Reich der Toten weit hinter sich. Er klammerte sich an das Leben und an die Lebenden. Doch Stück für Stück hat er diese Bande durchtrennt. Ihm ist klargeworden, daß er ihnen nichts mehr zu geben hat. Und sie haben ihm nichts zu geben. Er besaß alles. Jetzt kann er nur noch trauern um das, was er verloren hat.«

»… verloren hat …« seufzte der Schemen.

»Aber es gab eine Frau, die ihn liebte«, sagte Alfred mit gedämpfter Stimme. »Sie liebt ihn noch.«

»Ihre Liebe macht nur einen kleinen Teil der Liebe aus, die er an der Schwelle zum Jenseits fand. Sterbliche Liebe ist nur ein schwacher Abglanz der unsterblichen.«

Alfred fühlte sich wie am Boden zerstört.

»Sei nicht zu hart zu dir selbst, Bruder«, meinte Jonathon. Der Schemen blickte durch die Fenster der toten Augen. »Mitleid hat dich bewogen, von der Nekromantie Gebrauch zu machen, nicht Gewinnstreben oder Haß oder Rachsucht. Jene unter den Lebenden, die diesem Mann begegnet sind, haben von ihm gelernt – manche zu ihrem Verderben. Doch anderen hat er Hoffnung geschenkt.«

Alfred seufzte und nickte. Er verstand immer noch nicht, nicht so ganz, aber ihm war, als könnte er lernen, sich zu vergeben.

»Viel Glück für euer Vorhaben«, sagte der Drache, als sie an dem zerklüfteten, steinigen Ufer des Feuerteichs von seinem Rücken stiegen. »Und falls es euch gelingt, diese Welt von denen zu befreien, die sie verwüstet haben, seid euch meiner Dankbarkeit gewiß.«

Sie haben es gut gemeint, dachte Alfred betrübt. Das war der traurigste Vorwurf von den vielen, die man ihnen machen konnte.

Samah hatte es gut gemeint. Alle Sartan hatten es immer gut gemeint. Selbst Xar, auf seine Art, hatte vielleicht die besten Absichten.

Nur mangelte es ihnen an Vorstellungskraft.

Obwohl der Drache sie möglichst dicht bei Nekropolis abgesetzt hatte, war es immer noch ein langer Weg zur Stadt, besonders zu Fuß. Erst recht auf Alfreds Füßen. Kaum war er ans Ufer geklettert, als er beinahe in einen kochendheißen Schlammtümpel gefallen wäre. Hugh Mordhand riß ihn im letzten Moment zurück.

»Mach von deiner Magie Gebrauch«, riet Haplo ihm trocken. »Oder du kommst nie lebend zum Sanktuarium.«

Alfred druckste. »Ich kann uns nicht in den Raum hineinbringen.«

»Warum nicht? Alles, was du tun mußt, ist, dir das Bild zu vergegenwärtigen. Du bist doch schon dort gewesen.« Haplo schien die Geduld zu verlieren.

»Ja, aber die Abwehrrunen machen es unmöglich hineinzugelangen. Sie entkräften meine Magie. Außerdem« – ein schmerzlicher Ausdruck glitt über Alfreds Züge – »ist die Erinnerung nicht sehr deutlich. Ich muß sie aus meinem Gedächtnis getilgt haben. Es war eine furchtbare Erfahrung.«

»In mancher Hinsicht«, meinte Haplo sinnend. »In anderer nicht.«

»Damit hast du recht.«

Obwohl keiner von beiden es damals zugeben mochte, hatte die Erfahrung im Sanktuarium die Erzfeinde näher zusammengebracht und ihnen bewiesen, daß sie nicht so gegensätzlich waren, wie sie glaubten.

»Eins habe ich nicht vergessen«, sagte Alfred leise. »Wie wir uns im Körper und im Bewußtsein derer wiederfanden, die vor Jahrhunderten in jenem Raum zusammengekommen waren und starben ...«

... Alfred empfand ein Gefühl von Bedauern und Traurigkeit. Er litt darunter, aber es war besser, als überhaupt nichts zu fühlen, besser als die Leere, die in ihm geherrscht hatte, bevor er dieser Bruderschaft beitrat. Damals war er ein leeres Gefäß gewesen, eine Hülle ohne Inhalt. Die Untoten – grausige Schöpfung derer, die begonnen hatten, sich mit Nekromantie zu befassen – wirkten lebendiger als er. Seufzend hob Alfred den Kopf. Ein Blick in die Runde zeigte ihm, daß sich auf den Gesichtern der meisten Männer und Frauen um den Tisch in dem geheiligten Gemach ähnliche Gemütsbewegungen spiegelten.

Seine Traurigkeit, sein Bedauern waren frei von Bitterkeit. Bitterkeit für jene, die durch eigene Missetaten eine Tragödie heraufbeschworen haben, doch Alfred sah voraus, daß sein Volk, außer es kam zur Besinnung, auch diesen Kelch bis zur Neige würde leeren müssen. Jemand mußte den Wahnsinn verhindern! Er seufzte wieder. Vor wenigen Augenblicken noch hatte ein Glücksgefühl ihn durchströmt, Friede legte sich wie Balsam über den brodelnden Magmasee seiner Zweifel und Ängste. Aber ein solcher Rausch der Euphorie konnte der Wirklichkeit nicht standhalten. Er mußte sich den Schwierigkeiten und Gefahren stellen und somit auch den schmerzlichen Empfindungen.

Eine Hand umfaßte die seine mit festem Griff, eine junge Hand über Alfreds zerknitterter, altersfleckiger Haut und den knotigen Fingern.

»Hoffnung, Bruder«, sagte der Jüngling neben ihm leise. »Wir dürfen die Hoffnung nicht aufgeben.«

Alfred wandte sich ihm zu. Das Gesicht des Sartan war gutgeschnitten, mit klaren, energischen Zügen – edler Stahl, im Schmiedefeuer gehärtet. Keine Zweifel trübten die schimmernde Oberfläche, die Klinge war zu makelloser, haarfeiner Schärfe geschliffen. Der junge Mann erinnerte Alfred an jemanden, den er kannte. Der Name lag ihm auf der Zunge …

Haplo. Der Mann war Haplo gewesen.

Alfred lächelte. »Ich erinnere mich an das Hochgefühl, zu wissen, daß ich nicht allein im Universum war, daß eine höhere Macht über mich wachte. Ich erinnere mich, daß ich zum erstenmal in meinem Leben keine Angst hatte.« Er schüttelte den Kopf. »Aber das ist auch alles.«

»Nun gut«, meinte Haplo ergeben. »Du kannst uns nicht ins Sanktuarium bringen. Wohin *kannst* du uns bringen? Wie weit müssen wir noch gehen?«

»Deine Gefängniszelle?« schlug Alfred betreten vor.

Haplo schwieg. Schließlich knurrte er verdrossen. »Was hilft's. Wenn das dein Bestes ist, dann tu es!«

Alfred beschwor die Möglichkeit, daß sie dort waren und nicht hier, und binnen eines Lidschlags war die Möglichkeit Realität.

»Mögen die Ahnen mich beschützen«, murmelte Hugh Mordhand.

Sie standen in der Zelle. Ein von Alfred in die Luft gezeichnetes Sigel verbreitete milchige Helligkeit. Haplo lag kalt und allem Anschein nach leblos auf der steinernen Bank.

»Er ist tot!« Hugh warf aus schmalen Augen einen argwöhnischen Blick auf den Hund. »Wen höre ich dann reden?«

Alfred machte den Mund auf, um eine ausführliche Erklärung abzugeben – die ganze Geschichte von dem Hund und Haplos Seele –, als der Hund eine Falte von Alfreds Kniehose zwischen die Zähne nahm und ihn zur Tür zerrte.

Der Sartan sträubte sich. »Haplo. Was … was wird aus dir?«

»Unwichtig«, beschied ihn Haplo kurz. »Beeilt euch. Wir haben nicht viel Zeit. Wenn Xar uns findet …«

»Aber du hast gesagt, Fürst Xar wäre Ramu ins Labyrinth gefolgt!«

»Ich sagte *vielleicht*«, berichtigte ihn Haplo grimmig. »Und nun geht endlich!«

Alfred zauderte. »Der Hund kann das Todestor nicht passieren. Vielleicht kann er auch das Siebente Tor nicht betreten. Nicht ohne dich. Jonathon, weißt du es? Was wird geschehen?«

Der Lazar zuckte die Schultern. »Haplo ist nicht tot. Er lebt, wenn er auch an der Schwelle steht. Meine Sorge gilt jenen, die sie überschritten haben.«

»... überschritten haben ...«

»Dir bleibt keine andere Wahl, Alfred«, drängte Haplo. »Also bring es zu Ende.«

Der Hund unterstrich seine Worte mit einem Knurren.

Alfred seufzte. Er hatte eine Wahl. Es gab immer eine Wahl, und er schien mit schöner Regelmäßigkeit die falsche zu treffen. Er spähte den Gang hinunter, der sich in undurchdringlicher Schwärze verlor. Das weiße Sigel, das er über Haplo entzündet hatte, flackerte und verglomm. Sie standen blind in der Dunkelheit.

Alfred dachte weit, weit zurück, an seine erste Begegnung mit Haplo auf Arianus. Er erinnerte sich an die Nacht, als er Haplo mit einem Schlafzauber außer Gefecht gesetzt hatte und unter den Verbänden um seine Hände die eintätowierten Sigel entdeckte. Der Schreck, die Bestürzung, die Ratlosigkeit.

Der Erzfeind ist zurückgekehrt! Was soll ich nur tun?

Alles in allem hatte er sehr wenig getan. Nichts Weltbewegendes oder Schicksalhaftes. Er war der Stimme seines Herzens gefolgt, hatte so gehandelt, wie er es glaubte, rechtfertigen zu können. *Existierte* eine höhere Macht, die seine Schritte lenkte?

Alfred blickte auf den Hund, der sich an sein Bein schmiegte. Er glaubte zu verstehen.

Leise begann er die Runen zu singen, mit einer nasalen Stimme, die geisterhaft durch den Gang hallte.

Am Fuß der Wand flammten blaue Sigel auf, die Dunkelheit wich zurück.

»Was ist das?« Hugh Mordhand hatte dicht an der Mauer gestanden. Beim Flackern der Magie tat er einen Satz zur Seite.

»Die Runen«, erklärte Alfred. »Sie werden uns zu dem Ort führen, von dem wir gesprochen haben. Das Sanktuarium oder auch die Krypta der Verdammten.«

»Was für ein passender Name«, bemerkte Hugh Mordhand trocken.

Das letzte Mal, als Alfred hier entlanggekommen war, hatten ihm und seinen Begleitern die Verfolger im Nacken gesessen. Langsam kehrte die Erinnerung zurück.

Der Gang führte schräg in die Tiefe, als wäre er die Straße zum innersten Herzen Abarrachs. Er war im Gegensatz zu den anderen Tunneln und Stollen dieser instabilen Welt gut instandgehalten, breit und mit sorgfältig geebnetem Boden, und schien eine Art Prozessionsweg zu sein. Damals hatte Alfred sich darüber gewundert, aber da wußte er auch noch nicht, wohin der Gang führte.

Nun wußte er es und verstand. Das Siebente Tor. Der Raum, von dem aus die Sartan die Magie gewirkt hatten, um eine Welt zu teilen.

»Weißt du, wie sie das bewerkstelligt haben?« fragte Haplo.

»Orla hat es mir erzählt«, antwortete Alfred. Gelegentlich unterbrach er seine Erklärung, um leise die Runen zu singen. »Nachdem sie den Beschluß gefaßt hatten, die Welt zu teilen, brachten Samah und die Ratsmitglieder alle Sartan zusammen und diejenigen Nichtigen, die sie für würdig hielten. Diese wenigen Glücklichen transportierten sie zu einem Ort, den man sich vermutlich so ähnlich vorstellen muß wie den Zeitbrunnen in Abri – einen Brunnen, in dem die Möglichkeit Realität ist, daß keine Möglichkeiten existieren. Dort waren die Auserwählten sicher, bis die Sartan das große Werk vollbracht hatten.

Die begabtesten der Sartan versammelten sich mit Samah in einem Raum, den er das Siebente Tor nannte. Da ihnen bewußt war, daß der Aufwand an magischer Energie, der nötig war, um eine Welt zu spalten und vier neue zu erschaffen, über die Kräfte auch des stärksten Magiers ging, statteten Samah und der Rat den Raum selbst mit einem großen Teil ihrer Macht aus. Er fungierte in etwa wie ein Teil des Allüberall, den Limbeck als ›Gen'rator‹ bezeichnet.

Das Siebente Tor speicherte den Überschuß an magischer Energie. Die Sartan griffen darauf zurück, als sie ihre eigenen Kräfte schwinden fühlten. Es bestand natürlich die Gefahr, daß ein Residuum der Magie im Siebenten Tor erhalten blieb und es für immer ein Ort der Macht war, ein Quell der Versuchung und der Gefahr. Nur indem er das Siebente Tor zerstörte, konnte Samah das verhindern. Er hätte es tun sollen, doch er fürchtete sich.«

»Vor was?« fragte Haplo.

Alfred zögerte. »Als sie nach der Machtübertragung das Siebente Tor wieder betraten, stießen die Ratsmitglieder auf etwas, womit sie nicht gerechnet hatten.«

»Eine Macht, größer als die ihre.«

»Ja. Ich weiß nichts von dem Wie oder Wodurch, Orla konnte mir nicht viel sagen. Während es für uns eine tröstliche und erhebende Erfahrung war, traf es die Sartan wie ein furchtbarer Schlag. Samah wurde die Vermessenheit seines Handelns vor Augen geführt, die grauenvollen Konsequenzen dessen, was er plante. Ihm wurde die Erkenntnis zuteil, daß er seine Grenzen überschritten hatte, doch man ließ ihn auch wissen, es stünde ihm frei, selbst zu entscheiden, ob er seinen Plan trotz allem durchführen wolle.

Erschüttert von dem, was sie gehört und gesehen hatten, begannen die Ratsmitglieder an der Richtigkeit ihrer Entscheidung zu zweifeln, und es kam zu heftigen Auseinandersetzungen. Doch ihre Furcht vor dem Feind – den Patryn – war groß. Die Erinnerung an das spirituelle Erlebnis in dem Raum verblaßte gegenüber der realen Bedrohung. Unter dem Vorsitz Samahs stimmte der Rat dafür, mit der Teilung der

Welt zu beginnen. Wer sich dem Beschluß widersetzte, wurde zusammen mit den Patryn ins Labyrinth verbannt.«

Alfred schüttelte den Kopf. »Furcht – unser Verderben. Selbst nachdem er eine Welt zerstückelt und vier neue geschaffen hatte, nachdem seine Gegner unschädlich gemacht waren, lebte Samah immer noch in Furcht. Er fürchtete die Manifestation im Siebenten Tor, doch fürchtete er auch, eines Tages der Macht des Tores erneut zu bedürfen, und deshalb versetzte er es in eine andere Dimension, statt es zu zerstören.«

»Ich war bei Samah, als er starb«, bemerkte Jonathon. »Fürst Xar fragte ihn nach dem Siebenten Tor, und er sagte, er wisse nicht, wo es sei.«

»Vielleicht wußte er es nicht«, gab Alfred zu. »Doch er hätte keine Mühe gehabt, es zu finden. Ich hatte ihm von der Krypta der Verdammten erzählt.«

»Wir haben es entdeckt«, sagte wieder Jonathon. »Wir erkannten seine Macht, aber wir hatten vergessen, wie man sie gebraucht.«

» … gebraucht …« wisperte der Schemen.

»Wofür wir dankbar sein sollten. Könnt ihr euch ausmalen, was geschehen wäre, hätte Kleitus herausgefunden, wie man sich der Macht des Siebenten Tores bedient?« Alfred schauderte.

»Mich fasziniert, daß durch all diese magischen Kriege und Kataklysmen hindurch die von uns so gering geschätzten Nichtigen überlebt haben. Sie haben einen hohen Blutzoll entrichten müssen, aber im großen und ganzen ist es den Elfen, Menschen und Zwergen gelungen, sich an die neuen Bedingungen anzupassen und das Beste daraus zu machen. Was ihr als die Welle bezeichnet, hat sie über alle Untiefen hinweggetragen.«

»Hoffen wir, daß es so bleibt«, meinte Haplo. »Diese nächste Welle, die sich über uns aufbäumt, könnte das Ende bedeuten.«

Sie folgten den Glyphen immer tiefer in das steinerne Herz Abarrachs. Der Stollen wurde schmaler, und sie mußten hintereinander gehen. Alfred an der Spitze, gefolgt von Jonathon. Der Hund und Hugh Mordhand bildeten die Nachhut.

Entweder die Luft war hier unten dünner, woran Alfred sich vom letzten Mal nicht erinnern konnte, oder die Anspannung nahm ihm den Atem. Die Worte des Runenlieds blieben ihm in der Kehle stecken, es kostete ihn Mühe, weiterzusingen. Er hatte Angst, gleichzeitig zitterte er vor ungeduldiger Erwartung.

Genaugenommen war es unnötig, die Runen zu singen. Die Glyphen erfüllten ihre Aufgabe beinahe würdevoll, das wegweisende Licht lief schneller vor ihnen her, als sie folgen konnten. Schließlich verstummte Alfred und sparte seinen Atem für das, was ihnen bevorstand.

Vielleicht machst du dir Sorgen wegen nichts, beschwichtigte er sich selbst. Vielleicht wird alles ganz leicht, ganz einfach. Eine Prise Magie, und das Siebente Tor ist zerstört, das Todestor auf ewig geschlossen …

In die Stille und seine Gedanken hinein bellte der Hund.

Das unerwartete Geräusch hallte überlaut im Tunnel, Alfreds Herz tat einen Satz. Bevor er sich so weit erholt hatte, daß er eine Frage stellen konnte, hob der Assassine die Hand. »Pst! Ruhe! Wartet einen Moment.«

Sie blieben stehen. Der blaue Schein der Glyphen spiegelte sich in ihren Augen – den lebenden und den toten.

»Der Hund hat etwas gehört. Und ich auch«, erklärte Hugh Mordhand flüsternd. »Jemand folgt uns.«

Alfreds Herz lag nun wie ein kalter Stein in seiner Brust.

Fürst Xar.

»Weiter«, drängte Haplo. »Wir sind zu weit gekommen, um jetzt aufzugeben. Geht weiter.«

»Nicht nötig«, sagte Alfred leise, fast tonlos.

Die Glyphen führten vom Fuß der Wand senkrecht in die Höhe und bildeten einen Bogen aus flimmerndem blauem Licht. Blaues Licht, das sich bei ihrer Annäherung zu düsterem, bedrohlichem Rot verfärbte.

»Wir sind da. Das Siebte Tor.«

Kapitel 24

Das Siebte Tor

Das Runenband hob den Umriß einer Türöffnung aus der Finsternis, der Eingang – wie Alfred sich entsann – zu einem breiten, hohen Tunnel. Er erinnerte sich auch an das Gefühl von tiefem Frieden, das ihn willkommen geheißen hatte, als er diesen Tunnel betrat.

Alfred stand vor der Öffnung und betrachtete die durch Magie in den Fels geprägten Zeichen. Für einen Uneingeweihten hätten sie nicht anders ausgesehen als die Glyphen am Fuß der Wand. Doch Alfred vermochte die subtilen Unterschiede zu erkennen: ein Punkt über einem Strich statt darunter, ein Kreuz statt eines Sterns, ein Kreis von einem Quadrat eingefaßt. Diese Abweichungen verwandelten die hilfreichen Runen in Runen der Abweichungen – die mächtigsten, die ein Sartan zu schaffen imstande war. Jeder, der sich diesem Türbogen näherte …

»Worauf zum Henker wartest du?« Hugh Mordhand schaute Alfred mit gerunzelter Stirn an. »Du hast doch nicht vor, in Ohnmacht zu fallen, oder?«

»Nein, Sir Hugh, aber … Wartet! Nicht!«

Hugh Mordhand drängte sich an ihm vorbei und ging schnurstracks auf die Öffnung zu.

Das dunkle, pulsierende Rot der Sigel loderte grell auf. Verwundert blieb Mordhand stehen und betrachtete die magischen Zeichen mißtrauisch.

Nichts geschah. Alfred schwieg. Der Nichtige hätte ihm wahrscheinlich ohnehin nicht geglaubt. Er gehörte zu denen, die aus Schaden klug werden müssen.

Hugh trat noch einen Schritt vor. Die Runen gleißten, und im Bruchteil eines Augenblicks rahmten züngelnde, knisternde Flammen den Bogen ein.

Der Hund klemmte den Schwanz zwischen die Beine und trat den Rückzug an.

»Verflucht!« brummte Hugh Mordhand beeindruckt. Vorsichtshalber wich er zurück.

Kaum hatte er sich von dem Torbogen entfernt, erstarb das Feuer, aber die Runen behielten den feindseligen roten Glanz, und die Hitze der Flammen hing schweflig zwischen den Wänden.

»Es ist uns verboten weiterzugehen«, sagte Alfred ruhig.

»Das habe ich gemerkt!« Hugh Mordhand rieb sich die Arme, wo die Flammen das dichte, schwarze Haar versengt hatten. »Und was jetzt?«

»Ich kann die Runen außer Kraft setzen.« Doch Alfred machte keine Anstalten, seinen Worten die Tat folgen zu lassen.

»Weiche Knie?« fragte Haplo.

»Nein«, verteidigte sich Alfred. »Es ist nur …« Er schaute den Gang hinunter, in die Richtung, aus der sie gekommen waren.

Die blauen Runen am Fuß der Wand waren erloschen, aber seine Gedanken, sein Blick erweckten sie erneut zum Leben. Sie wiesen zurück zu dem Verlies, zu Haplo.

Alfred sah auf den Hund hinunter. »Ich muß erst wissen, was mit dir geschieht.«

»Das ist nicht wichtig.«

»Aber …«

»Verflucht, ich weiß nicht, was geschieht!« brauste Haplo auf. »Aber ich weiß, was geschieht, wenn wir hier versagen. Und du weißt es auch.«

Alfred verzichtete auf weitere Einwände und begann zu tanzen.

Seine Bewegungen waren anmutig, langsam, gravitätisch. Er begleitete seinen Tanz mit Gesang, seine Hände woben die Runen zu der Melodie, seine Füße zeichneten das gleiche komplizierte Muster auf den Boden aus gewachsenem Fels. Die Magie durchdrang ihn, perlte in seinem Blut. Sein Körper, der sich oft so fremd anfühlte, als gehörte er jemand anderem und wäre nur geliehen, fiel von ihm ab. Er war Licht und Luft und Wasser. Er war glücklich, zufrieden, frei von Angst.

Das rote Licht der Abwehrrunen flammte einmal blendend hell auf, dann wurde es schwächer und erstarb. Dunkelheit strömte in den Gang, Dunkelheit löschte Alfreds Glanz. Die Magie in seinem Blut verpuffte, sein alter, linkischer Körper hing vor ihm am Haken wie ein schwerer Mantel, in den er sich hineinquälen mußte, plump, nicht für ihn zugeschnitten.

Alfreds Bewegungen wurden schwerfälliger. Er blieb stehen, und seine Schultern sanken herab. Müde sagte er: »Wir können jetzt weitergehen. Hinter uns werden die Runen wieder aufleuchten – vielleicht hält das Fürst Xar von der Verfolgung ab.«

Haplo ersparte sich einen Kommentar und gab nur einen skeptischen Laut von sich.

Alfred übernahm die Führung. Hugh Mordhand folgte ihm und hielt dabei ein wachsames Auge auf die Runen gerichtet, als rechnete er jeden Moment damit, daß sie wieder anfingen zu brennen. Der Hund trottete gelangweilt hinter dem Assassinen drein, als letzter kam Jonathon. Seine schleppenden Schritte hinterließen eine deutliche Fährte in der dicken Staubschicht. Alfred richtete den Blick auf den Boden und entdeckte beklommen ihrer aller Fußabdrücke von damals, unverändert, als wäre seither keine Stunde vergangen. Die seinen waren leicht von den anderen zu unterscheiden, eine verstolperte Schlangenlinie, die seinen Gemütszustand widerspiegelte: Verwirrung, Angst, nichts anderes als jetzt.

Haplos Spur dagegen – pfeilgerade, zielstrebig, entschlossen. Beim Verlassen des Raums war sein Gang weniger fest gewesen. Seine Überzeugungen waren ins Wanken geraten, die im Sanktuarium gemachte Erfahrung hatte sein Weltbild erschüttert.

Und Jonathon. Er war als junger Mann diesen Weg gegangen, atmend, fühlend; jetzt wanderte sein untoter Leib durch den Staub und verwischte die Spuren des Lebenden. Bei jenem ersten Mal war auch der Hund bei ihnen gewesen, aber von ihm war keine Fährte zu entdecken, weder alt noch neu. Alfred wunderte sich, daß er diesen Umstand bisher nie bemerkt hatte.

Oder vielleicht habe ich Spuren gesehen, dachte er mit einem wehmütigen Lächeln, weil ich sie sehen wollte.

Er bückte sich und kraulte dem Vierbeiner die Ohren. Der Hund schaute mit feuchten, klugen Augen zu ihm auf, sein Maul öffnete sich zu einem hechelnden Grinsen.

»Ich *bin* wirklich«, schien er zu sagen. »Vielleicht bin ich sogar die einzige Wirklichkeit.«

Alfred drehte sich um. Aufrecht, ohne zu stolpern, ging er durch das Siebte Tor, das bei den Bewohnern Abarrachs die Krypta der Verdammten hieß.

Der Gang endete vor einer Mauer aus massivem schwarzen Fels, versehen mit zwei verschiedenen Runeninschriften. Bei der ersten handelte es sich um einfache Glyphen, unzweifelhaft von Samah selbst angebracht. Die anderen Sigel waren von den ersten Sartansiedlern auf Abarrach hinzugefügt worden. Während sie versuchten, mit ihren Vettern auf den anderen Welten Verbindung aufzunehmen, stolperten sie zufällig über das Siebente Tor. Dort fanden sie Seelenfrieden, Selbsterkenntnis, Erfüllung – durch das Wirken einer höheren Macht, einer Macht jenseits ihrer Vorstellung und ihres Verständnisses. Deshalb hatten sie diesen Raum zu einem heiligen Ort erklärt – Sanktuarium.

In diesem Raum waren sie gestorben.

In diesem Raum hatte Kleitus den Tod gefunden.

Die Erinnerung an dieses schreckliche Ereignis machte Alfred schaudern, und rasch zog er die Hand zurück, die die Runen an der Wand nachgezeichnet hatte. Mit entsetzlicher Deutlichkeit sah er die Gerippe auf dem Boden liegen. Massenmord. Massenselbstmord.

Wer aber diesen Ort entheiligt durch Gewalt, wider den soll sie sich kehren und ihn vernichten.

So stand es in Augenhöhe entlang der Wände geschrieben. Als er seinerzeit die Warnung las, hatte Alfred nach dem Grund gefragt, nun glaubte er ihn zu kennen. Furcht – zu guter Letzt lief es immer darauf hinaus. Wer konnte genau wissen, was in Samah vorgegangen war, doch er hatte Angst gehabt*, selbst in diesem Raum, den der Rat durch Magie zu einer Festung umgewandelt hatte. Doch schließlich war er seinen Schöpfern zum Verhängnis geworden.

Eine kalte Hand berührte Alfreds. Er schrak auf und merkte, daß Jonathon neben ihm stand.

»Hab keine Angst vor dem, was dich dort erwartet.«

» … dort erwartet …« wisperte der Schemen.

»Die Toten sind zur Ruhe gebettet, nichts kündet mehr von ihrem tragischen Ende. Ich habe selbst dafür Sorge getragen.«

»… Sorge getragen …«

»Du bist hier gewesen?« fragte Alfred erstaunt.

»Viele Male.« Der Widerschein der Seele verlieh dem starren Antlitz des Lazars einen Anschein von Leben und erwärmte die toten Augen. »Ich komme, ich gehe. Dieser Raum ist – sofern es das für mich geben kann – mein Zuhause gewesen. Hier finde ich Linderung von den Qualen meines Daseins. Hier finde ich Geduld, auszuharren, auf das Ende zu warten.«

»Das Ende?« Der ominöse Klang der Worte verursachte Alfred Unbehagen.

Der Lazar antwortet nicht und sein Schemen umtanzte ihn ruhelos.

Alfred holte tief und zitternd Atem. Das letzte bißchen Zuversicht verflüchtigte sich.

»Was geschieht, wenn wir versagen?«

Diese Worte Haplos im Ohr, legte Alfred die Handflächen gegen die Felsmauer und begann, die Runen zu singen. Unter seinen Fingerspitzen löste das Gestein sich auf. Leuchtend blaue Sigel umrahmten eine Türöffnung, die – nicht in Dunkelheit führte wie beim letzten Mal, als sie das Sanktuarium betreten hatten, sondern ins Licht.

* Siehe Appendix I: ›Eine ausführliche Historie des Siebten Tores.‹

Das Siebte Tor war ein Septagon, überwölbt von einer kuppelförmigen Decke. Eine in der Mitte der Kuppel schwebende Kugel verbreitete eine weiche, weiße Helligkeit. Wie Jonathon versprochen hatte, waren die sterblichen Überreste der in diesem Raum zu Tode gekommen Sartan verschwunden. Doch immer noch warnte die Inschrift: *Wer aber diesen Ort entheiligt durch Gewalt, wider den soll sie sich kehren und ihn vernichten.*

Alfred trat über die Schwelle. Wieder fühlte er sich von der liebenden Wärme empfangen, an die er sich erinnerte. Wohlbehagen und Ruhe erfüllten seinen Geist. Er trat an den rechteckigen Tisch aus makellosem weißem Holz heran – Holz aus der alten, vergangenen Welt – und betrachtete ihn mit Ehrfurcht und Trauer.

Auch Jonathon näherte sich dem Tisch. Hätte Alfred darauf geachtet, wäre ihm die Veränderung aufgefallen, die mit dem Lazar vorging, als er den Raum betrat. Der Schemen blieb außerhalb des Körpers und versuchte nicht mehr, sich loszureißen. Die Nebelgestalt verdichtete sich zu einem opalisierenden Abbild des Herzogs, wie er gewesen war, als Alfred ihn kennengelernt hatte: jugendlich, schwungvoll, lebensprühend. Der Leichnam schien der Schatten der Seele zu sein.

Doch Alfred hatte dafür keinen Blick. Er starrte auf die Runen, die in den Tisch geschnitzt waren, starrte darauf wie hypnotisiert, unfähig, den Blick abzuwenden. Er beugte sich tiefer, tiefer.

Hugh Mordhand verharrte in der Türöffnung; nun, da der Moment gekommen war, scheute er vielleicht doch vor dem Unwiderruflichen zurück.

Der Hund versetzte Hugh einen freundlichen Schubs und wedelte aufmunternd mit dem Schwanz.

Hughs versteinerte Züge entspannten sich, er lächelte. »Nun, wenn du meinst«, sagte er zu dem Vierbeiner und trat ein. Während er langsam durch den Raum ging, sah er sich aufmerksam nach allen Seiten um. Am Tisch blieb er stehen und zeichnete müßig mit dem Finger die Linien der Runen nach.

Der Hund sprang über die Schwelle – und verschwand.

Die Tür zum Siebenten Tor fiel zu.

Alfred bemerkte Hughs Abwesenheit nicht und auch nicht das Verschwinden des Hundes. Er hörte nicht, wie die Tür sich schloß. Er stand vor dem Tisch, streckte die Hand aus und legte die Finger behutsam, ehrerbietig auf das weiße Holz …

»Wir sind heute hier zusammengekommen, meine Freunde«, sagte Samah von seinem Platz am Kopf des Tisches, »um die Welt zu teilen.«

Kapitel 25

Das Siebte Tor

Der Raum, genannt das Siebte Tor, war voller Sartan. Die Mitglieder des Rats der Sieben saßen um den Tisch, alle anderen standen. Alfred lehnte an einer Wand im hinteren Teil, neben einer der sieben Türen. Die Türen selbst und ein Bereich von sieben quadratischen Marmorplatten davor blieben frei.

Die Gesichter der neben ihm Stehenden waren angespannt, blaß und hager. Alfred wußte, er sah genauso aus, denn ihm war genauso zumute. Nur Samah – ab und zu gelang es, einen Blick auf ihn zu erhaschen, wenn sich in der Mauer von Sartan, die ihn umdrängten, eine Lücke auftat – schien Herr seiner selbst und der Lage zu sein. Unerschütterlich war er die Kraft, die sie alle zusammenhielt.

Wenn sein Wille erlahmt, fallen wir auseinander wie ein Garbenbündel.

Alfred trat von einem Fuß auf den anderen, das lange Stehen war ermüdend. In der angespannten Atmosphäre und dem Gedränge war ihm, als rückten die Wände näher, und er hatte das Gefühl zu ersticken. Von plötzlicher Klaustrophobie ergriffen, drückte er sich gegen die Mauer, an der er lehnte, und wünschte, sie möge einstürzen. Frische Luft, weiter blauer Himmel. Fliehen aus dieser beklemmenden Enge, fliehen vor Samah und den Ratswachen, in die Welt *hinein*laufen, statt vor ihr davon.

»Freunde.« Samah stand auf. Alle am Tisch Sitzenden hatten sich erhoben. »Es ist an der Zeit. Macht euch bereit, den Zauber zu wirken.«

Alfred entdeckte Orla. Sie war bleich, aber gefaßt. Er wußte von ihren Bedenken, wußte, wie sie sich gegen diese Entscheidung gesträubt hatte. Natürlich brauchte sie als Samahs Gemahlin nicht zu befürchten, zusammen mit den Patryn in das Labyrinth verbannt zu werden, wie er es mit einigen anderen Zweiflern getan hatte.

Die Sartan umstanden mit gesenktem Kopf, verschränkten Händen und geschlossenen Augen den Tisch. Sie versenkten sich in den meditativen Zustand, der sie befähigte, die gewaltigen magischen Kräfte freizusetzen, deren Samah und der Rat bedurften.

Alfred bemühte sich, es ihnen gleichzutun, aber es war ihm unmöglich, sich zu sammeln. Seine Gedanken huschten hin und her wie verängstigte Mäuse in einem Käfig.

»Es scheint dir schwerzufallen, dich zu konzentrieren, Bruder«, bemerkte eine leise, freundliche Stimme an seinem Ohr.

Überrascht blickte Alfred auf und sah einen Mann neben sich an der Wand lehnen. Der Mann war jung, abgesehen davon ließ sich kaum etwas über ihn sagen. Das Gesicht war im Schatten der Kapuze verborgen und die Hände mit Stoffstreifen umwickelt.

Verbände ... Alfred starrte auf die weißen Verbände an Händen und Unterarmen des Mannes, und ein kalter Schauer lief ihm über den Rücken.

Der junge Mann wandte sich ihm zu und lächelte ernst, auf eine unverkennbare Art.

»Die Sartan werden diesen Tag bereuen, Bruder.« Seine Stimme bekam einen bitteren Klang. »Zwar lindert ihre Reue nicht das Leid der unschuldigen Opfer, aber wenigstens werden die Sartan vor dem Ende die Perversität dessen erkennen, was sie getan haben. Wenn das zu wissen dir ein Trost ist.«

»Wir werden verstehen«, sagte Alfred langsam, »aber wird uns das helfen? Wird die Zukunft besser dadurch?«

»Das bleibt abzuwarten, Bruder«, antwortete Haplo.

Er *ist* Haplo. Und ich bin Alfred, nicht ein namenloser, gesichtsloser Sartan, der vor langer, langer Zeit zitternd in diesem Raum gestanden hat. Und doch, gleichzeitig bin ich jener unglückliche Sartan. Ich bin hier, und ich war dort.

»Ich hätte tapferer sein müssen«, flüsterte Alfred. Schweiß rann über sein Gesicht. »Ich hätte sprechen sollen, dem Wahnsinn Einhalt gebieten. Aber ich bin ein solcher Feigling. Ich sah, was mit den anderen geschah, und konnte es nicht ertragen. Obwohl ich jetzt fast glaube, es wäre besser gewesen ... Wenigstens hätte ich mit mir selbst leben können, wenn auch nicht sehr lange. Nun muß ich für den Rest meines Lebens diese Bürde tragen.«

»Es ist nicht deine Schuld«, sagte Haplo. »Zum letzten Mal, hör auf, dich zu entschuldigen.«

»Aber doch«, beharrte Alfred. »Aber doch ist es meine Schuld. Die wir blind gewesen sind für Vorurteile, Haß, Intoleranz – wir alle tragen die Schuld.«

»Fühlt eure Macht, Brüder«, rief Samah. »Fühlt eure Macht und sendet euren Geist bis an die äußeren Grenzen und dann darüber hinaus. Wählt die Möglichkeit, daß diese Welt nicht eins ist, sondern aufgespalten in ihre elementaren Teile: Erde, Luft, Feuer und Wasser.«

An vier Türen leuchtete je ein einzelnes Runenzeichen auf. Alfred erkannte die Symbole – eins für jedes der Elemente. Das also waren die Türen, die zu den neuen Welten führen würden. Ein heftiges Zittern überfiel ihn, gegen das er sich nicht wehren konnte.

»Unsere Feinde, die Patryn, sind in das Labyrinth gebracht worden. Sie stellen nun keine Bedrohung mehr für uns dar«, fuhr Samah fort. »Wir hätten sie leicht vernichten können, aber wir wollen ihren Untergang nicht. Unser Bestreben ist ihre Läuterung, ihre Besserung. Ihr Gefängnis – nein, nennen wir es ein Umerziehungslager – wird nun verschlossen.«

An der fünften Tür flammte rot ein weiteres Sigel auf. Das Labyrinth. Läuterung. Haplo lachte bitter.

Tu das nicht, Samah! wollte Alfred rufen, schreien. Das Labyrinth ist kein Gefängnis, sondern eine Folterkammer. Es hört den Haß und die Furcht hinter deinen Worten und wird sich diesen Haß zu eigen machen.

Doch Alfred schwieg. Er hatte zuviel Angst.

»Wir haben auch einen Zufluchtsort für die Patryn geschaffen.« Samah lächelte mit schmalen Lippen. »Sobald sie ihre Lektion gelernt haben, wird das Labyrinth sie entlassen, in eine Stadt, wo sie leben können wie ein zivilisiertes Volk.«

»Ja«, sagte Alfred zu sich, »die Patryn werden ihre ›Lektion‹ gründlich lernen. Die Lektion des Hasses. Nach Vergeltung dürstend, werden sie aus dem Labyrinth herauskommen. Bis auf wenige. Wenige wie Haplo, die erkennen, daß in der Liebe die wahre Kraft liegt.«

Die sechste Tür überzog das schimmernde Farbensigel einer Abenddämmerung. Der Nexus.

»Und zuletzt«, Samah wies auf die Tür, die sich hinter ihm befand und jetzt langsam aufschwang, »erschaffen wir den Pfad, der uns zu diesen Welten führt. Wir erschaffen das Todestor. Aus dem Tod dieser Welt entstehen neue, bessere Welten. Und nun ist die Zeit gekommen.«

Feierlich drehte Samah sich zu der Tür herum, die weit offen stand. Alfred versuchte zu erkennen, was sich dahinter verbarg. Auf den Zehenspitzen stehend, spähte er über die Köpfe der unruhigen Menge.

Blauer Himmel, weiße Wolken, grüne Bäume, weite Meere ... Die alte Welt ...

»Laßt uns beginnen.« Der Archont hob die Arme. »Laßt uns das Werk beginnen.«

Alfred wollte seine Magie in den großen Strom einfließen lassen, aber er vermochte es nicht. Er sah die Gesichter der ahnungslos und unschuldig zum Tode Verurteilten. Tausende, Abertausende, die vergeblich Rettung suchten.

Tränen liefen ihm über die Wangen, er weinte, schluchzte und konnte nicht aufhören.

Haplo legte eine bandagierte Hand auf seine Schulter. »Nimm dich zusammen. Damit hilfst du keinem. Samah beobachtet dich.«

Erschrocken hob Alfred den Kopf. Sein Blick begegnete dem des Archonten, und er sah darin die Angst und den Zorn, die den Mann beherrschten.

Und dann war Samah nicht mehr Samah.

Er war Xar.

Kapitel 26

Das Siebte Tor

Die Stimme erreichte ihn aus weiter Ferne, einer Ferne von Zeit und Raum. Sie war leise, aber beschwörend.

»Alfred!«

Eine Hand auf der Schulter, die ihn schüttelte, eine von Stoffstreifen umhüllte Hand. Alfred wollte sich befreien, aber es gelang ihm nicht. Die Hand hielt ihn fest.

»Nein, bitte, laß mich in Ruhe!« flehte er. »Ich bin in meiner Gruft. In Sicherheit. Es ist friedlich und ruhig. Niemand kann mir hier Schmerz zufügen. Laß mich los!«

Die Hand ließ ihn nicht los, doch auf einmal empfand er ihre Berührung nicht mehr als gewalttätig, sondern als willkommen und tröstlich, stützend und beruhigend. Sie zog ihn mit sich, zurück in die Welt der Lebenden. Plötzlich, er hatte die andere Seite noch nicht ganz erreicht, gab die Hand ihn frei, die Verbände fielen ab, und er sah das Blut darunter. Mitleid erfüllte ihn. Die Hand streckte sich ihm entgegen.

»Alfred, ich brauche dich!«

Und dort, zu seinen Füßen, saß der Hund und blickte treuherzig zu ihm auf. »Ich brauche dich.«

Alfred zögerte, umfaßte die Hand …

… und wurde mit einem heftigen Ruck nach vorn gerissen. Er stolperte und fiel hin.

»Und bleib weg von dem verdammten Tisch, ja?« Haplo beugte sich über ihn. »Fast hätten wir dich diesmal endgültig verloren.« Er musterte Alfred grimmig, aber doch mit einem Anflug von Besorgnis. »Alles in Ordnung?«

Alfred, benommen auf dem Boden hockend, brachte kein Wort heraus. Fassungslos starrte er Haplo an. Haplo, der vor ihm stand! Haplo, heil und gesund!

Ein Grinsen breitete sich auf dem Gesicht des Patryn aus. »Du siehst genauso aus wie der Hund.«

»Mein Freund ...« Alfred richtete den Oberkörper auf, seine Augen füllten sich mit Tränen. »Mein Freund ...«

»Keine Gefühlsduseleien«, schnitt Haplo ihm das Wort ab. »Und steh auf. Wir haben nicht viel Zeit, Fürst Xar ...«

»Er ist hier!« Alfred erhob sich mühsam und schaute zum Kopf des Tisches. Er zwinkerte verwirrt. Nicht Samah. Auch nicht Xar. Jonathon stand dort, neben ihm Hugh Mordhand.

»Aber ... ich habe Xar gesehen ...« Er fuhr zu Haplo herum. »Du! Bist du wirklich?«

»Aus Fleisch und Blut«, antwortete Haplo.

Seine Hand – mit Tätowierungen bedeckt, stark und warm – umfaßte Alfreds Arm und stützte den Sartan, der kreidebleich war und wacklig auf den Beinen.

Zaghaft stieß er Haplo mit einem knochigen Finger gegen die Brust. »Du *scheinst* echt zu sein«, meinte er, immer noch zweifelnd, und schaute sich um. »Der Hund? Wo ist der Hund?«

»Hat sich davongemacht.« Haplo lächelte. »Wahrscheinlich ist ihm der Duft von Würsten in die Nase gestiegen.«

»Er hat sich nicht davongemacht«, widersprach Alfred mit schwankender Stimme. »Er ist Teil von dir geworden. Endlich. Aber wie ist das geschehen?«

»Dieser Raum«, erklärte Jonathon. »Verflucht und gesegnet. In Haplos Fall erhielt die Runenmagie seinen Körper am Leben. Die Magie hier im Innern des Siebenten Tores hat der Seele ermöglicht, sich wieder mit dem Körper zu vereinen.«

Alfred runzelte nachdenklich die Stirn. »Als Prinz Edmund diesen Raum betrat, wurde seine Seele vom Körper befreit.«

»Er war tot«, entgegnete Jonathon. »Durch Nekromantie wiedererweckt. Seine Seele war ein Sklave. Das ist der Unterschied.«

»Aha«, Alfred nickte. »Ich glaube, ich fange an zu begreifen ...«

»Das freut mich für dich«, unterbrach ihn Haplo. »Wie viele Jahre, glaubst du, wird es dauern, bis du die Zusammenhänge durchschaust? Wie schon gesagt, wir haben nicht viel Zeit. Wir müssen mit der höheren Macht Verbindung aufnehmen ...«

»Ich weiß wie! Ich habe die Teilung miterlebt! Samah war hier, und die Ratsmitglieder saßen um den Tisch. Und du warst hier ... Schon gut.« Alfred fing Haplos ungeduldigen Blick auf. »Ich erzähle dir später davon.«

»Diese vier Türen« – er streckte die Hand aus – »die einen Spaltbreit offen sind, führen zu den vier Welten. Die Tür dort hinten führt zum Labyrinth. Die geschlossene Tür muß die zum Vortex sein, der eingestürzt ist, wie du ja weißt, und jene Tür« – die ausgestreckte Hand zitterte – »*jene* Tür, die weit offen steht, führt zum Todestor.«

Haplo sah ihn verärgert an. »Ich habe dir gesagt, du sollst dich von dem vermaledeiten Tisch fernhalten. *Die* Tür führt nirgends hin, nur nach draußen auf den Gang. Falls du es vergessen hast, mein Freund, das war die Tür, durch die wir letztesmal diesen Raum verlassen haben. Obwohl, wenn ich mich recht erinnere, du sie hinter dir geschlossen hast. Oder vielmehr, sie hat sich von selbst hinter dir geschlossen.«

»Aber das war auf Abarrach«, wandte Alfred ein. Er schaute sich hilflos um, der Gedanke, der ihm gekommen war, erschreckte ihn. »Wir befinden uns nicht im Sanktuarium. Wir befinden uns nicht auf Abarrach. Wir befinden uns im Innern des Siebenten Tores.«

Haplo schob skeptisch die Brauen zusammen.

»Du bist hier.« Alfred sah ihn an. »Wie bist du hergekommen?«

Haplo zuckte die Schultern. »Ich bin halb erfroren in einer Gefängniszelle aufgewacht. Keine lebende oder tote Seele weit und breit. Ich ging hinaus und sah die blauen Glyphen an der Wand. Eine Erinnerung veranlaßte mich, ihnen zu folgen. Dann hörte ich dich singen. Die Abwehrrunen ließen mich passieren, ich kam hierher, fand die Tür offen, ging hinein. Du hast an dem verdammten Tisch gesessen, gejammert und dich für alles mögliche entschuldigt – wie gewohnt.«

Verdutzt schaute Alfred zu Jonathon. »Dann *sind* wir noch auf Abarrach? Das verstehe ich nicht.«

»Weil das Siebente Tor in euren Gedanken war, seid ihr zum Siebenten Tor gelangt. Ihr befindet euch hier im Siebenten Tor.«

»… Siebenten Tor …« wiederholte der Schemen mit frohlockender Stimme.

»Diese Tür, die mit der Rune des Todestores versehen ist« – Jonathon zeigte darauf – »hat all die Jahrhunderte offengestanden. Um das Todestor unpassierbar zu machen, ist das die Tür, die geschlossen werden muß.«

Alfred sank der Mut. Diese Aufgabe war zu gewaltig für einen einzigen Mann. Es hatte der vereinten Anstrengung des Rats der Sieben und Hunderter mächtiger Sartan bedurft, um diese Tür zu erschaffen und zu öffnen. Und er allein sollte sie schließen …

»Wie bin ich dann hierhergekommen?« wollte Haplo wissen. Offenbar zweifelte er noch immer. »Ohne von Magie Gebrauch zu machen …«

»Nicht Magie ist dazu nötig«, erwiderte Jonathon. »Erkenntnis. Selbsterkenntnis. Das ist der Schlüssel zum Siebenten Tor. Wäre mein

Volk zu dieser Erkenntnis fähig gewesen, hätte es sich die Macht dieses Ortes nutzbar machen können. Sie bemühten sich, aber nicht genug. Sie hatten nicht die Kraft, loszulassen.«

»… loszulassen …«

»Ich brauche Beweise. Öffne die Tür«, verlangte Haplo. »Nicht diese da!« Er hütete sich, der Tür nahe zu kommen, die bereits halb offen stand. »Eine von den geschlossenen. Sehen wir uns an, was dahinter ist.«

»Und welche?« Alfred hatte ein flaues Gefühl im Magen.

Haplo schwieg einen Moment, dann sagte er: »Die, von der du behauptest, daß sie zum Labyrinth führt.«

Alfred nickte. Er stellte sich den Raum vor, wie er ihn unmittelbar vor der Teilung gesehen hatte. Vorsichtig umrundete er den weißen Tisch, wobei er darauf achtete, nicht die Runen zu berühren, und stand schließlich vor der Tür mit dem flammend roten Sigel.

Er streckte die Hand aus, legte sie auf das eingemeißelte Zeichen und begann zu singen, erst leise, dann mit kräftiger Stimme. Unter seinen Fingerspitzen pulsierte das Sigel wie ein schlagendes Herz. Alfred faßte Mut und stieß gegen die Tür, die langsam aufschwang.

Sie standen im Labyrinth.

Kapitel 27

Das Labyrinth

Nach der Durchfahrt durch das Todestor trafen die beiden Sartanschiffe im Nexus ein. Sie landeten in der Nähe der brandgeschwärzten Ruine, die einst Fürst Xars Residenz gewesen war. Die Sartan an Bord standen an den Bullaugen und schauten hinaus; es herrschte betroffenes Schweigen.

»Der sichtbare Beweis dafür, wie groß der Haß ist, den die Patryn gegen uns hegen«, konnte man Ramu sagen hören. »Sie verwüsten die Stadt und das Land, das wir für sie geschaffen haben, obwohl sie sich damit nur selbst schaden. Eine solche Mentalität ist keiner Vernunft zugänglich. Diese Barbaren werden nie fähig sein, in einer zivilisierten Welt zu leben.«

Marit hätte ihn über den wahren Sachverhalt aufklären können – daß diese Verwüstung das Werk der Schlangen war –, aber sie wußte, er würde ihr keinen Glauben schenken, und wollte sich nicht zu einem sinnlosen Streit herausfordern lassen. Sie zog es vor zu schweigen und hielt das Gesicht abgewandt, damit niemand ihre Tränen sah.

Um seine Leute keiner Gefahr auszusetzen, ließ Ramu sie an Bord bleiben, wo sie durch die Runen geschützt waren, und sandte Kundschaftertrupps aus.

Die Chelestrer nutzten die ihnen aufgezwungene Wartezeit, um sich ihrer Vettern von Abarrach anzunehmen. Sie waren rücksichtsvoll, geduldig und freundlich und gaben selbstlos von ihrer Kraft. Sogar bei

Marit blieben einige stehen und fragten, ob sie Hilfe brauchte. Sie war überrascht und gerührt und bemühte sich, das freundliche Ansinnen ebenso freundlich abzulehnen.

Der einzige Sartan, dem sie beinahe vertraute – aber nur beinahe –, war Baltasar. Sie wußte selbst nicht recht, warum. Vielleicht, weil er und sein Volk auch erfahren hatten, was es hieß, seine Kinder sterben zu sehen. Oder vielleicht, weil er sich die Zeit genommen hatte, während der Reise durch das Todestor mit ihr zu reden, sie nach der Wirklichkeit des Labyrinths zu fragen.

Gespannt wartete Marit auf die Rückkehr der Kundschafter, die sich aber sofort bei Ramu meldeten. Sie hätte einiges darum gegeben, ihren Rapport zu hören, doch blieb ihr nichts anderes übrig, als sich in Geduld zu fassen.

Endlich kam Ramu aus seiner Kabine und winkte Baltasar zu sich – ungern, dachte Marit. Dem Archonten widerstrebte es sichtlich, seine Machtposition zu teilen, aber die Abarrach-Sartan hatten keinen Zweifel daran gelassen, daß sie nur einem der ihren folgen würden.

»Was ich gehört habe, gefällt mir nicht«, sagte Ramu mit gesenkter Stimme. »Die Berichte der Kundschafter sind widersprüchlich. Sie haben mir gemeldet …«

Marit konnte nicht verstehen, was er Baltasar erzählte, aber sie ahnte es. Die Kundschafter hatten gesehen, was die Schlangen sie sehen lassen wollten.

Baltasar hörte zu, dann unterbrach er Ramu mit einer höflichen Geste und gab Marit ein Zeichen, sich zu ihnen zu gesellen.

Ramu zog die Brauen zusammen. »Hältst du das für klug? Sie ist eine Gefangene. Ich möchte nicht, daß der Feind von unseren Plänen erfährt.«

»Wie gesagt, sie ist eine Gefangene und hat meines Erachtens kaum eine Chance zu entfliehen. Ich lege Wert darauf, ihre Meinung zu hören. Bitte sprich weiter, Bruder.«

Ramu ließ einen Augenblick verstreichen, bevor er fortfuhr. Wegen der Patrynfrau sah er sich zu seinem Ärger gezwungen, neu abzuwägen, was und wieviel er preisgeben wollte. »Ich habe die Absicht, mich mit eigenen Augen vom Stand der Dinge zu überzeugen, deshalb werde ich mich zum Letzten Tor begeben.«

»Ausgezeichnet«, stimmte Baltasar zu. »Ich begleite dich.«

Das Gesicht des Archonten verriet keine große Begeisterung. »Du bist noch sehr schwach, Bruder. Solltest du nicht deine Kräfte schonen?«

Baltasar tat den Einwand mit einem Schulterzucken ab. »Ich bin der Repräsentant der Letzten meines Volkes. Ihr Herrscher, wenn man so will. Nach dem Gesetz der Sartan kannst du mir meine Bitte nicht abschlagen.«

Ramu neigte den Kopf. »Ich war nur um dein Wohlergehen besorgt.«

»Natürlich. Was sonst.« Baltasar lächelte ironisch. »Und ich nehme Marit mit, als meine Beraterin.«

Vor Überraschung stumm, konnte sie ihn nur anstarren.

»Kommt nicht in Frage«, lehnte der Archont rundweg ab. »Sie ist viel zu gefährlich. Sie bleibt hier, unter Bewachung.«

»Aber sie kann uns nützlich sein«, setzte Baltasar ihm auseinander. »Diese Frau hat sowohl im Nexus als auch im Labyrinth gelebt. Sie ist vertraut mit dem Land, mit den Bewohnern. *Sie* weiß, was vor sich geht, was man – meiner Meinung nach – von deinen Kundschaftern nicht behaupten kann.«

Ramu stieg die Zornesröte ins Gesicht. Er war es nicht gewöhnt, kritisiert zu werden. Die anderen Ratsmitglieder, die Zeugen des Disputs waren, tauschten unbehagliche Blicke.

Baltasar war ein gewiefter Diplomat. Ramu hatte keine andere Wahl, als nachzugeben. Er brauchte die Hilfe der Abarrach-Sartan, und dies war weder die Zeit noch der Ort, ihren Anführern in die Schranken zu weisen.

»Nun gut«, sagte der Archont verdrossen. »Sie kann dich begleiten, aber sie wird streng bewacht, und wenn irgend etwas geschieht …«

»Ich übernehme die volle Verantwortung«, kam Baltasar ihm bereitwillig entgegen.

Eine direkte Konfrontation war vermieden worden, doch jeder Sartan, der diesen Zusammenprall zweier starker Willen erlebt hatte, wußte, es würde Krieg geben. Es ist nicht Platz für zwei Sonnen auf einer Umlaufbahn, wie das Sprichwort sagt.

»Ich möchte dir danken, Baltasar«, begann Marit unbeholfen, doch er schnitt ihr barsch das Wort ab. »Danke mir nicht. Komm her und sieh hinaus.« Er griff mit seiner mageren Hand nach ihrem Arm und zog sie zu einem der Bullaugen. »Ich möchte, daß du mir etwas erklärst.«

Die knochigen Finger gruben sich so tief in ihr Fleisch, daß die Tätowierungen aufleuchteten, um sie zu schützen. Sie wollte sich losreißen, aber der Nekromant hielt sie fest.

»Wenn sich eine Chance bietet, zögere nicht, sie zu ergreifen«, sagte er leise, eindringlich, bevor sie protestieren konnte. »Ich werde für dich tun, was ich kann.«

Flucht! Marit wußte sofort, was er meinte. Aber warum wollte er ihr helfen? Mißtrauisch wartete sie ab.

Baltasar warf einen Blick über die Schulter. Einige Sartan schauten zu ihnen her, aber sie gehörten zu seinen Anhängern, denen er trauen konnte. Die anderen waren entweder mit Ramu gegangen oder damit beschäftigt, ihren Vettern zu helfen.

Er wandte sich wieder Marit zu und fuhr halblaut fort: »Ramu weiß nichts davon, aber ich habe meine eigenen Kundschafter ausgesandt. Sie berichten, daß Heerscharen abscheulicher Ungeheuer sich am Letzten Tor versammelt haben – rote Drachen, Wölfe, die aufrecht gehen wie Menschen, gigantische Insekten. Es interessiert dich vielleicht zu erfahren, daß Ramus Männer einen Angehörigen deines Volkes gefangen und zum Reden gezwungen haben.«

»Einen Patryn?« Marit runzelte verwundert die Stirn. »Aber es sind keine Patryn mehr im Nexus. Die Schlangen haben mein Volk durch das Letzte Tor zurück ins Labyrinth getrieben.«

»Es war etwas Merkwürdiges an diesem Patryn.« Baltasar nahm den Blick nicht von ihrem Gesicht. »Er hatte seltsame Augen.«

»Laß mich raten – rote Augen? Das war einer von der Schlangenbrut. Sie können jede Gestalt annehmen ...«

»Ja. Nach allem, was ich wußte, habe ich mir etwas Ähnliches gedacht. Dieser falsche Patryn gestand, sein Volk wäre mit den Schlangen im Bunde und kämpfte darum, das Letzte Tor zu öffnen.«

»Das ist die Wahrheit!« Marit fühlte sich entsetzlich hilflos, auf allen Seiten von Lüge und Verrat umgeben. »Wir haben keine andere Wahl. Wenn das Letzte Tor sich schließt, ist mein Volk auf ewig im Labyrinth gefangen.« Angst und Verzweiflung raubten ihr die Stimme. Einen Moment lang konnte sie nicht weitersprechen. »Aber wir sind *nicht* mit den Schlangen im Bunde. Wir kennen sie! Lieber schmachten wir für immer im Labyrinth, als uns mit diesem Gezücht einzulassen. Wie kann dieser Narr Ramu nur so etwas glauben?«

»Er glaubt, was er glauben will, Marit. Was seinen Zwecken dient. Oder vielleicht ist er blind für ihre Verderbtheit.« Ein unfrohes Lächeln spielte um die Lippen des Nekromanten. »Wir sind es nicht, nicht mehr. Wir haben in diesen dunklen Spiegel geschaut und erkannt, was uns daraus entgegenblickt.«

Baltasar seufzte, und sein eingefallenes Gesicht war blaß. Nach der langen Zeit der Entbehrungen hatte er seine Kräfte noch nicht wiedergewonnen, doch als Marit vorschlug, er solle in sein Quartier gehen und sich hinlegen, schüttelte er den Kopf.

»Du mußt dein Volk unterrichten, Marit. Wir müssen auf derselben Seite gegen diese Kreaturen kämpfen, oder uns allen ist der Untergang gewiß. Gäbe es nur jemanden, der als Unterhändler geeignet wäre, um Ramu zu überzeugen ...«

»Aber es gibt jemanden!« Jetzt umklammerte Marit Baltasars Arm. »Obmann Vasu! Er ist ein halber Sartan! Ich werde versuchen, zu ihm zu gelangen. Doch Ramu wird merken, wenn ich von meiner Magie Gebrauch mache, und mich aufhalten.«

»Wieviel Zeit brauchst du?«

»Genug, um die Runen zu zeichnen. Ungefähr dreißig Herzschläge, nicht mehr.«

Baltasar lächelte. »Warte ab und halte dich bereit.«

Marit stand neben einer Mauer, hinter der die ausgebrannten Gerippe der einst prächtigen Gebäude des Nexus hervorragten. Die leuchtende Stadt, funkelnder Abendstern der Zwielichtwelt, war ein Trümmerfeld feuergeschwärzter Steine. Die Fenster waren dunkel und leer wie die Augen der Untoten. Rauch von den glimmenden Holzbalken verschleierte den Himmel und breitete eine rußige, glutrot angestrahlte Nacht über die Szenerie.

Zwei Sartan hatten den Auftrag, sie zu bewachen, doch ihre Aufmerksamkeit galt zu einem weit größeren Teil den Vorgängen am Letzten Tor. Nur gelegentlich streiften sie die Gefangene mit einem flüchtigen Blick. Was Marit hinter dem Tor sah, schwächte sie mehr als jede Sartanmagie.

»Man hat mir also die Wahrheit berichtet«, sagte Ramu grimmig. »Armeen der Finsternis sammeln sich zum Sturm gegen das Letzte Tor. Wir sind gerade noch rechtzeitig gekommen, wie es scheint.«

»Du Narr!« schleuderte Marit ihm entgegen. »Die Streitkräfte sammeln sich, um *uns* anzugreifen!«

»Glaub ihr nicht, Sartan«, zischelte eine tonlose Stimme zwischen den Ruinen. »Es ist ein Trick. Sie lügt. Ihre Armeen werden das Letzte Tor durchbrechen und von dort weiterziehen, um die vier Welten zu erobern.«

Ein gewaltiger Reptilschädel reckte sich hinter der Mauer in die Höhe und pendelte träge über ihnen hin und her. Die tückischen Augen glommen rot, eine gespaltene Zunge schnellte zwischen den zahnlosen Kiefern vor und zurück. Altersstumpfe Haut hing faltig an dem massigen Schlangenleib, der nach Tod, Verwesung und kalter Asche stank.

Baltasar prallte entsetzt zurück. »Was ist das für eine widerwärtige Kreatur?«

»Weißt du es nicht?« In den roten Augen irrlichterte Spott. »Ihr habt uns geschaffen …«

Die beiden Sartanwachen waren kreidebleich und zitterten am ganzen Leib. Marit hätte die Gelegenheit zur Flucht nutzen können, aber wie die beiden Männer fühlte sie sich gelähmt vom Basiliskenblick des Ungeheuers und war dazu verurteilt, tatenlos zuzuschauen.

Nur Ramu schien gegen den hypnotischen Einfluß der Kreatur gefeit zu sein. »Und deshalb seid ihr hier, verbündet mit euren Freunden, den Patryn. Einer der ihren hat es mir gesagt.«

Die Schlange senkte demütig das Haupt, und ein Schleier legte sich über die Kohlenglut der Augen. »Ihr tut uns Unrecht, Archont. Wir sind hier, um Euch zu helfen. Die Patryn versuchen, aus ihrem Gefängnis auszubrechen. Sie haben Drachen gerufen, um für sie zu kämpfen. In diesem Moment marschieren ihre Truppen gegen das Letzte Tor.«

Der kolossale Schädel glitt über die Mauer, gefolgt von einem Teil des abscheulichen Körpers. Unwillkürlich wich Ramu zurück, aber nur ein, zwei Schritte, dann behauptete er seinen Platz.

»Deinesgleichen sind bei ihnen.«

Züngelnd wiegte die Schlange sich hin und her. »Wir dienen unseren Schöpfern. Befiehl, und wir werden die Patryn vernichten und das Letzte Tor für alle Ewigkeit verschließen.«

»Und sobald sie uns vernichtet haben, wenden sie sich gegen euch, Ramu«, warnte Marit. »Ihr werdet euch im Labyrinth wiederfinden, wenn euch nichts Schlimmeres droht!«

Es war in den Wind gesprochen. Die Schlange schenkte ihr keine Beachtung, Ramu ebensowenig.

»Weshalb sollten wir euch trauen? Auf Chelestra habt ihr uns angegriffen.«

Das gigantische Reptil bäumte sich hoch auf, in den roten Augen flammte gekränkter Stolz. »Es waren die boshaften Nichtigen, die euch angegriffen haben, Archont. Nicht wir. Als das Wasser eure Stadt überschwemmte, als ihr eurer Magie beraubt, schwach und wehrlos wart, haben wir euch überfallen? Wir hätten es tun können.«

Die roten Augen glühten auf, doch rasch wurde ihr Glanz wieder gedämpft. »Aber wir taten es nicht. Euer hochgeschätzter Vater – Ehre seinem Angedenken – öffnete uns das Todestor, so daß wir unseren Verfolgern, den Nichtigen, entfliehen konnten. Zu eurem Nutzen, sonst stündet ihr allein eurem unversöhnlichen Feind gegenüber.«

»Du stehst allein, Ramu. Am Ende stehen wir alle allein«, sagte Marit leise.

»Und das von einer, die half, Euren Vater zu ermorden«, zischte die Schlange. »Sie schaute zu und lachte über seine Schreie.«

Aus Ramus Gesicht schwand jeder Tropfen Blut. Er drehte sich zu Marit herum und sah sie an.

»Ich habe nicht gelacht.« Die Bilder von Samahs grausamen Tod stiegen in ihr auf, und Tränen brannten in ihren Augen. »Ich habe nicht gelacht.«

Ramu ballte die Fäuste.

»Töte sie«, lispelte die Drachenschlange. »Töte sie gleich ... Du hast das Recht ...«

Ramu griff in seine Gewänder und zog die Sartanklinge heraus, den Dämonendolch. Er starrte auf die klobige Waffe, dann wieder auf die Patrynfrau.

Marits Haltung und Miene drückten aus, daß sie bereit war zu kämpfen, aber Baltasar trat dazwischen.

»Bist du von Sinnen, Ramu? Sieh dir an, wozu dieser Ohrenbläser dich getrieben hat! Hör nicht auf die Einflüsterungen der Schlange. Ich erkenne sie! Sie ist das Gestalt gewordene Böse!«

Der Archont schien kaum noch Herr seiner selbst zu sein. »Geh mir aus dem Weg! Oder beim Andenken meines Vaters, ich töte auch dich!«

Voller Genugtuung verfolgte die Schlange das Schauspiel und wurde feister, glatter, während die beiden Sartanwachen verstört zuschauten und nicht wußten, was sie tun sollten.

Der Dämonendolch in Ramus Hand regte sich und erwachte zum Leben, doch bevor er Ramus Willen deuten und seine Gestalt verändern konnte, zeichnete Marit einen magischen Kreis aus roten und blauen Siegeln in die Luft. »Vasu«, sagte sie, trat in den Kreis und war verschwunden.

Ramu stieß die Sartanwaffe zurück in die Scheide. Von kaltem Zorn erfüllt, wandte er sich dem Nekromanten zu.

»Du hast ihr geholfen zu fliehen. Verräter! Sobald wir den Sieg errungen haben, wirst du dich vor dem Rat verantworten müssen!«

»Sei kein Narr, Ramu«, entgegnete Baltasar. »Marit hatte recht. Betrachte diese widerwärtige Kreatur – kennst du sie nicht? Hast du sie nicht schon gesehen? Schau in dein Inneres und lege Rechenschaft ab!«

Ramu maß Baltasar mit einem feindseligen Blick, dann sah er die Schlange an. Das Reptil wirkte aufgedunsen, gesättigt, die roten Augen zwinkerten wohlig.

»Ich verbünde mich mit euch. Greift die Patryn an«, befahl Ramu. »Tötet sie. Tötet sie alle!«

»Ja, Meister.« Die Schlange verneigte sich tief.

Kapitel 28

Das Siebte Tor

»Siehst du, wie die Zukunft aussehen wird?« fragte Haplo.

Alfred schüttelte resigniert den Kopf. »Es ist hoffnungslos, wir lernen es nie. Unsere Völker werden sich gegenseitig ausrotten ...« Seine Schultern sanken herab.

Haplo legte ihm die Hand auf den Arm. »Vielleicht ist es nicht so schlimm, mein Freund. Wenn dein und mein Volk einen Weg finden, sich miteinander zu verständigen, werden sie die Tücke der Schlangen erkennen! Die Würmer können nicht eine Seite gegen die andere ausspielen, wenn beide Seiten zusammenhalten. Es gibt Einsichtige wie Marit und Baltasar und Vasu. Sie sind unsere Hoffnung. Aber das Tor muß geschlossen werden.«

»Du hast recht.« Alfred hob den Kopf, ein Hauch von Farbe kehrte in seine grauen Wangen zurück. Er starrte auf die Tür mit der eingemeißelten Rune des Todestores. »Du hast recht. Das Tor muß verschlossen und versiegelt werden. Wenigstens können wir verhindern, daß das Übel sich ausbreitet.«

»Traust du dir zu, das fertigzubringen?«

Alfred wurde rot. »Ja, ich glaube schon. Der Zauber ist nicht besonders kompliziert. Er beruht auf der Möglichkeit, daß ...«

»Keine langen Erklärungen«, unterbrach ihn Haplo. »Die Zeit drängt.«

»Oh, natürlich, ja.« Alfred blinzelte. Er trat vor die Tür und betrachtete sie unglücklich. »Wäre es nur nie soweit gekommen. Du mußt wissen, ich bin mir nicht sicher, was geschieht, wenn das Tor geschlossen ist.« Er zeigte hinter sich. »Mit diesem Raum, meine ich. Es kann sein, daß ... daß er zerstört wird.«

»Und wir mit ihm«, sagte Haplo gelassen.

Alfred nickte.

»Ich nehme an, das Risiko müssen wir eingehen.«

Alfred schaute zu der Tür, die ins Labyrinth führte. Dort wanden die Schlangen ihre ungeschlachten Leiber zwischen den Ruinen hindurch, wälzten sich über Steintrümmer und geborstene Balken. Rote Augen glitzerten. Er konnte ihr zischelndes Gelächter hören.

»Ja, wir müssen das Risiko eingehen.« Alfred stieß den angehaltenen Atem aus. »Und jetzt ...«

»Warte!« Hugh Mordhand stand bei der Tür, durch die sie gekommen waren. »Ich habe eine Frage. Das hier betrifft immerhin auch mich.« Er schaute Alfred an. »Wenn das Tor geschlossen ist, welche Folgen hat das für die Nichtigenwelten?«

»Ich habe darüber nachgedacht.« Alfred rieb sich das Kinn. »Aufgrund meiner früheren Studien halte ich es für möglich, daß die Kondukte, die die Welten miteinander verbinden, auch weiterhin ihren Zweck erfüllen. Das Allüberall auf Arianus wird die Zitadellen Pryans mit Energie versorgen, die wiederum einen Teil davon an die Kolosse Abarrachs weitergeben, von wo ...«

»Also werden die Welten weiterbestehen.«

»Es gibt keine Garantie, aber die Wahrscheinlichkeit ...«

»Doch Reisen zwischen ihnen wären unmöglich?«

»Ja, dessen bin ich mir sicher«, sagte Alfred ernst. »Wenn das Todestor geschlossen ist, könnte man nur noch mittels eines Fluggeräts von einer der Welten zur anderen gelangen. In Anbetracht der so gut wie nicht vorhandenen magischen Fähigkeiten der Nichtigen wäre das für sie ohnehin der einzige Weg gewesen. Soweit uns bekannt, war der Junge Gram der einzige Nichtige, der je das Todestor passiert hat, und auch er nur, weil ...«

Ein Rippenstoß ließ Alfred verstummen.

»Ich möchte dich einen Augenblick sprechen.« Haplo winkte Alfred beiseite.

»Gewiß. Sobald ich Sir Hugh erklärt habe ...«

»Jetzt gleich«, beharrte Haplo und fügte mit gedämpfter Stimme hinzu: »Findest du nicht, das war eine merkwürdige Frage?«

»Ganz im Gegenteil.« Alfreds Tonfall und Miene erinnerten an einen Lehrer, der einen besonders vielversprechenden Schüler verteidigt. »Ich finde, es war eine sehr gute Frage. Weißt du nicht mehr, du und ich haben auf Arianus darüber diskutiert.«

»Eben«, sagte Haplo leise und betrachtete Hugh Mordhand aus den Augenwinkeln. »*Wir* haben darüber diskutiert. Was kümmert es einen Assassinen von Arianus, ob Nichtige auf Pryan in der Lage sind, ihre

Vettern auf Chelestra zu besuchen? Weshalb sollte er sich darüber Gedanken machen?«

»Ich verstehe nicht, was du meinst.«

Haplo antwortete nicht gleich, er beobachtete Hugh. Der Assassine hatte eine der Türen aufgestoßen und schaute hindurch. In der Ferne erkannte Haplo den schwebenden Kontinent Drevlin. Einst von Sturmwolken umhüllt, badete Drevlin jetzt in hellem Sonnenschein. Die Gold-, Silber- und Messingteile des Allüberalls funkelten und blitzten.

»Ich weiß auch nicht so ganz, was ich meine«, äußerte Haplo schließlich. »Auf jeden Fall halte ich es für besser, wenn du den theoretischen Teil abkürzt und die praktische Durchführung in Angriff nimmst.«

»Nun gut.« Alfred legte die Stirn in Falten. »Aber ich muß in der Zeit zurückgehen.«

»Zurückgehen? Wohin zurück?«

»Zurück zu dem Augenblick der Teilung.« Alfred senkte den Blick auf die weiße Tischplatte und zog fröstelnd die Schultern hoch. »Gerne tue ich es nicht, aber es ist die einzige Möglichkeit. Ich muß wissen, wie Samah den Zauber bewerkstelligt hat.«

»Dann nur zu«, sagte Haplo. »Aber vergiß nicht, wiederzukommen. Und gib acht, daß du nicht in den Sog der Teilung gerätst.«

Alfred lächelte matt. »Nein. Keine Sorge, ich passe auf.«

Langsam, zögernd, legte er die Hände auf den Runentisch …

… Chaos umtobte ihn. Entsetzt stand Alfred inmitten eines magischen Sturms. Heulende Winde packten ihn, stießen ihn gegen die Mauer, zermalmten seine Knochen. Berghohe Wellen spülten über ihn hinweg. Er ertrank, erstickte. Blitze zuckten, gleißten, Donnerschläge hallten in seinem Kopf. Flammen verzehrten lodernd, prasselnd sein Fleisch. Alfred schrie vor Schmerz, vor Angst; er starb.

»Ein einzelner Tropfen, fiele er auch in einen Ozean, wird dennoch Kreise ziehen. Ich brauche euch alle, eure magischen Kräfte!« Samah schrie, um sich in dem Tumult Gehör zu verschaffen. »Laßt sie nicht erlahmen, oder keiner von uns wird überleben!«

Die Magie trieb auf Alfred zu wie Schiffstrümmer auf einem sturmgepeitschten Meer. Er sah Hände greifen, sah einige Halt findgen, andere abgleiten und versinken. Verzweifelt warf er sich nach vorn.

Seine Finger umschlossen etwas Festes. Der Lärm und die Angst verebbten für einen Moment, und er sah die Welt – heil, wunderschön, ein schimmerndes blaugrünes Juwel im schwarzen All. Er mußte sie zerstören, oder die chaotische Magie zerstörte ihn.

»Es tut mir leid«, stieß er weinend hervor und sagte es wieder und wieder. »Es tut mir leid, es tut mir leid …«

Ein einziger Tropfen …

Die Welt explodierte.

Alfred griff mit letzter Kraft nach der Möglichkeit, daß sie neu erschaffen werden konnte, und fühlte Hunderte von Bewußtseinen das gleiche tun. Dennoch weinte er, während er schuf, und seine Tränen flossen in ein Meer sanft gekräuselter Wellen.

Alfred hob den Kopf. Jonathon saß ihm auf der anderen Seite des Tisches gegenüber. Der Lazar sagte nichts. Seine Augen waren manchmal tot, manchmal von Leben erfüllt, doch Alfred wußte, diese Augen hatten gesehen …

»So viele mußten sterben«, rief Alfred klagend. Er konnte kaum atmen, die Trauer schnürte ihm die Brust zusammen. »So viele!«

»Alfred!« Haplo schüttelte ihn. »Es ist vorbei! Laß los!«

Der Sartan vergrub den Kopf in den Händen, seine Schultern zuckten.

»Alfred«, drängte Haplo behutsam. »Die Zeit …«

»Ja.« Alfred wischte sich über das Gesicht. »Ja, es geht schon wieder. Und ich weiß, wie man das Todestor schließt.«

Er blickte zu Haplo auf. »Wir tun das Richtige, ich habe keine Zweifel mehr. Die Welt zu teilen war ein großes Verbrechen, doch ein Unrecht durch ein anderes gutmachen zu wollen, indem man die vier Welten wieder zusammenfügt, wäre eine noch verheerendere Katastrophe. Und wenn Fürst Xar scheitert … Oder die Magie sogar gänzlich versagt … Die Welten würden sich auflösen, unwiederbringlich verloren sein. Alle würden sterben, und Xar bliebe nichts als Staub.«

Haplo lächelte auf seine ernste Art.

»Und noch etwas habe ich erfahren.« Alfred erhob sich würdevoll. »Ich kann den Zauber selbst bewerkstelligen, ohne deine Hilfe, mein Freund. Geh zurück.« Er deutete auf die Tür zum Labyrinth. »Man braucht dich dort. Dein Volk braucht dich und das meine ebenfalls.«

Haplo blickte in die Richtung der ausgestreckten Hand. Er schaute auf das Land, das er früher gehaßt hatte und das jetzt alles barg, was ihm teuer war. Er schüttelte den Kopf.

Alfred hatte damit gerechnet und haspelte seine sorgfältig zurechtgelegten Argumente herunter. »Du wirst dort gebraucht, ich werde hier tun, was getan werden muß. So ist es am besten. Ich habe keine Angst.« Er lächelte schief. »Jedenfalls nicht sehr viel«, berichtigte er sich. »Der Punkt ist, es gibt hier nichts für dich zu tun. Ich kann dich entbehren, andere nicht.«

Erneut schüttelte Haplo wortlos den Kopf.

»Marit liebt dich.« Alfred zielte auf den schwachen Punkt in Haplos Rüstung. »Du liebst sie. Geh zu ihr. Mein Freund«, seine Stimme bekam einen feierlichen Klang, »zu wissen, daß ihr beide zueinandergefunden habt, würde mir meine Aufgabe leichter machen …«

Immer noch schüttelte Haplo den Kopf.

Alfred verzog gekränkt das Gesicht. »Du hast kein Vertrauen zu mir. Nein, ich kann dir keinen Vorwurf machen. Ich weiß, ich habe dich in der Vergangenheit getäuscht, aber ich habe mich geändert, glaub mir. Ich bin jetzt stark …«

»Ich glaube dir«, sagte Haplo endlich. »Ich habe Vertrauen zu dir, und ich will, daß du zu mir Vertrauen hast.«

Alfred starrte ihn begriffsstutzig an.

»Hör mir zu. Um den Zauber zu wirken, mußt du diesen Raum verlassen und das Todestor betreten. Richtig?«

»Ja, aber …«

»Dann bleibe ich hier.«

»Warum? Ich verstehe nicht …«

»Um Wache zu halten.«

Alfreds frohe Zuversicht war schlagartig dahin. »Fürst Xar. An ihn habe ich nicht mehr gedacht. Doch wenn er uns immer noch aufhalten wollte, hätte er es bestimmt längst versucht.«

»Kümmere dich um deine Beschwörung«, forderte Haplo ihn barsch auf.

Alfred schaute ihn kummervoll an. »Du weißt etwas. Etwas, wovon du mir nichts sagst. Du bist in Gefahr. Vielleicht sollte ich nicht gehen …«

»Wir beide sind nicht so wichtig. Denk an die anderen«, entgegnete Haplo ruhig.

»Du mußt loslassen«, flüsterte Jonathon. »Und festhalten.«

» … loslassen … festhalten …« Die Stimme des Schemens war kräftiger als die des Körpers.

»Denk an dein Versprechen.« Hugh Mordhand trat einen Schritt vor. »Erlöse mich von diesem elenden Dasein.«

Ein einzelner Tropfen, fiele er auch in einen Ozean, wird dennoch Kreise ziehen.

»Ich werde es tun.« Alfred richtete sich auf und straffte die Schultern. Er streckte Haplo die Hand entgegen. »Leb wohl, mein Freund. Und sei bedankt. Weil du mir den Mut zum Leben wiedergegeben hast.«

Haplo ergriff Alfreds Hand, dann umarmte er den verlegenen und überraschten Sartan. »Auch ich danke dir«, sagte er brummig, »weil du dich hartnäckig geweigert hast, mich in Frieden sterben zu lassen. Lebe wohl, mein Freund.«

Alfred war feuerrot geworden. Unbeholfen klopfte er Haplo auf den Rücken, dann wischte er sich mit dem Rockärmel über Augen und Nase.

»Komisch«, meinte er mit gepreßter Stimme und halb abgewandt, »ich … ich vermisse den Hund.«

»Komisch«, Haplo grinste, »ich auch.«

Nach einem letzten Blick über die Schulter ging Alfred zu der Tür mit der Rune für ›Tod‹. Er stolperte kein einziges Mal.

Kapitel 29

Das Siebte Tor

Haplo blieb in der Mitte des Raums stehen und sah zu, wie Alfred das Tor betrat. Hugh Mordhand war herangekommen und hatte sich zu ihm gestellt. Der Patryn wandte den Blick nicht von der Tür ab.

Alfred legte die Hand auf das Sigel und sprach das Wort. Die Tür schwang auf. Ohne sich noch einmal umzusehen, trat Alfred hindurch und verschwand.

Hugh Mordhand machte Anstalten, sich der Tür zu nähern.

»Ich würde nicht weitergehen«, meinte Haplo höflich.

Der Assassine blieb stehen und schaute sich nach ihm um. »Ich will nur sehen, was geschieht.«

»Wenn Ihr noch einen Schritt tut, Gebieter«, sagte Haplo in respektvollem Tonfall, »sehe ich mich gezwungen, Euch aufzuhalten.«

»Gebieter?« Hugh Mordhand zog verwundert die Brauen hoch. Haplo stellte sich zwischen den Assassinen und die Tür.

»Übt keine Gewalt«, mahnte Jonathon aus dem Hintergrund.

»… keine Gewalt …«

Nachdenklich sah Hugh Mordhand den Patryn an, dann zuckte er die Schultern und sprach einige Worte – Worte aus der Patrynsprache. Worte, die keinem Nichtigen bekannt waren.

Ein greller Funkenwirbel hüllte die Gestalt des Assassinen ein, und Haplo kniff geblendet die Augen zusammen. Als er wieder sehen konnte, war Hugh Mordhand verschwunden. Xar stand vor Haplo.

»Die Frage über die vier Welten«, sagte Xar. »Damit habe ich mich verraten.«

»Ja, Gebieter.« Lächelnd schüttelte Haplo den Kopf. »Es war nicht die Art Frage, die ein Nichtiger stellen würde. Hugh Mordhand lag seine eigene Welt nicht sonderlich am Herzen, erst recht nicht kümmerte ihn das Schicksal von drei fremden. Wo ist er übrigens?«

Xar zuckte die Schultern und hielt den Blick auf das Todestor gerichtet. »Im Feuermeer. Im Labyrinth. Wer weiß? Als ich ihn zum letzten Mal sah, befand er sich an Bord des Sartanschiffs. Während du mit diesem tolpatschigen Sartan beschäftigt warst, hatte ich Gelegenheit, in Hughs Gestalt seinen Platz auf dem Rücken des Feuerdrachens einzunehmen. Dieser Wiedergänger wußte Bescheid.« Xar deutete mit einem Kopfnicken auf Jonathon.

Der Lazar saß ruhig am Tisch, scheinbar unbeteiligt, unberührt.

»Aber was bedeuten die Lebenden diesen wandelnden Leichnamen? Du warst ein Narr, ihm zu vertrauen. Er hat dich im Stich gelassen.«

»Übt keine Gewalt«, wiederholte Jonathon leise.

»... keine Gewalt ...«

Xar stieß einen verächtlichen Laut aus, und der Blick seiner glitzernden Augen richtete sich wieder auf Haplo. »Also habt ihr wahrhaftig vor – du und dieser Sartan, mit dem du fraternisierst –, das Todestor zu schließen.«

»Allerdings.«

Der Fürst zog die Brauen zusammen. »Du verurteilst dein eigenes Volk zum Untergang, die Frau, die du liebst. Sogar deine Tochter! Ja, sie lebt, aber sie wird nicht am Leben bleiben, wenn du dem Sartan gestattest, mit seinem Tun fortzufahren.«

Haplo schwieg. Er bemühte sich, äußerlich gelassen zu bleiben, doch Xars scharfe Augen bemerkten die verkrampften Wangenmuskeln, die plötzliche Blässe, den raschen, zweifelnden Blick zur Tür ins Labyrinth.

»Geh zu ihr, mein Sohn«, sagte Xar in sanft überredendem Tonfall. »Geh zu Marit und macht euch gemeinsam auf die Suche nach eurer Tochter. Ich habe sie gefunden. Ich weiß, wo sie ist. Nicht weit entfernt, gar nicht weit entfernt. Bring sie und ihre Mutter in den Nexus. Dort seid ihr sicher. Wenn meine Arbeit hier getan ist« – der Fürst deutete mit einer weitausholenden Armbewegung in die Runde – »kehre ich im Triumph zurück. Wir werden unsere Feinde besiegen und die Sartan in das Gefängnis treiben, das sie für uns geschaffen haben. Und dann sind wir frei!«

Haplo schwieg und trat auch nicht zur Seite, um Xar vorbeizulassen. Der Fürst schaute an Haplo vorbei in das Todestor. Er konnte Alfred nicht entdecken, doch er sah das wirbelnde Chaos und ahnte, daß der Sartan in Bedrängnis war. Vorläufig bestand kein Grund zur Eile. Er warf einen Blick auf die warnenden Runen an der Wand, dann sah er wieder Haplo an, der ihm den Weg versperrte.

»Alfred hat dich betrogen, mein Sohn«, fuhr er fort. »Er benutzt dich. Du wirst an meine Worte denken, wenn er die Maske fallen läßt.«

Haplo rührte sich nicht von der Stelle.

Xar spürte, wie Ärger in ihm aufkeimte, und trat dicht vor Haplo hin. »Du schuldest mir Gefolgschaft. Ich habe dir das Leben gerettet.«

Haplo blieb stumm, aber seine Hand tastete zur linken Brustseite, zu der vernarbten Herzrune.

Xar packte diese Hand und umklammerte sie mit stählernem Griff. »Ja, ich ließ dich sterben! Es war mein Recht! Dein Leben gehört mir! Du hast es in meine Hände gegeben, dort« – der knorrige Finger deutete zum Labyrinth – »vor dem Letzten Tor.«

»Ja, Fürst. Es war Euer Recht.«

»Ich hätte dich töten können, mein Sohn. Ich hätte es tun können, aber ich tat es nicht. Liebe macht verwundbar.« Xar seufzte. »Ich bekenne mich zu dieser Schwäche.«

»Keine Schwäche, Fürst. Unsere Stärke«, widersprach Haplo. »Deshalb haben wir überlebt.«

»Haß!« Xar stieß das Wort zwischen zusammengebissenen Zähnen hervor. »Der Haß hat uns geholfen zu überleben! Und nun ist der Augenblick der Rache gekommen. Nicht nur das, uns bietet sich die Gelegenheit, Samahs Verbrechen gutzumachen! Die vier Welten werden wieder vereint – unter unserer Herrschaft!«

»Tausende, Millionen werden sterben«, gab Haplo zu bedenken.

»Nichtige!« entgegnete Xar geringschätzig, doch ein Blick in Haplos Gesicht zeigte ihm, daß er unvorsichtig gewesen war. Er hatte das Falsche gesagt, vielleicht, weil er gezwungen war, seine Aufmerksamkeit zu teilen. Im Todestor löste nach und nach Ordnung das Chaos ab. Der Drachenmagier schien den Kampf zu gewinnen.

Xar lief die Zeit davon. »Vergib mir meine Herzlosigkeit. Ich sprach unüberlegt. Du weißt, daß ich tun werde, was in meiner Macht steht, um so viele Nichtige wie möglich zu retten. Wir brauchen sie für den Wiederaufbau. Nenne mir die Namen der Personen, denen du dich besonders verbunden fühlst, und ich werde sie in den Nexus bringen lassen. Aber wenn das Todestor geschlossen ist, kann ich das nicht tun, dann kommt ihr Blut über dein Haupt. Hör auf mich und ergreife die Gelegenheit, die ich dir biete. Ich sende dich zurück zu Marit, zu eurem Kind …«

Haplo brauchte keine Bedenkzeit. »Nein, mein Fürst.«

Xar knirschte mit den Zähnen. Er sah, daß das Chaos im Inneren des Todestores sich beruhigte. Am Ende eines langen Korridors stand eine Tür offen. Alfred streckte die Hand aus, um sie zu schließen …

Der Fürst des Nexus hatte keine Wahl.

»Du hast dich zum letzten Mal gegen mich aufgelehnt, mein Sohn!« Auch Xar streckte die Hand aus und begann, die Runen zu singen. Jonathon erhob die Stimme: »Übt keine Gewalt!«

Der Schemen wiederholte die Warnung, aber sein Flüstern war nicht länger zu hören.

Kapitel 30

Das Todestor

Alfred hatte vergessen, was es hieß, durch das Inferno des Todestores zu gehen, in dem alle Möglichkeiten gleichzeitig Realität sind.

Folglich betrat er einen gewaltig hohen und breiten Gang, der nur ein schmaler und immer schmaler werdender Spalt war. Wände, Boden und Decke wichen auseinander, während sie ihn erdrückten und zermalmten.

»Achte nicht darauf!« befahl er sich streng. »Du mußt einen festen Punkt ins Auge fassen – das Tor. Wo ... wo ist es?«

Er schaute sich um, und sofort ließ die Möglichkeit, daß er das Tor gefunden hatte, es auftauchen, ihr Widerpart hingegen es prompt verschwinden. Er klammerte sich an die erste Möglichkeit und sah – am anderen Ende des Korridors, unmittelbar vor sich, zyklopisch, winzig klein, in immer größerem Abstand, je näher er kam – eine Tür.

Sie trug ein Sigel, das gleiche Sigel wie die Tür, durch die er eingetreten war. Zwischen ihnen befand sich die Passage, die man das Todestor nannte. Waren beide Türen geschlossen, gab es keinen Zugang mehr zu dieser Verbindung zwischen den Welten.

Doch um die hintere Tür zu schließen, mußte er den Korridor entlanggehen, durch den Hexenkessel aller im selben Moment gültigen Möglichkeiten. Er zitterte vor Kälte, weil es so heiß war: Er hatte so viel gegessen, daß er Hungers starb. Seine Stimme war zu laut, er konnte sie nicht hören. Er lief und lief und kam doch nicht von der Stelle.

»Kontrolle«, sagte Alfred verzweifelt zu sich selbst. »Das Chaos kontrollieren.«

Er konzentrierte sich, rang mit dem aberwitzigen Kaleidoskop, bis endlich der Korridor ein Korridor blieb und oben oben war und unten unten. Die Tür befand sich am Ende des Ganges. Sie stand offen. Er brauchte sie nur zu schließen.

Alfred tat einen Schritt nach vorn, und die Tür glitt zurück.

Er blieb stehen, und sie entfernte sich, wie von einem unsichtbaren Faden gezogen.

Sie hielt still, er ging weiter. Und weiter – weg von der Tür.

»Loslassen«, glaubte er Jonathon sagen zu hören. »Und festhalten.«

»Natürlich!« Alfred schlug sich mit der flachen Hand auf die Stirn. »Das ist mein Fehler! Das war Samahs Fehler. Es ist immer unser Fehler gewesen, all die Jahrhunderte hindurch! Wir versuchen, das Unkontrollierbare zu kontrollieren. Laß los … laß los.«

Leichter gesagt als getan. Loslassen hieß, sich ganz und gar der Willkür des Chaos auszuliefern.

Alfred bemühte sich. Er öffnete die Hände. Der Korridor geriet aus den Fugen, blähte sich auf und schrumpfte; schien lautlos zu explodieren und fiel zusammen wie ein Kartenhaus. Alfred ballte die leeren Fäuste, als könnte er so Halt finden. Ein gräßliches Schwindelgefühl drohte ihn zu überwältigen, und fast wollte er aufgeben, als vom anderen Ende des Ganges ein freudiges Wuff ertönte. Alfred fuhr herum und sah einen offenbar hocherfreuten Hund auf sich zustürmen.

»Nein!« Der Sartan hob beide Hände, um den Vierbeiner abzuwehren. »Nein! Guter Junge. Bleib da! Braver Hund! Nein!«

Der Hund sprang. Alfred schlug einen unerwarteten Salto rückwärts. Die Magie zersprang wie Glas, Splitter flogen nach allen Seiten, er stürzte in die Höhe, fiel nach unten …

Und da war die Tür, genau vor ihm.

Alfred stand plötzlich still, mit den Füßen auf festem Boden. Dankbar wischte er sich mit dem Hemdärmel den Schweiß von der Stirn. Wie einfach alles im Grunde genommen war.

Vor ihm – eine ganz gewöhnliche Tür mit silberner Klinke. Nicht sehr eindrucksvoll, eher enttäuschend. Alfred warf einen Blick durch den Spalt, auf den Nexus, das Labyrinth, den eingestürzten Vortex.

Im Labyrinth standen sich Patryn und Sartan zu beiden Seiten einer brandgeschwärzten Mauer in Schlachtordnung gegenüber. Hoch über den Armeen kreisten die guten Drachen Pryans, für die meisten Beobachter nahezu unsichtbar in der Dunkelheit und dem Rauch. Nicht zu übersehen waren die Ausgeburten des Labyrinths, gräßliche Ungeheuer, die in den Wäldern lauerten, um sich auf den Sieger zu stürzen. Falls es einen Sieger geben konnte in diesem wahnsinnigen Krieg.

Außer den Schlangen.

Fett, aufgebläht von dem Haß und der Furcht, krochen die Schlangen hüben wie drüben an der Mauer entlang, flüsterten Lügen, schürten Feindseligkeit, fachten die Flammen des Krieges an. Verstört, entsetzt, wollte Alfred die Tür zuschlagen.

Eine der Schlangen bemerkte die plötzliche Bewegung und reckte sich in die Höhe. Ihr wachsamer Blick fiel auf das offenstehende Todestor, auf Alfred.

Die roten Augen der Schlange loderten, sie erkannte die Gefahr. Wurde das Todestor geschlossen, waren sie auf ewig im Labyrinth gefangen, ohne Zugang zu den Schlaraffenwelten der Nichtigen.

Mit einem durchdringenden Zischen entrollte die Schlange ihren gewaltigen Leib. Die flammenden Augen bannten Alfred an Ort und Stelle, erfüllten sein Bewußtsein mit Visionen gräßlicher Folterqualen. Den zahnlosen Rachen weit aufgerissen, schoß der Leviathan wie ein Rammbock auf die offene Tür zu.

Alfreds Hand lag auf der silbernen Klinke. Er zwang sich, nicht auf die furchtbare Gedankenstimme der Schlange zu hören, und zog mit aller Kraft an der Tür, um sie zu schließen.

Dann hörte er weit, weit hinter sich eine andere Stimme – die von Xar.

»Du hast dich zum letzten Mal gegen mich aufgelehnt, mein Sohn!«

Und Jonathons Stimme: »Übt keine Gewalt!«

Von Haplo einen Schmerzensschrei und zugleich eine Warnung für den Freund.

Zu spät.

Ein flammendes Sigel flog den Korridor entlang und zerbarst funkensprühend an Alfreds Brust.

Geblendet, von weißem Feuer verbrannt, entglitt die Klinke seinen Fingern.

Die Tür schwang weit auf, und im selben Augenblick schnellte der gigantische Reptilienschädel der Schlange in den Gang.

Kapitel 31

Das Siebte Tor

Die Schlange stieß genau in dem Moment zu, als Alfred von Xars Sigel getroffen wurde.

Das Chaos befreite sich aus Alfreds schwachem Griff und nährte sich von der Energie der Schlange, die ihrerseits Kraft aus dem Chaos bezog. Die Kreatur warf einen Blick auf Alfred und sah, daß er schwer verwundet war, mehr tot als lebendig. Überzeugt, daß der Sartan keine Bedrohung darstellte, glitt die Schlange durch den Korridor auf die Tür zu, die ins Sanktuarium führte.

Alfred war nicht in der Lage, sie aufzuhalten. Xars tödliche Magie verbrannte seine Haut wie rotglühendes Eisen. Er krallte die Hände in die Brust und sank zu Boden. Ein Sartan früherer Zeit hätte sich zu verteidigen gewußt, doch Alfred hatte nie gegen einen Patryn gekämpft. Er war nie in der Kriegskunst ausgebildet worden. Der brennende Schmerz raubte ihm fast den Verstand, und er wollte nur sterben, von der Qual erlöst sein. Doch dann hörte er Haplos heiseren Schrei.

Angst um den Freund zerriß den dunklen Schleier, der sich über sein Bewußtsein senkte. Ohne zu wissen, was er tat, begann Alfred, Xars Magie unwirksam zu machen.

Sobald er das erste Runengefüge zerbrochen hatte, hörte der Schmerz auf. Danach war der Rest einfach, wie das Auftrennen einer Naht, wenn man den ersten Faden herausgezogen hat. Doch seine Gegenwehr kam zu spät, er war verletzt, geschwächt.

Verzweifelt warf Alfred einen Blick auf die Tür zwischen dem Todestor und dem Labyrinth. Im Wüten des Chaos schlug sie hin und her; es überstieg seine Kräfte, erneut gegen das Inferno anzukämpfen und sie zu schließen.

Er drehte sich um und versuchte zu erkennen, was im Sanktuarium vor sich ging, aber die andere Tür war unendlich weit entfernt und winzig klein, wie der Eingang zu einem Puppenhaus. Der Gang selbst verformte sich zu einer absonderlichen Spirale, der Fußboden wurde zur Wand, die Wand zur Decke, die Decke zum Fußboden.

»Gewalt«, sagte Alfred vor sich hin. »Gewalt hat das Sanktuarium entweiht.«

Was spielte sich dort ab? War Haplo noch am Leben oder tot?

Alfred versuchte aufzustehen, aber das Chaos riß ihm den Boden unter den Füßen weg. Er stürzte schwer und schnappte nach Luft. Die Kleider hingen ihm in versengten Fetzen vom Leib, und er hatte Angst nachzuschauen, wie es darunter aussah. Als er die Reste seines abgetragenen Samtrocks über die Wunde zog, war seine Hand voller Blut.

Doch er mußte etwas unternehmen. Er konnte nicht einfach hier sitzen und abwarten. Falls Haplo noch lebte, kämpfte er allein gegen den Feind …

Alfred machte einen erneuten Versuch, auf die Beine zu kommen, als eine Bewegung seine Aufmerksamkeit erregte. Er blickte durch das Todestor ins Labyrinth. Hunderte von Schlangen wälzten sich auf die offene Tür zu.

Haplo lag vor der Tür zum Todestor auf dem Boden, und Xar wußte nicht, ob er bewußtlos oder tot war, aber es kümmerte ihn auch nicht. Der Fürst hatte sich auf einen Streich auch das Problem mit dem sogenannten Drachenmagier vom Hals geschafft. Ein Blick zeigte ihm Alfred, blutend, schwach, auf allen vieren. Soviel zu dem mächtigen Sartan.

Nachdem dafür gesorgt war, daß niemand ihn mehr stören konnte, wandte Xar sich den Türen der Nichtigenwelten zu und begann, den Zauber zu wirken, der die vier Welten zu einer einzigen zusammenfügen sollte. Dem Lazar schenkte er keine Beachtung, sollte er weiter davon faseln, im Sanktuarium keine Gewalt zu üben.

Xar kannte den Zauber. Der Fürst des Nexus hatte in der Gestalt von Hugh Mordhand an dem Runentisch gesessen und Alfreds Visionen von der Teilung miterlebt. Er war dabei sogar von Alfred gesehen worden, eine Unvorsichtigkeit, die ihn hätte zu Fall bringen können. Zum Glück war der Sartan von der mythischen Erfahrung so verstört gewesen, daß ihm gar nicht zu Bewußtsein kam, was er gesehen hatte, und nun brauchte der Fürst des Nexus nur aus der Fülle der Möglichkeiten zu wählen.

Es hatte mehrerer Sartan bedurft, die Magie zu wirken, die eine Welt in ihre Elemente aufspalten sollte. Dennoch fühlte Xar sich von der Größe seines Vorhabens nicht eingeschüchtert. Es würde viel einfacher sein, das Geschehene rückgängig zu machen, erst recht, da er auf das Magiereservoir des Siebenten Tores zurückgreifen konnte.

Fürst Xar hatte einen ungehinderten Ausblick auf die vier Welten. Mit entschiedenen Bewegungen begann er, die Runen in die Luft zu zeichnen, Sigel der Zerstörung, der Umkehrung, der Verschmelzung.

Düstere Sturmwolken türmten sich über Arianus.

Die vier strahlenden Sonnen Pryans verdunkelten sich.

Das Meerwasser Chelestras wallte und brodelte.

Beben erschütterten die Felsenwelt Abarrach.

»Eure Macht ist groß, Fürst des Nexus«, schmeichelte eine zischende Stimme hinter Xar. »Euch gebührt Bewunderung und Respekt.«

Xar drehte sich herum. Eine Schlange in Patryngestalt stand im Sanktuarium. Die Kreatur sah genau aus wie einer von Xars Gefolgsleuten, nur daß die Tätowierungen an ihrem Körper keinen Sinn ergaben.

Der Fürst war auf der Hut. Inzwischen wußte er gut genug über die Schlangen Bescheid, um ihnen nicht zu trauen. Er wußte auch, daß sie über erhebliche magische Kräfte verfügten. Sein Besucher war imstande, den Verschmelzungszauber aufzuheben, wenn er auch nicht die Absicht zu haben schien.

»Wer bist du?« verlangte Xar herrisch zu wissen.

»Ihr kennt mich, Gebieter«, antwortete die Schlange. »Ich bin Sang-drax.«

»Sang-drax ist tot«, widersprach Xar schroff. »Er starb im Labyrinth.«

»Und doch stehe ich hier, durchaus lebendig. Ich habe es Eurem Vasallen gesagt« – ein Blick aus rotglühenden Augen streifte den am Boden liegenden Haplo – »und ich sagte es Euch, Fürst des Nexus, daß wir nicht sterben können. Wir haben immer existiert. Wir werden immer existieren.«

Xar hob die Augenbrauen. »Nun gut, und was suchst du dann hier? Deine Gesellen treiben im Labyrinth ihr Unwesen, brandschatzen und morden mein Volk!«

Die Schlange war bestürzt, bekümmert. »Warum habt Ihr Euch nicht die Zeit genommen, uns anzuhören, Fürst. Jene, die wir im Labyrinth angegriffen haben, sind nicht Euer Volk, sind keine wahren Patryn. Nein, in ihren Adern fließt auch Sartanblut. Solch ein minderwertiger Zweig sollte nicht fortbestehen dürfen, oder seid Ihr anderer Meinung? Schließlich«, die roten Augen der Schlange glitzerten unter halbgesenkten Lidern, »wart Ihr auf dem Schlachtfeld vor Abri. Ihr hättet uns aufhalten können.«

Xar wischte den Einwand als belanglos zur Seite. »Ich habe von Haplo einiges über diese Angelegenheit erfahren. Die Vorstellung bereitet mir kein Vergnügen, aber *ich* werde mich mit diesen Mischlingen befassen, sobald ich ins Labyrinth zurückkehre. Ich frage dich nochmals, weshalb bist du hier? Was willst du?«

»Euch dienen, mein Fürst«, antwortete die Schlange mit einer tiefen Verneigung.

»Dann bewache das Todestor. Ich will von diesem Narren, dem Sartan, nicht gestört werden.«

»Wie Ihr befiehlt, Gebieter.«

Xar beobachtete die Schlange aus den Augenwinkeln. Sang-drax begab sich gehorsam auf seinen Posten. Der Fürst war sich im klaren darüber, daß er den heimtückischen Kreaturen früher oder später würde beweisen müssen, wer der Herr und Meister war. Dieses Mal jedoch konnte man davon ausgehen, daß die Schlange die Wahrheit sagte. Ihre und seine Interessen stimmten überein. Beruhigt wandte er seine ungeteilte Aufmerksamkeit wieder dem Runengefüge zu, das bereits zu verblassen begann.

Kaum fühlte er sich unbeobachtet, als Sang-drax sich über Haplos scheinbar leblosen Körper beugte. Trotz der Nähe der Schlange blieben die Tätowierungen dunkel, keine magische Aura hüllte ihn ein. Zur Sicherheit trat Sang-drax ihm mehrmals mit der Stiefelspitze in die Seite.

Haplo rührte sich nicht.

Xar, von seiner Magie in Anspruch genommen, war blind und taub für die Vorgänge hinter ihm.

Sang-drax zog aus den Falten seines Gewandes einen Dolch in Gestalt einer zustoßenden Schlange hervor und richtete den funkelnden Blick auf Xars ungeschützten Nacken.

Der Trick, sich totzustellen, hatte Haplo im Labyrinth mehr als einmal das Leben gerettet. Es kam darauf an, die Magie zu unterdrücken, die natürliche Schutzreaktion seines Körpers, mit dem Nachteil, daß er tatsächlich wehrlos war. Doch Haplo wußte, daß dieser Sang-drax nicht an ihm interessiert war; die Schlangen spielten um einen höheren Einsatz. Sie strebten nach der Herrschaft über das Universum.

Haplo nahm die Fußtritte hin, ohne zu zucken, obwohl Angst und Abscheu ihn durchfluteten und sein Körper gegen das Böse aufbegehrte, das seine Sinne zu überwältigen drohte. Er biß die Zähne zusammen und wagte einen Blick durch spaltbreit geöffneten Lider.

Er sah Sang-drax, und er sah den Dolch – eine abstoßende, gewellte Klinge von der gleichen stumpfgrauen Farbe wie in ihrer wahren Gestalt der schuppige Leib der Drachenschlange. Sang-drax kümmerte sich nicht weiter um Haplo, der Blick seiner glutroten Augen hing an Xar.

Verstohlen schaute sich Haplo in dem Gemach um. Jonathon saß immer noch regungslos an dem weißen Tisch, unberührt, unbeteiligt, als hätte sein Schemen ihn verlassen und er wäre tatsächlich nur ein unbeseelter Leichnam, von seinem Dasein als Wiedergänger erlöst. Hinter der Tür zum Todestor nur brodelndes Chaos und keine Spur von Alfred.

Falls er noch lebt, ist er vermutlich selbst in Bedrängnis, überlegte Haplo. Sang-drax wird nicht ohne Verstärkung gekommen sein.

Wie zur Bestätigung hörte er Alfred einen Entsetzensschrei ausstoßen. Von ihm war keine Hilfe zu erwarten, und Haplo konnte nichts tun, um dem Sartan zu helfen. Er hatte eigene Schwierigkeiten.

Vor einem erschreckenden Hintergrund aus Stürmen und Feuer, aus Finsternis und gischtenden Ozeanen, zeichnete Fürst Xar ein komplexes Muster aus Runen, um zu bewirken, daß die Elemente der vier Welten auseinanderbrachen, sich umgestalteten und neu ordneten. Er durfte sich keinen noch so winzigen Augenblick der Unaufmerksamkeit erlauben. Sollte das gewaltige Werk gelingen, mußte er mit aller Willenskraft darauf hinarbeiten. Die Tätowierungen an seinem Körper glommen nur schwach – er war verwundbar.

Sang-drax hob den Dolch und näherte sich lautlos seinem Opfer, doch um Xar zu erreichen, mußte er an Haplo vorbei.

Wenn mein Gebieter stirbt, fällt der Zauber, an dem er arbeitet, in sich zusammen. Die Welten wären gerettet. Ich sollte Xar sterben lassen.

Wie er mich sterben ließ.

Nicht eingreifen, meinen Gebieter sterben lassen …

Sterben lassen …

»Mein Fürst!« schrie Haplo, als er aufsprang. »Hinter Euch!«

Kapitel 32

Das Siebte Tor

Alfred starrte voller Grauen durch das Todestor. Immer noch mehr Schlangen verließen das Schlachtfeld und glitten mit unglaublicher Geschwindigkeit auf die offene Tür zu. Die vorderste hatte sie beinahe erreicht.

»Haplo!« Alfred wollte um Hilfe rufen, doch im selben Moment hörte er den Schrei, mit dem Haplo Fürst Xar vor der drohenden Gefahr warnte. Er warf einen Blick über die Schulter und sah, wie sich im Sanktuarium der Patryn auf Sang-drax stürzte.

Entmutigt wandte er sich wieder der offenen Tür zu und der Schlange, die sich züngelnd über den Boden wand. Wenn es dieser Kreatur gelang, in das Todestor einzudringen, mußte Haplo sich gegen zwei dieser Ungeheuer zur Wehr setzen, und den ungleichen Kampf konnte er nicht gewinnen, besonders, wenn Xar sich gegen ihn wandte, wie zu vermuten war.

»Ich darf ihn nicht im Stich lassen!« Alfred rang die Hände und suchte in sich nach dem anderen Alfred, seinem Alter ego, dessen wirklicher Name Coren lautete, der Auserwählte.

Plötzlich, durch eine Laune der Omniwelle, fand Alfred sich in das Mausoleum auf Arianus zurückversetzt. Er schaute sich um, verwirrt, aber auch unendlich dankbar, wie aus einem schrecklichen Alptraum erwacht.

In der Gruft war es still, friedvoll. Die Kristallsärge, in denen seine

Freunde schlummerten, reihten sich an den Wänden. Als er sich umschaute und noch darüber nachgrübelte, was das alles zu bedeuten haben könnte, sah er, daß der Deckel seines eigenen Sarkophags einladend offenstand.

Hineinsteigen, sich hinlegen, die Augen schließen.

Er tat einen Schritt darauf zu – und stolperte über den Hund.

In einem Wirrwarr von zappelnden Pfoten und buschigem Schwanz stürzte er auf den Marmorboden des Mausoleums. Der Hund jaulte gepeinigt. Alfred war genau auf ihm gelandet.

Mühsam arbeitete der Vierbeiner sich unter dem lang ausgestreckten Sartan hervor, schüttelte sich indigniert und sah ihn vorwurfsvoll an. »Tut mir leid ... tut mir leid«, stammelte Alfred. Seine Entschuldigung hallte durch das Gemach wie das Wispern eines Schemens. Der Hund bellte ungehalten.

»Du hast recht.« Alfred wurde rot und lächelte schwach. »Ich kann wohl nicht anders, als dauernd um Verzeihung bitten, aber ich werde mich bessern.«

Der Deckel des Sarkophags klappte zu.

Er befand sich wieder im Innern des Todestores, und die Schlange hatte die Tür erreicht.

Alfred ließ los – und hielt fest.

Ein grüngeschuppter Drache mit goldenen Schwingen brauste wie ein Sturmwind aus dem Todestor und griff die Schlange an. Seine dolchscharfen Krallen durchdrangen die graue Schuppenhaut der Kreatur und bohrten sich tief in ihr Fleisch.

Die Schlange wand und drehte sich, um freizukommen. Mit den zahnlosen Kiefern schnappte sie nach dem schlanken Hals des Drachen, um ihn zu zermalmen, aber ihr Schicksal war besiegelt. Der Drache schlug die Fänge in den dreieckigen Natternkopf, zwischen den rotglühenden, haßerfüllten Augen. Blut spritzte, regnete auf das Labyrinth hinunter. Im Todeskampf stieß das Ungeheuer ein gellendes Kreischen aus, das die übrige Brut herbeirief. Sie kreisten den Drachen ein, um sich gemeinsam auf ihn zu stürzen.

Alfred ließ das tote Reptil zu Boden fallen. Es drängte ihn, ins Sanktuarium zurückzukehren, Haplo zur Hilfe zu eilen, doch er wagte nicht, die Tür unbewacht zu lassen.

Der grüngoldene Drache zog vor dem Todestor seine Kreise und erwartete den Angriff der Schlangen.

Haplos Warnruf schreckt Xar aus seiner Versunkenheit auf. Er brauchte den Kopf nicht zu wenden, um zu wissen, was geschah. Die Schlange trachtete ihm nach dem Leben. Xar blieb nur ein Bruchteil einer Sekunde, um die magische Aura seines Körper wiederherzustellen, schon durchzuckte ein brennender Schmerz seinen Hinterkopf.

Der Fürst taumelte, dann fuhr er herum und sah Haplo mit Sang-drax ringen. Sie kämpften um den Besitz eines blutigen Dolchs.

»Fürst Xar! Dieser Verräter hat versucht, Euch zu ermorden!« knirschte Sang-drax und führte einen hinterhältigen Schlag nach dem Patryn.

Haplo sagte nichts, sein Atem ging schwer und keuchend. Die Tätowierungen an seinem Körper schimmerten tiefblau, aber sein Gesicht war sehr bleich, und er schien am Ende seiner Kräfte zu sein.

Xar tastete nach der Wunde im Nacken, und als er die Hand zurückzog, waren die Finger blutig.

»Sieh an«, murmelte er geistesabwesend und verfolgte seltsam unbeteiligt den Kampf zwischen Haplo und der Schlange. Der Schmerz war eine lästige Ablenkung, doch er hatte nicht die Zeit, sich zu heilen. Das von ihm geschaffene Runengefüge hing wie ein leuchtendes, filigranes Gespinst vor den vier Türen zu den vier Welten, doch hier und dort zeigten sich bereits dunkle Stellen. Nicht mehr von der ungeteilten Aufmerksamkeit des Fürsten genährt, begann die Magie zu schwinden.

Ungehalten wischte Xar das Blut ab, das an seinem Hals hinunterrann und im Kragen des Gewandes versickerte, darüber hinaus schenkte er der Wunde keine Beachtung.

Sang-drax traf Haplo wieder und wieder, mit harten, gnadenlosen Schlägen, die durch seine schützende Aura hindurch den Körper trafen. Haplo lief das Blut in die Augen. Er war halb blind und vermochte sich kaum gegen die gezielten Attacken zu wehren. Schlag um Schlag zwang ihn in die Knie, ein Tritt ins Gesicht schleuderte ihn nach hinten. Er blieb besinnungslos liegen, seine ausgestreckte Hand berührte fast den Dolch mit der gewellten Klinge.

Sang-drax wandte sich dem Fürsten zu und deutete auf den bewußtlosen Patryn.

»Euer verräterischer Vasall hat versucht, Euch zu ermorden, Fürst des Nexus! Glücklicherweise ist es mir gelungen, ihn daran zu hindern. Sagt ein Wort, und ich mache seinem Leben ein Ende.«

»Spar dir die Mühe.« Xar bemerkte, daß die Schlange zwischen ihm und dem Runengefüge stand, und bewegte sich unauffällig näher an Haplo, Sang-drax und die Türen heran. »Ich kümmere mich um ihn. Tritt beiseite.«

»Euer Wunsch ist mir Befehl, doch zuerst« – Sang-drax bückte sich – »gestattet mir, den Dolch des Verräters aufzuheben. Wer weiß, ob er sich nicht wieder verstellt.«

Er griff ins Leere. Xar hatte wie unabsichtlich den Fuß auf die blutbesudelte Klinge gestellt. Jetzt kniete er neben Haplo nieder, umfaßte sein Kinn und drehte ihm nicht eben sanft den Kopf ins Licht. An seiner Stirn schimmerte zwischen Blut und Hautfetzen einer tiefen Platzwunde weiß der Knochen hervor.

Flüchtig zeichnete der Fürst eine Heilrune über die Verletzung, schloß den klaffenden Riß und brachte die Blutung zum Stillstand. Nach kurzem Zögern schrieb Xar eine weitere Rune auf Haplos Stirn, die gleiche, die er über dem Herzen trug. Mit Blut geschrieben würde sie nicht dauern. Sie hatte keine Kraft, keine magische Kraft.

Bei der Berührung seines Fürsten regte sich der Patryn und schlug die Augen auf. Sein Blick ging ins Leere. Im ersten Moment schien er nichts wahrzunehmen, dann aber seufzte er und griff nach Xars Hand.

»Mein Fürst, ich bin am Ziel. Ich habe es erreicht, das Letzte Tor.« Ein kraftloses Lächeln huschte über sein Gesicht.

»Wovon spricht er?« erkundigte Sang-drax sich beunruhigt. »Was versucht er Euch einzureden? Lügen, Gebieter, nichts als Lügen.«

»Es sind nur Erinnerungen«, antwortete Xar. »Er glaubt, wieder im Labyrinth zu sein.«

Haplo fröstelte, doch seine Stimme wurde kräftiger. »Ich habe ihm die Stirn geboten, Fürst. Ich habe es besiegt.«

»Das hast du, mein Sohn. Du hast einen großen Sieg errungen.«

Der Patryn drückte noch einmal die Hand des Fürsten, dann ließ er sie los. »Ich danke Euch für Eure Hilfe, Gebieter, aber ich brauche sie jetzt nicht mehr. Ich kann allein durch das Letzte Tor gehen.«

»Das kannst du, mein Sohn. Das kannst du.«

Sang-drax sprach eine Rune – eine Sartanrune – und zeichnete gleichzeitig ein Patrynsiegel in die Luft. Beide flogen wie Brandpfeile auf das Gefüge zu, das Xar geschaffen hatte.

Es gelang ihm nicht, den Fürsten des Nexus zu überrumpeln. Xar hatte darauf gewartet, daß die Schlange sich verriet, und handelte ohne Zögern. Er konterte das Manöver mit einer eigenen Rune. Die magischen Zeichen prallten aufeinander, explodierten funkensprühend und löschten sich gegenseitig aus.

Xar erhob sich und wog den Schlangendolch in der Hand.

»Ich kenne den wirklichen Verräter«, sagte er und hielt Sang-drax' glitzernden Blick fest. »Ich weiß, wer versucht hat, mein Volk ins Verderben zu treiben.«

»Ihr wollt den sehen, der sein Volk ins Verderben getrieben hat?« höhnte Sang-drax. »Schaut in einen Spiegel, Fürst des Nexus!«

»Ja«, erwiderte Xar ruhig. »Ich schaue in einen Spiegel.«

Sang-drax legte den Patrynkörper ab und nahm seine wahre Gestalt an. Er wuchs und reckte sich, bis der riesige Schlangenleib den ganzen Raum ausfüllte.

»Wir sind Euch zu Dank verpflichtet, Fürst des Nexus«, zischte das Ungeheuer. »Die vier Welten zu zerschmettern ist, gebe ich zu, eine Wahnsinnstat, die wir gar nicht in Erwägung gezogen hatten. Doch von ihren Früchten werden wir uns jahrhundertelang nähren. Und euer Volk, auf ewig im Labyrinth gefangen. Ich bedaure, daß Ihr es nicht erleben dürft, Fürst, aber Ihr seid viel zu gefährlich ...«

Der zahnlose Rachen der Schlange öffnete sich. Xar sah das Schicksal, das ihm bestimmt war, dann wandte er sich ab und richtete seine Aufmerksamkeit auf die Magie, auf das phantastische Runengefüge, das er geschaffen hatte.

Er wußte, die Schlange war im Begriff, sich auf ihn zu stürzen, ihn zu verschlingen.

Mit fester Hand zeichnete er das Sigel in die Luft. Es strahlte blau, dann rot, dann flammte es gleißend auf. Xar sprach das Wort, laut, klar, befehlend.

Das Sigel traf die magische Konstruktion, zerbarst wie eine explodierende Sonne und sprengte das Herz aus dem Runengefüge.

Mächtige Kiefer schlossen sich um den Fürsten des Nexus.

Kapitel 33

Das Siebte Tor

Die Drachenschlangen flogen auf das Todestor zu, ein deutlich erkennbarer schwarzer Fleck in dem grauen, qualmerfüllten Himmel über dem Labyrinth. Tief unten war das Letzte Tor noch offen, aber die Sartan zogen ihre Truppen davor zusammen, die Patryn taten das gleiche auf der anderen Seite.

Alfred bemühte sich, nicht zu verzagen, aber wie sollte er, ganz allein, gegen diese Übermacht das Tor halten? Kampfgeräusche aus dem Sanktuarium beunruhigten ihn, lenkten ihn ab, während doch jede Unaufmerksamkeit seinen Tod bedeuten konnte. In panischer Hast durchsuchte er das Spektrum der Möglichkeiten, um einen Ausweg zu finden, doch es schien, daß ihm diesmal keine Wahl blieb.

Welche Beschwörung er auch anwandte, die Schlangen besaßen die Fähigkeit, sie zu entkräften. Ihm war nie zuvor zu Bewußtsein gekommen, wie mächtig diese Kreaturen waren – entweder das, oder sie bezogen Kraft aus dem Konflikt im Labyrinth. Mit sinkendem Mut hielt der grüngoldene Drachen Wacht vor dem Labyrinth und wartete auf das sichere Ende …

… als aus dem Nichts etwas Riesengroßes heranbrauste und sich von der Seite auf ihn stürzte.

Kampfbereit warf Alfred sich herum, aber der vermeintliche Angreifer war ein alter Mann, der sich in der Rolle des vermeintlichen Drachenreiters zu gefallen schien. Er trug mausgraue Gewänder, und ein langer weißer Bart wehte ihm über die Schulter.

»Leader an Rot Eins!« brüllte der Alte. »Kommen, Rot Eins!«

Die Horde der Schlangen teilte sich, einige hielten auf Alfred zu, die anderen machten Anstalten, in das Todestor einzudringen.

»Angriff abbrechen, Rot Eins«, rief der alte Mann und schwenkte den Arm. »Rettet die Prinzessin! Mein Geschwader übernimmt!«

Hinter dem weißbärtigen Kauz tauchten Legionen von Pryan-Drachen aus dem Qualm des brennenden Nexus auf.

»Wie gefällt dir die rostige Mühle?« Der alte Mann tätschelte den Hals des Drachen. »Hab' den Kessel auf sechs Parsecs hochgetrimmt!«

Der Drache ließ sich ruckartig in die Tiefe fallen, um eine der Schlangen anzugreifen. Der alte Mann salutierte noch einmal, bevor er verschwand, gefolgt von den übrigen Pryan-Drachen, die den Kampf gegen ihre Feinde aufnahmen. Alfred war der Verantwortung enthoben. Er konnte in das Sanktuarium zurückkehren. Im Todestor legte er die Drachengestalt ab und verwandelte sich wieder in seine altes, tolpatschiges Selbst. Er wartete einen Moment und beobachtete die Luftschlacht. Angesichts eines unerschrockenen, bis zum Äußersten entschlossenen Feindes ergriffen die meisten Schlangen die Flucht.

»Leb wohl, Zifnab«, sagte Alfred wehmütig, dann sammelte er seine Kräfte, um sich erneut einen Weg durch das Chaos im Todestor zu erzwingen. Aus weiter Ferne drang ein schwacher Ruf an sein Ohr: »Gesundheit, mein Junge, und ich heiße Luke …«

Im Sanktuarium zermalmte die Schlange Xar zwischen den zahnlosen Kiefern und spie den entstellten, blutigen Körper aus.

Der Leichnam prallte mit einem dumpfen Geräusch gegen die Wand und glitt daran herunter. Eine verwischte Blutspur blieb auf dem weißen Marmor zurück. Die Schlange stieß ein triumphierendes Zischen aus.

»Gebieter!« Haplo war zu sich gekommen und hatte sich mühsam erhoben. Fassungslos starrte er auf den zusammengesunkenen Körper am Fuß der Wand.

»Du kannst nichts tun.« Die roten Augen der Schlange musterten ihn lauernd. »Der Fürst des Nexus ist tot.«

Durch die vier Türen hinter Sang-drax sah Haplo die vier Welten. Die Sturmwolken über Arianus lösten sich auf. Die Wasser Chelestras glätteten sich, und die Sonnen Pryans schienen hell. Nach einem letzten Erschauern fanden die Gesteinsmassen Abarrachs wieder zur Ruhe. Um den zerschmetterten Leichnam des Fürsten bildete sich ein Teich aus Blut.

Jonathon, am Runentisch sitzend, mahnte: »Übt keine Gewalt!«

»Dafür ist es fast etwas spät«, meinte Haplo sarkastisch.

Die Schlange bäumte sich vor ihm auf, ihr gewaltiger Schädel pendelte hypnotisch hin und her, und in den roten Augen glomm Siegesgewißheit.

Haplos einzige Waffe war der blutige Dolch. Er lag ihm gut in der Hand, aber die kurze Klinge vermochte der zähen, durch Magie gehärteten Haut der Kreatur kaum so viel Schaden zuzufügen wie ein Mückenstich.

Der Patryn umklammerte die Waffe und hielt sich bereit. Die Tätowierungen an seinem Körper strahlten hell. Er rechnete damit, daß die Schlange es eilig haben würde, sich den lästigen Wicht vom Hals zu schaffen, doch vor seinen Augen begann der monströse Reptilkörper seine Form zu verändern und zu schrumpfen, bis innerhalb von Sekundenbruchteilen ein Elfenfürst in dem Gemach stand.

Sang-drax schenkte Haplo ein falsches Lächeln und schob sich unauffällig näher an ihn heran.

»Keinen Schritt weiter!« Haplo zückte den Dolch.

Sang-drax blieb stehen. Ein Ausdruck schmerzlicher Gekränktheit breitete sich über seine Züge.

»So dankst du mir, Haplo?« Mit der schlanken, anmutigen Elfenhand deutete er auf Xar. »Wäre ich nicht gewesen, hätte er dir das Leben genommen.«

Haplo warf einen kurzen Blick auf Xar und schaute sogleich wieder Sang-drax an, der den winzigen Moment der Unaufmerksamkeit genutzt hatte, um sich wieder an den Patryn heranzuschleichen.

»Du hast meinen Lehnsherrn getötet«, sagte Haplo finster.

Sang-drax lachte ungläubig. »Lehnsherr! Ich habe den Mann getötet, der Gram befahl, dich durch den Assassinen meuchlings ermorden zu lassen. Den Mann, der die Frau verführte, die du liebst, und ihr dann den Auftrag gab, dich zu liquidieren. Den Mann, der dich zu dem trostlosen Dasein eines Untoten verurteilen wollte. Ein schöner Lehnsherr!«

»Wenn mein Gebieter das Leben zurückforderte, das ich ihm verdanke, war er im Recht«, entgegnete Haplo kalt. »Du vergeudest meine Zeit. Was immer du mit mir vorhast, bringen wir es hinter uns.«

Er fragte sich, wo Alfred sein mochte. War er tot?«

Sang-drax mimte den Erstaunten. »Mein lieber Haplo, ich trage keine Waffe. Ich bin keine Bedrohung für dich. Nein, ich will dir dienen. Mein Volk will dir dienen. Einst habe ich mich vor dir verneigt und dich ›Meister‹ genannt. Das tue ich nun wieder.« Die Schlange in Elfengestalt vollführte einen tiefen Kratzfuß und warf von unten herauf einen verstohlenen Blick in Haplos Gesicht. »Weißt du, daß die Sartan im Nexus eingetroffen sind?« fuhr Sang- drax fort. »Ramu hat vor, das Letzte Tor zu verschließen. Ich kann sie daran hindern. Mein Volk kann sie vernichten. Gib den Befehl, und das Blut deiner Feinde wird dich ergötzen wie süßer Wein. Dafür bitten wir nur um eine kleine Gegengabe.«

»Die wäre?«

Sang-drax schaute zu den vier Türen, und dabei glitzerten seine Augen begehrlich. »Vollende den Zauber deines Gebieters. Du hast die

Macht, Haplo. Du bist so stark, wie Xar es gewesen ist. Und ich will dir gern mit meinen armseligen Kräften zur Seite stehen …«

Grimmig lächelnd schüttelte Haplo den Kopf.

»Du weigerst dich?« Auf dem schönen Elfengesicht malte sich kummervolle Enttäuschung.

Statt einer Antwort ging Haplo rückwärts – um die Schlange nicht aus den Augen lassen zu müssen – auf die erste Tür zu, die nach Arianus führte.

Sang-drax beobachtete sein Tun argwöhnisch. »Was hast du vor, Haplo, mein Freund?«

»Ich schließe die Tür, Sang-drax, mein Freund«, erwiderte Haplo. »*Alle* Türen.«

»Das ist ein Fehler, Haplo.« Die Schlange zischte leise. »Ein großer Fehler.«

Haplo blickte auf Arianus hinunter, Welt in den Lüften. Die Sturmwolken verwehten, Solarus schien. Er konnte Drevlin sehen, die Metallteile des berühmten Allüberalls blitzten im Sonnenlicht. Vielleicht blinzelte gerade jetzt Limbeck Schraubendreher kurzsichtig durch seine dicken Brillengläser und hielt eine Rede, der keiner zuhörte, außer Jarre. Und eines Tages möglicherweise eine Schar kleiner Limbecks, die mit ihrem ›Warum‹ eine Welt verändern würden.

Haplo lächelte, sagte Lebwohl und schloß die Tür.

Wieder zischte die Schlange ärgerlich.

Der Patryn beachtete die Schlange nicht; die Tatsache, daß es in dem Raum dunkler wurde, verriet ihm, daß die Kreatur erneut ihre Gestalt änderte.

Die nächste Tür – Pryan, Welt des Feuers. Blendendes Sonnenlicht, doppelt hell im Kontrast zu den tiefer werdenden Schatten, die ihn bedrängten. Winzige silberne Sterne glitzerten wie Edelsteine im grünen Flor des Dschungels – die Zitadellen, zum Leben erwacht, sandten Licht und Energie hinaus ins All. Paithan und Rega, Aleatha und Roland und Drugar – Menschen, Elfen und ein Zwerg. Xar zufolge waren sie hinter das Geheimnis der Tytanen gekommen, und von dieser Gefahr befreit, konnte Pryan wieder aufblühen. Haplo würde nie erfahren, wie die Geschichte weiterging, doch er vertraute darauf, daß – widerstandsfähig, stark in ihren vielfältigen Schwächen, mit unverwüstlichem Lebenswillen – die Nichtigen gediehen, wenn die Götter, die sie zu dieser Welt gebracht hatten, längst vergessen waren.

Haplo sagte Lebwohl und schloß die Tür.

»Du hast dich selbst zum Tod verurteilt, Patryn«, warnte eine gehässige Stimme. »Du wirst das gleiche Ende nehmen wie dein Gebieter.«

Haplo gönnte der Schlange nicht einen Blick, Er hörte den Schuppenleib über den Steinboden schaben, nahm den Fäulnisgeruch wahr und glaubte fast, den Schleim auf der Haut zu spüren.

Die nächste Tür führte nach Abarrach. Eine tote Welt, bewohnt von

Toten. Jonathon hatte sie erlösen wollen und damit auch sich selbst. Diese Hoffnung würde sich nicht erfüllen, hatte es den Anschein.

Auch sie habe ich im Stich gelassen, dachte Haplo.

»Es tut mir leid«, sagte er und lächelte reuevoll, als er die Tür schloß. Er hörte sich an wie Alfred.

Die vierte Tür – Chelestra, Welt des Wassers. Auf dieser Welt hatte er nach langem Ringen zu sich selbst gefunden. Hinter sich hörte er das wütende Zischen der Schlange, doch er hing weiter seinen Erinnerungen nach. Grundel hatte wahrscheinlich mittlerweile ihren Hartmut geheiratet. Die Hochzeit mußte ein bemerkenswertes Ereignis gewesen sein: Elfen, Zwerge, Menschen feierten vereint. Wie Grundel wohl bei dem Wettkampf im Axtwerfen abgeschnitten hatte?

Leise wünschte er ihr und ihrem Gemahl viel Glück und schloß die letzte Tür mit einem Anflug von Bedauern. Dann drehte er sich zu Sang-drax herum. Der Schlangendolch war in der Hand des Patryn zu einem Schwert geworden, aus glänzendem Stahl, fein ausbalanciert. Nicht seine Magie hatte die Veränderung bewirkt, die Schlange war dafür verantwortlich.

Der gigantische, stumpfgraue Körper ragte einschüchternd über ihm auf, allein die Masse und die Aura der Bösartigkeit genügten, um den Willen eines Gegners zu brechen. Die Schlange hätte ihn jederzeit von hinten töten können, aber sie wollte nicht, daß er schnell starb, ohne Kampf, ohne Schmerzen, Furcht …

Haplo hob das Schwert und erwartete den Angriff.

»Nein, Haplo! Keine Waffen, nicht kämpfen!«

Alfred kam aus dem Todestor gestolpert. Er wäre hingefallen, doch es gelang ihm, sich am Rand der Tischplatte festzuhalten. »Nicht kämpfen.«

»Ja, Haplo«, spottete die Schlange, »leg das Schwert weg, damit dein Ende schnell kommt, aber nicht schmerzlos!«

Auf Haplos Hemd breitete sich ein roter Fleck aus. Die Wunde über seinem Herzen war aufgebrochen und blutete wieder. Unerklärlicherweise schmerzte die Verletzung an seiner Stirn überhaupt nicht.

»Keine Waffen.« Alfred rang nach Atem und bemühte sich, ruhig und zusammenhängend zu sprechen. »Weigere dich zu kämpfen. Es ist der Kampf, den die Kreatur will!« Der Sartan deutete auf den toten Fürsten. »Wer Gewalt übt an diesem Ort, wider den wird sie sich kehren!«

Haplo zögerte. Sein ganzes Leben hatte er kämpfen müssen. Jetzt verlangte man von ihm, seine Waffe aus der Hand zu legen, sich widerstandslos zu unterwerfen. Und schlimmer noch, er mußte in dem Bewußtsein sterben, daß sein Feind weiterlebte und sein Zerstörungswerk fortsetzen konnte.

Er schüttelte den Kopf. »Du verlangst zuviel, Alfred. Als nächstes wirst du von mir erwarten, daß ich in Ohnmacht falle!«

Beschwörend streckte Alfred die Hände aus. »Haplo, bitte …«

Der mächtige Schwanz des Reptils peitschte durch die Luft, traf den Sartan am Rücken und schleuderte ihn gegen den Runentisch.

Sang-drax reckte sich in die Höhe, die funkelnden roten Augen richteten sich auf Haplo. »Der nächste Schlag wird ihm das Rückgrat brechen und der übernächste seinen Körper zerschmettern. Kämpfe, Haplo, oder der Sartan stirbt.«

Alfred fand die Kraft, den Kopf zu heben. Seine Nase war gebrochen, die Lippe aufgeplatzt. Blut lief über sein Gesicht. »Tu es nicht, Haplo. Wenn du kämpfst, bist du verloren!«

Die Schlange wartete in dem selbstgefälligen Bewußtsein, daß sie ihr Spiel gewonnen hatte.

Beherrscht von Zorn und dem heißen Wunsch, das Scheusal zu töten, warf Haplo Alfred einen grimmigen Blick zu. »Erwartest du, daß ich hier stehe und mich umbringen lasse?«

»Vertrau mir, Haplo!« flehte Alfred. »Mehr habe ich nie von dir verlangt. Vertrau mir.«

»Einem Sartan vertrauen!« Sang-drax stieß ein gräßliches Lachen aus. »Deinem Todfeind sollst du vertrauen! Denen vertrauen, die dich ins Labyrinth gesperrt haben, die verantwortlich sind für den Tod von wievielen Tausenden deines Volkes? Deine Eltern, Haplo, erinnerst du dich an ihr schreckliches Ende? Die Schreie deiner Mutter. Sie hat lange geschrien, nicht wahr, bis der Tod sie erlöste. Und du hast es gesehen. Du konntest sehen, was man ihr angetan hat. Dieser Mann trägt die Verantwortung auch dafür. Und er bittet dich, ihm zu vertrauen …«

Haplo schloß die Augen. Sein Kopf schmerzte, er fühlte Blut an seinen Händen kleben. Er war der kleine Junge, der in den Büschen kauerte, benommen von dem Schlag, den sein Vater ihm versetzt hatte, um ihn zu betäuben, damit er im Dickicht unentdeckt blieb, während seine Eltern ihre Verfolger auf ihre Fährte lockten. Doch sie waren nicht weit gekommen, und ihr Sohn erwachte nach kurzer Zeit.

Als er begriff, was geschah, verstummte sein ängstliches Weinen, das Grauen schnürte ihm die Kehle zu. Das Grauen und der Haß, Haß auf die Schuldigen …

Haplo umklammerte den Schwertgriff und wartete darauf, daß der rote Schleier vor seinen Augen sich hob, damit er den Feind sehen konnte – und hätte die Waffe beinahe fallen gelassen, als eine feuchte Zunge über seine Hand schleckte. Ein tröstendes Winseln, eine Pfote berührte sein Knie …

Haplo neigte sich zur Seite und kraulte die seidigen Ohren. Der Hund schmiegte sich an sein Bein, und er spürte die Wärme des Tierkörpers, das weiche Fell. Und doch überraschte es ihn nicht festzustellen, als er die Augen öffnete, daß kein Hund neben ihm stand.

Haplo warf das Schwert auf den Boden.

Sang-drax lachte verächtlich und schickte sich an, auf den hilflosen Patryn niederzustoßen, ihn zu zerschmettern. Doch in ihrem Übereifer verrechnete sich die Schlange. Sie wurde zu groß, bäumte sich zu hoch auf. Der riesige Schädel brach durch die Marmordeckel des Sanktuariums.

Die in den Marmor gemeißelten Runen flackerten und zischten, blaue und rote Funkengarben sprühten. Sang-drax kreischte schrill, wand und drehte sich, um dem feurigen Regen zu entgehen, doch er vermochte sich nicht aus dem gezackten Loch zu befreien. Risse in der Decke vergrößerten sich, liefen an den Wänden hinunter.

Das Sanktuarium – das Siebente Tor – stürzte ein, und es gab nur einen Fluchtweg: das Todestor.

Haplo wagte einen Schritt. Der Reptilschwanz peitschte durch den Raum. Selbst im Todeskampf war die Schlange darauf aus, ihn zu töten.

Der Patryn warf sich zur Seite, dennoch traf ihn der Hieb an der linken Schulter, in der schon der Schmerz von der aufgebrochenen Herzrune tobte. Er rang nach Luft und kämpfte gegen die schwarze Woge der Bewußtlosigkeit, die über ihn hinwegflutete.

Mühsam stemmte er sich hoch und stellte zu seiner eigenen Verwunderung fest, daß er das Schwert wieder in der Hand hielt.

»Versuch mich zu töten!« hetzte die Schlange. »Ich bin dein Feind! Töte mich!«

Haplo hob das Schwert über den Kopf und ließ es auf den Runentisch niedersausen. Die Klinge brach mittendurch. Der Patryn zeigte der Schlange das nutzlose Heft, dann warf er es weg.

Sang-drax setzte alle Kräfte ein, um sich zu befreien, aber die Magie des Siebenten Tores hielt ihn gefangen. Blaue Flammen tanzten über den schleimigen Körper. Wieder peitschte der Schwanz in ohnmächtiger Wut durch den Raum und traf den Tisch, auf dessen Platte blutend und betäubt Alfred lag. Doch es waren die Todeszuckungen der Schlange. Von gräßlichen Schmerzen gepeinigt, stemmte sie sich in einem letzten Aufbegehren gegen die magischen Kräfte, die sie festhielten. Die Decke zerbarst, eins der Trümmerstücke, die herabfielen, verfehlte Alfred nur um Haaresbreite. Ein anderer Brocken landete auf dem sich nur noch schwach bewegenden Schwanz der Schlange, und ein Holzbalken, der auf den Tisch stürzte, brach die Platte in zwei gleich große Hälften.

Haplo stolperte mit eingezogenem Kopf durch den herabregnenden Schutt und Grus, bis er Alfred erreichte. Er packte aufs Geratewohl den erstbesten Teil des Sartan, den er zu fassen bekam – den Kragen seines alten Samtrocks –, und stellte ihn auf die Füße. Alfred hing in seinem Griff wie eine aus der Fasson geratene Lumpenpuppe.

Aus tränenden Augen spähte der Patryn durch die wogenden Staubschleier. »Jonathon.«

Er glaubte den Lazar gelassen an einer Hälfte des zerbrochenen Tisches sitzen zu sehen, unberührt von der Zerstörung, die ihn binnen kurzem vernichten würde.

»Jonathon!« rief Haplo wieder.

Keine Antwort. Und dann war ihm der Blick auf den Lazar versperrt – eine riesengroße Marmorplatte stürzte zwischen ihnen nieder.

Alfred sank zu Boden.

Der Patryn krallte die Finger in den Rockkragen des Sartan und schleifte ihn durch das Inferno. Seine Runenaura schützte ihn vor dem Schotterregen, und er weitete sie auf Alfred aus. Steinbrocken fielen auf die blauschimmernde Hülle und prallten ab, doch jeder Treffer schwächte die Magie. Nicht mehr lange, und das erste Sigel gab nach. Und dann begann die Auflösung des schützenden Panzers.

Fünfzehn, vielleicht zwanzig Schritte bis zum Todestor. Nicht, daß er dort Zuflucht zu finden hoffte; nach allem, was er wußte, tauschten sie lediglich den sicheren Tod gegen den wahrscheinlichen. Aber besser eine geringfügige Chance als gar keine – schon sah er das erste Sigel in dem magischen Kokon erlöschen …

Er und Alfred hatten die Tür fast erreicht, als sich plötzlich zu seinen Füßen ein Abgrund auftat. Er starrte in die bodenlose Tiefe. Marmorgeröll und Holztrümmer rutschten hinein und verschwanden. Auf der gegenüberliegenden Seite stand wie zum Hohn das Todestor halboffen.

Der Spalt war nicht breit. Haplo traute sich zu, ihn ohne Anlauf zu überspringen, aber nicht mit dem Sartan im Schlepptau. Er versuchte, Alfred gerade hinzustellen, aber sofort sank er mit weichen Knien wieder in sich zusammen.

»Verflucht!« Haplo schüttelte ihn, erreichte aber nichts weiter, als daß Alfred verständnislos blinzelte und sich aus leeren Augen umschaute.

»Das ist ja nichts Neues«, brummte Haplo. »Alfred!« Er gab ihm einen Klaps auf die Wange.

Alfred schreckte hoch und stieß einen protestierenden Laut aus. Sein Blick wurde klar, verstört sah er zu dem Patryn auf. »Was …«

Haplo ließ ihn nicht aussprechen. Man durfte dem Sartan keine Zeit zum Nachdenken geben.

»Wenn ich sage ›spring‹, springst du.«

Haplo drehte Alfred herum und schob ihn an den äußersten Rand des Abgrunds. »Spring!«

Wie ein Schlafwandler gehorchte Alfred, hing mit rudernden Armen und Beinen einen atemlosen Sekundenbruchteil über dem Nichts und fabrizierte auf der anderen Seite eine klassische Bauchlandung.

Haplo wagte einen kurzen Blick in den pechschwarzen Schlund, dann sprang er ebenfalls. Seine Landung fiel besser aus. Er zerrte Alfred vom Boden hoch und schleppte ihn hinter sich her durch die offene Tür ins Todestor. Als er zurückschaute, sah er das Siebente Tor in sich zusammenstürzen, doch ihm blieb keine Muße, sich über die Folgen Gedanken zu machen, denn schon rutschte er wie auf einer steilen, gewundenen Rutschbahn in das Chaos des Todestores.

Kapitel 34

Das Siebte Tor

»Was zum Teufel ist los?« schrie Haplo. Mit Händen und Füßen scharrte er nach Halt auf dem spiegelglatten, krängenden Boden. »Was hat das zu bedeuten?«

Auch Alfred rutschte langsam nach unten. Der Korridor des Todestores hatte sich in einen Zyklon verwandelt, einen Vortex, dessen Herz das Sanktuarium war – das Siebente Tor.

»Gütiger Sartan!« Alfred stöhnte. »Das Siebente Tor stürzt ein und reißt den Rest der Schöpfung mit sich!«

Sie schlitterten im Sog des Todestores geradewegs zurück ins Sanktuarium, und alles andere machte dieselbe Reise. In panischer Angst versuchte der Sartan, sich irgendwo festzuhalten, doch er fand nichts, keine Unebenheit, keine Vorsprung.

»Und was tun wir jetzt?« rief Haplo.

»Es gibt nur eins, und das kann richtig sein oder auch falsch. Weißt du …«

»Red nicht, tu was!« brüllte Haplo außer sich. Er war der Tür schon sehr nahe.

»Wir müssen das Todestor schließen!«

Sie trudelten mit solcher Geschwindigkeit durch das Chaos, daß Alfred sich fühlte, als hätten Herz und Magen den Platz getauscht. Wenn er nach unten schaute, glaubte er, geradewegs in den aufgerissenen Rachen der Schlange zu fallen. Loderten da nicht gierig zwei rote Augen …?

»Der Zauber, verflucht!« Haplo versuchte nach wie vor, seine Rutschpartie zu bremsen, nach wie vor erfolglos.

Dies ist der Augenblick in meinem Leben, vor dem ich mich immer gefürchtet habe, dachte Alfred. Der Augenblick, dem auszuweichen ich mich ein ganzes Leben lang bemüht habe. Alles hängt von mir ab.

Er schloß die Augen und visualisierte das Spektrum der Möglichkeiten. Zum Greifen nah, es war zum Greifen nah. Mit bebender Stimme begann er, die Runen zu singen. Seine Hand berührte die Tür. Er schob …

Stemmte sich dagegen. Mit aller Kraft.

Die Tür bewegte sich nicht.

Beunruhigt schlug Alfred die Augen auf. Was immer er getan hatte, wenigstens war ihre Talfahrt langsamer geworden, aber das Todestor stand immer noch offen, und das Universum ergoß sich hinein wie in einen Trichter.

»Haplo! Du mußt mir helfen!«

»Bist du verrückt? Patryn- und Sartanmagie vertragen sich nicht!«

»Woher weißt du das so genau?« Alfred klammerte sich an diesen Strohhalm. »Nur weil es noch nie versucht worden ist, jedenfalls soweit uns bekannt. Aber vielleicht hat doch irgendwer irgendwann in der Vergangenheit …«

»Schon gut, schon gut! Das Todestor schließen, darum geht es? Das ist die Absicht?«

»Du mußt dich darauf konzentrieren!« rief Alfred. Die Atempause war vorbei, es ging wieder schneller abwärts.

Haplo sprach die Runen, Alfred sang. Sigel flackerten in der Mitte des geneigten Korridors, ähnlich und doch mit entmutigend deutlichen Unterschieden. Die beiden Runengefüge hingen in großem Abstand voneinander in der Luft und verbreiteten einen fahlen, unsteten Schimmer, der nahe daran war zu erlöschen. Alfred betrachtete sie niedergeschlagen.

»Nun ja, wir haben es versucht …«

Haplo fluchte. »Ich denke nicht daran, aufzugeben. Streng dich an! Sing, verdammt noch mal! Sing!«

Alfred holte tief Luft und gehorchte. Zu seinem Erstaunen fiel Haplo ein. Der Bariton des Patryn stützte und verstärkte Alfreds lyrischen Tenor.

Alfred wurde warm ums Herz, er sang lauter und mit mehr Überzeugung. Haplo kannte die Melodie nicht, bemühte sich aber, die Töne so genau wie möglich zu treffen, und hoffte, daß Lautstärke und guter Wille den Mangel an Musikalität wettmachten.

Die Sigel leuchteten heller, bewegten sich aufeinander zu, und bald erkannte Alfred, daß die Unterschiede in den Gefügen dafür vorgesehen waren, sich gegenseitig zu ergänzen, nicht anders als Schloß und Schlüssel.

Eine gleißende Helligkeit, greller als das weißglühende Herz der vier Sonnen Pryans, stach Alfred wie mit Nadeln in die Augen. Er kniff die Lider zu, aber das Licht drang hindurch, ein blendendes Feuerwerk, das in seinem Kopf explodierte.

Wie aus weiter Ferne hörte er ein gedämpftes Geräusch, als würde eine Tür zugeschlagen. Und dann war es dunkel. Er schwebte, leicht und gemächlich; eine Flaumfeder, von sanfter Dünung gewiegt.

»Ich glaube, es hat funktioniert«, sagte er zu sich selbst.

Und fand, daß er nun sterben konnte, ohne das Gefühl, sich entschuldigen zu müssen.

Kapitel 35

Das Labyrinth

Haplo war verwundet und am Ende seiner Kräfte. Nach stundenlanger Flucht – mehrmals in die Enge getrieben, war er gezwungen gewesen, sich zum Kampf zu stellen – hatte er seine Verfolger endlich abschütteln können. Jetzt brauchte er Ruhe und etwas Zeit, um sich zu heilen. Doch er war allein im Labyrinth. Sich hinzulegen und zu schlafen bedeutete, sich hinzulegen und zu sterben.

Allein. Seine Eltern hatten ihm einen prophetischen Namen gegeben. Haplo: einsam, allein.

Eine leise Stimme sagte: »Du bist nicht allein.«

Er hob den trüben Blick: »Marit?« Das konnte nur eine Halluzination sein, hervorgerufen durch Schmerzen, Verzweiflung und quälende Sehnsucht.

Hilfreiche Arme, warm und kräftig, legten sich um seine Schultern, stützten ihn. Dankbar ließ er sich führen. Sie bettete seinen schmerzenden Körper auf ein Lager aus Laub. Er schaute sie an, als sie neben ihm niederkniete.

»Ich habe dich gesucht«, flüsterte er.

»Du hast mich gefunden.« Sie lächelte und legte die Hand auf seine blutende Herzrune. Ihre Berührung linderte den Schmerz. Ihm war, als würde ein Schleier vor seinen Augen weggezogen, und er konnte Marit deutlich sehen.

»Die Wunde wird nie ganz heilen, fürchte ich«, meinte sie.

Er streckte die Hand aus und strich ihr das Haar aus der Stirn. Das Sigel auf ihrer Haut, Xars Sigel, verblaßte allmählich. Aber auch das würde nie ganz heilen. Sie zuckte bei seiner Berührung zusammen, aber das Lächeln verschwand nicht aus ihrem Gesicht. Statt zu sprechen, griff sie nach seiner Hand und drückte sie an die Lippen.

Mit der neuen Kraft, die ihn durchströmte, kehrte auch das Bewußtsein der Gefahr wieder.

»Wir können hier nicht bleiben«, sagte er und richtete sich auf.

Sie legte ihm beruhigend die Hände auf die Schultern. »Wir sind in Sicherheit, wenigstens für den Augenblick. Vergiß, Haplo. Vergiß die Angst und den Haß. Es ist vorbei.«

Nein, da irrte sie sich. Es hatte gerade erst angefangen.

Er ließ sich auf das Laubpolster zurücksinken und zog sie neben sich. »Ich werde dich nie wieder loslassen.«

Sie legte den Kopf auf seine Brust, auf die Herzrune, die Namensrune.

Ein Sigel, in zwei Hälften gebrochen.

Und durch den Bruch um so stärker.

Kapitel 36

Das Labyrinth

»Was ist mir ihm?« fragte eine weibliche Stimme. Sie klang vertraut, doch Alfred fiel nicht ein, zu wem sie gehörte. »Ist er verletzt?«

»Nein«, antwortete der Mann. »Wahrscheinlich wieder einmal ohnmächtig.«

Ich bin nicht ohnmächtig! wollte Alfred aufbegehren. Ich bin tot! Ich …

Er hörte sich selbst einen krächzenden Laut ausstoßen.

»Na bitte, was habe ich gesagt? Er kommt zu sich.«

Vorsichtig schlug Alfred die Augen auf. Über ihm wiegten sich die Zweige eines Baums. Er lag im weichen Gras, und eine Frau kniete neben ihm.

»Marit?« fragte er und schaute sie verwundert an. »Haplo?«

Sein Freund stand hinter der Frau.

Marit lächelte und legte Alfred sanft die Hand auf die Stirn. »Wie fühlst du dich?«

»Ich … ich weiß nicht genau.« Auf das Schlimmste gefaßt, unterzog Alfred seine Körperteile einer behutsamen Prüfung und war überrascht, daß er keine Schmerzen spürte. Andererseits, in Anbetracht der Umstände, hatte das vermutlich seine Richtigkeit. »Seid ihr auch tot?«

»Du bist nicht tot«, belehrte ihn Haplo grimmig. »Jedenfalls noch nicht.«

»Noch nicht …«

»Du bist im Labyrinth, mein Freund. Und wie es aussieht, für ziemlich lange.«

»Dann hat es funktioniert!« stieß Alfred hervor. Er setzte sich auf, seine Augen glänzten. »Unsere Magie hat gewirkt! Das Todestor ist …«

»Geschlossen.« Haplo lächelte ernst. »Das Siebente Tor ist zerstört. Die Magie hat uns hier abgeladen, und – wie schon gesagt – für länger.«

Alfred nickte. »Und die Schlacht?«

Haplos Miene verdüsterte sich. »Wird bald beginnen, Vasu zufolge. Er hat Ramu Friedensverhandlungen angeboten, aber der Archont will nicht reden. Er behauptet, es wäre eine Falle.«

»Die Wolfsmenschen und die Chaodyn sammeln sich zum Angriff«, fügte Marit hinzu. »Am Waldrand ist es bereits zu ersten Scharmützeln gekommen. Wenn die Sartan sich mit uns verbünden würden …« Sie zuckte die Schultern. »Wir dachten, du könntest Ramu vielleicht umstimmen.«

Alfred erhob sich steifbeinig. Es fiel ihm noch immer schwer zu glauben, daß er nicht tot war. Um ganz sicherzugehen, kniff er sich in den Arm – kein Zweifel, er lebte.

»Ich glaube nicht, daß ich viel ausrichten könnte«, sagte er bedauernd. »In Ramus Augen bin ich ebenso schlimm wie jeder Patryn. Vielleicht sogar schlimmer. Und wenn er je herausfinden sollte, daß ich meine Magie mit deiner verbunden habe …«

»Und daß es gewirkt hat!« Haplo grinste.

Alfred mußte ebenfalls lächeln. Er wußte, eigentlich hatte er allen Grund, am Boden zerstört zu sein, doch er konnte nicht anders. Ein unerklärliches Glücksgefühl perlte durch seinen Körper. Als er den Blick über seine Umgebung wandern ließ, hielt er unwillkürlich den Atem an.

Zwei Tote lagen in der Mitte der Lichtung auf einem Bett aus Laub. Der eine war in schwarze Gewänder gekleidet, die knorrigen Hände auf der Brust gefaltet. Der andere war ein Nichtiger, ein Mensch.

»Hugh Mordhand!« Alfred wußte nicht, ob er traurig oder froh sein sollte. »Ist er … ist er …«

»Er ist tot«, sagte Marit leise. »Er gab sein Leben im Kampf für mein Volk. Wir fanden ihn neben den Leichen mehrerer Chaodyn, so, wie du ihn dort siehst. Gelöst, friedvoll. Sein Tod war für mich ein Zeichen, daß« – ihre Stimme brach, und Haplo legte ihr den Arm um die Schultern – »daß im Todestor etwas Schreckliches geschehen sein mußte. Und ich wußte, ich sollte mich fürchten, aber ich hatte keine Angst.«

Alfred brachte kein Wort heraus, nickte nur stumm. Neben Hugh lag Xar, Fürst des Nexus.

Haplo, der seinem Blick gefolgt war, erriet, was er dachte. »Die Magie des Siebenten Tores muß ihn hierhergebracht haben, wie uns auch.«

Ehrfurchtsvoll, aber von widerstreitenden Gefühlen bewegt, näherte Alfred sich dem Fürsten.

Im Tode sah Xar weit älter aus als zu Lebzeiten. Die Haut, die sich straffgezogen von Haß und unbeugsamem Willen über die Knochen des Gesichts gespannt hatte, war erschlafft. Tiefe Falten und Runzeln kündeten von heimlichem Schmerz und Leid, von einem großen, lange währenden Kummer. Er starrte mit dunklen, blicklosen Augen in den Himmel – den Himmel des Gefängnisses, aus dem er entflohen war, um schließlich doch wieder zurückzukehren.

Alfred kniete neben dem Leichnam nieder, beugte sich vor und schloß die Lider über den glasigen Augen.

»Am Ende war er der Erkenntnis teilhaftig«, sagte eine neue Stimme. »Trauert nicht um ihn.« Jonathon stand hinter ihnen.

Und es *war* Jonathon, nicht der grauenerregende Lazar, der Wiedergänger, besudelt mit seinem eigenen Blut und gezeichnet von den Spuren eines gewaltsamen Todes. Es war Jonathon, der junge Herzog, wie sie ihn gekannt hatten.

»Du lebst!« rief Alfred.

Jonathon schüttelte den Kopf. »Ich bin nicht länger einer der wandelnden Toten, doch ebensowenig bin ich ins Leben zurückgekehrt. Und ich habe auch nicht den Wunsch. Wie es in der Prophezeiung heißt, hat das Tor sich aufgetan. Bald werde ich in die Welten zurückkehren und die Seelen erlösen, die dort gefangen sind. Ich bin nur geblieben, um diese beiden zu befreien.«

Er deutete auf Fürst Xar und Hugh Mordhand.

»Sie sind beide hinübergegangen. Und dies ist das letzte Mal, daß man mich unter den Lebenden sehen wird. Lebt wohl.«

Jonathon entfernte sich langsam. Mit jedem Schritt verblaßte seine stoffliche Gestalt, bis er nur mehr ein Phantom war, aus Staub, der im Licht eines verirrten Sonnenstrahls glitzerte.

»Warte!« rief Alfred verzweifelt. Er lief hinter ihm her und stolperte über jeden Stein und jedes Steinchen in seinem Eifer, das schattenhafte Wesen einzuholen. »Warte! Du mußt mir erklären, was geschehen ist. Ich begreife es nicht!«

Jonathon blieb nicht stehen.

»Bitte!« flehte Alfred. »Ich fühle in mir einen seltsamen Frieden. Dasselbe habe ich bei unserem ersten Besuch im Sanktuarium empfunden. Heißt – heißt das, ich kann mit der höheren Macht in Verbindung treten?«

Keine Antwort. Jonathon war verschwunden.

»Sie haben geläutet?«

Die zerdrückte Spitze eines schäbigen Jahrmarktzauberershuts lugte hinter einem Baumstamm hervor. Der Rest des Hutes folgte, dann Kopf und Körper eines betagten Magiers in mausgrauen Gewändern.

»Zifnab«, brummte Haplo. »Nicht schon wieder …«

»Nenn mich nicht Shirley!« schnappte der alte Mann. Er trat auf die Lichtung und schaute sich gelinde verwundert um. »Ich heiße … also, ich heiße … Ach was, von mir aus auch Shirley. Gar kein übler Name, man gewöhnt sich daran. Nun, wie lautete die Frage?«

Während Alfred Zifnab anstarrte, dämmerte ihm eine ungeheuerliche Erkenntnis. »Du! Du bist die höhere Macht! Du bist Gott!«

Zifnab strich über seinen Bart und setzte eine Miene vornehmer Bescheidenheit auf. »Wenn man's genau bedenkt …«

»Nein, Sir. Ganz und gar nicht.« Ein ungeheuer großer Drache wuchtete seinen gigantischen Körper zwischen den Bäumen hervor.

»Warum nicht?« Zifnab richtete sich gekränkt zu voller Größe auf. »Immerhin bin ich früher einmal ein Gott gewesen.«

»Vor oder nachdem Ihr in den Geheimdienst Ihrer Majestät eingetreten seid, Sir?« entgegnete der Drache bedeutungsvoll.

»Du brauchst nicht beleidigend zu werden.« Zifnab schniefte, dann neigte er sich vertraulich zu Alfred. »Und ich bin doch ein Gott gewesen. Im letzten Kapitel kommt's raus. Er ist bloß neidisch …«

»Bitte um Vergebung, Sir?« fragte der Drache. »Was habt Ihr gesagt?«

»Nichts, nichts«, beteuerte Zifnab hastig. »Nichts Wichtiges.«

»Ihr seid kein Gott, Sir«, wiederholte der Drache streng. »Das müßt Ihr begreifen.«

»Hört sich an wie mein Psychiater«, murrte Zifnab, aber vorsichtshalber mit gedämpfter Stimme. Dann nahm er seufzend den Hut ab und drehte ihn zwischen den Händen. »Aber meinetwegen. In dieser Gegend mache ich nicht mehr her als ihr anderen auch. Aber ich gebe zu, es stinkt mir gewaltig.« Er warf dem Drachen einen giftigen Blick zu.

»Aber«, jammerte Alfred, »wo ist dann die höhere Macht? Ich weiß, daß es sie gibt. Samah ist ihr begegnet. Die Abarrach-Sartan, die vor Jahrhunderten das Sanktuarium betraten, haben sie gespürt.«

»Den Sartan auf Chelestra ist das gleiche widerfahren«, warf Haplo ein.

»Ihnen und euch.« Zifnab nickte.

»Oh!« Ein Leuchten breitete sich über Alfreds Gesicht und erlosch gleich wieder. »Aber ich habe nichts *gesehen*.«

»Natürlich nicht«, sagte Zifnab. »Du hast an der falschen Stelle gesucht. Du hast immer an der falschen Stelle gesucht.«

»Ich sehe in einen Spiegel«, wiederholte Haplo leise die letzten Worte seines Fürsten.

»Aha!« rief Zifnab. »Der Kandidat hat neunundneunzig Punkte!« Er stieß Alfred mit dem knochigen Zeigefinger gegen die Brust. »Sieh in einen Spiegel.«

»L-liebe Güte, nein!« Alfred wurde feuerrot. »Ich doch nicht! Ich nicht! *Ich* bin nicht die höhere Macht!«

»Aber du bist es.« Zifnab schwenkte die Arme. »Genau wie Haplo. Genau wie ich. Genau wie – laß mal sehen, auf Arianus haben wir viertausendsechshundertsiebenunddreißig Bewohner allein in den Mittelteichen. Ihre Namen, in alphabetischer Reihenfolge, sind Aaltje, Aaltruide, Aaron …«

»Wir haben schon verstanden, Sir«, unterbrach ihn der Drache streng.

Der alte Mann zählte an den Fingern ab: »Aastami, Abbie …«

»Aber wir können unmöglich *alle* Götter sein«, wandte Alfred ein. Er sah todunglücklich und verwirrt aus.

»Wüßte nicht, wieso das unmöglich sein sollte.« Zifnab war eingeschnappt. »Hätte durchaus einen erzieherischen Wert, wir würden lernen, zweimal nachzudenken. Aber wenn dir die Vorstellung nicht gefällt, sieh dich als eine Träne im Ozean.«

»Die Welle«, sagte Haplo.

»Wir alle, Tropfen im Ozean, bilden die Welle. Normalerweise halten wir alles hübsch im Gleichgewicht – das Wasser plätschert an den Strand, die Hula-Mädels wiegen sich unter Palmen.« Zifnab schaute träumerisch in eine weite Ferne. »Doch manchmal geht es drunter und drüber. Tsunami. Seebeben. Aber die Welle strebt immer nach Ausgleich. Leider, leider« – er seufzte – »schwappt die Flut dann oft in die entgegengesetzte Richtung.«

»Ich fürchte, ich habe immer noch nicht ganz verstanden«, meinte Alfred verlegen.

»Kommt schon noch, alter Knabe.« Zifnab schlug ihm auf den Rücken. »Dir ist bestimmt, ein Buch über das Thema zu verfassen. Keiner wird den Schinken lesen, aber so geht's nun mal zu im Literaturbetrieb. Es ist der kreative Prozeß, der zählt. Zum Beispiel Emily Dickinson. Hat jahrelang im stillen Kämmerlein für die Schublade geschrieben …«

»Vergebung, Sir«, unterbrach ihn der Drache gnädigerweise. »Wir haben nicht die Zeit für einen Vortrag über Miss Dickinson. Da wäre noch das Problem der bevorstehenden Schlacht.«

»Was? Ach ja.« Zifnab zerrte an seinem Bart. »Ehrlich gesagt, weiß ich auch nicht, was wir da machen können. Ramu ist ein dickköpfiger, hartherziger, sturer alter …«

»Wenn ich das sagen darf, Sir«, fiel ihm der Drache ins Wort, »*Ihr* wart derjenige, der ihm die falschen Informationen zugespielt hat …«

»Und drum ist er hier!« triumphierte Zifnab. »Glaubst du, er wäre sonst gekommen? Nie und nimmer. Er würde immer noch auf Chelestra herumhängen und einen Haufen Ärger machen. Nun ist er hier und …«

»… macht einen Haufen Ärger«, schloß der Drache mißmutig.

»Genaugenommen stimmt das nicht mehr ganz.« Obmann Vasu, begleitet von Baltasar, erschien auf der Lichtung. »Wir bringen gute Nachrichten. Es wird keine Schlacht geben. Ramu wurde gezwungen, von seinem Amt als Archont zurückzutreten. Ich habe seinen Platz eingenommen. Unsere Gefolgsleute« – Baltasar nickte Obmann Vasu zu, der lächelte – »sind jetzt Verbündete. Gemeinsam sollte es uns gelingen, die Armeen des Bösen zurückzuschlagen.«

»Das sind in der Tat gute Neuigkeiten. Auch wir begrüßen diese Entwicklung«, bemerkte der Drache ernst. »Ihr wißt natürlich, daß euer Sieg nicht endgültig sein wird. Das Böse ist ewig, wenn es auch durch die Versöhnung eurer beiden Völker an Einfluß verliert.« Der Drache richtete den Blick auf Alfred. »Die Welle strebt nach Ausgleich.«

»Ja, ich verstehe«, meinte Alfred nachdenklich.

»Und auch unsere Vettern, die Drachenschlangen, bleiben eine ständige Bedrohung. Man kann sie niemals ganz besiegen, fürchte ich, aber man kann sie daran hindern, überall ihr Unwesen zu treiben. Deshalb ist es gut, daß die meisten von ihnen im Labyrinth gefangen sind.«

»Was wird aus den Nichtigen, nun, da das Todestor geschlossen ist?« erkundigte sich Alfred besorgt. »Sind sie ganz von den anderen Welten abgeschnitten?«

»Das Tor ist geschlossen, aber die Kondukte bleiben offen. Das große Allüberall tut weiter seine Arbeit und versorgt die Zitadelle mit Energie, die sie weiterleiten nach Chelestra und Abarrach. Chelestras Sonne beginnt sich zu stabilisieren, was zur Folge hat, daß die Meermonde erwachen. So wird Chelestra in den Kreislauf der Welten eingegliedert.«

»Und Abarrach?«

»Abarrachs Zukunft ist ungewiß. Die Toten haben es verlassen. Durch die vermehrte Wärme wird die Eishülle schmelzen. Regionen, die jetzt noch im Kälteschlaf liegen, werden bald wieder bewohnbar sein.«

»Aber wer soll dort wohnen?« Alfred legte die Stirn in Falten. »Das Todestor ist geschlossen. Ohnehin hätten die Nichtigen es nicht benutzen können.«

»Nein«, antwortete der Drache, »aber ein Elf auf Pryan – Paithan Quindiniar – führt Experimente fort, die sein Vater begonnen hat. Experimente mit Raketen. Unter Umständen gelangen die Nichtigen früher nach Abarrach, als du glaubst.«

»Was uns betrifft, wir werden es nicht leicht haben«, führte Vasu die Überlegungen weiter. »Doch wenn wir zusammenarbeiten, können wir das Böse in Schach halten und dem Labyrinth ein gewisses Maß an Frieden und Stabilität schenken.«

»Wir bauen den Nexus wieder auf«, fuhr Baltasar fort, »reißen die Mauer ein und das Letzte Tor. Vielleicht tun eines Tages unsere beiden Völker den letzten Schritt und erwählen ihn sich zur gemeinsamen Heimat.«

»Ich bin froh. So froh.« Alfred wischte sich mit dem ausgefransten Spitzenjabot über die Augen.

»Ich ebenfalls«, sagte Haplo. Er legte den Arm um Marit und drückte sie an sich. »Was uns jetzt noch zu unserem Glück fehlt, ist unsere Tochter …«

»Wir finden sie.« Marit schaute ihn liebevoll an. »Gemeinsam.«

»Aber«, Alfred fiel die Frage wieder ein, die er schon früher hatte stellen wollen, »was, im Namen des Labyrinths, ist in Ramu gefahren? Was hat ihn veranlaßt, von seinem Posten zurückzutreten?«

»Ein kurioser Zwischenfall«, antwortete Baltasar kopfschüttelnd. Er ist verwundet worden, an einer ziemlich empfindlichen Stelle. Und besonders merkwürdig ist, er scheint sich nicht selbst heilen zu können.«

»Wer hat ihn verwundet? Eine Drachenschlange?«

»Nein.« Baltasar warf einen listigen Blick auf Haplo und unterdrückte ein Lächeln. »Es scheint, der bedauernswerte Ramu wurde von einem Hund gebissen.«

Epilog

Der verheerende Sturm, der über Arianus hinwegfegte, legte sich ebenso schnell wieder, wie er losgebrochen war. Es hatte nie ein vergleichbares Unwetter gegeben, nicht einmal auf Drevlin, das in der Vergangenheit jede Stunde von schweren Orkanen heimgesucht wurde. Einige der erschrockenen Bewohner der schwebenden Kontinente fürchteten, das Ende der Welt sei gekommen, doch die vernünftigeren unter ihnen – dazu gehörte Limbeck Schraubendreher – wußten es besser.

»Wir befinden uns in einer Phase klimatischer Turbulenzen«, sagte er zu Jarre oder zu dem Reisigbesen, von dem er glaubte, es sei Jarre. Eine Bö hatte ihm die Brille von der Nase geweht, und die Gläser waren zerbrochen. Jarre, praktisch und resolut, ging zu dem Besen hin und nahm seinen Platz ein, ohne daß Limbeck den Unterschied bemerkte. »Klimatische Turbulenzen, unzweifelhaft hervorgerufen von der vermehrten Aktivität des Allüberalls, die eine Aufheizung der Atmosphäre bewirkt hat. Ich nenne das Phänomen den Allüberall-Effekt.«

Das tat er und hielt am selben Abend eine Rede darüber, allerdings vor leeren Bänken, aufgrund der Tatsache, daß die potentiellen Zuhörer damit beschäftigt waren, die Überschwemmungen in ihren Wohnungen zu beseitigen.

Für die Orte in den Mittelreichen bedeuteten die heftigen Stürme eine große Gefahr, besonders für die großen, dicht bevölkerten Elfenstädte. Doch auf dem Höhepunkt des Unwetters erschienen einige Mysteriarchen – Zauberer höchsten Ranges unter den Menschen,

Magier des Siebenten Hauses – und gebrauchten ihre magischen Kräfte, um die Elfen vor dem Schlimmsten zu bewahren. So blieben die Schäden gering, und es gab nur wenige Verletzte. Außerdem trug diese unerwartete und unerbetene Hilfe viel dazu bei, das Verhältnis zwischen den noch vor kurzem erbitterten Feinden zu entspannen.

Das einzige Gebäude, das von dem Orkan erheblich in Mitleidenschaft gezogen wurde, war die Kathedrale d'Albedo, das Depositorium der Seelen der Toten.

Die Kathedrale, ein Werk der Kenkari-Elfen, barg unter ihrer Kristallkuppel einen üppigen Garten mit seltenen und exotischen Pflanzen, von denen einige angeblich noch aus der Zeit vor der Teilung stammten – lebende Relikte einer Welt, die schon fast in Vergessenheit geraten war. In diesem Aviarium gaukelten wie unsichtbare Schmetterlinge die Seelen der Elfen von königlichem Geblüt zwischen den Blättern und duftenden Blumen.

Jeder Elf, männlich oder weiblich, der einem Zweig des Herrscherhauses angehörte, wurde ein Leben lang von seinem persönlichen Gir oder Weesham begleitet, dem er im Augenblick des Todes seine Seele überantwortete. Dieser Gir brachte sie in einer reichverzierten Schatulle zur Kathedrale und gab sie in die Hut der Kenkari. Die Elfen glaubten, die Verstorbenen würde ihre im Leben erworbene Stärke und Weisheit zum Wohl der Lebenden einsetzen und ihnen beistehen. Eingeführt wurde der Brauch von der heiligen Elfenfrau Krenka-Anris. Die Seelen ihrer getöteten Söhne waren aus dem Jenseits zurückgekehrt, um ihre Mutter vor einem Drachen zu retten.

Die Kenkari-Elfen in der Kathedrale empfingen die Gir, führten Buch über die Gestorbenen und entließen die neueingetroffenen Seelen zu den anderen ins Aviarium. Wenigstens wurde es so gehandhabt, bis die Kenkari erfuhren, daß Kaiser Agah'ran junge Elfen ermorden ließ, um sich der Unterstützung ihrer unverbrauchten, starken Seelen für sein korruptes Regime zu versichern. Daraufhin schlossen sie das Tor der Kathedrale.

Agah'ran wurde von seinem vertriebenen Sohn, Prinz Rees'ahn, vom Thron gestürzt, mit Hilfe von Stephen und Anne von Volkaran. Dem Kaiser gelang es zu fliehen und unterzutauchen. Die Elfen und Menschen schlossen ein Bündnis, allerdings war das Ergebnis nur ein unsicherer Frieden. Seine Befürworter waren ständig gezwungen, Brände zu löschen, Aufstände niederzuschlagen und unbotmäßige Gefolgsleute zur Ordnung zu rufen. So hatten sich größere Zwischenfälle bislang verhindern lassen.

Aber die Kenkari wußten nicht, wie es weitergehen sollte. Ihre letzte Anweisung, die der oberste Hüter in einer Vision von Krenka-Anris erhalten hatte, lautete, die Kathedrale geschlossen zu halten. Das taten sie. Jeden Tag trafen sich die drei Hüter – Bruder Seele, Schwester Buch, Bruder Pforte – vor dem Altar und beteten um Erleuchtung.

Man befahl ihnen zu warten.
Dann kam der Sturm.
Gegen Mittag erhob sich unerwartet ein starker Wind. Bedrohliche schwarze Wolken türmten sich in den Himmeln über und unter den Mittelreichen und verdeckten Solarus. Binnen weniger Minuten wurde es Nacht. Das alltägliche Leben in der Stadt kam zum Erliegen, die Leute standen auf der Straße und betrachteten angstvoll das unheimliche Schauspiel. Schiffe, die auf den Routen zwischen den Inseln unterwegs waren, liefen den nächsten sicheren Hafen an, ohne Rücksicht auf die jeweilige Nationalität.
Der Wind erreichte Sturmstärke. Die spröden Hargastbäume barsten und splitterten. Kleine Häuser wurden flachgedrückt wie von einer gewaltigen Faust, und sogar die starken Festungen der Menschen erbebten. Man erzählte sich, selbst die Kirmönche, die nur wenig darauf geben, was bei den Lebenden geschieht, wären tatsächlich aus ihren Klöstern gekommen, hätten den Blick zum Himmel erhoben und in Erwartung des Weltuntergangs sich düster zugenickt.
In der Kathedrale knieten der oberste Hüter, Schwester Buch und Bruder Pforte vor dem Altar von Krenka-Anris, um zu beten.
Regen setzte ein, stürzte in schrägen Güssen aus den schwarzen Wolken wie die niederfahrenden Speere einer riesigen Armee. Hagelkörner, so groß wie der Kopf einer Kriegskeule, prasselten auf die Kristallkuppel der Kathedrale.
»Krenka-Anris«, betete Bruder Seele, »höre unser ...«
Ein ohrenbetäubendes Krachen zerriß die Luft. Bruder Pforte hielt erschrocken den Atem an, Schwester Buch zuckte zusammen. Der oberste Hüter verstummte mitten im Gebet.
»Die Seelen im Garten sind unruhig«, sagte er.
Obwohl die Seelen für das Auge nicht sichtbar waren, sah man, wie sich das Laub an den Bäumen bewegte. Blütenblätter rieselten zu Boden.
Das Krachen wiederholte sich, laut, unheilverkündend. »Donner?« vermutete der Hüter der Pforte. In seiner Angst vergaß er zu warten, bis er aufgefordert wurde zu sprechen.
Der Hüter der Seelen erhob sich, um einen Blick in das Innere des Aviariums zu werfen. Mit einem unartikulierten Schrei taumelte er zurück und suchte am Altar Halt. Die anderen beiden eilten zu ihm.
»Was ist?« fragte Schwester Buch furchtsam.
»Die Kuppel!« Bruder Seele deutete in die Höhe. »Sie bricht!«
Der Riß war deutlich zu erkennen. Wie ein gezackter Blitz durchzog er die Kristallplatten, wurde länger, verzweigte sich. Ein großer Splitter fiel herab und zerschellte.
»Krenka-Anris, rette uns!« flüsterte Schwester Buch.
»Ich glaube nicht, daß wir es sind, die sie errettet«, bemerkte der Hüter der Seelen. Er hatte seine Fassung wiedergewonnen. »Kommt.

Wir müssen in den unterirdischen Gewölben Zuflucht suchen. Rasch jetzt.«

Er schritt zur Tür, und Schwester Buch und Bruder Pforte folgten ihm auf dem Fuße.

Hinter sich hörten sie das gläserne Klingeln und Klirren des zerspringenden Kristalls und das Stürzen der Baumriesen im Aviarium.

Der Hüter der Seelen läutete die Glocke, die die Kenkari zum Gebet zusammenrief, nur daß sie diesmal zu ungewöhnlicher Stunde und aus ungewöhnlichem Anlaß erklang.

»Die große Kuppel zerbricht«, teilte er den bestürzten Brüdern und Schwestern mit. »Wir können nichts dagegen tun, es ist der Wille von Krenka-Anris. Uns ist befohlen worden, Schutz zu suchen. Wir haben getan, was in unseren Kräften stand, um zu helfen. Jetzt bleibt uns nichts anderes übrig, als zu beten.«

»Was haben wir denn getan, um zu helfen?« fragte Bruder Pforte im Flüsterton Schwester Buch, während sie hinter Bruder Seele die Treppe zu den Gewölben hinunterhasteten.

Der oberste Hüter hörte die Frage und schaute sich lächelnd um. »Wir haben einem verirrten Mann geholfen, seinen Hund wiederzufinden.« Der Sturm tobte immer heftiger. Niemand zweifelte daran, daß Arianus dem Untergang geweiht war, aber dann endete das Unwetter mit derselben Plötzlichkeit, mit der es begonnen hatte. Die schwarzen Wolken verschwanden, wie von einer riesigen Türöffnung aufgesaugt. Solarus kam wieder zum Vorschein und blendete die verstörten Elfen mit seinem hellen Schein.

Als die Kenkari ihren unterirdischen Zufluchtsort verließen, standen sie auf einem Trümmerfeld. Die Kristallkuppel war eingestürzt, die Bäume und Blumen im Innern von Kristallscherben niedergemäht und unter Hagelkörnern begraben.

»Die Seelen?« fragte erschüttert der Hüter der Pforte.

»Fort«, sagte Schwester Buch traurig.

»Frei«, sagte der oberste Hüter und neigte den Kopf zum Gebet.

Appendix I

Eine ausführliche Geschichte des Siebten Tores, der Teilung und des tragischen Niedergangs der Sartan in den Neuen Welten.
zusammengetragen und aufgezeichnet von Alfred Montbank

Anmerkung des Erzählers: Ich bin jenen Sartan zu Dank verpflichtet, die Zeugen der Ereignisse waren, die ich in dieser Monographie zu protokollieren versucht habe. Ihre unermüdliche Hilfe ist für mich von unschätzbarem Wert gewesen.

WASSERTROPFEN
»Wir alle haben die Macht, unser eigenes Schicksal zu gestalten. Das erscheint uns selbstverständlich. Doch jeder von uns hat gleichermaßen die Macht, das Schicksal des Universums zu gestalten. Aha, das zu glauben fällt weniger leicht. Aber ich sage euch, es ist so. Man braucht nicht das Oberhaupt des Rats der Sieben zu sein. Nicht nur als Elfenkaiser oder König der Menschen oder Führer eines Zwergenclans hat man die Möglichkeit, der Welt, in der man lebt, seinen Stempel aufzudrücken.«

›In der Wasserwüste des Ozeans ist ein Tropfen größer als der andere?‹ frage ich.

›Nein‹, antwortet ihr, ›und ebensowenig kann ein einzelner Tropfen eine Flutwelle erzeugen.‹

›Aber‹, wende ich ein, ›wenn ein einziger Tropfen in den Ozean fällt, ruft er Wellen hervor. Und diese Welle breiten sich aus. Und vielleicht –

wer weiß – vergrößern sich die Wellen und wachsen an und schlagen irgendwann als gischtende Brandung an die Küste.‹

Wie ein Tropfen im Ozean erzeugt ein jeder von uns Wellen auf dem Weg durch sein Leben. Die Auswirkungen von allem, was wir tun – und sei es noch so unbedeutend –, ziehen Kreise. Wir werden in den meisten Fällen nie erfahren, welche weitreichenden Folgen selbst die geringfügigste Handlung auf unsere Mitgeschöpfe hat. Deshalb müssen wir uns zu jeder Zeit unseres Platzes im Ozean bewußt sein, unseres Platzes in der Welt, unseres Platzes in der Ordnung der Dinge.

Denn wenn wir unsere Kräfte vereinen, bestimmen wir den Lauf der Ereignisse – zum Guten oder zum Schlechten.

Das obige ist ein Auszug aus einer Rede vor dem Rat der Sieben, in den Tagen unmittelbar vor der Teilung und kurz nach der Erschaffung des Siebten Tores. Der Redner war ein älterer, sehr weiser Sartan. Sein wahrer Name muß ungenannt bleiben, da er noch lebt und ich nicht die Erlaubnis habe, seine Identität preiszugeben. (Seine Genehmigung kann nicht eingeholt werden, weil er tragischerweise jede Erinnerung an sein früheres Dasein verloren hat.) Wir kennen ihn heute als Zifnab.

Im weiteren Verlauf der Rede sprach sich der ältere Sartan – der vor Samah das Amt des Archonten innehatte – vehement gegen das Vorhaben aus, die Welt zu teilen. Eine große Anzahl von Ratsmitgliedern, die ihn an jenem Tag hörten, erinnern sich daran, daß sie von seiner Rede tief bewegt waren, und nicht wenige wurden schwankend in ihrem Entschluß.

Das Oberhaupt des Rats, Samah, ergriff anschließend das Wort, nachdem er mit eisiger Höflichkeit gelauscht hatte. Sehr eindringlich schilderte er die wachsende Macht der Patryn, wie sie Armeen in der Absicht aufstellten, die Sartan anzugreifen und zu vernichten, und verstand es, die Angst seiner Zuhörer vor dem Erzfeind zu schüren.

Unnötig zu sagen, daß die Furcht stärker war als das, was Samah ›ehrenwerten, aber wirklichkeitsfremden Idealismus‹ nannte. Der Rat stimmte für die Teilung und die Verbannung der Patryn ins Labyrinth.

DIE ERSCHAFFUNG DES SIEBTEN TORES

Hatten die Patryn tatsächlich die Absicht, sich die Welt untertan zu machen?

Wir werden es nie mit Sicherheit wissen, da – anders als bei den Sartan – keine Patryn aus jener Zeit mehr am Leben sind. In Anbetracht der Natur denkender Wesen halte ich es für äußerst wahrscheinlich, daß Samah auf Seiten der Patryn sein Gegenstück hatte. In der Rede des älteren Sartan findet sich ein entsprechender Hinweis – er erwähnt einen heute vergessenen Patrynführer und drängt den Rat, mit dieser

Person Verhandlungen aufzunehmen, statt sich für den Krieg zu rüsten.

Mag sein, Verhandlungen wären erfolglos geblieben. Mag sein, Krieg zwischen den beiden dominanten Mächten war unvermeidlich. Mag sein, ein solcher Krieg hätte ebensoviel oder noch mehr Leid und Zerstörung verursacht als die Teilung. Das sind Fragen, auf die wir nie die Antwort erfahren werden.

Nachdem der Beschluß gefaßt war, stand der Rat vor der Bewältigung einer kolossalen Aufgabe, der generalstabsmäßigen Durchführung eines magischen Unterfangens, das nicht seinesgleichen hatte.

Zuerst schuf der Rat ein Hauptquartier, ein reales Gebilde, in der stofflichen Welt verankert – den Raum, den wir als die Krypta der Verdammten oder das Sanktuarium kennen. Samah nannte diesen Raum das Siebente Tor nach dem von ihm entworfenen Plan für die Neuerschaffung der Welt, ein Plan, der in späteren Zeiten als unverstandene Litanei in die Überlieferung einging.

Die Erde wurde zerstört.

Aus den Trümmern wurden vier Welten erschaffen. Welten für uns selbst und für die Nichtigen: Luft, Feuer, Stein, Wasser.

Vier Tore verbinden die Welten miteinander. Arianus mit Pryan mit Abarrach mit Chelestra.

Ein Ort der Läuterung für unsere Feinde wurde errichtet: das Labyrinth.

Das Labyrinth ist durch das Fünfte Tor mit den anderen Welten verbunden: den Nexus.

Das sechste Tor ist der Mittelpunkt, gewährt Zutritt: der Vortex.

All das wurde bewirkt mittels des Siebenten Tores. Aus dem Ende ein neuer Beginn.

Nachdem das Siebente Tor auf der physischen Ebene verankert war, gaben ihm die Sartan eine magische Dimension, machten es zu einem ›Brunnen‹, ähnlich dem der Patryn in Abri – einer Öffnung im Gewebe der Magie, worin einzig die Möglichkeit gilt, daß keine Möglichkeiten existieren. Im Anschluß an diese Vorbereitungen konnten die Sartan hineingehen und den Raum mit der besonderen Runenmagie präparieren, die geeignet war, 1.) die Unterwerfung und Verbannung ihrer Feinde zu bewirken, 2.) jene Nichtigen, die man für würdig hielt, zu retten, 3.) die Welt zu zerstören und 4.) vier neue Welten entstehen zu lassen. Ein vermessenes Vorhaben. Aber die Sartan waren verzweifelt und vertrauten auf ihre Magie. Das Siebente Tor zu erschaffen nahm mehrere Jahre in Anspruch, während derer sie in der ständigen Angst lebten, die Patryn könnten ihr Geheimnis entdecken, bevor sie bereit waren zu handeln.

Schließlich aber war das Siebte Tor vollendet, die Magie lückenlos. Die Sartan traten ein und entdeckten zu ihrem Erstaunen, Entsetzen und Verdruß, daß sie nicht allein waren. Es gab im Spektrum der Möglichkeiten eine, die sie nie zuvor in Betracht gezogen hatten – sie waren *nicht* die Herren des Universums. Eine Macht existierte, die um vieles größer war als sie.

BITTERES WASSER

Wie manifestierte sich diese Macht? Auf welche Art kamen die Sartan zu der Erkenntnis? Ich konnte keinen Sartan finden, der bereit war, über diese Erfahrung zu sprechen, die jeder als seelenzerschmetternd beschrieb. Ausgehend von meinem eigenen Erlebnis im Sanktuarium, komme ich zu dem Schluß, daß die Wahrnehmungen der höheren Macht unterschiedlich sind und sehr persönlich. Was mich betrifft, so fühlte ich mich zum ersten Mal in meinem Leben geliebt und akzeptiert, im Einklang mit mir selbst, doch ich habe zu der Vermutung Anlaß, daß für andere Sartan die spirituelle Begegnung weniger angenehm verlief.

(Unzweifelhaft war es – wie Haplo annahm – dieselbe Macht, die die Pryan-Sartan aus ihren Zitadellen in den Dschungel hinaustrieb, den sie geschaffen hatten, ohne sich dafür verantwortlich zu fühlen. Ich werde später im Text auf diesen Punkt zurückkommen.)

Leider brachte das Wissen, daß im Universum eine vielfach überlegene Macht existierte, Samah nicht von seinem Plan ab. Vielmehr nährte es seine Furcht. Wenn die Patryn diese Macht entdeckten und lernten, sie sich zunutze zu machen? Wenn es ihnen bereits gelungen war? Samah und die Ratsmitglieder und die Mehrheit der Sartan ließen sich von der Furcht beherrschen. Die Tropfen bitteren Wassers schwollen zu einer Woge von unwiderstehlicher Gewalt und Macht, die über die Welt hinwegbrauste.

Sartan wie Zifnab, die gegen den Beschluß des Rats protestierten und ihre Mitwirkung verweigerten, galten als Hochverräter. Um zu verhindern, daß eine solche zersetzende Haltung die Magie des Siebenten Tores vergiftete und schwächte, wurden diese Sartan festgenommen und zusammen mit den Patryn ins Labyrinth verbannt.

DER STURZ DER PATRYN

Man sollte glauben, die Unterwerfung und Gefangensetzung der Patryn wäre außerordentlich schwierig gewesen und hätte sich erst nach gewaltigen magischen Schlachten bewerkstelligen lassen. Daß die Sartan sich eben davor fürchteten, belegten die Tatsachen, daß sie Zauberwaffen wie den Dämonendolch schufen und die Nichtigen zu Kämpfern für die ›Sache der Sartan‹ ausbildeten.

Doch nach Aussage der Sartan, mit denen ich gesprochen habe, gestaltete sich die Unterwerfung der Patryn verhältnismäßig einfach, begünstigt durch die Natur dieses kriegerischen Volkes.

Anders als die geselligen Sartan waren die Patryn Einzelgänger und lebten allein oder in kleinen Familienverbänden. Sie waren ein selbstsüchtiges, hochmütiges, stolzes Volk, jedwedes weiche Gefühl galt ihnen als Schwäche, und ihre zahlreichen Fehden und Rivalitäten machten es ihnen unmöglich, sich zu verbünden, selbst gegen einen gemeinsamen Feind. (Das war auch einer der Gründe, weshalb sie es vorzogen, unter Nichtigen zu leben, die sie einschüchtern und kontrollieren konnten.) So fielen die Patryn einer nach dem anderen in die Hände der Sartan – leichte Beute für deren vereinte Kräfte.

DER ANFANG VOM ENDE

Der ältere Sartan, den wir heute als Zifnab kennen, weigerte sich, mit den anderen die Welt zu verlassen. Als die Sartanwachen (unter ihnen Ramu) kamen, um ihn zu holen, war er nirgends zu finden. Offenbar hatte man ihn gewarnt. (War Orla diejenige? Sie hat es nie zugegeben, aber ich halte es für wahrscheinlich.) Die Sartan suchten nach ihm. Zu ihrer Ehrenrettung sei gesagt, daß sie keinen der Ihren dem Schrecken dessen ausliefern wollten, von dem sie wußten, daß es bevorstand. Doch er konnte ihnen entschlüpfen. Er blieb in der Welt und wurde Zeuge des Kataklysmus.

Was er mit ansehen mußte, brachte ihn um den Verstand, und bestimmt wäre er elend zugrunde gegangen, doch auf unerklärliche Weise wurde er in den Vortex verschlagen und gelangte von dort ins Labyrinth. Für das Wie gibt es bis heute keine Erklärung, denn Zifnab selbst hat keine Erinnerung mehr daran. Die Drachen von Pryan – die Manifestation des positiven Aspekts der dualistischen höheren Macht – könnten etwas mit seiner Rettung zu tun haben, doch falls es so ist, bewahren sie Stillschweigen darüber.

Eine Gruppe von Sartan wurde mit der Aufgabe betraut, jene Nichtigen zu sammeln, die für würdig galten, die neuen Welten zu bevölkern, und sie an einen sicheren Ort zu bringen, den Vortex. Danach schlossen die Sartan sich im Siebenten Tor ein und begannen mit der Beschwörung. (Ich will an dieser Stelle nicht näher darauf eingehen. Man findet eines Beschreibung dessen, was ich sah und erfuhr, als ich durch Magie in jene Zeit zurückversetzt wurde, in Haplos ausführlicheren Notizen über das Thema, aufgezeichnet unter dem Titel *Das Siebte Tor*.)

DAS ENDE VOM ANFANG

Sobald die Teilung vollzogen war und die neuen Welten erschaffen, wurden die Sartan – soweit sie den Urgewalten entronnen waren, die sie selbst entfesselt hatten – ausgesandt, um dort ein neues Leben aufzubauen. Sie nahmen die Nichtigen mit, wie ein Schäfer seine Schafe.

Samah und die Ratsmitglieder erwählten für sich Chelestra als neue Heimat. An diesem Punkt hätte Samah das Siebente Tor zerstören sollen. (Ich glaube, daß er vom Rat den ausdrücklichen Auftrag erhielt, das zu tun, und also durch seine Unterlassung direkt gegen einen gültigen Ratsbeschluß verstoßen hat. Allerdings habe ich keinen Beweis dafür. Die Ratsmitglieder, die ich darüber befragte, äußerten sich alle sehr zurückhaltend. Sie sind immer noch darauf bedacht, Samahs Andenken rein zu erhalten. Nun ja, er war kein schlechter Mann, nur ein von Ängsten besessener.)

Die Wahrheit dürfte sein, daß Samah vorhatte, das Siebente Tor zu zerstören, jedoch ein Zusammentreffen verschiedener Umstände ihn überzeugte, es sei besser, sich einen letzten Ausweg offenzuhalten. In seiner neuen Heimat sah er sich beinahe sofort mit Schwierigkeiten konfrontiert, mit seltsamen, unvorhergesehen Ereignissen, die sich der Kontrolle der Sartan entzogen.

DIE DRACHENSCHLANGEN

Wie sich herausstellte, hatte das Meerwasser von Chelestra verheerende Auswirkungen auf die Sartanmagie – es machte sie unwirksam. Die Sartan waren ratlos. Keinesfalls hatten sie einen solchen magieneutralisierenden Ozean erschaffen. Aber wer sonst? Und wie und warum?

Es sollte noch schlimmer kommen. Die ungeheure Eruption magischer Kräfte hatte das empfindliche Gleichgewicht der Schöpfung aus der Waage gebracht. Das Böse, ewig und unzerstörbar, besaß nun die Macht, sich auf der physischen Ebene zu manifestieren, in Gestalt der Drachenschlangen.

Die Schlangen folgten Samah nach Chelestra, wohl in der Hoffnung, mehr über die neue Welt zu erfahren, in der sie sich plötzlich wiedergefunden hatten. Sie wußten von der Existenz des Todestores, wußten aber nicht, wie man es benutzte. Sie konnten es nur passieren, wenn die Sartan es für sie öffneten. Vielleicht waren sie auch auf der Suche nach dem Siebenten Tor, aber das ist lediglich Mutmaßung. Auf jeden Fall waren die Sartan über ihr Auftauchen entsetzt. Sie konnten sich nicht erklären, welchem finsteren Abgrund diese abscheulichen Kreaturen entsprungen sein sollten, und mochten nicht glauben, daß sie selbst für ihre Entstehung verantwortlich waren.

»Ihr habt uns erschaffen«, sagten die Schlangen zu Samah, und in gewissem Sinn entsprach es der Wahrheit. Wir alle nähren das Böse und machen es stark, mit unserer Angst, unserem Haß, unserer Intoleranz.

Aber das gehört nicht hierher.

DIE GUTEN DRACHEN VON PRYAN

Zum Glück für die Nichtigen und für die Sartan – obgleich sie es zu der Zeit nicht wissen konnten – strebte die Welle nach Ausgleich. Als Gegengewicht für das Böse in Gestalt der Drachenschlangen waren die

Drachen von Pryan die Manifestation des Guten. Wäre das Todestor offengeblieben, wie vorgesehen, hätten Gut und Böse sich nach einer Phase des Übergangs ausbalanciert.

Und wieder beherrschte Furcht Samahs Denken. Die Bedrohung durch die Drachenschlangen und sein Mißtrauen gegenüber den Nichtigen, deren geringe magische Kräfte vom Meerwasser nicht beeinträchtigt wurden, bewogen ihn, Hilferufe an die Sartan auf den anderen Welten auszusenden und um Beistand gegen diese neuen Feinde zu bitten.

Er bekam keine Antwort – oder wenigstens machte Samah sein Volk das glauben. Orla zufolge erhielt er sehr wohl Antwort auf seine Rufe. Die anderen Sartan teilten ihm mit, es sei ihnen nicht möglich, Hilfe zu schicken, da sie selbst mit ernsthaften Schwierigkeiten zu kämpfen hätten. Samah log, um seinem Volk die furchtbare Wahrheit zu ersparen – fast jeder hatte Freunde oder Verwandte auf den anderen Welten. Eine Katastrophe begann sich abzuzeichnen.

DAS SCHLIESSEN DES TODESTORES

An diesem Punkt der Ereignisse war Samah verwirrt, ärgerlich. Die Zügel glitten ihm aus der Hand, und er wußte nicht, wie oder warum. Es gab keinen ersichtlichen Grund für das Scheitern seines grandiosen Plans. Alles war so logisch und vernünftig gewesen. Er suchte die Schuld bei den Nichtigen. Er suchte die Schuld bei defätistischen Sartan. Doch all das half ihm nicht, seine Probleme zu lösen.

Sollte es den Schlangen einfallen, den Calix anzugreifen, brauchten sie sich nur die magieneutralisierenden Eigenschaften des Meerwassers zunutze zu machen, und die Sartan wären ihnen wehrlos ausgeliefert. Unter den Nichtigen kam es zu Unruhen. Nach ihrer Überzeugung waren die Sartan für die Pest der Drachenschlangen verantwortlich. Die Sartan ihrerseits konnten den Gedanken nicht ertragen, daß die Nichtigen Zeuge gewesen waren, wie sie vor den Schlangen klein beigeben mußten. Also vertrieb Samah die Nichtigen aus dem Calix und überließ es ihnen, in den Wassern Chelestras ihren eigenen Weg zu finden.

Man könnte diese Handlungsweise für verdammenswert halten. Immerhin war nicht auszuschließen, daß Samah die Nichtigen geradewegs in den aufgesperrten Rachen der Schlangen sandte. Doch nach allem, was ich von Orla weiß, vermutete Samah zu Recht, daß die Kreaturen nicht an den Nichtigen interessiert waren. Ihnen lag daran, durch das Todestor Zugang zu den anderen Welten zu erhalten, und dafür brauchten sie die Sartan.

Samah durchschaute ihre Absicht und kam zu dem Schluß, daß er keine andere Wahl hatte, als das Todestor zu schließen. Es wäre seine Pflicht gewesen, das Siebente Tor zu zerstören, doch er glaubte, dieses Reservoir magischer Kräfte könnte noch einmal gebraucht werden. Er versetzte das Siebente Tor in eine andere Dimension.

Sobald das getan war, zogen die Sartan sich zu einem Stasisschlaf zurück, der hundert Jahre währen sollte – Zeit genug, damit sich die Lage auf den anderen Welten stabilisierte, das Allüberall seine Arbeit aufnahm und die Zitadellen ihre Funktion erfüllten. Wenn sie aufwachten, glaubte Samah, erwartete sie ein besseres Leben.

Wie so oft irrte er sich.

DIE SCHLANGEN IM EIS

Wieder finde ich einen Beweis dafür, daß die Welle stets nach Ausgleich strebt.

Der ursprüngliche Plan sah vor, daß die Sonne Chelestras im Mittelpunkt der Wasserwelt verharren und das Innere der Kugel erwärmen sollte, während sie außen von einer Eishülle umgeben blieb. Doch weil die Magie der Sartan in den Wassern Chelestras keine Wirkung hatte, ließ sich die Sonne nicht stabilisieren, sondern trieb auf einem unberechenbaren Kurs durch den Ozean, und die am weitesten von ihr entfernten Regionen erstarrten zu Eis.

Als die Sartan nach Chelestra kamen, befand sich die Sonne in ihrem Teil der Wasserwelt – dem Calix. (Eine genaue Beschreibung findet sich in dem Band, den Haplo – entgegen meinen Einwänden – *Drachenmagier* genannt hat.) Doch während die Sartan schliefen, setzte die Sonne ihre Wanderung fort.

Die tückischen Schlangen erkannten das drohende Unheil zu spät. Weil sie sich nicht entschließen konnten, die Sartan zu verlassen, schoben sie ihre Flucht zu lange hinaus. Der Weg durch das Todestor war ihnen versperrt, und als die Sonne weiterzog, wurden die Schlangen vom Eis eingeschlossen.

Der Zustand des Equilibriums war nahezu erreicht.

Um das Gleichgewicht nicht zu gefährden, kehrten die guten Drachen von Pryan an ihre Ruheplätze zurück und verschwanden aus dem Gedächtnis der Nichtigen und der Sartan.

DIE KONSEQUENZEN

Arianus

Die Zeit verging, während die Sartan auf Chelestra im Schlummer lagen. Samahs ehrgeizige Vision von vier untereinander verbundenen Welten erfüllte sich nicht. Die Population der Sartan ging zurück, die Zahl der Nichtigen – die sich, außer auf Abarrach, den neuen Lebensbedingungen angepaßt hatten – wuchs. Die wenigen übriggebliebenen Sartan waren nicht mehr fähig, den Lauf der Geschicke zu lenken. Sie zogen sich zurück und warteten darauf, daß es möglich wurde, Kontakt mit ihren Vettern in den anderen Welten aufzunehmen – vergeblich.

Auf Arianus hatte das große Allüberall seine Arbeit begonnen, doch es arbeitete ohne Plan. Die Nichtigen hatten keine Ahnung, was es tun sollte. Die Sartan hatten Anweisungen für die Bedienung des Allüberalls bei den in ihren Augen besonders vertrauenswürdigen Kenkari-Elfen hinterlegt, aber in sträflicher Nachlässigkeit keinen Gedanken an die politischen Querelen und Animositäten der Nichtigen verschwendet. Unter den Elfen von Arianus tobte ein erbitterter Machtkampf um den Thron, und alle Elfen fürchteten und verabscheuten die Menschen, die ihrerseits nichts für die Elfen übrig hatten.

Die Kenkari erkannten beim Studium der Schriften des Allüberalls, daß die Maschine die Reiche der Menschen und Elfen vereinen würde und daß den Zwergen die Betreuung der Maschine oblag. Den Elfen erschienen diese Bedingungen unerträglich, deshalb verbargen die Kenkari das Buch in der Bibliothek der Kathedrale d'Albedo, wo es in Vergessenheit geriet.

In dem Glauben, alle Dinge geregelt zu haben, begaben sich die Sartan von Arianus in die von ihnen angelegten unterirdischen Gewölbe. Sie versetzten ihre jungen Leute in Stasisschlaf, auch sie in der Hoffnung, nach dem Erwachen eine bessere Welt vorzufinden. Was niemand ahnen konnte, die meisten der jungen Sartan starben in jenem Schlaf. (Meiner Ansicht nach hängen diese mysteriösen Tode mit dem Praktizieren der Nekromantie auf Abarrach zusammen, denn es steht geschrieben, für jeden, der unzeitig ins Leben zurückgerufen wird, muß ein anderen unzeitig sterben. Das ist jedoch nur Spekulation, und ich hoffe, für meine Theorie werden sich nie Beweise finden!)

Pryan

Auf Pryan lebten Sartan und Nichtige in den Zitadellen, die dazu bestimmt waren, zusammen mit dem Allüberall die anderen Welten mit Energie zu versorgen. Die Sartan versuchten, die Sternendome in Gang zu bringen und nebenbei ein Auge auf die Nichtigen zu haben, deren Zahl rapide wuchs.

Auf engem Raum zusammengepfercht, begannen die verschiedenen Rassen untereinander zu kämpfen. Die Sartan, die die Nichtigen als ungezogene Kinder betrachteten, ließen ihnen die entsprechende Behandlung angedeihen. Statt in Gesprächen einen durch Verträge gestützten *modus vivendi* auszuhandeln, schufen die Sartan ›Kindermädchen‹. So wurden die Tytanen geboren – furchteinflößende Riesen, die das Funktionieren der Sternendome überwachen (falls diese je ihre Arbeit aufnahmen!) und als Aufpasser für die Nichtigen dienen sollten. Geleitet von Angst und blindem Unverständnis, machten die Sartan alles schlimmer, statt besser. Die Tytanen erwiesen sich als zu mächtige Schöpfung. Sie wandten sich gegen ihre Herren und Meister.

Wie oder durch welchen Umstand die Sartan auf Pryan mit der höheren Macht in Berührung kamen, bleibt Vermutung. Bei seinem Besuch auf Pryan betrat Haplo eine der Zitadellen und entdeckte dort einen Raum, den er als beinahe perfekte Nachbildung des Siebenten Tores beschreibt. Ich kann nur annehmen, daß die Sartan auf Pryan eine Art Miniaturausführung des Siebenten Tores konstruierten, möglicherweise in der Hoffnung, auf diesem Wege Kontakt zu ihren Vettern auf den anderen Welten aufnehmen zu können, oder es war ein von Verzweiflung diktierter Versuch, das Todestor wieder zu öffnen.

Die Pryan-Sartan behaupteten, sie wären von dieser höheren Macht gezwungen worden, die Zitadellen zu verlassen. Ich halte es für wahrscheinlicher, daß sie es einfacher fanden, vor ihren Problemen zu fliehen, als sie zu lösen. Die Verantwortung für ihr Scheitern schoben sie der höheren Macht zu, statt Einsicht zu zeigen und die Schuld bei sich selbst zu suchen.

Abarrach
Was die Sartan von Abarrach betrifft, sie hatten das schlechteste Los gezogen. In der giftigen Atmosphäre siechten die Nichtigen dahin und starben, und die Sartan mußten erkennen, wenn nicht in naher Zukunft Hilfe kam, waren auch sie zum Tod verurteilt. Bei dem Bemühen, Verbindung mit den anderen Welten aufzunehmen, stolperten einige von ihnen über das Siebente Tor.

Die Sartan begriffen, daß sie eine Quelle ungeheurer Macht entdeckt hatten, doch weil ihnen ein großer Teil ihrer magischen Fähigkeiten verlorengegangen war, ahnten sie nicht die wahre Bedeutung ihres Fundes. Diese Sartan kamen der Erkenntnis der höheren Macht näher als alle anderen, doch ihre dunkle Seite – Machtgier, die Faszination der Nekromantie – wurde ihnen zum Verderben. Gewalt entweihte die heilige Stätte, und alle darinnen starben.

Erschüttert, entsetzt, versiegelten die überlebenden Sartan den Raum, der nun die Krypta der Verdammten hieß, mit Abwehrrunen. Niemand wagte ihn mehr zu betreten, und im Lauf der Zeit geriet das Wissen um die Lage des Siebenten Tores in Vergessenheit.

Das Labyrinth
Das Labyrinth war zu einem Ort des Schreckens geworden. Wie Orla erzählte, hatte Samah vorgesehen, daß die Sartan Hüter des Gefängnisses sein und beobachten sollten, welche Fortschritte die gefangenen Patryn auf dem Weg der Läuterung machten. Als den Sartan die Kontrolle über ihr eigenes Leben entglitt, waren sie erst recht nicht mehr in der Lage, das Labyrinth zu kontrollieren. Dessen dunkle Magie nährte sich von dem Haß und den Ängsten der Sartan. Es wurde zur tödlichen Falle. Aus dieser finsteren Welt ohne Sonne kam Fürst Xar.

XAR, FÜRST DES NEXUS

Von Xars früherem Leben ist nichts bekannt, aber es dürfte kaum anders verlaufen sein als das aller anderen Patryn, die an jenem Ort geboren wurden. Seine Geschichte beginnt damit, daß es ihm als erstem Patryn* gelang, sich den Weg durch das Letzte Tor und in die Freiheit zu erkämpfen. Und als erster Patryn betrat er den Nexus.

Zu seiner Ehre muß gesagt werden, daß Xar selbstlos immer wieder sein eigenes Leben aufs Spiel setzte, um weitere Patryn aus dem Labyrinth zu befreien. Deshalb ist es nicht verwunderlich, daß bis zum heutigen Tag der Name des Fürsten bei ihnen in hohem Ansehen steht. Sein Ehrgeiz sollte Xars Verderben sein. Er begnügte sich nicht damit, über sein Volk zu herrschen, sondern als er von der Existenz der vier Welten erfuhr, lockte es ihn, ein Imperium zu gründen. Er lernte, wie man das Todestor öffnen konnte, nicht ganz, nur einen Spalt, aber das genügte für seine Zwecke – und es genügte, um das Gleichgewicht zu stören.

Das Todestor öffnete sich. Ein Kundschafter, Haplo, gelangte aus dem Nexus nach Arianus. Zur gleichen Zeit näherte sich die Sonne Chelestras auf ihrer unberechenbaren Bahn wieder dem Calix. Das Eis schmolz und gab die Schlangen frei. Sobald sie erfuhren, daß ihre Vettern erwacht waren, kamen auch die großen Drachen Pryans aus ihrem Versteck hervor. Man mag dieses Zusammentreffen für Zufall halten, doch ich für meinen Teil sehe darin erneut das Bestreben der Welle, das Equilibrium wiederherzustellen.

Was danach geschah, will ich hier nicht schildern. Es muß genügen zu wissen, daß ich durch eine Reihe seltsamer Vorfälle die Bekanntschaft von Haplo und seinem bemerkenswerten Hund machte.

Alle, die daran interessiert sind, ausführlicher über die aufregenden Abenteuer Haplos und meinen bescheidenen Anteil daran zu lesen, seien auf den Zyklus *Die vergessenen Reiche* verwiesen.

Anschließend möchte ich hinzufügen, der Vollständigkeit halber, daß unser Leben weiter dem Auf und Ab der Welle folgt. Zwischen den Patryn und den Sartan hält sich ein unsicherer Friede. Die Sartan sind in zwei Parteien gespalten: die eine, geführt von Baltasar, befürwortet

* Ich schreibe ›erster Patryn‹, weil offenbar schon vorher der Sartan Zifnab aus dem Labyrinth fliehen konnte und in den Nexus gelangte. Er nimmt für sich in Anspruch, der Verfasser eines großen Teils der Manuskripte und Bücher zu sein, die Xar im Nexus fand. Die meisten dieser Schriften sind bei dem großen Brand in Flammen aufgegangen; Haplo und ich arbeiten daran, sie zu rekonstruieren.
Niemand, auch Zifnab nicht, weiß genau, wie er es zuwege gebracht hat, den Nexus zu verlassen. In seinen lichteren Momenten behauptet er, die guten Drachen von Pryan hätten ihn dort gefunden. Beeindruckt von seinen Fähigkeiten als weiser und mächtiger Zauberer, baten sie ihn, ihr Führer und Lehrer zu sein.
Die Drachen von Pryan erzählen eine etwas andere Geschichte, aber ich verzichte darauf, sie an dieser Stelle zu wiederholen, um nicht unnötig die Gefühle des alten Mannes zu verletzen.

ein Bündnis mit den Patryn; die andere steht unter Ramus Einfluß, der – übrigens noch immer nicht ganz von seiner unglückseligen Verletzung genesen – auf seiner Meinung beharrt, man dürfe den Patryn nicht trauen.

Obmann Vasu ist das Oberhaupt der Patryn. Er und Haplo und Marit haben Trupps von ›Rettern‹ aufgestellt, kühne Männer und Frauen – sowohl Patryn als auch Sartan –, die sich unter Lebensgefahr tief ins Labyrinth hineinwagen, um jenen Hilfe zu bringen, die immer noch gefangen sind. Es erfüllt mich mit Stolz, daß auch ich ein Retter bin.

Die Macht der tückischen Schlangen ist beschnitten, aber sie sind noch hier, und wir müssen uns damit abfinden, nehme ich an. Sie werden von den guten Drachen von Pryan und von den vereinten Anstrengungen der Retter in Schach gehalten.

Wir wissen nicht, was in den Welten der Nichtigen vorgeht, und ich hoffe, sie sind wohlauf. Mich fasziniert die Vorstellung, wie sie in phantastischen Schiffen mit Schwingen aus Hoffnung und Forschungsdrang zu den fernen Welten aufbrechen.

Haplo und Marit gingen auf die Suche nach ihrer Tochter und kehrten zurück mit gleich mehreren Töchtern – alle Waisenkinder, die sie aus dem Labyrinth gerettet haben. Inzwischen sind noch einige Söhne hinzugekommen. Die Rangen nennen mich ›Großvater Alfred‹ und necken mich unbarmherzig wegen meiner großen Füße.

Haplo hat jetzt einen Hund. Einen richtigen.

Der verrückte alte Sartan Zifnab durchstreift vergnügt das Labyrinth, beschützt von seinem Drachen. Seine Erinnerungen an das Furchtbare verblassen allmählich, und wir hüten uns, daran zu rühren.

Er hat inzwischen nach reiflicher Überlegung beschlossen, sein Inkognito zu lüften und zuzugeben, daß er Gott *ist*.

Und wer sind wir, ihm zu widersprechen?

APPENDIX II

Die Theorie und Praxis von Chaos, Ordnung und Magie betreffend

Anmerkung des Erzählers: Ich habe an anderer Stelle die Geschichte des Siebenten Tores und der Teilung niedergeschrieben (siehe Appendix I) sowie die Chronologie der Ereignisse bis zu unserer heutigen Zeit. Doch mir ist der Gedanke gekommen, es könnte Schüler der magischen Künste geben, die sich fragen, welche Fehler sich bei der Teilung eingeschlichen hatten und weshalb die Vision der Sartan von den Geteilten Reichen sich nicht ihren Vorstellungen entsprechend erfüllte. Die folgenden Aufzeichnungen sind der Versuch einer Analyse.

Bei der Durchsicht der Schriften fällt mir auf, daß es nur einen dokumentierten Fall von einem Zusammenwirken von Sartan- und Patrynmagie gibt – als Haplo und ich gegen den Sog des einstürzenden Siebenten Tores kämpften. Während ich mir die verschiedenen Abhandlungen über Magie durch den Kopf gehen ließ, die dieser Chronik beigefügt sind, wie auch die im nachhinein unglaublich erscheinenden Begebenheiten, in denen wir eine Rolle gespielt haben, fühlte ich mich dazu bewogen, diese Betrachtungen zu Papier zu bringen.

Existiert eine größere Macht als die der Runenmagie? Höchstwahrscheinlich. Handelt es sich dabei um eine wohlmeinende Wesenheit auf der Ebene des Geistes, jenseits unserer stofflichen Welt, oder um die spirituelle Essenz unseres eigenen Seins? Sind diese Überlegungen das Fenster, das uns erlaubt zu erkennen, woher wir kommen und auf welchen Wegen wir an diesen Punkt in unserem Leben gelangt sind? Sind sie der Schlüssel zu unserer Hoffnung für die Zukunft? Ich vermag es nicht zu sagen. Es bleibt unseren Kindern und deren Kindern überlassen, diese Fragen zu beantworten. Was mich angeht, ich bin im Einklang mit dem, was ich glaube.

Alfred Montbank

DEFINITION IN DER MAGIE

Der Runenmagie sowohl der Patryn als auch der Sartan ist das Streben nach Definition inhärent. Beide suchen in der Omniwelle nach der Möglichkeit, die der Magier zu verwirklichen wünscht. Sobald die Wahl getroffen ist, gebraucht der Magier das Mittel der Runenstruktur, um die gefundene Möglichkeit in das Netz der Realität einzuweben. Diese grundlegenden Prinzipien bilden das Fundament jeder Magie und sind seit Jahrhunderten Gegenstand minutiöser Studien gewesen.* Aber das Problem der Definition, der absolut exakten Bestimmung der Möglichkeit, die der Runenmagier im Sinn hat, ist nie zufriedenstellend gelöst worden.

Patrynmagie kam in dieser Hinsicht dem Verständnis näher als die der Sartan. Während die Sartanmagie davon spricht, ›auf das Spektrum der Möglichkeiten zu schauen‹, benutzte die Patrynmagie den Begriff vom ›wahren Namen‹ eines Gegenstands. Patrynmagie betrachtete sich selbst als eine Suche nach dem wahren Namen einer Möglichkeit und der Realisierung dieses Namens. Eine Sache möglichst präzise zu benennen war das ultimative Ziel der Patrynmagier, während die Sartan sich bei diesem Prozeß mit Approximation begnügten.

DER KERN DER MAGIE

Der Fehler, der all unsere Epochen magischer Theorie und Praxis durchzieht, läßt sich auf ein einziges Wort reduzieren: *Präzision*. Als erste gelangten die Patryn zu einem Verständnis der Grenzen ihrer eigenen Runenstrukturen, durch die Einsichten von Sendric Klausten. Runenmagie besteht aus Runen innerhalb von Runen. Vor Klausten glaubte man, diese Aufeinanderfolge könne unendlich fortgeführt werden – als würde man einen Apfel halbieren, dann die Hälften teilen und die Hälften der Hälften und so weiter. Klausten jedoch erkannte, daß man im Lauf der Approximation über kurz oder lang einen Punkt erreichte, an dem die Rune an sich die Definition behinderte – und über den hinaus eine Fortführung magischer Runenstrukturen einfach nicht möglich war.

Auch die Sartan von Abarrach entdeckten diese Grenzen bei ihren Studien der Nekromantie.** Sie nehmen in ihren Schriften unter der Bezeichnung ›Logische Wirkungsgrenze‹ darauf Bezug. In wissenschaftlichen Abhandlungen über Patrynmagie ist von der ›Barriere der

* In *Himmelsstürmer*, Die vergessenen Reiche, Band 1, Bastei Lübbe, Bd. 28198 oder 21210, Appendix ›Magie in den Geteilten Reichen – Auszüge aus den Betrachtungen eines Sartan‹, findet sich eine detaillierte Erläuterung der Welle und der grundlegenden Prinzipien der Runenmagie.

** *Feuersee*, Die vergessenen Reiche, Band 3, Bastei- Lübbe Band 20248; Appendix ›Nekromantie – Das Stoffliche als Primitive Existenzstruktur‹.

Ungewißheit‹ die Rede, die Runen aufgrund ihrer groben Strukturnicht durchdringen können. Beide Termini bezeichnen dasselbe Phänomen: daß über einen bestimmten Punkt hinaus Magie nicht definiert werden kann.

JENSEITS DER GRENZE
SUBLIME UND PRIMITIVE STRUKTUREN
Beide Spielarten von Magie versuchen diese Grenze zu überwinden, auf unterschiedliche Art und aus unterschiedlichen Gründen.

Patrynmagie und die Barriere der Ungewißheit
Sage Rethis stellte die Gesetze der Runenmagie der Patryn auf. Obgleich Patrynmagie schon vor Rethis existierte, wurden seine Versuche, die Magie an sich zu definieren, zur Grundlage für Forschende auf diesem Gebiet und berücksichtigten in ihren Thesen die Schriften Klaustens.

Rethis' Erstes Gesetz: Der Name eines Objekts besitzt Ausgewogenheit. Soll eine Patrynrune wirken – gleiches gilt für eine Sartanrune –, muß die Runenstruktur ausgewogen sein. Ein Problem entstand, wenn der ›wahre Name‹ des Objekts über die Barriere der Ungewißheit hinausreichte, wo die Runenstruktur ihn nicht mehr präzise zu definieren vermochte. Unabhängig davon, wie sorgfältig eine Rune konstruiert war, blieb sie instabil, weil der wahre Name ein Equilibrium verlangte, das auf einer exakteren Definition beruhte, als sie mit dem System der Runen erreicht werden konnte.

Rethis folgerte, wenn allein diese These zutraf, wäre alle fortgeschrittene und komplexe Magie instabil und deshalb wirkungslos, was die Erfahrung widerlegte. Er stellte sich dann die Frage: Warum wirkt Patrynmagie überhaupt? Damit zog er sich den Spott einiger seiner Kollegen zu, während andere sie als ketzerisch bezeichneten. Seine Forschungen erbrachten überraschende Ergebnisse und führten ihn zu seinem zweiten und dritten Gesetz.

Rethis' Zweites Gesetz: Ein unausgewogener Name tendiert dazu, sich selbst auszubalancieren – der Equilibrium-Faktor. Rethis fand heraus, daß die Welle der Möglichkeiten, aus der alle Magie hervorgeht, kein statisches Gebilde war, sondern eine dynamische Kraft, eigenen Gesetzen gehorchend, die über die Barriere der Ungewißheit hinausreichten. Diese Tatsache war dafür verantwortlich, daß die Welle selbst kleine Ungleichgewichte und Mängel in der Runenstruktur ausglich.

Rethis' Drittes Gesetz: Keine Rune verfügt über ein unendliches Gleichgewicht. Mir kommt es vor, als wäre dieses dritte Gesetz eine Art mentales Schulterzucken. Im Grunde genommen sagt es nichts anderes als: Wenn keine Rune unendliches Gleichgewicht besitzt und wenn die Welle kleine Ungenauigkeiten korrigiert – weshalb sich Gedanken machen? Frisch drauflos, vertraut auf die ausgleichende Macht der Welle und versucht weiter, aus dem Labyrinth zu entkommen.

Es war dieses Dritte Gesetz von Rethis, das ihm den Beifall seiner Kollegen und öffentliche Anerkennung eintrug. Von dem Zeitpunkt an versuchten die Patryn, eine Methode der Approximation zu entwickeln, die ihnen half, exakt die gewünschte Möglichkeit zu realisieren.

In der allgemeinen Begeisterung über das Dritte Gesetz gingen die wahrhaft erstaunlichen Implikationen des Zweiten Gesetzes unbemerkt unter, daß nämlich die Welle am Lauf der Welt mitwirkt.

Nekromantie der Sartan und die Logische Wirkungsgrenze

Im Rahmen ihrer Experimente mit der Nekromantie hatten die Sartan mehr Erfolg beim Durchdringen der Logischen Wirkungsgrenze als die Patryn mit ihrer Barriere der Ungewißheit, obwohl es sich um ein- und dasselbe Phänomen handelte.

Der erste Schritt auf dem Weg gelang dem hochbetagten Sartanmagier Delsart Sparanga*, der den Delsartschen Geminus oder die Delsartsche Analogie entdeckte, daß ›jedes Ding, das auf der ›primitiven‹ physischen Ebene (diesseits der Wirkungsgrenze) existiert, auch auf der sublimen, spirituellen Ebene (jenseits der Grenze) vorhanden ist‹. In ihrer physischen Gestalt sind die Dinge beeinflußbar durch Runen, in ihrer spirituellen Form dem Einfluß der Runen entzogen.

Die Nichtigen verehren zahlreiche Götter, sie haben immer an die spirituelle Existenz geglaubt, an eine ›Seele‹. Wir – die Sartan und die Patryn – hielten das für kindlichen Aberglauben. Wie konnten wir ahnen, daß wir durch unsere Unwissenheit in solchen Dingen ein derartiges Unheil anrichten würden.

DIE NATUR DES CHAOS

Nach Auffassung sowohl der Sartan als auch der Patryn funktionierte das Universum in etwa nach dem Prinzip einer Geg- Maschine: Wenn man hier am Rad drehte, bewegte sich dort ein Hebel. Das Universum war absolut berechenbar. Ganz gleich, wie oft man am Rad drehte, immer bewegte sich der Hebel.

* *Feuersee,* Die vergessenen Reiche, Band 3, Bastei- Lübbe Band 20248; Appendix ›Nekromantie – Die Delsart- Methode‹.

Jedenfalls galt diese Gesetzmäßigkeit in der physischem Welt, der Domäne der Runen. Doch ihre Macht endete an der Wirkungsgrenze. Dahinter begann das Chaos, wo entropische Kräfte wirkten. Es war tatsächlich eine ›Barriere der Unwissenheit‹, in dem Sinn, daß nichts, was dahinter geschah, mit einiger Sicherheit vorhergesagt werden konnte.

Wie auch immer, dieses Bild vom totalen Chaos deckte sich weder mit Delsarts Lehre vom spirituellen Status als einer sublimen Reflexion des physischen noch mit Rethis' Zweitem Gesetz. Wenn hinter der Barriere Chaos herrschte, wie kam es, daß die spirituellen Beschwörungen der Nekromantie wirkten? Und weshalb strebte die Omniwelle, die definitionsgemäß zu beiden Seiten der Barriere existierte, einen Zustand der Ordnung und Stabilität an, hinter der Grenze jedoch tobten unangefochten Chaos und Entropie?

Diese Widersprüche blieben nicht allein auf die Runenmagie beschränkt, sondern fanden ihre Entsprechung in der minderen Magie der Nichtigen. Der Brauch der Kenkari-Elfen, die Seelen ihrer Verstorbenen im Diesseits festzuhalten*, um sich ihres Beistands zu versichern, berührte ebenfalls den spirituellen Bereich. Auch sie wußten nicht, in welchen Kontext sie ihre Entdeckungen einfügen sollten, und wie bei den Sartan und Patryn tarnten sie ihre Unwissenheit mit einem Flickwerk an Theorien.

DAS TODESTOR

Die Teilung war, rückblickend gesehen, eine törichte Vermessenheit von nie dagewesenen Ausmaßen. Unsere komplexen Runengefüge, von denen wir uns schmeichelten, sie seien perfekt, waren mangelhaft nach den Maßstäben der Barriere, und die Welle strebte danach, die katastrophalen Auswirkungen auf das Gleichgewicht zu equlibrieren.

Ich glaube, auch die Runengefüge, die dem ›Todestor‹ den Namen gaben, erfuhren unter dem Einfluß der Welle eine Umgestaltung, und seine Etablierung in der Wirklichkeit war angemessener, als die ursprünglichen Planer geahnt hatten.

Man kann den Tod durchaus als ein Tor betrachten: ein spirituelles Tor, durch das unser sublimes Selbst in andere Reiche und andere Realitäten eingeht. Tatsächlich beschäftigt mich oft der Gedanke, ob wir nicht zu einem größeren Teil in jenem geistigen Zustand existieren als in diesem physischen. Wer kann sagen, was wirklich ist und was ephemer?

Als die Teilung das Todestor auf dieser Seite öffnete, hat sie, wie ich glaube, das spirituelle jenseits der Barriere geschlossen. Unsere Taten

* *Drachenelfen*, Die vergessenen Reiche, Band 5, Bastei-Lübbe Band 28216, Siehe auch *Himmelsstürmer*, Band 1, Bastei-Lübbe Band 28198 oder 21210

haben nicht nur unbeschreibliches Elend über die Lebenden gebracht, sondern auch die Seelen unserer zahllosen Toten zur Heimatlosigkeit verdammt und uns den Zugang zu jedweder höheren Daseinsstufe versperrt, die wir vielleicht erreichen könnten, sowie uns von anderen Geistwesen getrennt, die möglicherweise bereits an jenem schöneren Ort existieren.

Doch wir waren nicht gänzlich abgeschnitten, denn die Welle strebt nach dem absoluten Equlibrium. Wir mögen das Boot zum Schaukeln gebracht haben, aber die von unserer Torheit aufgewühlten Wasser glätten sich, und bald wird der Teich wieder ruhig und friedlich daliegen.

DIE ORDNUNG JENSEITS

Wer oder was beobachtet die Welle in den Reichen jenseits? Gibt es dort eine gottähnliche Wesenheit mit Kräften, die größer sind als die unseren? Waren die Nichtigen in dieser Sache klüger als wir mit all unserem Wissen und all unserer Macht?

Ich glaube jetzt, daß es eine Existenz nach dem physischen Dasein gibt, deren Zweck wir nur erahnen können. In jenem Reich des Geistes findet sich die größte Macht von allen, irgendwo in der ausgleichenden Welle. Wenn es dort draußen jemanden oder etwas geben sollte, bin ich sicher, daß ich es finden werde, wenn die Zeit gekommen ist. Wir haben das physische Tor geschlossen, das spirituelle steht uns nun wieder offen.

Nur dadurch, daß wir die Kraft fanden, das Tor unseres Gefängnisses zu schließen, haben wir die wirkliche Freiheit erlangt.

ENDE

Englands erfolgreichster Fantasy-Autor

David Gemmell

Die Drenai-Saga

Das neue große Abenteuer-Epos um den gnadenlosen Überlebenskampf eines ganzen Volkes.

„Ein Werk, das Tolkien-Fans verschlingen werden."

THE TIMES

Paperback von David Gemmell im BASTEI-LÜBBE-Programm:

Band 28212 Der Löwe von Macedonien
Band 28213 Der Dunkle Prinz

DIE DRENAI-SAGA
Band 28218 Die Legende
Band 28221 Der Schattenprinz
Band 28224 Waylander

BASTEI LÜBBE

Sie erhalten diese Bände im Buchhandel, bei Ihrem Zeitschriftenhändler sowie im Bahnhofsbuchhandel.